小樽商科大学研究叢書

七仙人の名乗り

インド叙事詩『マハーバーラタ』「教説の巻」の研究

中村 史

国立大学法人 小樽商科大学出版会

まえがき

本書、『七仙人の名乗り――インド叙事詩『マハーバーラタ』「教説の巻」の研究――』は、北海道大学大学院文学研究科に受理され、それによって2015年3月25日に博士（文学）の学位を授与された博士論文、「サンスクリット叙事詩『マハーバーラタ』第13巻の文学研究」を改稿したものである。

この博士論文の審査は、2015年2月8日（日）午後1時から3時過ぎまで行なわれた。審査委員となっていただき、二時間以上に渡る試問を行なって下さった、北海道大学大学院文学研究科の細田典明先生（主査）、林寺正俊先生、鈴木幸人先生に心よりの感謝を申し上げる。

また、本書の第2章から第6章に『マハーバーラタ』第13巻の幾つかの章の和訳を収めているが、本書の改稿作業の途上、2016年の秋から冬にかけて、北海道大学の先輩・谷川靖郎氏に拙訳の校閲をお願いした。厚く感謝を申し上げる。

本書の基になった博士論文は、十三の公刊論文を修正・加筆した原稿と、二つの書き下ろし原稿（「序章」「終章」）から成っているが、本書では二回の学会・研究会口頭発表原稿を追加し、さらに全体として改訂を行なっている。各論文や発表原稿間の記述を相当量移動させてもいるため、多くの場合、もとの姿とは変わっている。十三の公刊論文の情報を、今ここに簡潔に記せば次の通りである。

・北海道印度哲学仏教学会において口頭発表をした後論文執筆をして、同学会の学会誌『印度哲学仏教学』に掲載を認められた四論文（査読付き）。
・日本印度学仏教学会において口頭発表をした後論文執筆をして、同学会の学会誌『印度学仏教学研究』に掲載を認められた三論文（査読付き）。
・小樽商科大学の学内誌『小樽商科大学人文研究』に掲載された六論文。

また、発表原稿とは次の通りである。

・第5回ヴェーダ文献研究会（於国際仏教学大学院大学、2015年10月31日（土））において口頭発表をした原稿（発表題目「「七仙人の名乗り」と「ガウタマ仙の象」は『マハーバーラタ』批判版でどうなるか」）。
・インド思想史学会・第22回学術大会（於京都大学・楽友会館、2015年12月19日（土））において口頭発表をした原稿（発表題目「語り物『マハーバーラタ』の構想・技巧・異伝――「七仙人の名乗り」を例として――」）。

以上のうち、十三の公刊論文の情報については本書の「文献一覧」に収載している（なお、これに限らず、本書の脚注に挙げている論文・著書の情報はなるべく簡略に記し、「文献一覧」において詳しい情報を記している）。

この博士論文を書き上げるために、また、これを改稿して本書を成すまでに、上に挙げた方々以外の多くの方々からも援助を受けていることを記し、感謝の念を申し上げたい（個別の謝辞は各節の末、および脚注に記している）。

本書の著者は、もともと日本の古典文学を専攻し、それによって学位を、そして職を得た者である。この国文学時代の師匠の方々、松前健先生、福田晃先生、高橋伸幸先生に、この場を借りて御礼を申し上げる。私の場合、研究の基礎として国文学があることに間違いはない。国文学時代に、文学の民俗学的研究手法を知り、諸言語の古典や口承文芸に対する興味を育てられた。

そして、1993年5月からほぼ二年、京都大学の梵文学研究室において門外漢の私をサンスクリット学習へ導いて下さった小林信彦先生に、御礼を申し上げる。あまりにも限られた経験であり、専門的なことを学ぶには遠く及ばなかったのには無念の思いがある。小林先生が日常会話の中で示された言語感覚には自分のそれと通ずるものがあったと、最近感じはじめている。

1995年3月末、職に就くため小樽に移住したが、その後、北海道大学のインド哲学講座と北海道印度哲学仏教学会とに受け入れていただいた。拠り所のない私に拠り所を作って下さった北海道大学の先生方、藤田宏達先生、今西順吉先生、藤井教公先生、細田典明先生、吉水清孝先生、林寺正俊先生に、御礼を申し上げる。

職に就いて四年が過ぎた後、1999年3月から2001年3月の二年間、オックスフォード大学のインド学で学ぶために渡英した。オックスフォード大学で初級サンスクリット、パーリ、そして、それらの講読の授業に出席することを快く認めて下さったリチャード・ゴンブリッチ先生（Professor Richard Gombrich）に、御礼を申し上げる。風土に歴史の浸透したオックスフォードに住み勉学に専念した記憶と感慨の念は生涯忘れない（I would like to thank Professor Gombrich for the kindness he showed to me during the time of my stay as an academic visitor at Oxford in 1999-2001.）。この機会が一年目については「文部省在外研究員（若手枠）」の制度の恩恵を蒙っていること、二年目については小樽商科大学から許された私費海外研修によっていることも改めて記しておく。

サンスクリット学習を始めて以来、かなりの期間は週一回の授業あるいは勉強会に出席するのが精一杯であった。しかしそのような中でも、既に述べたように、二年間オックスフォード大学で勉学に専念する機会を与えられ、また、帰国後数年を過ごして後の九年間、細々とではあるが北海道大学で勉強する機会を得た。このような経緯を経て徐々にインドの古典文学をも専門とするかのような状況になっていった。そして、インド哲学の学歴までが付くに至った。本書はその成果として出版するものである。こうした普通ではない経歴のために、あるいは単なる怠慢のために、インド学分野についての不足・未熟の点が（あるいは誤りが……）多々あることを恐れる。しかし、本書出版の後にも勉学・研究の機会は用意されているのである。

横地優子さん（京都大学大学院文学研究科）とは、2013年9月1日（日）、松江市で行なわれていた日本印度学仏教学会・第64回学術大会（於島根県民会館）の場で初めてお話をした。横地さんはこのとき、私の博士論文の一部になった研究発表「『マハーバーラタ』第13巻第93章の研究」（本書・第5章第1節「「七仙人の名乗り」の考察(1)——言葉遊びと魔女退治——」）の司会をして下さったのである。その後、横地さんの関係される、または主催される学会・研究会にたびたび出席したり、そこにおいて研究発表をしたりするようになった。このような環境を得て、これからも私は学ぶことができる。本書に残る問題点を克服し、さらに先へと進んで行くことができる。

最後に本書の出版に関わって幾つか謝辞を述べたい。本書は、二度、十年間に及ぶ、独立行政法人日本学術振興会（JSPS）の科学研究費補助金、

・基盤研究（C）「『マハーバーラタ』と日本文学作品の比較文学的研究および日本神話研究への応用」（2008年度～2012年度）（20520313）
・基盤研究（C）「インド神話の普遍性・独自性・文学性を解明する比較研究」（2014年度～2018年度）（26370422）

の助成による研究成果の一部である。ここに記して感謝を申し上げる。

また、本書は、国立大学法人小樽商科大学出版会から、「平成28年度研究成果刊行経費」を受けて出版するに至った。研究することに寛大、出版することに協力的な小樽商科大学および関係の方々に感謝を申し上げる。

また、本書の刊行作業は、論創社に委託して行なわれたものである。論創社編集部の松永裕衣子さんに感謝を申し上げたい。そして、組版をして下さった山縣浩己さんにも感謝を申し上げたい。私の作業は遅れがちで随分ご心配をおかけしたと思う。ありがとうございました。

2017年9月30日（土）　森の中の家にて

追記

本書校正中の2017年10月、私の拙い英文要旨を直して下さった、アンドレイ・クレバノフさん（Dr Andrey Klebanov、京都大学大学院文学研究科・インド古典学）への謝辞（I would like to thank Dr Klebanov（Kyoto University）for looking over the English in the Summary of this book in October 2017.）、また、第5章「『マハーバーラタ』第13巻第93章「七仙人の名乗り」の研究」第1節と第2節を読んで意見を下さった川村悠人さんへの謝辞をも記しておきたい。

2017年11月3日（金）　京都の仮寓にて

目　次

まえがき…………………………………………………………………… iii

序　章………………………………………………………………………… 3

第1章　『マハーバーラタ』第13巻「教説の巻」の研究 ……………………… 23
はじめに …………………………………………………………………… 25
第1節　ユディシティラとビーシュマの対話(1)
——「教説の巻」「布施の法」の構想—— ……………………………… 27
第2節　ユディシティラとビーシュマの対話(2)
——「教説の巻」「布施の法」の全章構成表—— ……………………… 40
おわりに …………………………………………………………………… 62

第2章　『マハーバーラタ』第13巻第1章「蛇に咬まれた子供」の研究 …… 65
はじめに …………………………………………………………………… 67
第1節「蛇に咬まれた子供」の考察(1)——運命か行為か—— ………… 69
第2節「蛇に咬まれた子供」の考察(2)——問答か真実語か—— ……… 80
第3節「蛇に咬まれた子供」の和訳 …………………………………… 93
おわりに …………………………………………………………………… 121

第3章　『マハーバーラタ』第13巻第5章「鸚鵡と森の王」の研究 ………… 125
はじめに …………………………………………………………………… 127
第1節「鸚鵡と森の王」の考察——慈悲と敬愛の念—— ……………… 129
第2節「鸚鵡と森の王」の和訳 ………………………………………… 142
おわりに …………………………………………………………………… 152

第4章　『マハーバーラタ』第13巻第50章・第51章
「チャヴァナ仙と魚達」の研究 …………………………………… 155
はじめに …………………………………………………………………… 157
第1節「チャヴァナ仙と魚達」の考察——共に住む者への愛情—— …… 159
第2節「チャヴァナ仙と魚達」の和訳 …………………………………… 170
おわりに …………………………………………………………………… 191

第5章　『マハーバーラタ』第13巻第93章「七仙人の名乗り」の研究 …… 195
はじめに …… 197
第1節　「七仙人の名乗り」の考察(1)――言葉遊びと魔女退治―― …… 200
第2節　「七仙人の名乗り」の考察(2)――言葉遊びはどう変わるか―― …… 224
第3節　「七仙人の名乗り」の和訳 …… 259
おわりに …… 293

第6章　『マハーバーラタ』第13巻第102章「ガウタマ仙の象」の研究 …… 297
はじめに …… 299
第1節　「ガウタマ仙の象」の考察(1)――良き行ないと言祝ぎ―― …… 301
第2節　「ガウタマ仙の象」の考察(2)――言祝ぎはどう変わるか―― …… 315
第3節　「ガウタマ仙の象」の和訳 …… 329
おわりに …… 352

終　章 …… 355

Summary …… 365

文献一覧 …… 370

七仙人の名乗り

インド叙事詩『マハーバーラタ』
「教説の巻」の研究

序　章

1.『マハーバーラタ』の文学研究

『マハーバーラタ』(*Mahābhārata*)は、古代インド成立[1]の、古典サンスクリットによって記された叙事詩である。自ら十万偈から成るとも言う巨大な存在である。ヒンドゥー教の聖典としての性格を持つに留まらず、現在に至るまで愛好される文学作品である。従兄弟同志に当たるバラタ族のパーンダヴァ家とカウラヴァ家の兄弟が領土を巡って大戦争に至り、壮絶な結果に終わるという、史実[2]に基づくとされる核部分を中心に、長大な物語となっていったものである。この核部分が西洋古典の「叙事詩」(epic)にほぼ相当する。

そして、『マハーバーラタ』は、構造の点から言えば、世界的に見られる「枠物語」[3]の一つである。ときとして、枠となっている主筋のストーリーの進行を忘

1——E.W. Hopkinsは紀元前五世紀から紀元後五世紀の間に、M. Winternitzは紀元前四世紀から紀元後四世紀にかけて、現在の形にまで成長していったという。これらの説は現在もおおよそそのまま踏襲されている。

Hopkins, E. Washburn. 1901. *The Great Epic of India*: 386-402.

Winternitz, Mauriz. 1908. *Geschichte der Indischen Litteratur*, Bd.1: 389-403(中野義照訳1965『叙事詩とプラーナ』(『インド文献史』第2巻、159-176頁)。

2——A. A. Macdonnelはこの事件の年代について、紀元前十世紀を下らないとしている。

Macdonnel, Arthur Anthony. 1900. *A History of Sanskrit Literature*: 239.

3——〈枠物語〉という語はそのような構造を取る作品全体を指すことも有り、そうした作品構造の中の「枠」部分を指すことも有る。構造全体としての(あるいはジャンルとしての)〈枠物語〉には、幾つかのパターンが有る。厳密に言えば、その構造は作品毎に大小の異なりが有る。そうした〈枠物語〉は『ジャータカ』『マハーバーラタ』等のインドの古典文学に起源するとされているが、現在世界的に有名な〈枠物語〉は、インド外で後代に成立した『デカメロン』『カンタベリー物語』、あるいはまた『アラビアン・ナイト』等であろうか。これら三作品の〈枠物語〉では、枠となる主筋の物語よりも嵌め込まれた物語・説話の比重が大きく、嵌め込まれた物語・説話の編集のために枠となる物語が

れさせるほど多くの、登場人物達が語る神話・説話や思想・宗教・教訓的言説も展開してゆく。このような「枠内物語」が存在することによって、「枠物語」が成立する。

また、『マハーバーラタ』は、一人の創作者に帰せられる作品ではなく、時代を越えて吟誦詩人達により語り継がれた後記録された、本来ほぼ無限の成長の可能性を有し、語り物としての性格を継承している文学作品である。本書では、『マハーバーラタ』の第13巻「教説の巻（*Anuśāsanaparvan*）」[4]中の「布施の法」（*Dānadharmaparvan*）を研究対象とし、文学としての研究を行う。『マハーバーラタ』第13巻「教説の巻」「布施の法」は上記・主筋の物語（枠物語）に嵌め込まれた神話・説話（枠内物語）や教訓的言説の披露を専らとする巻である。

『マハーバーラタ』を研究対象とする主たる分野は、「インド学」あるいは（日本ではしばしば）「インド哲学」と呼ばれる。そこでは文献学的、基礎的研究が中心に行なわれる。『マハーバーラタ』が叙事詩研究[5]や神話研究において取り上

存在すると考えられる。インドの古典文学の中でも、『ジャータカ』は仏の語る「過去物語」が「現在物語」と「連結」に挟まれて、大きい比重を占める。この『ジャータカ』を典型例とする仏教経典のかなりのものもまた、〈枠物語〉であり、嵌め込まれた部分が重要であることが多い（ただし、仏典の場合も、枠の内と外との比重関係は様々である）。『マハーバーラタ』は以上の文学作品とは異なって、主筋の物語が中心であり、そこに奔流のように説話・教訓的言説が流入している形を取っている。このように、ストーリー性の無い宗教的・思想的、また教訓的言説が多いのも特徴である。それが、『マハーバーラタ』がヒンドゥー教の聖典的存在となる所以なのであろう。

4——John Brockingtonは『マハーバーラタ』の研究史を概説した著作の中で、第13巻が第12巻から11〜13世紀に分離したとするVittore Pisaniの説を支持している。

Brockington, John. 1998. *The Sanskrit Epics*: 131, 153.

Pisani, Vittore. 1939. ‘The Rise of the Mahābhārata.’ *New Indian Antiquary*, Extra Series.

5——世界の叙事詩研究の潮流の中で、『マハーバーラタ』を全体として研究した

げられるときには非常に大局的に、あるいは何らかの理論に則して言及される。そのように『マハーバーラタ』を研究する最大・主要な研究分野は「インド学」「インド哲学」であるが、そこにおいては、思想・哲学・宗教あるいは言語の研究が主流である。歴史研究の希薄なことはよく言われているが、文学研究についても、思想・哲学・宗教研究ほど盛んに行なわれてはいない。本文校訂や翻訳の基礎的研究、古典文学理論（詩論・劇論）の研究、カーヴィヤ修辞文学の研究等は有るものの、『マハーバーラタ』のような作品の文学研究は独自に確立しているとは言えない。それでは、文学研究一般に、基礎的作業以外の、作品解釈のための確定した、多くの研究者が従う手法や理論が存在するのか、という問いに対して、「存在する」と解答することもおそらく出来ない。文学（特に古典文学）の場合には文学独自にして、かつ確立した理論や手法というものはほぼ無い。他分野から理論や手法を導入し、それに基づいて文学研究が行なわれる場合も有るが、多くの研究者の支持を得て長く続くということが起こりにくい[6]。したがって、文学研究においては、一人一人の研究者が過去の研究成果に学びつつ、仮のものであっても自ら体系を作り、纏めあげる努力を続けるしかないようである。おそらく文学研究は、現在でも個々の研究者の個性や感性に大きく任される、あるいは左右されるものである。インド学において文学研究が発達しにくいその原因の一つとしては、研究そのものが共有され、個々の研究成果が継承される傾向が強いインド学——その意味において社会科学系分野、場合によっては自然科学

ものは有り、また、『マハーバーラタ』の語りの定型句を口承文芸の叙事詩研究から適用して考察したP. A. Grintserの重要な研究も存在したようである（J.W. De Jongの紹介論文による。P. A. Grintser論文そのものは入手することが出来なかった）。

De Jong, J. W. 1975. 'Recent Russian Publications on the Indian Epic.' *The Adyar Library Bulletin*, 39: 1-42.

ドゥ・ヨング, 塚本啓祥（訳）1986『インド文化研究史論集』95-146.

6—— 一例を挙げれば、他の多くの分野から影響を受け、十九世紀末からインド学の文学（説話）研究でも系統図を作成することが行なわれて来た。しかし、これも現在は大勢とは言えない。

分野にも近い観が有る――において、上述したような文学研究は馴染みにくいという事情も有ったのではないだろうか。

さて、『マハーバーラタ』に限ることなく、古い文学作品の場合には、様々な分野の研究者がこれを取り上げる。歴史を研究する人々がそれら文学作品を研究対象として用いるとき、主としてそこに歴史的事実の痕跡を見出そうとする。また、思想・哲学を研究する人々が文学作品を研究対象として用いるとき、多くそこに思想・哲学の反映を見出そうとする。文学そのものを専攻する者が思想性の強い、あるいは哲学的な文学作品を取り上げるときに独自の仕事の一つとして在るのは、思想・哲学によって構成されつつその文学作品がどのように作り上げられているのか、そしてそれがどのように一種の興趣を齎すのか（人に喜ばれるのか）を、思想・哲学の研究成果に学びつつも、思想・哲学ではなく文学作品を主体として追求することであると考えられる。『マハーバーラタ』第13巻「教説の巻」と関係の深い第12巻「寂静の巻」については、そこにサーンキヤ思想の原初的形態が見られるため、思想・哲学的研究が為されてきた[7]。これに対し、第13巻「教説の巻」は全体としてはほぼ顧みられることなく、むしろ『マハーバーラタ』から「省く」べきという見解さえ存在した[8]。『マハーバーラタ』第13巻「教説の巻」は、『マハーバーラタ』の中核物語に嵌め込まれた説話や教訓的言説を専らとし、優勢なインド哲学や思想と顕著な関わりを持つ訳でもない為に、こうした低い評価を受けることになったようである。

7――中村了昭1998, 2000『マハーバーラタの哲学――解脱道品原典解明――』上下．
茂木秀淳1993-「叙事詩の宗教哲学―― Mokṣadharma-parvan和訳研究（I）」『信州大学教育学部紀要』78-.

8――E.W. Hopkinsは第12、13巻を「疑似叙事詩」（pseudo-epic）と呼んで他の巻と区別した。徳永宗雄はこの件の研究史を概説し、第13巻についてのみこの見解に同意して、第13巻を『マハーバーラタ』から省くことに異論は無いとしている。

Hopkins, E. Washburn. 1993. *The Great Epic of India*: 380-402.

徳永宗雄2002「『平安の巻』と水供養（udakakriyā）」『東方学』104.

本書はその『マハーバーラタ』第13巻「教説の巻」の文学研究を試みる。伝統的インド学の手法による文学研究とは異なる様相のものとなるであろう。インド学の研究手法に学びつつ、他言語の古典文学研究（国文学）や民俗学の研究手法をも援用している。

さて、上述のように文学作品解釈に既存の確立した方法が無いため、本書では仮説として作った体系を用い、『マハーバーラタ』第13巻「教説の巻」の文学解釈を行なう。『マハーバーラタ』第13巻「教説の巻」ではその構造として、二人の主たる登場人物、ビーシュマとユディシティラの対話、あるいは問答が主題を変えて延々と続いてゆく。この構造には注目しなければならない。以下、本書において、しばしば用いる用語（概念）を〈 〉に入れて挙げてゆくならば、まずこの、

〈対話〉

である。そして、このビーシュマとユディシティラの対話、ユディシティラの問いに対するビーシュマの答えから、「遠い昔の物語」（itihāsaṃ purātanam）といった語りが展開してゆくことがしばしば起こる。これは世界的に見られる「枠物語」の文学形式である。「枠物語」の中に「枠内物語」[9]が在る。したがって、本書で頻繁に用いる概念として、この二つが加わる。

〈枠物語〉

〈枠内物語〉

さて、本書では、『マハーバーラタ』「教説の巻」中の〈枠内物語〉が、

⑴相当程度、口承で伝えられていた「伝承」に起源していること、その後、

⑵相当程度、「語り物」となり、あるいは「語り物」『マハーバーラタ』へと流入したこと、そして、

⑶それら語りあるいは偈が収集され、〈枠物語〉の構造を持つ作品として

9——「枠物語」は既存の用語であり、「枠内物語」は本書において新たに設定した用語である。

「記録・編纂」されていったこと、更に、

(4)記録・編纂が行なわれてゆくにつれ、おそらく、語りとテキスト相互の循環的な影響が起こり、そのため一層語りとテキストの固定化が進んだこと、

を想定して進めてゆく。多くの場合、『マハーバーラタ』の〈枠内物語〉はもともと人々の間に口承で語り広められていたものである。それらの中には、ヴェーダ文献に収められているような、祭式の場の中心で祭官によって語られた真正の神話が何らかの機会に外へ出て世俗化したものも有ったと考えられる。また、祭式を遠源とすることも想定しづらい、ジャータカ文献の「過去物語」のような、昔話風の素朴なものも有ったであろう。そして、それらは散文、韻文何れの形でも存在していたと考えられる。

そうした神話・説話が様々な機会に、『マハーバーラタ』の語りとして、あるいは『マハーバーラタ』の語りでない形で、専門的な、あるいは半専門的な語り手によって取り上げられた。この語り手がどのような者達であったのかはよくわからない。『マハーバーラタ』を最初に語ったとされるヴィヤーサ仙、ジャナメージャヤ王に「バラタ族の物語」を語るヴィヤーサ仙の弟子・ヴァイシャンパーヤナ仙や、その後これをシャウナカ仙に語る「吟誦詩人」（スータ、sūta）・ウグラシュラヴァス等（本書・第1章第1節）は、『マハーバーラタ』の言わば「神話的な」語り手である。こういった原初の語り手の姿を受け継ぐ、聖性・宗教性を備えた語り手が実際存在した可能性も有るが、それとは異なる、相当に世俗的な語り手に至るまでの、様々な立場や能力の者がいたと推測される。そして、そういった語り手達がクシャトリヤの王侯や戦士を前にした語りの場において彼らを鼓舞・賞賛するための「語り物」として、更には祭式・儀式の場やその周辺といった語りの場で祭官や招待されているバラモン達への布施を勧める「語り物」として、それぞれ必要な潤色をもって語られる、ということが行なわれたであろう。この段階で語りはほぼ韻文としての形を持っていたと考えられる。

そして、更に時を経てそれら語りが「記録」の段階となったとき、何らかの「編纂」が行なわれたであろう。編纂の産物である可能性が最も高いのは、どの程度であるにせよ別々であった語り・偈群を集め、巻・章・偈に分割し名称（や

番号）を付けること、各章の最後に奥書（コロフォン、colophon）を付けること等ではないか。ただし、最初の記録から各写本の編纂（場合によっては各刊本の編纂）に至るまで、それぞれどういった作業であったのかを見極めるのは至難である。〈枠物語〉の構造は語り物の段階である程度現存の状態になっていたとも推測されるが、編纂の段階で作られた部分が多く有るであろう。現状の章立てや章名は編纂の作業による可能性が高いであろうし、〈枠内物語〉も編纂の段階で初めて『マハーバーラタ』の一部となったものが相当に有ると推測する必要が有る。全体として『マハーバーラタ』の「編纂」の程度を確定することは難しい。すなわち、纏めれば、本書では、『マハーバーラタ』第13巻「教説の巻」の神話・説話、〈枠内物語〉について、

〈原伝承〉

〈語り物〉

〈記録・編纂〉

という三つの点から考察する。

さて、上述のように、『マハーバーラタ』の神話は世俗化したそれであり、直截に「説話」と呼ぶことも出来る。説話化した神話である。これら説話には教育を目的として語られる面も有る訳であり、これを「教説性」と呼ぶことも出来る。『マハーバーラタ』第13巻はまさにその「教説」を目的とする巻である。「教説性」の強い説話は比較的メッセージ（教えの内容）が明確である。その一方で、『マハーバーラタ』は聴き手に興趣を齎すものである。言語遊戯や様々な文学技巧によって、精神的高揚を与えるものである。そしてそれらは宗教的性格と共存している。これを『マハーバーラタ』の「文学性」と考えることが出来る。すなわち、本書では、

〈文学性〉

〈教説性〉

という二つの点から『マハーバーラタ』第13巻の神話・説話を考察する場合も有る。これら二点はともに「宗教性」に包摂されるものである。

『マハーバーラタ』第13巻は各章の関係性、全章の統一性が見えづらい研究対象である。「ばらばら」という印象を与えかねない。そして、各章の研究を全章

の研究へ繋ぐことに困難を伴う。各章の研究もまた「ばらばら」になりかねない。そこで本書では仮に上記のような用語を用いることによって、一書としての統一性を取るように努めた。「ばらばら」になりそうな『マハーバーラタ』第13巻に、そしてそれを研究対象とする本書に、何れの章も何れかの用語には関わらせられる、いわば「網」を掛けている。

更に、 本書では、『マハーバーラタ』の神話・説話の「普遍性」と「独自性」についてもささやかながらも考えたい。口承の説話の分類には民俗学研究の分野に基準的なものが存在する。十九世紀前半のフィンランドに起こった叙事詩『カレワラ』採録・研究の流れを汲む、A. Aarneらによって始められた「フィンランド学派」による口承の説話、「昔話」（folktale）の分類法である[10]。口承の説話の分類としてはこうした民俗学研究の分野に基準的なものが有り、文献の説話には無い為に、民俗学の例に倣い、文献に応用して適宜行なうことにする。『マハーバーラタ』が、広く世界に伝播している「昔話」（folktale）の様々な「話型」（type）を含み込んでいることを比較研究により実証する可能性は有る。そうした世界的な「昔話」の諸要素を共有しているとすれば、それは『マハーバーラタ』の「普遍性」である。しかし、こうした昔話の比較研究はヨーロッパにおいて先行し、（当然ながら）ヨーロッパを基準として為されてきたものである。したがって、『マハーバーラタ』を初めとしてインド古典文学の神話・説話はしばしば相当に異なる様相を見せる。古典インドの神話・説話、昔話独自の把握法（分類）が有ることが望ましいのであるが、それは現在のところ存在しないようである[11]。

10——Aarne, Antti and Thompson, Stith. 1961. T*he Types of the Folktale.*
Uther, Hans-Jörg. 2004. *The Types of International Folktales.* 3 vols.

11——関敬吾は、日本昔話をAarne、Thompsonのヨーロッパ昔話の分類法に倣って分類し、AT番号を付した。それらのうちには同じタイプと考えて良い例も有るが、無理にあるいは仮の措置として当て嵌めている例も多い。インドの口承文芸についても、Thompsonらが近現代のフィールドワーク資料を用い、上述のAT番号による分類を行なっているが、日本昔話の場合と同様の問題が有ると推測される。インドの口承文芸も、ヨーロッパのそれと相当異なっている

これに対して、『マハーバーラタ』の神話が、ヴェーダ文献等の先行するインド神話・説話の伝統を継承しつつ、特徴的、あるいは独自の性格を持っているとすれば、それを『マハーバーラタ』が「普遍性」とともに合わせ持っている「独自性」と呼ぶことが出来る。すなわち、

〈普遍性〉

〈独自性〉

であるが、この二点は本書では僅かながら具体的な言及をすることが有る。そういった視点・方法の有り得ることを意識しつつ、将来の研究課題として見据えておくこととする。

さて、本書の第1章はいわば「総論」であり、そこにおいて第13巻「教説の巻」「布施の法」全体の構想と説話、構成と概要を見渡す。〈枠物語〉と〈枠内物語〉の関係を見定めるのであるが、それは、〈記録・編纂〉、そして、〈教説性〉のレベルの考察が主となる。〈語り物〉のレベルの考察がこれに加わる。

その後に続く第2章から第6章までは言わば「各論」である。それらにおいて、上述の方法・視点によって、具体的に五つの〈枠内物語〉、「蛇に咬まれた子供」「鸚鵡と森の王」「チャヴァナ仙と魚達」「七仙人の名乗り」「ガウタマ仙の象」を取り上げ、それぞれ考察と和訳を行なう。これら五話は、第13巻「教説の巻」中で〈文学性〉の勝るものであり、そして、『マハーバーラタ』の一部としてであるか否かは定かでないが、ともかく〈語り物〉としての段階を持っていたのではないかと推測されるものである。これら各論の後、終章において総括を行なう。

のは当然である。現在、日本・韓国・中国の研究者による新たな国際昔話・タイプインデックス、モチーフインデックスの作成を進めている学会も有る（例えば、アジア民間説話学会）。また、『アラビアン・ナイト』のモチーフインデックスも公刊されている。『マハーバーラタ』等インド古典文学を用いてのモチーフインデックス、タイプインデックスの作成も可能だと言える。

Thompson, Stith and Roberts, Warren E. 1991. *Types of Indic Oral Tales.*

El-Shamy, Hasan M. 2006. *A Motif Index of The Thousand and One Nights* .

さて、第2章から第6章において研究対象とする神話・説話は、前述の〈文学性〉、〈教説性〉のうち、総じて〈文学性〉が勝っている例ばかりである。そして、〈原伝承〉、〈語り物〉、〈記録・編纂〉、また、〈文学性〉、〈教説性〉のどのレベルで特徴を持つかという点で、それぞれに異なっている。そのため各章は少しずつ異なった様相を見せるかと思われる。

第2章では「蛇に咬まれた子供」を取り上げる。ここではまず、『マハーバーラタ』全巻に通底する主題としての「運命（kāla）と行為（karman）」がともに見られることを指摘し、両者がどのように表現されているかを考察する。ここで、〈枠物語〉と〈枠内物語〉における〈教説性〉の兼ね合いの問題が中心となる。これは、〈記録・編纂〉の段階の問題である。また、この〈枠内物語〉のタイプ（話型）が孤立したものではなく、他の文学作品にも見出されることを指摘し、「蛇に咬まれた子供」の〈枠内物語〉の場合にはどのように形作られているかを考察する。ここではまず、この〈枠内物語〉に残っている〈原伝承〉の性格が問題となる。最後には、〈語り物〉としての性格についても触れる。

第3章では「鸚鵡と森の王」を取り上げる。この〈枠内物語〉は、〈原伝承〉の性格を残し、〈語り物〉としてはバラモン向けのそれと、クシャトリヤ向けのそれとの少なくとも二段階の姿を見せ、語りの場や語り手について考えるべきことが多い。また、〈記録・編纂〉の段階の問題も垣間見せる多面的・重層的性格を持つ例となっていることを述べる。

第4章では「チャヴァナ仙と魚達」を取り上げる。この〈枠内物語〉も〈原伝承〉としての性格をよく残している。ヴェーダ文献以来の神話群が、その伝統を受け継ぎつつ『マハーバーラタ』に至って如何に自在な展開を遂げるに至ったかを知らしめている例である。古代インドの昔話の〈独自性〉を示している可能性の有る一例でもある。

第5章では「七仙人の名乗り」を取り上げる。七仙人達の名前や行状は素朴な一般の人々によっても知られ、語られていたであろう。しかし、「七仙人の名乗り」の中で七仙人達の発言を形作っている各偈（シュローカ）は何れも相当にサンスクリット語学力に長けた、（まさに吟誦詩人と呼ばれるような）巧みな言葉の使い手によるものである。それら偈を含むこの神話がまず〈語り物〉のレベルで、

「言語遊戯」としてどのように読めるか、考察を行なう。また、自由奔放に展開する「七仙人の名乗り」を含むこの神話が、〈枠内物語〉として〈枠物語〉に嵌め込まれたときに生じた、奇妙な点についても言及する。これは〈記録・編纂〉の段階の問題である。そして、後述のプーナ批判版では「七仙人の名乗り」が十分に解釈することが出来ないことをも述べることになる。また、この神話は『マハーバーラタ』第13巻中で、純粋に〈文学性〉という点では最も達成度の高い話の一つである。そして、世界的に見る「名前の呪力」を背景とする神話・説話であるという点において〈普遍性〉を有するが、その具体的な表出・表現には「真実の呪力」も絡み、インド的な〈独自性〉を有すると考えられる。

最後に、第6章では「ガウタマ仙の象」を取り上げる。この〈枠内物語〉も〈原伝承〉の性格をよく示している例である。しかも、二つの異なる伝承を組み合わされていると考えられる。一つは、「良き行ないをした者の良き行き先」を唱え続けて、その「唱え言」によってブラフマー神の世界に赴く、と言祝ぐものである。今一つは、仙人の象を盗もうとする王が仙人を試そうとするインドラ神の化身であった、という物語である。これら〈原伝承〉が〈語り物〉の段階となったとき、言祝ぎの性格が際立ったものとなったことを述べる。『マハーバーラタ』の聴聞や詠唱に功徳が有ると『マハーバーラタ』中では説かれている。この神話・説話はこうした性格の顕著な一例である。

なお、本書において取り上げる「はなし」をどう呼ぶかについては必ずしも統一していない。「神話」あるいは「説話」あるいは「神話・説話」のように何通りもの呼び方をしている。真の意味の「神話」は上述のように祭式に直結し、あるいは祭式や物事の起源・意味を説明するものであるので、厳密にはヴェーダ文献（特にブラーフマナ文献）の神話がインドの神話と言うべきであろう。しかし、祭式の外に出て世俗化した、あるいはより文学的なものとなった「はなし」をも「神話」と呼ぶことに問題は無いと考えられる。「神話文学」とさえ呼んで良いかもしれない。そこで、『マハーバーラタ』の「神話」がそうした世俗化、文学化した神話であり、それぞれの「はなし」の性格に応じて「神話」「説話」あるいは「神話・説話」と呼ぶことをあらかじめ述べておく。

2. 考察と和訳の依拠するテキスト・参照する英訳

本書の各章では、『マハーバーラタ』第13巻「教説の巻」の神話・説話の考察と和訳を行なってゆく。その作業は刊本（印刷刊行されたテキスト）に基づいて行う。最近のインド学の趨勢として写本に基づく研究が一層開けて来ているが、本書で行なうのは写本ではなく刊本を用いた、『マハーバーラタ』の文学研究の一環としての、考察と和訳である。その作業は、刊本の本文と、刊本に挙げられた写本の異読（variant）に依拠して可能な範囲において行なう。

刊本に基づく『マハーバーラタ』翻訳のみならず研究の基盤となるテキストの役割は、これまでの研究史において「批判版」の成立以降、圧倒的にこの「批判版」が担ってきた。そうでない一部の翻訳者・研究者が、ニーラカンタによる注釈の付いた、ボンベイ版系の「キンジャワデカル版」等と呼ばれるものを採ることが有る[12]。本書で『マハーバーラタ』神話・説話の研究、考察・和訳のために使用・参照する底本は、このように従来採用されることの多かった批判版ではなく、「キンジャワデカル版」である。また、キンジャワデカル版該当本文を、批判版、クンバコーナム版とあと一本の本文のみ選んで校合を行なう。これら諸本の情報は、次の通りである。

12——中村了昭は『マハーバーラタ』翻訳・研究にキンジャワデカル版を主として用いている。また、Clay Sanskrit Library (ed. Richard Gombrich）が、2005年からキンジャワデカル版のテキストを用いて『マハーバーラタ』のWilliam J. Johnsonによる第3巻の1冊を筆頭として英訳公刊を開始した。第13巻の訳者はAndrew Skiltonと決まり、*Good Counsel*と題してホームページにも予告されたが、Clay Sanskrit Libraryの企画そのものが途絶したため、未だ実現していない。

中村了昭1982『サーンクヤ哲学の研究』.

中村了昭1998, 2000『マハーバーラタの哲学——解脱道品原典解明——』上下.

中村了昭2014「『マハーバーラタ』第十七巻・第十八巻」『国際文化学部論集』14(4).

Johnson, William J. trans. 2005. *Mahābhārata: Book 3 The Forest*, vol.4-.

(1) キンジャワデカル版

『マハーバーラタ』の有名な注釈者・ニーラカンタ（Nīlakaṇṭha、十七世紀後半）による注釈が付けられた、ボンベイ版系のテキストのうち、R. Kinjawadekar編のものである。ニーラカンタによる注釈が付けられたテキストは、その注釈項目・注釈内容と本文の対応関係から見ても、ニーラカンタによって校訂を受けていると考えられる。ボンベイ版系のテキストは、批判版において繰り返し'the Vulgate'、すなわち「流布本」、あるいは「通俗本」といった貶める呼び方をされている[13]。しかし、『マハーバーラタ』本文の理解のために時折にもニーラカンタ注を参照することが有る[14]のであれば、ニーラカンタ注の付いたテキストに依拠することは一つの合理的な選択と考えられる。また、長い年月を掛け、部分（巻）毎に異なる校訂者によって作業が引き継がれた批判版の中でも、その最終段階に成立した第13巻には問題が多そうである。そのような理由で、本書の『マハーバーラタ』第13巻「教説の巻」研究・翻訳においては批判版に依拠することを回避した。キンジャワデカル版『マハーバーラタ』第13巻「教説の巻」（*Anuśāsanaparvan*）は、「布施の法」（*Dānadharmaparvan*）166章、「ビーシュマ昇天」（*Bhīṣmasvargārohaṇaparvan*）2章、全168章から成る。

Kinjawadekar, R. ed. 1929-1936. *Shriman Mahābhāratam with BharataBhawadeepa by Nīlakaṇṭha*, 6 vols., Poona: Chitrashala Press.

(2) 批判版（プーナ批判版）

インド、プーナ（プネー）にあるバンダルカル東洋学研究所（Bhandarkar Oriental Research Institute）が1933年から1966年までの年月を掛けて、『マハーバーラタ』の遡り得る限り原型に近い、文字通り批判的なテキストを目指し、多くの写本を校訂して人工的に作り上げたテキストである。長い間『マハーバーラタ』研究の

13——Sukthankar, V.S. et. al. ed. 1933. *The Mahābhārata: Text as Constituted in Its Critical Edition*, vol.1, Prolegomena: I - CX.

14——批判版を採る翻訳者・研究者もしばしばニーラカンタ注を参照する。

基盤刊本として揺るぎ無い地位を保って来ている。批判版によって達成された写本の収集と校訂作業はおそらく再びとは出来ない難事業であり、また、その成果、異読の参照は今なお欠かすことの出来ない重要性を持つことは繰り返し強調したい。しかし、長い年月を費やし、多くの研究者が分担をして作成した巨大な批判版は、各巻あるいは部分によって、あるいは刊行の時期によって相当な差が有る。本書の対象とする第13巻は批判版の最終段階で成立したものであり、より問題が大きいようである。本書ではこの批判版・第13巻の本文がどのようなものであるかの確認も、各章の和訳と、第5章・第6章の各第2節において取り上げた範囲の中で、部分的にではあるが行なう。

Sukthankar, Vishnu S. et al. 1933-1966. *The Mahābhārata*, 19 vols., Poona: Bhandarkar Oriental Research Institute.

批判版・第13巻については、「布施の法」(*Dānadharmaparvan*) 152章、「ビーシュマ昇天」(*Bhīṣmasvargārohaṇaparvan*) 2章、全154章から成る。キンジャワデカル版とは章の区切り目が異なる場合や、キンジャワデカル版に有る章内容が批判版には無い場合等があり、結果として批判版・第13巻「布施の法」はキンジャワデカル版より14章少ない。

Dandekar, Ramachandra Narayan. ed. 1966. *The Mahābhārata*, vol.17., Poona: Bhandarkar Oriental Research Institute.

(3)　クンバコーナム版（南インド版）

批判版が北方諸本に偏っているとされるのに対し、J. W. de Jongの序文によれば、おおよそ南方諸本を集大成したテキストであり、一種の「南インド批判版」とも言える。北方諸本に比べて増広した部分が多い。本書で使用しているのは、二十世紀初めにクンバコーナムで出版されたものの復刊本である。キンジャワデカル版、批判版が北方系に当たるとすれば、南方系一本とも校合を行なうことは望ましいであろう。

クンバコーナム版・第13巻については、「布施の法」(*Dānadharmaparvan*) 272章、「ビーシュマ昇天」(*Bhīṣmasvargārohaṇaparvan*) 2章、全274章から成る。キンジャワデカル版には無い章内容がクンバコーナム版に存在する場合等が有り、結果としてクンバコーナム版・第13巻「布施の法」はキンジャワデカル版より106章多い。

Krishnacharya, T.R. and Vyasacarya, T.R. eds. 1991. *Sriman Mahābhāratam: According to Southern Recension Based on the South Indian Texts with Footnotes and Readings*, 8 vols., Sri Garib Dass Oriental Series, nos. 67-74, Delhi: Sri Satguru Publications (First published, Kumbhakonam, 1906-1910).

なお、本書・第5章第2節においてのみ、カルカッタ版をも使用する。書誌事項は第5章第2節に記す。

(4) Ganguli英訳

十九世紀末（1883～1896年）に、ニーラカンタ注の解釈に依拠した英訳として刊行されたものである。インド人による言わば「伝統的な」解釈に基づく英訳であるが、『マハーバーラタ』の全英訳は長らくこれがほぼ唯一のものであった（新英訳については本書・第5章第2節）。この英訳がK.M. Ganguliの手に成るということは最近の版には明記され，その知識も定着している。しかし、初版公刊以来長くそのことは書誌情報として示されず、出版者・P.Ch. Royの英訳であるとする体裁を取っていた。そのため，この訳は長らくRoy訳として知られ、あるいは取り扱われていた。

Roy, P.Ch. 1883-1896. *The Mahabharata of Krishna-Dwaipayana Vyasa*, 11vols., Calcutta: Datta Bose.

Ganguli, Kisari Mohan. trans. 2004. *The Mahabharata of Krishna-Dwaipayana Vyasa Translated into English Prose from the Original Sanskrit Text*, 4 vols., New Delhi: Mushiram Manoharlal Publishers.

(5) Dutt英訳（及び添付テキスト）

Duttの英訳（1895～1905年）はこれに先立つGanguliの英訳（1883～1896年）に酷似しつつ多少現代的になっており、Ganguli訳に依存して英訳作文作業を行ったとものと推測される（独自の部分も有る）。更にこのDutt英訳に『マハーバーラタ』のテキストが添付されたものが出版された。Ganguliが底本としたテキストは「カルカッタ版」とされるが、具体的なものが不明である中で、ほぼそれに近いと判断されたテキストがDutt訳に付けられたと考えられる[15]。この『マハーバーラタ』テキストは上述のキンジャワデカル版、批判版、クンバコーナム版と同等のものではないかもしれないが、Ganguli訳の底本に近似するものとして、このテキストをこの機会に参照しておきたい。章立てはキンジャワデカル版と基本的に一致している（本書で取り扱う範囲では誤植がしばしば見られる）。

Sharma, Ishwar Chandra and Bimali, O.N. eds. 2004. *Mahābhārata: Sanskrit Text and English Translation: Translation According to M.N. Dutt*, 9 vols., Parimal Sanskrit Series, no. 60, Delhi: Parimal Publications.

これまで長年の間、『マハーバーラタ』の翻訳や研究、『マハーバーラタ』への言及はプーナ批判版に基づいて為されることが多かった。『マハーバーラタ』を構成する偈の多くが、もともと長い年月の間口承で伝えられ、また、成長、増広を続けていった結果としての、難読あるいは意味不明の部分が有ったことは確かであろう。十九世紀末、Mauriz Winternitzが『マハーバーラタ』批判版の作成を提唱し、それを機として、インド人を中心に三十年以上の時間を掛けて遂行され、二十世紀半ばに成就した大事業がプーナ批判版である[16]。批判版によって成し遂げられた写本の異読の集大成という業績は高く評価されるべきである。『マ

15——Parimal Sanskrit Series, no. 60のM.N. Dutt英訳・第1巻のIntroductionに、プーナのChitrashala PressからSamvat暦1850～1855年（西暦1793～1798年）に出版されたもの、と記されている。

16——Sukthankar, V.S. ed. 1933. *The Mahābhārata*, Prolegomena: I - CX.
Brokington, John. 1998. *The Sanskrit Epics*: 56-65.

ハーバーラタ』の読解に、批判版の提示する異読の参照は未だに欠かせない。原型究明の情熱的にして果敢な努力がその事業を可能にしたと言える。

しかし、奔放なまでに変化に富む膨大な数の写本を持つ『マハーバーラタ』の場合、唯一の批判校訂テキストを作ること、それら写本の読みを取捨選択して完全に人工的な一テキストを創出すること自体に問題が有りはしないだろうか。また、原型構築が研究の志向性の一つであるとしても、展開した姿が否定されるのも不当であろう。発展型よりも原型を解明することが第一義となるのは、ある一人の作者によって創られたと考えられる作品である。『マハーバーラタ』の作者あるいは最初の語り手を、『マハーバーラタ』の重要登場人物であるヴィヤーサと信ずるのでない限り、原型構築を第一義としなくても良いはずである。それにまた、『マハーバーラタ』のプーナ批判版の場合、当初の作成方針や情熱そのものが三十年以上に渡る長期間の最後まで保たれていた訳ではない[17]。本書が研究対象とする第13巻はプーナ批判版の最終段階で作成されたものであり、使用されている写本の数も相当に少なく、他巻で使用されている重要写本が欠けている等の問題が有る。

上述の経緯からすれば、『マハーバーラタ』テキストのうち、批判版以外で、一定の評価を受けているものを採用することが有っても良いと考えられる。本書の考察と和訳では、キンジャワデカル版『マハーバーラタ』に基づき、批判版やその他の刊本、また、批判版の異読を参照とすることにしたい。

なお、『マハーバーラタ』を構成する偈のほとんどは、古典サンスクリット詩に最も多いシュローカ（śloka）という形式を取っている。標準的なシュローカは、一偈が四脚（pāda、「脚」の意）から成り、一脚は八音節である。音節は一定の規則で長・短の長さを持つ。『マハーバーラタ』には、全六脚の変形シュローカ、また、シュローカ以外の偈もときおり混じる。

17——Dunham, John. 1991. 'Manuscripts Used in the Critical Edition of the *Mahābhārata*: a Survey and Discussion.' In *Essays on the Mahābhārata*.

第1章

『マハーバーラタ』第13巻
「教説の巻」の研究

はじめに

本書・第1章においては、『マハーバーラタ』（*Mahābhārata*）第13巻「教説の巻」*Anuśāsanaparvan*中の「布施の法」（*Dānadharmaparvan*）を概観する研究を行う。本書の「総論」としての性格を持っている。「序章」において述べたように、本書では、全体として、以下の用語（概念）に多く基づきながら考察を進めてゆく。それらの用語はまず以下の三つである。

〈対話〉

〈枠物語〉

〈枠内物語〉

『マハーバーラタ』第13巻「教説の巻」「布施の法」は、ユディシティラとビーシュマの延々と続く〈対話〉を全体の枠組みとして持つ。ユディシティラの問いに対するビーシュマの答えから、「遠い昔の物語」（itihāsaṃ purātanam）といった語りがしばしば展開してゆく。このとき、ビーシュマの語る「遠い昔の物語」が〈枠内物語〉であり、それら〈枠内物語〉が存在することによって、ユディシティラとビーシュマの〈対話〉が〈枠物語〉となる。また、以下三つの用語にも基づく。すなわち、

〈原伝承〉

〈語り物〉

〈記録・編纂〉

『マハーバーラタ』第13巻「教説の巻」「布施の法」の〈枠内物語〉、神話・説話の多くが本来一般の人々の間で伝えられた「伝承」、〈原伝承〉であり、その後専門的あるいは半専門的語り手、吟誦詩人とも呼ばれる者達によって長く語られた〈語り物〉であったが、時を経て〈枠物語〉の構造を持つ作品として確定・固

定化、〈記録・編纂〉された、ということを前提として進めてゆく。〈語り物〉の段階でもある程度〈枠物語〉の形式を持っていた可能性は有るが、むしろ〈記録・編纂〉の段階において専ら〈枠物語〉としての整備が為されたのではないか。

また、『マハーバーラタ』の神話・説話は、祭式の中心で語られるものではなく、むしろその周辺やそれ以外の場所であったであろう。また、祭官といった純粋な宗教者によって語られるものではなく、様々な立場や能力の、おそらくは世俗的傾向がより強い語り手達によるものであったはずである。そして、そうした語りに応じた聴き手を持っていたはずである。バラモンのみならず、クシャトリヤからそれ以下の、一般のあるいは民間の人々を聴き手としていたであろう。以上のことを念頭に置く必要がある。

また、本書においては、

〈文学性〉

〈教説性〉

の二点からも考察することになる。「教説の巻」の名に負けず、この巻の「教説性」は強いのであるが、それにもかかわらず見逃すことの出来ない「文学性」の勝った神話・説話を多く見出すからである。

更にまた、『マハーバーラタ』の神話・説話を世界的な基準で見た場合の、

〈普遍性〉

〈独自性〉

の二点についての将来への見通しを立てる場合も有る。

まず、第1章第1節「ユディシティラとビーシュマの対話(1)——『教説の巻』『布施の法』の構想——」において、『マハーバーラタ』第13巻「教説の巻」「布施の法」全体の構想と説話の在り方を、〈枠物語〉と〈枠内物語〉の関係を概観する。ここにおいては、主として〈記録・編纂〉、〈教説性〉のレベルの事柄に言及する。第1章第1節の最後には〈語り物〉としての『マハーバーラタ』について、語りの場と語り手（吟誦詩人）の問題に触れることになる。

次に、第1章第2節「ユディシティラとビーシュマの対話(2)——『教説の巻』『布施の法』の全章構成表——」において、「教説の巻」「布施の法」全百六十六

章の構成表によってその構成と概要を提示する。やはり、主として〈記録・編纂〉、〈教説性〉のレベルでの『マハーバーラタ』第13巻全体を見渡す。第1章によって、これに続く本書の「各論」、第2章から第6章の「教説の巻」「布施の法」中の神話・説話が把握し易いものとなり、それらの個別研究の理解を助けるものとなればと考えている。

第1節　ユディシティラとビーシュマの対話(1)
――「教説の巻」「布施の法」の構想――

本書・第1章第1節は、『マハーバーラタ』第13巻「教説の巻」中の「布施の法」の構想と説話について考察する。主に、「教説の巻」「布施の法」各章（adhyāya）が担っている主題、〈枠物語〉と〈枠内物語〉の主題の整合性という視点からこれを行なう[1]。本来口承文芸であり〈語り物〉であった『マハーバーラタ』の様々な部分が〈記録・編纂〉の段階を迎えた。第1章第1節では、主として、ほぼ固定化し静止した現存の姿、〈記録・編纂〉段階の『マハーバーラタ』における、〈枠物語〉と〈枠内物語〉の主題という点での、整合あるいは不整合について分析する。

第1章第1節の最後に、〈記録・編纂〉以前の〈語り物〉段階の『マハーバーラタ』を考えたときに見えて来る、これらの神話・説話の意味について少しばかり言及する。

1――「布施の法」構成一覧を本書・第1章第2節に入れている。

1.『マハーバーラタ』と『マハーバーラタ』第13巻「教説の巻」

『マハーバーラタ』は、『マハーバーラタ』第13巻「教説の巻」(*Anuśāsanaparvan*)は、ニーラカンタ(Nīlakaṇṭha)注が付いたボンベイ版系の刊本では全168章から成り[2]、二つの下位の巻に分かれている。第166章までは、戦争末に、バラタ族の正統にして長老のビーシュマが瀕死の床に在りながらパーンダヴァの長男ユディシティラに説く「布施の法」である。最後の第167、168章のみがビーシュマの死と昇天を語る「ビーシュマ昇天」(*Bhīṣmasvargārohaṇaparvan*)となっている。先立つ『マハーバーラタ』第12巻「寂静の巻」(*Śāntiparvan*)は、三つの下位の巻、「王の法(務め)」(*Rājadharmaparvan*)、「窮迫時の法」(*Āpaddharmaparvan*)、「解脱の法」(*Mokṣadharmaparvan*)に分かれている。これら「王の法」「窮迫時の法」「解脱の法」「布施の法」は、〈枠物語〉の設定の点でも、様々な法、務め、生き方(dharma-)を説く点でも、『マハーバーラタ』第12、13巻に跨がっている。また、『マハーバーラタ』第12、13巻は『マハーバーラタ』の原型が成立してから後代になって追加されたと言われる[3]。一方、第13巻「教説の巻」中の「布施の法」が「ビーシュマ昇天」を前にした時間に置かれていることは、「布施の法」に大きな意味を齎している。ユディシティラ即位の前に位置していることもまた同じである。

第12巻「寂静の巻」	「王の法」 「窮迫時の法」 「解脱の法」	第13巻「教説の巻」	「教説の巻」 「ビーシュマ昇天」

2——キンジャワデカル版による。批判版では全154章となっている。

3——van Buitenen, Johannes Adrianus Bernardus. ed. and trans. 1973. *The Mahābhārata*, vol.1, Introduction: xxiii.
Brockington, John 1998. *The Sanskrit Epics*: 26.

2.『マハーバーラタ』に見る様々な〈枠物語〉

(1)『マハーバーラタ』第1巻「初めの巻」に見る入れ子式〈枠物語〉

『マハーバーラタ』の〈枠物語〉は、最も古層に位置する〈枠物語〉の一つである[4]。〈枠物語〉は基本的に、いわば「入れ子式」の構造を持つ。第1巻「初めの巻」(*Ādiparvan*)において、『マハーバーラタ』全体の核となる「バラタ族の物語」について、整理すれば、まずヴィヤーサ仙が語ったこと、次にジャナメージャヤ王(アルジュナの曾孫)の蛇供儀において、ヴィヤーサの命によりその弟子ヴァイシャンパーヤナ仙が王に語ったこと、続いてそれを聞いた吟誦詩人(スータ、sūta)ウグラシュラヴァスが、ナイミシャ森でシャウナカ仙の祭式においてシャウナカに語ったことが示されている。「バラタ族の物語」を以上二重の〈枠物語〉が覆っている設定である[5]。こうした構造は実際の語りに有るというよりも仮想の、あるいは理念的なものであり、語り手の説明によって聴き手の頭の中に作り上げられるものである。なお、『マハーバーラタ』の場合、より内側に多くの入れ子式〈枠物語〉が存在する。そこで、より内側の登場人物が更に内側の物語を語る。また、聴き手にとっては、こうした理念的な入れ子式〈枠物語〉の諸処に後述・数珠繫ぎ式の〈枠物語〉が存在することになる。

4――『マハーバーラタ』に先立ちヴェーダ文献の神話に〈枠物語〉の形式は見られる。

Witzel, Michael. 1987. ‘On the Origin of the Literary Device of the Frame Story in Old Indian Literature.’ In *Hinduismus und Buddhismus*.

5――ただし、この設定は第1巻「初めの巻」の途中において断絶し、以降、『マハーバーラタ』全体を覆う最も外側の語り手は、ほぼ最末、第18巻「昇天の巻」(*Svargārohaṇaparvan*)第5章(18.5.)に至るまで、基本的にヴァイシャンパーヤナである。

Tsuchida, Ryutaro. 2008. ‘Consideratins on the Narratives of the *Mahābhārata*.’『インド哲学仏教学研究』15.

(2)『マハーバーラタ』第3巻「森の巻」に見る数珠繋ぎ式〈枠物語〉

実際の〈枠物語〉において物語は言わば「数珠繋ぎ式」に語られることが多い。そのとき〈枠内物語〉は喩えるならば数珠玉の一粒一粒である。『マハーバーラタ』の多くの章にこういった数珠繋ぎ式の〈枠物語〉が存在する。例えば、『マハーバーラタ』第3巻「森の巻」(*Vanaparvan*)では、パーンダヴァ兄弟が聖地巡礼に出掛け、同行するローマシャ仙がそれぞれの聖地にまつわる伝説や物語を語るという箇所が有る。このような場合、〈枠物語〉と〈枠内物語〉それぞれに出来事が有り、語りが〈枠物語〉と〈枠内物語〉を往復しつつストーリーが進行してゆく。そして、『マハーバーラタ』第3巻「森の巻」中の「聖地巡礼」の場合は、聖地にまつわる伝説を語ることそのものが〈枠物語〉の趣旨である。そのため、〈枠物語〉と〈枠内物語〉の関係に無理が無く、後述のような主題の不整合も生じにくい。

(3)『マハーバーラタ』第12巻「寂静の巻」・第13巻「教説の巻」に見る対話式〈枠物語〉

『マハーバーラタ』第12、13巻でも前述・入れ子式の〈枠物語〉構造が有るという設定になっており、地の文の前に「ヴァイシャンパーヤナは言った(Vaiśaṃpāyana uvāca.)」と入ることが有る。しかし、実際の形はユディシティラとビーシュマの〈対話〉、問答であり、「対話篇」のような形式である。更に言えば、その大部分はビーシュマの答え(語り)である。ビーシュマの答えがしばしば説話的内容となっており、いわば〈対話〉式の〈枠物語〉である。逆に、ビーシュマの答えが相当に純然たる「教説」であってストーリー性が希薄な章も多いが、それらも〈対話〉形式を取ることによって、〈枠物語〉として成立している。『マハーバーラタ』第3巻「森の巻」中の「聖地巡礼」に見る数珠繋ぎ式〈枠物語〉と同様の構造とも言えるが、『マハーバーラタ』第13巻「教説の巻」「布施の法」の〈枠物語〉が『マハーバーラタ』第3巻「森の巻」中の「聖地巡礼」等の数珠繋ぎ式〈枠物語〉とは異なっている点が有る。それは、『マハーバーラタ』第13巻「教説の巻」「布施の法」の〈枠物語〉において出来事が僅かに起こるのみでストーリーが進行しない点である。最終第166章にはビーシュマがユディシティラを都に帰らせる云々のストーリーが有り、冒頭第1章も『マハーバーラタ』第12巻「寂静の巻」からの繋ぎとしてのストーリーを若干持つ。また、他章にもクリシュナらの神々、聖仙(リシ)らのやりとりが多少有り、『マハーバーラタ』第13巻「教説の巻」「ビーシュマ昇天」に至って、ビーシュマの教説は八日間に渡った計算になることが語られる[6]ものの、あたかも時間が停止したかのような物語状況である。そして、この「布施の法」がビーシュマの死の直前に設定されているのは重要な点である。

なお、世界的に見られる〈枠物語〉の中で、〈枠物語〉のストーリーが主体となっている例は多くない[7]。〈枠物語〉のストーリーが主体となっている場合には、語るべき核の物語が有るところへ多くの〈枠内物語〉を入れてゆくため、勢い複雑な構造となる。しかし、こうした〈語り物〉が成長するにつれ、他の多くの説話・物語を合わせて運ぶ巨大な船のような存在となってゆく現象が有ると考えられる。また、〈枠物語〉のストーリー性が希薄な場合、〈枠物語〉は多くの説話・

6——五十夜ユディシティラが都に滞在していたこと（13.167.5）、五十八夜ビーシュマが矢の床に臥していたこと（13.167.27）が語られているためである。

7——そうした中では、『平家物語』も主筋の物語を中心とする、一種の〈枠物語〉と考えることが出来る。少なくとも〈枠物語〉に類似する存在である。この場合、作品内には登場せず、聴衆の眼前に姿を見せている作品全体の語り手（すなわち琵琶法師）が、主筋の物語からの連想によって、主筋の物語と何らかの関連のある別の説話・物語をしばしば挟み込み語るという構造を取っている。この点において『平家物語』と『マハーバーラタ』は類似する（ただし、『平家物語』では上述の理念的「入れ子」構造の枠が薄い）。『平家物語』研究において普通〈枠物語〉という用語は使われないが、〈枠物語〉、〈枠内物語〉とよく似た考え方は為されて来ている。その場合、〈枠内物語〉に当たる話を「傍系説話」と呼ぶことが多い。なお、『平家物語』の幾つかの伝本が持つ後代追加の「剣の巻」上・下においては、平家が壇ノ浦にて滅亡した際草薙剣(くさなぎのつるぎ)がともに海中に失われたという事件を契機として、主筋の物語を離れ、延々と天下の名剣の話が披露されてゆく。この点において、『平家物語』「剣の巻」は『マハーバーラタ』第13巻に類似する。いずれも、作品として一旦成立したものの「枠」を用いて新たに〈枠内物語〉を嵌め込んでゆくという方法を用いている。

物語を嵌め込むための「枠」という働きを担う。『マハーバーラタ』の場合、後補されたと考えられる『マハーバーラタ』第12、13巻で〈枠物語〉の枠が弱く、ストーリーがほとんど進行しないのは自然である。そうした巻にあってなお、〈枠物語〉と〈枠内物語〉との間にしばしば矛盾や不整合を見出す。

3.『マハーバーラタ』第13巻「教説の巻」に見る多様なレベルの主題の説話・物語の混在

『マハーバーラタ』第13巻各章の主題の在り様(よう)を示すため、例として第1章の要約を次に挙げる。

【枠物語（初め）】ユディシティラが問うた。「運命すなわち時間（kāla）に従い、王達を殺す行為をした自らに心の寂静（śānti）は有るのか」と。ビーシュマが答えた。「自立的ではない自己は行為の原因ではない。これについてはガウタミー、猟師らの対話・古い物語が有る」と。

【枠内物語（ビーシュマの語り）】　蛇に咬まれてバラモン婦人・ガウタミーの子供が死んだ。猟師、蛇、死神、運命が順に、「子供の死について自らに責任は無い」と主張し、最後に運命によって、「子供の死は子供自身の行為（karman）の結果」と結論が出された。ガウタミーは「子供は行為によって、運命によって死に至った」と締めくくった。

【枠物語（終わり）】ビーシュマが述べた。「全ての者は行為を原因とする世界に赴く。運命によって行為（戦い）は為された」と。（以上要約、13.1.1-83）

ここには『マハーバーラタ』第12巻から継続する「寂静」の主題が見られる。しかし主題の中心は、『マハーバーラタ』全体に通底する主題、「時間すなわち運命（kāla）」「運命と行為（karman）」である。そして、〈枠物語〉では「時間すなわち運命」、〈枠内物語〉では「行為」に主軸が有り、微妙な不整合が有るところで擦り合わせが行なわれている。以下、『マハーバーラタ』第13巻「教説の巻」各章が担う多様なレベルの主題を示す。一つの章が複数の主題、主題と副主題を持つ場合も有り、相当に複雑である。

(1)『マハーバーラタ』他巻と共有する主題・『マハーバーラタ』全体に通底する主題

『マハーバーラタ』第13巻が、他の巻と共有する主題、全体に通底する主題として、第1章にも見られた「時間すなわち運命」「運命と行為」が有る。第1、6、7、13、102、104、111～113、117～119、148、163、164章がこれらの主題を担う。また、「クリシュナ礼賛」「クリシュナとシヴァ礼賛」も他巻と共有する主題である。第13巻の第14～18、109、139～149、158～161章がこれらの主題を担う。「戦士達は、時間すなわち運命すなわちクリシュナに殺された」との言明も見られる（第148章）。

(2)『マハーバーラタ』第12巻「寂静の巻」から継続する主題

『マハーバーラタ』第12巻「寂静の巻」から第13巻「教説の巻」へと継続する主題として、まず、第1章の「心の寂静」が有る。そして、「王の務め」「クシャトリヤの務め」、更に、「長兄の務め」がほぼ同様の性格を持つ一群と言える。これらの主題を第32～36、105、119章が担っている。〈枠物語〉においてユディシティラの即位を控えているときであり、『マハーバーラタ』第12巻に引き続き、諸処に「王の務め」を説いていることになる。

(3)『マハーバーラタ』第12巻「寂静の巻」から継続する付随的主題

第12巻から継続する付随的主題、様々なその他の務めとして、「断食の果報」（第93、106、107、109、110章）、「不殺生の功徳」（第114～116章）、「結婚という務め」（第19～21、44～49章）、「女性の務め」（第123、146章）が有り、それらを担う章が有る。更に派生的・連想的に、反面教師的に、あるいは素材の興趣（おもしろさ）故に、「パンチャチューダーの説く女の淫乱」（第38章）、「師の妻の貞操を守ったヴィプラ仙」（第39～43章）、「女になったバンガースヴァナ王」（第12章）等が取り込まれている。

(4)『マハーバーラタ』第13巻「教説の巻」「布施の法」としての中心的主題

『マハーバーラタ』第13巻「教説の巻」「布施の法」としての中心的主題、「バラモンに布施すべし」は当然であるかのごとくに多い。

「(バラモンに) 布施を為すべし」という主題を、第2、9、22〜24、37、57、59〜68、93〜96、98〜100、103、120〜122、124、135〜138章が担う。「(バラモンに) 雌牛を布施すべし」、または、「雌牛は素晴らしい」という主題を、第50、51、69〜74、76〜83、101、133章が担う。「(バラモンに) 黄金を布施すべし」を、第84、85章が担う。

「バラモンは優越した存在である」という主題を持つ章がまた数多く存在する。第3〜5、8、10、24、27〜30、33〜36、50〜56、59、99〜102、126、151〜157章がそうである。更に派生的・連想的に、あるいは素材の興趣故に、「黄金の由来」、または、「カールッティケーヤ（スカンダ）の誕生」神話（第84、85章）等が取り込まれている。

(5)『マハーバーラタ』第13巻「教説の巻」「布施の法」としての付随的主題

『マハーバーラタ』第13巻「教説の巻」「布施の法」としての付随的主題としては、「ビーシュマとその母ガンガー讃嘆」(第26章)、「祖霊祭の在り方」(第23、84、87〜93、95、96、125、127、128章)、「朝夕に唱え罪を祓うべき神々・聖仙の名前」(165章) がそれに当たる。その多くは、〈枠物語〉において死にゆくビーシュマへの哀悼の念から、いわば鎮魂的に語られ聴かれるものではないだろうか。[8]「祖霊祭の在り方」については、第84章の、

> ビーシュマが父シャンタヌのために祖霊祭を間違いなく行なった後、ビーシュマの夢に祖霊達が現れて褒め讃え、「黄金をも供えよ」と言った。(要約、13.84.10-28)

という話の後、第86章まで「黄金の由来」として、カールッティケーヤのターラカ退治の神話が挿入され、その後再び「祖霊祭の在り方」が第87〜93、95、96章まで続く。

8――『マハーバーラタ』を祖霊祭でバラモンに聴かせる功徳に注目し『マハーバーラタ』自体が「悲歌」であると述べる研究も有る。
徳永宗雄2002「『平安の巻』と水供養 (udakakriyā)」『東方学』104.

以上(1)〜(5)の場合、〈枠物語〉と〈枠内物語〉の主題は整合している、あるいは、少なくとも大きな不整合は生じていない。

(6)『マハーバーラタ』第13巻「教説の巻」「布施の法」素材レベルでの主題

『マハーバーラタ』第13巻「教説の巻」「布施の法」中の章にも、以上(1)〜(5)とは異なり、『マハーバーラタ』全体や第13巻との関係がわかりづらいものが有る。例えば、「鸚鵡と森の王」(5章)、「ヤマの許に赴くバラモン達」(第68、70、71章)、「七仙人の名乗り」(第93章)等がそうである。それらの場合には、しばしば〈枠物語〉と〈枠内物語〉の主題が整合していない。

4.『マハーバーラタ』第13巻「教説の巻」に見る〈枠物語〉と〈枠内物語〉の主題の不整合

『マハーバーラタ』第13巻「教説の巻」「布施の法」の〈枠物語〉に特にストーリーが無いとすれば、ビーシュマの答え(語り)、〈枠内物語〉に合わせてユディシティラの問い、〈枠物語〉を作ることはさほど困難ではなかったようにも考えられる。それにもかかわらず、主題の点で〈枠物語〉と不整合を見せる〈枠内物語〉には、前後に位置する説話ともともと何らかの関係を持っていた(組み合わせて伝えられていた、語られていた等)ために、あるいは物語の興趣故に捨て難く、取り込まれたといった例が有りそうである。それら不整合の見られる説話の主題は、本来、『マハーバーラタ』全体あるいは『マハーバーラタ』第13巻の主題と関係が無い、あるいは関係が希薄である。そこで、〈枠物語〉内に置かれたとき、しばしば「摺り合せ」や「理屈付け」が行なわれる。それでもなお某かの不整合が残る。素材を作品内に押さえ込むことが出来ていないと言える。しかし、聴き手は『マハーバーラタ』全体あるいは『マハーバーラタ』第13巻「教説の巻」としての主題を忘れ、それら素材としての物語の魅力に引き付けられる。

(1)「鸚鵡と森の王」(第5章)の例

【枠物語(初め)】ユディシティラが問うた。「慈悲有る人・敬愛の念有る人の良い性質は何か」と。ビーシュマが答えた。「これについてはインドラと鸚鵡の対話・古い物語が有る」と。

【枠内物語（ビーシュマの語り）】「森の王」（木）が猟師の毒矢によって枯れゆくが、そこに長く住んだ鸚鵡はこれを見捨てなかった。鸚鵡とインドラの対話の末、インドラは木を復活させた。

【枠物語（終わり）】ビーシュマが述べた。「敬愛の念有る者に依拠することにより全ての願いを叶える」と。（以上要約、13.5.1-32）

この〈枠内物語〉にはパーリ『ジャータカ』第429、430話の類話が認められており、もともとそれなりに伝承された話であると推測される。現状の『マハーバーラタ』第13巻では鸚鵡をバラモンになぞらえ、「バラモンは優越した存在である」「バラモンは優しい性向を持つ」（第50、51、59章）と主張する説話の一つと位置付けていると見える。〈枠物語〉は「慈悲有る人・敬愛の念有る人の良い性質」を問う形であり、〈枠物語〉も〈枠内物語〉もこれを直截にバラモンの特性とは述べていない。しかし、〈記録・編纂〉を経た現在の『マハーバーラタ』では、先立つ第3、4章との関係によって、第5章がバラモンの徳を説くと理解されるように配置されている。しかし一方、ユディシティラに対するビーシュマの最後の訓戒、「敬愛の念有る者に依拠することにより全ての願いを叶える」によって、クシャトリヤの心得を説くとも受け止められ得る。また、この説話本来の魅力を感じ取り、「動物昔話」風のほのぼのとした話として享受する者もいるのではないか（本書・第3章第1節）。

(2)「七仙人の名乗り」（第93章・前段）の例

【枠物語（初め）】ユディシティラが問うた。「断食の誓戒を保つバラモンが祖霊祭で食べることは罪か」と。また、「布施を与える者と受け取る者の相違は何か」と。ビーシュマが答えた。「徳有る者から受け取るのは良いが、徳無い者から受け取れば地獄に堕ちる。これについてはヴリシャーダルビと七仙人の対話・古い物語が有る」と。

【枠内物語（ビーシュマの語り）】飢える七仙人達が、シビ王の息子ヴリシャーダルビの息子の死体を食べようとした。ヴリシャーダルビが布施をしようとしたが、七仙人達はこれを断り森へ遊行に出た。怒ったヴリシャーダルビは魔女を作り、七仙人の名前を聞き出して殺すことを命じた。七仙人達は遊行者（実はインドラ）と行動をともにし、魔女の追及を巧みに逃れこれを退治した。……（以上要約、13.93.18-53）

【枠物語（終わり）】ビーシュマが述べた。「貪欲は捨てるべきである」と。（要約、13.93.144-149）

第84章から「祖霊祭」の話題が続いているため、第93章「七仙人の名乗り」は、「祖霊祭」「断食」「飢餓」「布施」という連想によって展開してゆくと考えられる。第93章全体として、第60、61章と同様に、「バラモンの強さは布施を拒むところに在る」「バラモンが布施を受け取らなければクシャトリヤの果報とならない」と主張したいところと考えられる。そのために、ヴリシャーダルビの布施を変則的に不当なものと扱っているが、その後の七仙人の活躍は、難解な名乗りによる魔女退治、真実の誓いによるインドラ神の恩典へと波瀾万丈の展開をする。聴き手は物語本来の力に引かれ、「布施」の件を忘れるのではないか。〈枠物語〉に戻ったときに、ビーシュマは〈枠物語〉の最初に述べたのとは異なる「貪欲は捨てるべき」という意見を述べる（本書・第5章第1節）。

5. 『マハーバーラタ』第13巻「教説の巻」「布施の法」の章の順序

『マハーバーラタ』第13巻「布施の法」全166章が何故まさに現状の順序になっているかについては、改めて整理する必要が有るが、部分的な筋道・纏まりは既に見えている。共通する主題を持つ章が連続している、あるいは関連の別の主題の章を挿入しつつ連続している箇所がかなり有ることを既に確認した。各章が主題を複数（主題と副主題）を持つことにより、章の連続性が一旦途切れることも有る他、主題以外のモチーフによる連続や、追補的挿入も有る。

(1) 共通のモチーフを持つことによって連続している章

主題以外の共通のモチーフや話題を持つ章が連続していることも有る。例えば、「死神が登場する話」(第1、2章)、「ヤマ(死神)の所に赴くバラモン達」(第68～71章)がそうである。

(2) 何らかの関連性によって追補的に置かれている章

何らかの関連性によって追補的に置かれている章として、例えば、「樹を植え池を掘る果報」(第58章)は直前の「苦行・戦死・バラモンへの布施の果報」(第57章)を補足しその他の行いの果報を説く形を取っている。また、「優れた人物は肉体に存在する聖地」(第108章)との教えは、直前の「素晴らしい場所・天界の様々」(第107章)から「天界」「聖地」「優れた人物」、そしておそらく「優れた人物」「バラモン」という連想によって置かれていると考えられる。

6. 纏め

以上考察した事柄については『マハーバーラタ』の神話・説話の多くが本来〈語り物〉であったことから理解出来る面も有る。語りは語りの場と聴き手が無くては成立せず、語りの場と聴き手によって影響される。A.B. Lordによる、旧ユーゴスラヴィアにおいて実際の吟誦詩人達の語りを調査し、ギリシャ叙事詩の解釈に援用した著名な研究が有るが、そこにおいて、語り手が語りの場と聴き手の状況に応じて自在に語りを変える様が報告されている[9]。語り手は例えば、聴き手がつまらなさそうだと感じるときには語りを短くして終わらせる、キリスト教徒の語り手がキリスト教徒の持っている語りをイスラム教徒に語るときには、キリスト教徒とイスラム教徒との戦いに勝った側を、キリスト教徒からイスラム教徒に変えてしまう、といったことをしていたという。

これに示唆を受け、更に敷衍して考えれば、『マハーバーラタ』第13巻「教説の巻」「布施の法」に収められている〈枠内物語〉の相当数がもともと「バラモ

9――Lord, Albert B. 1960. *The Singer of Tales*: 16-19.

ンへの布施」を説く〈教説性〉とそれぞれ何らかの関わりを持っていた可能性が有る。そして、それら多様すぎる程の神話・説話が共有していた場所は、バラモンが招かれている祭式、あるいはその周辺であった可能性が有る。例えば、バラモンが招かれている祖霊祭であれば、祭式あるいはその周辺において、祖霊祭とバラモン双方に関わる説話が語られることが有り得る。『マハーバーラタ』結末部、第18巻「昇天の巻」(*Svargārohaṇaparvan*)に、『マハーバーラタ』聴聞の功徳を説く中に、次のような偈が見えることは示唆的である（本書・第6章第2節）。

yaś cedaṃ śrāvayec chrāddhe brāhmaṇān pādam antataḥ |
akṣayyam annapānaṃ vai pitṝṃs tasyopatiṣṭhate || Ki. 18.5.42

そして、これ(『マハーバーラタ』)の一脚を片端でも、祖霊祭においてバラモン達に聴かせるであろう者の、その者の祖霊達に尽きせぬ飲食が供えられる。

バラモンが招かれている祖霊祭（あるいはその周辺）において、『マハーバーラタ』が語られることが実際に有ったとすれば、そのような場における「バラモンへの布施」を説く説話が『マハーバーラタ』と関係を有すると看做されるようになり、〈記録・編纂〉時に『マハーバーラタ』へ組み込まれてゆくことが十分に考えられる。

そのような語りの場で語りによってバラモンが多くの布施を得れば、語り手もまた恩恵を受けたであろう。一方、「バラモンへの布施」を説くのみで場を持たせることはしばしば困難であり、別の語りが必要となることも有ろう。「布施」とは関わりの無い話が、愉快痛快な説話に至るまで収められている多様性にはそうした理由が有るのではないか。『マハーバーラタ』第13巻「教説の巻」「布施の法」の形成は、〈記録・編纂〉以前の〈語り物〉の段階で相当程度に、バラモン階層の期待に添おうとする語り手、あるいは吟誦詩人達によって、他の要素をも織り込みつつ為されたものと推測される。

〈記録・編纂〉の段階を経た現存の『マハーバーラタ』第13巻第84～96章が「祖霊祭」を共通のモチーフとして連続していること（本書・第1章第2節）については、以上のような重層性を考えたときに理解し易い。

第2節　ユディシティラとビーシュマの対話(2)
――「教説の巻」「布施の法」の全章構成表――

第1章第2節では『マハーバーラタ』第13巻「教説の巻」「布施の法」全百六十六章の構成と概要、〈記録・編纂〉の段階を経た『マハーバーラタ』第13巻「教説の巻」「布施の法」の全容を見渡したい。そこで、それらを一覧表に整理して以下に提示する。

第1章第1節において既に述べたように、「教説の巻」「布施の法」は、ユディシティラとビーシュマによる〈対話〉が続く、対話篇のような形式となっている。ビーシュマの答えの中に、〈枠内物語〉が存在しており、〈枠物語〉と〈枠内物語〉の構造が見られることが多い。一方、ビーシュマの答えが相当に純然たる「教説」あるいは「訓戒」に終始しており、〈枠物語〉と〈枠内物語〉の構造が弱いこともまた多い。そうしたことも踏まえ、一覧表では、ユディシティラとビーシュマの各〈対話〉を、「ユディシティラの問い」と「ビーシュマの答え（語り）」に分け、各章の概要を記している。本書が文学研究を目指しているため、ストーリー性の有る章、特に〈枠内物語〉の概要はやや長めに記してあり、ストーリー性の希薄な章、教訓的言辞にほぼ言い尽くされている章は短めに記してある。

また、〈教説性〉を明確にするために、可能な限り、各章の主題の性格や、他章との連続性について特記すべきことを書いている。なお、『マハーバーラタ』全巻の梗概としては、H. Jacobiによるもの[10]が既に存在しており、第13巻についても参照することが出来る。本書では、『マハーバーラタ』「教説の巻」「布施の法」各章の概要のみならず、H. Jacobiの著作では行われていない、上記のよう

10――Jacobi, Hermann. 1980. *Mahābhārata: Inhaltsangabe, Index und Concordanz des Calcuttaer und Bombayer Ausgaben.*

な「ユディシティラの問い」と「ビーシュマの答え（語り）」、〈枠物語〉と〈枠内物語〉の構造、各章の主題や他章との連続性について記述しつつ一覧表を作成している。

なお、キンジャワデカル版とプーナ批判版の各章の関係について少し付記しておく。例えば、キンジャワデカル版に存在し批判版に存在しない章が有る。また、ほぼ同じ章内容について、キンジャワデカル版より批判版の方が多くの章に分割している場合が有る。

キンジャワデカル版の第32、109、110、125～134、135、136、137、138、147、148、150該当の章は批判版に存在しない。また、キンジャワデカル版の第19～21章の三章該当分が批判版では四章に分割、キンジャワデカル版の第85章の一章該当分が批判版では二章に分割、キンジャワデカル版の第93章の一章該当分が批判版では三章に分割、キンジャワデカル版の第141章の一章該当分が批判版では二章に分割、キンジャワデカル版の第162章の一章該当分が批判版では二章に分割されている。これらの結果として、章番号を見ると批判版はキンジャワデカル版より十四章分少ないが、章内容としては批判版はキンジャワデカル版より十四章分以上少ない（キンジャワデカル版の第58章は批判版では第99章として配置されている）。

ユディシティラとビーシュマの対話――「教説の巻」「布施の法」の全章構成表――

章	ユディシティラの問い 〈枠物語〉	ビーシュマの答え（語り） （ときにクリシュナらの答え・語り） 〈枠物語〉と〈枠内物語〉	主題の性格や連続性
1	時間＝運命（kāla）に従い、ビーシュマや王達を殺す行為をしたユディシティラに寂静（śānti）は有るのか。	蛇に咬まれてバラモン婦人・ガウタミーの子供が死んだ。猟師、蛇、死神、運命（kāla）が順に、「子供の死について自らに責任は無い」と主張し、最後に、運命によって、「子供の死は子供自身の行為（karman）の結果」と結論が出た。ガウタミーは、「子供は行為によって、運命によって死に至った」と締めくくった。全ての者は行為を原因とする世界に赴く。運命によって行為（戦い）は為された。	「寂静」の主題。 MBh.12からの連続性。 MBh.全体に通底する主題「時間＝運命（kāla）」「運命（kāla）と行為（karman）」。

2	徳によって死を克服した家長はいるのか。	アグニ神の息子スダルシャナが家長期に客人歓待によって死神を克服するという誓いを持ち、死神に付け狙われる。そこへダルマ神がスダルシャナの決意を試そうとバラモンの姿になってやって来て、スダルシャナの妻・オーガヴァティーの肉体の布施を受ける。スダルシャナは客人歓待の誓いを全うしたことになり、死神に打ち勝つ。	1からの連続性（死・死神のモチーフ）。
3〜4	バラモンの位は得難い。クシャトリヤであったヴィシュヴァーミトラはいかにしてバラモンとなったのか。	クシカ王の子ガーディーの娘はサティヤヴァティー。チャヴァナ仙の子リチーカはサティヤヴァティーを娶った。サティヤヴァティーの母は、娘を介しリチーカの力によって〔バラモンの〕息子を望む。リチーカの指示を違えることによって母にバラモン的息子・ヴィシュヴァーミトラ、サティヤヴァティーにクシャトリヤ的息子・ジャマドアグニが生まれる。	バラモンの優越性（他の階級の者には達し得ない。ただしほぼ唯一の例外が有る）。
5	慈悲有る人・敬愛の念有る人の良い性質は何か。	慈悲と敬愛の念を持つ鸚鵡が枯れゆく木を捨てず、インドラ神が木を再生させた。	バラモンの優越性（バラモンは優しい性向を持つ）。鸚鵡をバラモンになぞらえる。
6	行為と運命のうちどちらが強いか。	ブラフマー神がヴァシシタ仙に、人間の行為が無くては運命も開けないと説く。	行為と運命。1からの連続性。
7	良い行為の果報は何か。	生き物は様々な良き・悪しき行為の結果を刈り取る。	行為と運命。1からの連続性。
8	尊敬と敬礼を受けるべき者は誰か。	バラモンは優れており、奉仕されるべきである。	バラモンの優越性。
9	バラモンに布施すると約束しておいてしなかった者はどうなるか。	前世に友人同士であった二人の一人がジャッカルに一人が猿に生まれ変わって再会し、それぞれの生まれ変わりについて明かす。ジャッカルは「前世においてバラモンに布施をすると約束しておきながらそれを果たさなかったため」、猿は「バラモンの食べるべき果物を食べたため」と。	バラモンへの布施。

10	身分の低い者に教えを授けることは罪か。	あるバラモンの苦行者がシュードラに祖霊祭の方法を教えた。その結果、シュードラは王と生まれ変わり、バラモンは苦行の功徳を失ってその王の宮廷祭官になる。前世のことを記憶していた王は宮廷祭官を見る度に笑う。宮廷祭官に理由を尋ねられた王はその訳を語る。だから、バラモンはシュードラのような身分の低い者に祭式の方法を教えてはならない。	バラモンの優越性。
11	シュリーがつくのはどのような男女か。	ルクミニー（クリシュナ妃）の問いにシュリー（ヴィシュヌ妃）が答えた。シュリーがつくのは、勤勉で怒らず神を尊ぶ男等、真実を述べ誠実で神を尊ぶ女等。	
12	男女の性交の喜びはどちらの方が大きいか。	バンガースヴァナ王は、インドラの嫌うアグニシュトゥット祭によって百人の息子を得た。王はその後インドラの奸計によって女の体となり、苦行者との間に百人の息子を生んだ。合わせて二百人の息子達を、インドラは唆し殺し合わせた。インドラは王に、「男としてなした息子か、女として生んだ息子か、どちらを生き返らせたいか」と尋ねた。王は後者を望んだが、その訳は「女の子供に対する愛情は男のそれより大きいから」であった。更に王は、「男でいることか、女でいることか、どちらを選ぶか」と問われて後者を選んだ。その訳は、「性交の喜びは女の方が大きいから」であった。	女性あるいは結婚(派生的)。
13	この世とあの世を幸福に暮らしたい者は何をすべきか。	身口意による悪行を避けるべきである。	その他の務め。

14〜18	シヴァ神の全ての名前と力は何か。	【クリシュナの語り】クリシュナはかつて、妃の一人に息子を授けてほしいと乞われ、ウパマニユ仙の庵を訪れた。ウパマニユは苦行によってシヴァ神を喜ばせよと教え、シヴァを喜ばせることによって望みを果たした人や神の例を挙げた。ウパマニユ自身も子供のとき、シヴァ神の様々な姿とシヴァに祈ることで全ての願いが叶えられると母親に教えられた。ウパマニユが四千と百年苦行を行なうとシヴァはインドラの姿となってウパマニユの前に現れた。ウパマニユが望みを訴えると、シヴァは妃ウマーとともに白い雄牛に乗った姿を現し、ウパマニユの望みを叶えた。クリシュナはウパマニユの教えに従って苦行を行なった。すると、ウマーを伴い象に乗り、あらゆる者に取り囲まれたシヴァが現れ、クリシュナの望みを叶えてやろうと言った。(14)　ウパマニユはシヴァとウマーによって八つずつの願いを聞き届けられ、更なる祝福も与えられた。(15)　シヴァの一万の名前をブラフマー神がタンディ仙に伝え、タンディからウパマニユに伝えられた。(16)　シヴァの千八の名前、すなわち讃歌をウパマニユはクリシュナに語った。(17) 【ヴィヤーサ、ヴァールミーキら聖仙が語る】シヴァの恩寵について。 【クリシュナが語る】ウパマニユは「シヴァに専心しこれら讃歌をとなえるべき」と語った。(18)	クリシュナへの帰依・讃嘆（シヴァ信仰を伴う）。
19〜21	結婚の宣誓の起源はどのようなものか。	アシュタヴァクラ仙はヴァダニヤ仙に娘スプラバーとの結婚を申し入れた。ヴァダニヤは条件として北方への旅を課した。ある宮殿で老婦人の求愛を受けたが、これを拒み続け、最後に、老婦人はヴァダニヤの依頼で老婦人の姿と化した北方の化身であると知った。アシュタヴァクラは帰郷し、ヴァダニヤから結婚の許可を得た。	結婚という務め。

22	バラモンはどんな人物を布施する器としているか。どんなバラモンに布施をすべきか。…不浄な者がバラモンに布施をするとどうなるか。…祖霊祭のときのみバラモンを調べて良いと聞くが等。	自らの務めを果たすバラモンに布施をすべき。清められていない者もあらゆる機会に（含布施か）清められる。また、神々のために行なう祭式（含祖霊祭か）はそれを行なうバラモンによってではなく、神々によって成就する（だからバラモンを調べる必要は無いということか）云々。大地の女神、カシャパ、火神アグニ、マールカンデーヤの対話。布施をめぐる発言の様々。バラモンに布施をする果報は実に大きい。	バラモンへの布施。
23	祖霊祭の規定は何か。	ラークシャサのものとなる食物の条件。招かれるべきバラモンの条件。ヴァルナ毎の祖霊祭の相違。バラモンに布施することの果報。地獄に堕ちたり天界に昇ったりする元となる行ない（含布施）の様々。	バラモンへの布施。
24	バラモンを殺していなくても、バラモン殺しと見なされるのはどんな場合か。	（ヴィヤーサから聞いたこと。）バラモンに「布施する」と言っておいてしない、バラモンの生計を損なう、喉の渇きを癒そうとする雌牛の邪魔をする場合等。	バラモンの優越性。バラモンへの布施。
25	地上の功徳ある聖地について聞きたい。	アンギラスがガウタマに説いた、チャンドラヴァーガーを初めとする聖地の功徳の様々。アンギラスはこれをカシャパに聞いた。	聖地。25～26の連続性。
26	【多くの聖仙達が集まり、ビーシュマについて語る。ユディシティラが尋ねる。】どの国、地方、隠棲地、山、河が優れているか。	昔、誓戒と落ち穂拾いを守り家長の生活をするバラモンの家に、世界を旅してきた優れた聖仙が宿った。家長が聖仙に同じことを問うたところ、聖仙は「それはバギーラティー、すなわちガンガーである」と答え、ガンガーの功徳を挙げ連ねた。	聖地。25～26の連続性。MBh.中の長老、MBh.12, 13の語り手ビーシュマの母ガンガーを讃える。

27〜29	クシャトリヤ、ヴァイシャ、シュードラがバラモンの位に達することが出来るか。	他の階級の者がバラモンの位に達することは無い。ただし、再生を繰り返し、最後にバラモンとして生まれる者はいる。昔、チャンダーラとして生まれバラモンの父に育てられているマタンガが、ロバの言葉によって自らの出生を知る。マタンガはバラモンになろうとして激しい苦行を始めた。インドラが現れ止めさせようとしたが、マタンガは百年間苦行を続けた。再び現れたインドラは、「千年の苦行でシュードラに、三万年の苦行でヴァイシャに、シュードラ時代の六十倍の時間でクシャトリヤに、その六十倍の時間で堕落したバラモンに、その二百倍で戦士のバラモンに、その三百倍でガーヤトリ讃歌等を唱えられるバラモンに、その四百倍でヴェーダ等を習得したバラモンに生まれ変わるが、失敗すれば墜落する。他の願いを言え」と告げた。マタンガは千年、百年と苦行を続け、ついに倒れた。そして、インドラにどんな姿にでもなれる力等の他の望みを伝え、昇天した。	バラモンの優越性(他の階級の者には達し得ない)。
30	ヴィシュヴァーミトラと同じくヴィータハヴィヤ王もバラモンとなったと聞くが、それはどのようにしてか。	ハイハヤ王ヴィータハヴィヤは百人の息子によってカーシー国の王を二代に渡って殺した。次代のディヴォーダーサはヴィータハヴィヤの百人の息子に攻められ、バラドヴァージャ仙の庵に逃げ込んだ。そして、バラドヴァージャの祭式によってプラタルダナという息子を得た。バラドヴァージャはプラタルダナの身体に入ってヴィータハヴィヤの百人の息子を全て殺した。ヴィータハヴィヤはブリグ仙の庵に逃げ込み、ブリグは追って来たプラタルダナに「ここにはクシャトリヤはいない、いるのは全てバラモン」と告げた。ヴィータハヴィヤはブリグによってバラモンとなった。	バラモンの優越性(他の階級の者には達し得ない)。
31	どのような人間が三界で尊敬に値するか。	ナーラダ仙がヴァスデーヴァ（クリシュナ）に、「私が敬うのはヴァルナ神等の神々を崇拝する者達」云々と説いた。	

32	生類を守護する者の果報は何か。	鷹に追われた鳩が、ヴリシャーダルバ王に助けを求めた。鷹は「鳩は鷹の食。私もまた飢えている。徳（dharma）を求めるなら私のことも見よ」と迫った。王は鷹に自らの肉体を与え続け、ついに天界に昇った。王は守護を求める者を救え。	王の務め。32〜36の連続性。Cf. 93、MBh.3.130-131（ウシーナラの話）、MBh.3.197（シビの話）。
33〜36	王の為すことのうち何が最善か。	バラモンを敬うことが最善。敬うべきバラモンの様々。(33) バラモンに従う者に敗北は無い。クシャトリヤの力もバラモンによって鎮められる。ブリグがダーラジャンガースを鎮めた等のように。ヴァスデーヴァと大地の対話・昔物語。(34) バラモンの偉大さの様々。多くのクシャトリヤがバラモンの怒りによってシュードラに身を堕とした。バラモン無くしてクシャトリヤの支配は無い。(35) シャクラ（インドラ）とシャンバラの対話・昔物語。苦行者に化したシャクラがアスラのシャンバラに「いかにして一族の首長としてやって来たか」と尋ねた。シャンバラは「バラモンを敬い、その教えに従うことによって」とその様々を説いた。シャクラもバラモンを敬い、神々の王たり得た。(36)	王の務め。32〜36の連続性。バラモンの優越性。
37	他所者、共に住む古馴染み、遠来の者のうち、いずれに布施するのが最善か。	それらは何れも同等。怒らない、真実を語る等、布施を受けるべき人物の良い行い。バラモンであっても、学識に驕る等の者は犬同然。	布施。
38	女の本性について。女は罪悪の根源等と言うがどうか。	昔ナーラダ仙がパンチャチューダーに女の本性について問うた。パンチャチューダーは女の淫乱さを様々に説いた。	女性の務め（反面教師的）。

39〜43	女を制御出来る男はいるのか。	昔デーヴァシャルマン仙は家を留守にするとき、弟子のヴィプラ仙に、「インドラに狙われている妻のルチーを守れ」と言いつけた。ヴィプラはルチーの体内に入り、インドラの誘惑を退けた。そして、その報償として自由の身になった。(39〜41) さて、ルチーの妹・アンガ国王妃の祝典にデーヴァシャルマン夫妻は招かれた。ルチーは天女が落とした花々を髪に挿していたが、王妃は同じ物を欲しがった。師の命令でそれを取りに行ったヴィプラは、アンガ国に戻る途上、踊る男女の口論、賽子賭博をする六人の男達の呪いを聞いた。「過ちを犯した者は来世にヴィプラと同じ目に遭う」と言う。ヴィプラはルチーの体に入ったことを師に伝えていない罪に思い当たった。デーヴァシャルマンはヴィプラに、「男女は昼夜、六人の男は六つの季節。彼らはお前の罪を知っている」と言った。このように偉大な者のみ女を守ることが出来る。(42〜43)	女性の務め（反面教師的）。
44〜49	全ての義務の根本である結婚の在り方はどうか。	バラモン婚、クシャトリヤ婚、ガンダルヴァ婚等。ヴァルナ毎の結婚の条件の様々。持参金の問題。娘や娘の息子の相続権。他のヴァルナの女との結婚と生まれた子供のヴァルナと権利等。	結婚という務め。
50〜51	共に住むときの愛情と雌牛の価値は何か。	水中に棒杭のようになって住むチャヴァナ仙は魚達と親しんだ。漁師によって引き上げられても、魚達と共に死ぬか売られるかを望んだ。ナフシャ王は魚達を含めたチャヴァナ仙の値を支払うと申し出、正当な値は雌牛と決まった。	バラモンの優越性（バラモンは優しい性向を持つ）。バラモンへの雌牛の布施。

52〜56	何故パラシュラーマはバラモンの生まれでクシャトリヤとなり、ヴィシュヴァーミトラはクシャトリヤの生まれでバラモンとなったのか。	ブリグの子チャヴァナはクシカ王の一族が自分の一族を害すると予測し、クシカ一族を滅ぼそうと考えた。そこでクシカ王夫妻の許に行き、苦行力によって無理な奉仕を要求し続けた。王夫妻はこれに耐え通し、「王の力は得易いがバラモンの力は得難い」と確信した。チャヴァナは、恩典として、王夫妻の孫・ヴィシュヴァーミトラがバラモンになると予言した。	バラモンの優越性（他の階級の者には達し得ない。ただしほぼ唯一の例外が有る）。Cf.3〜4、27〜29、30。
57	多くの人を殺したユディシティラは地獄に堕ちるのではないか。（それを避けるため）苦行を行ないたいが。	苦行によって得られる様々なものが有る。〔しかし〕戦場での死は最上である。布施、特にバラモンへの布施によって〔より〕多くのものを得る。	バラモンへの布施。
58	樹を植え池を掘る果報は何か。	樹を植え池を掘ることにより様々な果報が有る。	その他の果報有る行い。57の補足。
59	ヴェーダ外で説く最高の布施は何か。	どんな布施も布施と思わずに行なわれたものは最高である等。クシャトリヤとしてバラモンを敬い、布施をせよ。粗暴なクシャトリヤにはバラモンとの接触が無くてはならない。バラモンは優しい心を持っている。	バラモンへの布施。バラモンの優越性（バラモンは優しい性向を持つ）。
60	布施を求めるバラモンと求めないバラモンとではどちらが勝っているか。	バラモンの強さは布施を拒むところに有る。優れたバラモンは布施者を落胆させないために受け取る。	バラモンへの布施。
61	布施と祭式の果報は現世・来世のどちらで受け取るのか。	バラモンがクシャトリヤの布施を受け取ればクシャトリヤの果報となり、受け取らなければ果報とならない。王は布施を伴う祭式を行い、また、人民を保護せよ。	バラモンへの布施。
62	あらゆる布施のうち何が最高か。	大地の布施が第一である。クシャトリヤは大地の布施か戦場での死を取るべき。ジャマドアグニの子（パラシュラーマ）はカシャパに大地を与えた。インドラとブリハスパティの対話。インドラは「大地の布施以上のものは無い」と聞き、ブリハスパティに多くの宝を伴う大地を布施した。	布施。
63	どんな布施がバラモンに最も喜ばれるか。	（ナーラダ仙から聞いたこと。）食物に勝る布施は無い。バラモンへの食物の布施は不滅。	バラモンへの布施。

64〜65	星座と月の結合のときの布施について。	ナーラダ仙がデーヴァキーに、クリッティカー以下の星〔座〕のときの布施の様々を説いた。(64) アトリは黄金の布施が、マヌは水の布施が最高と言う等。(65)	布施。
66	足を焦がすバラモンに履物を布施する果報、胡麻・土地・雌牛の果報は。	それらの果報。昔祭式を行なおうとする神々に、ブラフマー神は土地を与えた。神々は土地に布施に祭式から生じた第六の果報を付した。	バラモンへの布施。
67	水の布施はどうか。	食の布施と同じく優れている。食の布施は命の布施であり、命の布施は最上。命の布施としてシビ王が鳩に命を与えた例が有る。	布施。
68	胡麻と燈火の布施は。	ヤマの死者が、連れて来るべきバラモン・シャルミンとは違うバラモンを連れて来た。人違いのバラモンに「功徳有る行ないは何か」と問われ、ヤマは「胡麻と燈火」と答え、代わりにシャルミンを連れて来て同じことを教えた。	布施。 68〜71の連続性(バラモンがヤマの許に行くモチーフ)。
69〜70	土地の布施は。…どんな雌牛が布施にふさわしいか、どんな人物が雌牛の布施にふさわしいか。	土地と雌牛と知識の布施は同等。…優れた人物に雌牛を布施することはバラモンの物を盗むのと同程度（非常に良いことと非常に悪いこと）。(69) ヌリガ王は蜥蜴となって井戸に落ちクリシュナに救われた。王は誤ってあるバラモンの雌牛を他のバラモンに布施して揉め事となった。死後ヤマの許で、「千年の刑を受けるがクリシュナによって救われる」と予言された。バラモンの物を奪ってはならない。(70)	バラモンへの雌牛の布施。 68〜71の連続性(バラモンがヤマの許に行くモチーフ)。
71	雌牛の布施の果報。	ウッダーラキ仙は息子のナチケータに「ヤマの所に行け」と言ってしまい、ナチケータは死んだ。しかし、まもなく生き返ったナチケータは、ヤマに願って功徳を積んだ人々の〔行く〕諸世界を巡ったことを語った。布施をした人々、雌牛を布施した人々の〔行く〕場所等。	雌牛の布施。 68〜71の連続性(バラモンがヤマの許に行くモチーフ)。
72〜74	雌牛布施者の住む所。	ブラフマーとインドラの対話。	雌牛の布施。

75	誓戒等他の禁制、ヴェーダ習得・教授等々の功徳は。	誓戒を守った者は永遠の世界を享受する。ヴェーダ学習の功徳は現世・来世のもの。自制は布施より優先する。真実語は何より重要云々。	その他の様々な務め。
76	雌牛布施によって良い世界に行った王達について。	ブリハスパティがマンダートリ王に、雌牛の布施によって素晴らしい世界に至った王達について説いた。それら王達はウシーナラ、ヌリガ、バギーラタ、マンダートリ、プルーラヴァス、バラタ、ラーマら。	雌牛の布施。
77～80	カピラ牛が特に讃えられるのは何故か。	ブラフマー神の子ダクシャは生類と食物を創った。まずスラビ牛を創り、スラビ牛はカピラ牛を生んだ。雌牛は食物の根源。(77) 昔イクシュヴァーク族のサウダーサが司祭のヴァシシタ仙に、「三界で最も尊く、唱えて果報有るものは」と尋ねた。ヴァシシタは「雌牛」と答えた。(78)「雌牛はかつて卓越したものとなるため激しい苦行を行ない、ブラフマーによって世界の拠り所となった。(79) 雌牛はギーとミルクを与える。雌牛に勝る布施は無い」と。サウダーサはバラモンに多くの雌牛を布施し、〔良い〕世界に達した。(80)	雌牛の素晴らしさ。バラモンへの雌牛の布施。
81	これまでに挙げられたものより清浄なるものは何か。	雌牛以上のものは無い。マーンダートリ、ヤヤーティ、ナフシャ王の雌牛布施。ヴィヤーサと子シュカの対話。祭式を祭式たらしめるもの、最も優れたものは雌牛である。	雌牛の素晴らしさ。雌牛の布施。
82～83	雌牛の糞にはシュリーが宿っているそうだが。	昔シュリーは雌牛達に、彼女達の中に住む所を求め、彼女達の糞尿に住むことになった。(82) ブラフマーがインドラに説いた。雌牛の世界が神々の世界より上であり、スラビ牛の子孫が地上に降りた訳は、スラビ牛が激しい苦行によってブラフマーから恩寵を受けたからである。(83)	雌牛の素晴らしさ。

84〜85	教典は黄金を最も優れた布施としている。黄金とは何か。	ビーシュマが父シャンタヌのために祖霊祭を間違いなく行なった後、ビーシュマの夢に祖霊達が現れて褒め、「黄金をも供えよ」と言った。ジャマドアグニの子パラシュラーマはクシャトリヤを殲滅した後、自らを清める方法をヴァシシタらに尋ねた。聖仙達は語った。「雌牛、土地、財産を与えよ。昔シヴァとウマーの結婚のとき、神々は二神の子孫が三界を焼き尽くすことを恐れ、シヴァに性行為を止めさせた。怒ったウマーは神々に子孫が生まれないようにしたが、アグニは免れた。シヴァの精液は火に落ちた。(84) さて、神々はアスラのターラカに苦しめられた。神々がブラフマーに助けを求めるとブラフマーは教えた。『アグニに落ちたシヴァの精液をガンガーに投げ入れてターラカを滅ぼす子供を作れ』と。神々に頼まれてアグニはガンガーと結ばれた。ガンガーがメール山に投げ出した胎児は黄金色をして輝き、クリッティカーに育てられ、カールッティケーヤ等と名付けられた。以来黄金は最高の清めとされる。さてまた、シヴァの祭式に神々が集まった。ブラフマーの精液を火に掛けると、四ヴァルナや三グナ、ブリグ・アンギラス・カヴィらの聖仙が生じた。黄金はアグニから生まれ、威光が有る。以上が黄金の起こり。カールッティケーヤは後にターラカを滅ぼした」と。パラシュラーマはバラモンに黄金を布施して清められた。ユディシティラもバラモンに黄金を布施し罪を清められるべき。(85)	バラモンへの黄金の布施。 黄金の由来。
86	ターラカはどのようにして滅んだか。	六人のクリッティカーは胎児クマーラを六つに分けて胎内に入れ、出産の後一つにした。成長したクマーラはターラカを殺した。黄金はカールッティケーヤと共に生まれ、大いなる威光が有る。	85からの連続性(カールッティケーヤのアスラ退治)。
87	祖霊祭の規定について。	それぞれの月のときに行なうべき祖霊祭の様々。	84からの連続性(ビーシュマの祖霊祭)。

88〜89	祖霊への供物として何が不滅か。	胡麻、各種の肉等々を、それぞれの期間祖霊は享受する云々。(88) ヤマがシャシャビンドゥ王に語った、時に応じて行なう祖霊祭の様々。(89)	84からの連続性(ビーシュマの祖霊祭)。
90	祖霊祭のとき布施を与えるべきバラモンとは。	祖霊祭のときのみ、クシャトリヤはバラモンの適正を調べて良い。祖霊祭に相応しい・相応しくないバラモンの様々。	84からの連続性(ビーシュマの祖霊祭)。 バラモンへの布施。
91〜92	祖霊祭の起源は。	ブラフマーからアトリ、アトリからダッタレーヤ、ダッタレーヤからニミ、ニミからシュリマトが生まれた。シュリマトは激しい苦行をして昇天した。ニミは祖霊祭を思い付いて行なったが、それが教典に定められていないことに気付いた。そこにアトリが現れ、「祖霊祭はブラフマーが定め行なった」と教えた。(91) 祖霊達は供物が増えすぎて食べられなくなった。ソーマ、ブラフマーに相談し、アグニが共に食べることになった。祖霊祭で最初にアグニに供物を捧げることの始まり。(92)	84からの連続性(ビーシュマの祖霊祭)。
93〜94	断食の誓戒を保つバラモンが祖霊祭で食べるのは罪か。また、布施を与える者と受け取る者の相違は何か。	断食の様々。…シビの息子ヴリシャーダルビ王は、飢えに苦しみ王子の死体を食べようとするアトリら七仙人に布施を与えようとするが、拒まれた。王は報復として魔女に七仙人の名前を聞き出して殺すことを命じた。七仙人は遊行者に化したインドラの助けをも得、難解な名乗りによって魔女を撹乱し、これを退治した。その後、集めた蓮の茎を盗んだ者を明らかにする真実の誓いが行なわれ、インドラの正体が明かされた。(93) 集めた蓮の茎を盗んだ者を明らかにする、聖仙達の真実の誓い・別伝。(94)	84からの連続性(ビーシュマの祖霊祭)。… バラモンは布施を受け取らないことも有る(Cf.60、61)。 Cf.32、MBh.3.198(シビの話)。
95〜96	祖霊祭において傘と草履を供える(与える、√dā) ことの始まりは。	ジャマドアグニ仙の妻レーヌカーが太陽の灼熱に苦しみ、夫の矢を拾うのに難儀した。怒って太陽を射ようとするジャマドアグニの前に、太陽神がバラモンの姿となって現れ、(95) 太陽の熱を避けるため傘と草履を供えることを教えた。バラモンに草履を布施すれば死後天に生まれる。(96)	84からの連続性(ビーシュマの祖霊祭)。 バラモンへの布施。

97	家長の義務は何か。	クリシュナが大地の女神に、家長期の義務はどのようなものか尋ね、大地の女神は「祖霊、神々、人々、ラークシャサ等のために祭式を行なう（√kṛ, karman）べき」と教えた。	その他の務め。
98	燈明を供えること（与えること、dāna）の始まりは。	昔、プラジャーパティ・マヌが苦行者スヴァルナに、花香・燈明を供えることによって得られる果報について様々に説いた。	布施。
99〜100	香と燈明を供えること（pra√dā, pradāna, dāna）の果報、バリ供儀が地面に置かれる訳は。	昔、王仙ナフシャが花香・燈明を供え、バリ供儀等の祭式を行う（√kṛ, karman, kriyā）等の良い行為を為して神々の王となり、慢心して祭式をやめた。ナフシャが聖仙達に自分を担ぎ歩かせるに至ったので、アガスティヤ仙とブリグ仙は策を練ってナフシャを蛇に化せしめた。ブラフマー神の命により、再びインドラが神々の王の位についた。燈明を布施する者には死後天眼を得る等様々な果報が有る。	布施。バラモンの優越性。
101	バラモンの所有物を盗んだ者の末路は。	あるチャンダーラがあるクシャトリヤの問いに答え、語った。かつて、あるバラモンの雌牛が盗まれてゆく道中に、乳がソーマ草に掛かった。そのソーマの液を飲んだバラモンも、祭式でソーマの液を飲んだ王もその他の関係者も皆地獄に堕ちた。その雌牛の乳が掛かった食物を食べた、語り手のチャンダーラは現世にチャンダーラとして生まれた。彼は、聞き手のクシャトリヤの教えに従い、バラモンの財産を守るため供儀の火に身を投げてチャンダーラの身から解放された。バラモンの財産を常に守らなければならない。	バラモンの優越性・不可侵性。
102	良い行為（√kṛ, karman）を為した者の行き先は。	ガウタマ仙の象を、ドリタラーシトラ王に化したインドラが奪おうとした。ガウタマは「王がどんな世界へ行こうとも象を取り返しに行く」と言い、両者は良き行ないをした者達の数々の行き先について問答を交わした。王はインドラであることが明らかとなり、ガウタマは象を連れて昇天した。	101からの連続性（バラモンの財産は守られるべき）。バラモンの優越性。行為。1からの連続性。

103	断食が最高の苦行である訳は。	バギーラタ王は雌牛の世界、聖仙の世界を超えた世界に達した。その訳を尋ねるブラフマー神にバギーラタは語った。「自分は数多の黄金、祭式、奴隷、女性、雌牛、馬、象、車、沈黙の苦行等を祭式等の様々な機会においてバラモンに布施したが、それらによってではなく、断食によってバラモンらを喜ばせこの世界に達した」と。断食の誓いを守り、バラモンを敬え。バラモンに衣食等等の布施を行なえ。	バラモンへの布施。
104	寿命の長短、名声・財産・繁栄は何によって決まるか。	寿命・名声・財産・繁栄は行為（ācāra）によって決まる。為すべきこと、為すべからざることの様々。無神論者は短命である。道を譲るべきはバラモン、雌牛、王、老人、妊婦、弱者。言葉によって人を傷つけてはならない等々（以下、日常生活の細々とした作法・禁忌に至るまで）。	行為と運命。1からの連続性。
105	長兄の義務や立場は。	長兄の弟達に対する義務や立場、弟達から受けるべき尊敬の様々。	その他の様々な務め。104からの連続性。 パーンダヴァ長兄ユディシティラ・王の務め。
106	全てのヴァルナの者が行なう断食の功徳は何か。	（ビーシュマがアンギラスから聞いたこと。）ヴァルナ毎の、月毎の、長さ毎の断食の功徳の様々。諸々の天界に赴く、諸々の祭式の結果を得る等。バラモンに勝るものは無いと同様、断食に勝る苦行は無い等。	断食。106～110の連続性。
107	祭式を行なえない貧しい者はどうすべきか。	貧しい者も、断食によって諸々の大きい祭式をしたと同様、諸々の天界に赴く（三年間一日一食の断食を行なうことによってアグニシュトーマ祭の功徳を得る等）。一日から一月までの様々な断食が有り、それらによって諸々の天界に赴く。そうした天界の素晴らしさの様々。	断食。106～110の連続性。
108	あらゆる聖地のうち最も優れているのは。	優れた人物達は肉体に存在する聖地であり、地上に在る聖地と同じく徳が有る。	天界、聖地、優れた人物、バラモンという連想が働いているか。107からの連続性。

109	断食の最高の果報は何か。	各月の各日に断食をしつつ、ケーシャヴァ等々としてのクリシュナを礼拝すれば、それぞれ馬供儀等々の果報が有る。その様々。	断食。106～110の連続性。クリシュナへの帰依・讃嘆。
110	どのようにして美や繁栄等を手に入れるか。	マールガシーラ月に、月がムーラ星と結合し、両足がムーラ星と一緒になる等々のとき、チャンドラ・ヴラタ（という断食）によって美や繁栄等を手に入れる。	断食。106～110の連続性。
111	何によって天界にあるいは地獄に赴くのか。死んだ人の後に随いて行くものは何か。	【ブリハスパティ、天より降りて語る】徳（dharma）のみが死んだ人の後に随いて行く。五要素に宿る神々が人の行い（karman）の良し悪しを見ており、人は行いに応じた生まれ変わりをする。その様々な在り方。	行為と運命。1からの連続性。
112	悪しき行為の後、どのようにして良き帰趨を得るか。	【ブリハスパティ語る】（神を）心に念じることによって罪を逃れる。バラモンに罪を告白し、布施をすることによって罪を免れる。食の布施が最善。	行為と運命。1からの連続性。
113	不殺生、ヴェーダ学習、祭式、感官の制御、苦行、師への奉仕のいずれが最高か。	【ブリハスパティ語る。その後天に帰る】それら六つは全て徳に至る異なる入り口である。	その他の務め（不殺生等）。
114	身口意による傷害の罪をどのようにして免れるか。	肉食は控えるべき。かつて良き人々は自らの肉体の布施により昇天した。	その他の務め（不殺生）。
115	祖霊祭では多くの肉を供えるではないか。	肉食を断つ功徳の様々。肉食を断つ者に恐ろしいものは何も無い等。自分で殺しあるいは他人に食べさせるために殺す罪の様々。祭式で、神や祖霊に供えられた肉の他は認められない。カールティカ月にナーバーガら多くの王が肉食を断って昇天した。	その他の務め（不殺生）。

116	肉食を断つことの功徳、肉食の罪は。	人に力を与え育てるのに肉を超えるものは無いが、生類にとって命より愛しいものは無いので、肉食は止めるべき。ただし、ヴェーダは家畜を祭式のために創られたとしているので、その規定に従って肉を食べても罪にならない。不殺生は布施にも優る最高の徳云々。	その他の務め（不殺生）。
117〜119	戦いで死んだ者は何処へ行くか。	前世に悪いシュードラであった、ある芋虫が、今命惜しさに荷車から逃げていた。芋虫はヴィヤーサに、「良い行為によって良い転生をする」と教えられ、敢えて荷車に轢かれて死んだ。(117〜118)　芋虫はクシャトリヤに再生し、ヴィヤーサに「雌牛とバラモンのために戦いで死ねばバラモンになれる」と言われた。クシャトリヤ（芋虫）が激しい苦行を行なうと、ヴィヤーサに「王の苦行は生類の守護である」と言われた。そこで生類を守護する徳によって、ついにバラモンに転生した。芋虫は自らの行為の結果としてバラモンとなったのであり、〔バラタ族の戦いで死んだ〕クシャトリヤ達も良い行き先を得ている。(119)	行為と運命。1からの連続性。王（クシャトリヤ）の務め。
120〜122	知識、苦行、布施のうち何れが優れているか。	身をやつし世の中を巡るヴィヤーサと、彼をもてなすマイトレーヤが語り合った。布施、バラモンへの布施が最も優れている。(120〜121)　苦行と知識もまた優れている。(122)	バラモンへの布施。
123	女の良き行ないは何か。	シャーンディリーがスマナーに問われ、どのような行ないによって女が天界に行くか、夫に尽くす女の良き行ないの様々を説く。	女性の務め。
124	慰撫と布施では何れが優れているか。	場合による。ラークシャサに捕らえられ慰撫によって解放された、あるバラモンの昔物語。バラモンは、ラークシャサが何故青白く痩せているのか問われ、その訳を説いた。	布施。

125〜134	貧しい者の務めは何か。その秘訣は（dharmaguhya, dharmarahasya）。	（ビーシュマがヴィヤーサから聞いたこと、125〜134（133）。）昔神の使いが〔祖霊、神々、聖仙らが集まっている〕インドラの許（祖霊祭の場か）に来て、祖霊祭について尋ね、祖霊は、供えられるべき三通りの団子の意味について答えた。インドラは罪を滅する方法を尋ねられて答えた。ブリハスパティが祖霊祭について尋ね、祖霊達が答えた。（125）インドラはヴィシュヌに「あなたの嘉することは」と尋ね、その答えは「バラモンを敬うこと」云々。神々、聖仙、雌牛の説く果報有る、または無い行ないの様々。（126）太陽神、ラクシュミー、聖仙の説く果報有る、または無い行ないの様々。（127）風神の説く祖霊祭の秘訣。（128）ローマシャ仙の説く祖霊祭の秘訣。（129）アルンダティーとヤマの説く果報有る行ないの様々。（130）プラマタの説く果報有る、または無い行ないの様々。（131）レーヌカ・ナーガの説く蟻塚への供儀の果報。（132）シヴァの説く務め（dharma）の秘訣。雌牛には功徳が有る。（133）スカンダの説く果報有る行ない。ヴィシュヌは「以上の務めの秘訣を唱える者や聞く者は功徳を得る」と説いた。（134）	その他の様々な務め。
135	バラモン以下四ヴァルナの者はそれぞれ誰から食物を受け取って良いか。	バラモンはクシャトリヤ、ヴァイシャから受け取って良いが、シュードラからは受け取ってはならない。クシャトリヤはバラモン、クシャトリヤ、ヴァイシャから受け取って良いが、悪しきやり方で与えるシュードラからは受け取ってはならない云々。	布施。
136	バラモンが神々や祖霊への供物を受け取る際に行なう贖罪は。	バラモンが食物を受け取る際の贖罪として、ギーや胡麻の場合はサーヴィトリー讃歌を唱えつつ供物を火に焼べる。肉・蜂蜜・塩の場合は日が昇るまで立っている等々。	バラモンへの布施。
137	布施と苦行のうちどちらが優れているか。	苦行、布施等によって、アートレーヤ、シビらの王達はそれぞれ異なる天界に赴いた（ほとんどがバラモンへの布施の例）。	バラモンへの布施。

138	布施には何種類あり、それぞれの果報は何か。	布施には五種類、すなわち、功徳や利益を求めて、恐れからあるいは好んで、また、憐れみによって行なうものがある。不平を言わずバラモンに布施すれば現世での名誉、来世での幸福を得る等。	布施。
139 〜 148	ナーラーヤナ（クリシュナ、ヴィシュヌ）について語ってほしい。	昔クリシュナが十二年間〔苦行の〕誓戒を守っていたとき、ナーラダ仙らの前でクリシュナの口から火が出て山々を焼き、火が口に戻ると山々も元のようになった。クリシュナの求めに応じてナーラダはシヴァと妃ウマーの対話を語った。(139)「昔シヴァがヒマラヤで苦行をしているとウマーが来てシヴァの両眼を覆った。するとシヴァの額に第三の眼が現れ、山々を焼いた。ウマーが夫に救いを求めると山々は元に戻った。ウマーは『なぜあなたの南の顔は恐ろしいのか』等と問うた。(140)　シヴァは『ブラフマーが創った美女ティロッタマーを見るために私は四顔となったが、南の顔は生類を滅ぼす恐ろしい顔である』等と語った。更にシヴァは様々な聖仙について語った。(141)　また、隠者の様々、隠者らが永遠の地に至る方法、(142)　各ヴァルナの者が上位ヴァルナに生まれ変わる方法、(143)　人（男）の務めと生まれ変わりの良し悪しを語った。(144〜145)　次にウマーが女の務めについて語った。(146) また、シヴァは聖仙達にヴァスデーヴァ（クリシュナ）の偉大さ、家系・姿等を様々に説いた」と。(147) 聖仙達はクリシュナに敬礼して去った。〔バラタ族の戦いで〕死んだ者達は運命（時間、kāla）によって殺されたのであり、クリシュナが運命（時間）である。嘆くなかれ。正しい刑罰、生類の守護等の王の務めを果たせ。(148)	クリシュナへの帰依・讃嘆。 139〜149の連続性。 行為と運命。1からの連続性。 王の務め。

149	唯一の神は何か。礼拝・讃嘆によって繁栄の得られるものは何か。	ヴァス デーヴァ（クリシュナ、ヴィシュヌ）を礼拝・瞑想・讃嘆し、そのために祭式を行うことによってあらゆる不幸を乗り越える云々。クリシュナを讃嘆する言葉の数々。	クリシュナへの帰依・讃嘆。139～149の連続性。
150	出発のとき、新しいことを始めるとき等に唱えるべきマントラは。	ヴィヤーサが布告したものでサヴィトリ（太陽神）が定めたマントラ（サーヴィトリー）。神々や聖仙達の名を唱えることによっても功徳が有る。その様々。	その他の務め。
151	尊敬・礼拝すべきは何か。	バラモンが尊敬・礼拝されるべきこと、優れていること。その様々。	バラモンの優越性。
152～157	バラモンを尊敬することの報いは何か。	ハイハヤ王アルジュナ・カールタヴィーリヤはダッタートレーヤ仙に千本の腕を与えられて、「我程の者はいない」と豪語した。ヴァーユに「バラモンはお前を殺すことも出来る」等と言われ、「バラモンとは何か」と問うた。(152)　ヴァーユは、全ての水を飲み干したカシャパ、インドラに呪いを掛けたガウタマらバラモンの偉業を語り、「ブラフマー、すなわちバラモン」と喝破した。(153)　更に、大地に入り込んだカシャパ、ヴァルナから妻を取り返したウタティヤ、(154)　神々のためにダーナヴァを滅ぼしたアガスティヤ、ヴァシシタ、(155)　ラーフによる闇を照らしたアトリ、アシュヴィン双神を神々のソーマ供儀に与らしめたチャヴァナらの力強さを語った。(156～157)	バラモンの優越性。
158	続　バラモンを尊敬することの報いは何か。	ケーシャヴァ（クリシュナ）がバラモンを尊敬することの報いを語るだろう。ビーシュマの死は近い。クリシュナに学べ。クリシュナが世界を創造したのであり、世界の全てである。全てはクリシュナから生じ、クリシュナに帰滅する云々。クリシュナ讃嘆の数々。	クリシュナへの帰依・讃嘆。ビーシュマの死を意識。

159	続々　バラモンを尊敬することの報いは何か。	【クリシュナが語る】昔息子のプラデュムナに「バラモンを敬うべき」と説いた。「ドゥルヴァーサスというバラモンを客人としてもてなしたことが有る。ドゥルヴァーサスは無理な要求を続け、ルクミニー（プラデュムナの母）に車を引かせ鞭打った。それでも我々はドゥルヴァーサスの機嫌を伺った。ドゥルヴァーサスは我々に恩典を与えた。全身に乳粥を塗れと言われ足の裏のみ塗らなかったことは喜ばれなかった」。	クリシュナへの帰依・讃嘆。
160〜161	ドゥルヴァーサスによって得た知識、その偉大さと全ての名前を知りたい。	【クリシュナが語る】シヴァがダクシャの祭式を破壊したとき、シャタルドリヤ・マントラによって慰撫した。シヴァがドゥルヴァーサスとなってクリシュナの所に来たのだ云々。(160)　ルドラ（シヴァ）の名前と恩寵の数々。(161)	クリシュナへの帰依・讃嘆。
162	直接知覚と教典（āgama）ではどちらが根拠になるのか等々。	直接知覚と主張する者達は愚かである。しかし唯一〔のブラフマン〕を理解するには長年のたゆまぬ精神統一が必要である。〔それより実際に日常的に可能なものとして〕殺さず、真実を述べ、怒らず、布施をするというこの四つを行ない功徳を積むが良い云々。	その他の務め。
163〜164	労しても得られないときも有れば、労せずして得るときも有るが。	努力して得られないときは苦行を為せ。種を蒔かなければ刈り取ることも無い。また布施等の務めを為せ。(163)　運命（時、kāla）が生類に功徳（dharma）有る、または無い行為を為さしめ、それに応じた苦楽を与える。功徳こそが永遠のもの。(164)	行為と運命。1からの連続性。
165	繁栄・幸福を得る方法、罪を祓う方法は。	ブラフマーに始まる、朝夕に唱えて罪を祓うべき神々や聖仙・聖地・王の名前、多数。	ビーシュマの死を意識。
166	ビーシュマは語り終え、「私が死ぬときに戻って来なさい」と、ユディシティラらを帰らせた。	（無し）	

おわりに

本書・第1章においては、『マハーバーラタ』(*Mahābhārata*) 第13巻「教説の巻」(*Anuśāsanaparvan*)「布施の法」(*Dānadharmaparvan*) を概観する研究を行った。本書の「総論」としての性格を持っている。

まず、第1章第1節「ユディシティラとビーシュマの対話(1)——『教説の巻』『布施の法』の構想——」において、『マハーバーラタ』第13巻「教説の巻」「布施の法」全体の構想と説話、〈枠物語〉と〈枠内物語〉との関係を、文学研究を行なうための手段として概観した。ここでは主として、〈記録・編纂〉のレベルの事柄に言及することになった。また、〈文学性〉、〈教説性〉の観点から、〈記録・編纂〉の段階を経た現状の第13巻「教説の巻」「布施の法」を見渡すとき、「教説の巻」を形作る各章には、確かに〈枠内物語〉のストーリー性が希薄で〈教説性〉の強いものが多いことを知る。また、ストーリーを持つものであっても、〈枠物語〉に嵌め込まれて〈教説性〉が強調されたものとなって見える。そこで、第13巻「教説の巻」「布施の法」の〈文学性〉を発見しようとするならば、やはり「各論」の具体的な研究が無ければならないことが確認された。また、最後には、〈語り物〉としての『マハーバーラタ』について、語りの場と語り手(吟誦詩人) の問題にも触れることになった。

次に、第1章第2節「ユディシティラとビーシュマの対話(2)——『教説の巻』『布施の法』の全章構成表——」において、第13巻「教説の巻」「布施の法」全百六十六章の構成表によって、個別の構成と概要、〈枠物語〉と〈枠内物語〉との関係を提示した。やはり、主に〈記録・編纂〉、〈教説性〉という観点から作成した構成表であるが、各論を行なうために、〈文学性〉を発見しようとするときに用いる地図のようなものである。

本書・第1章の『マハーバーラタ』第13巻「教説の巻」「布施の法」の概観によって、これに続く本書の「各論」、第2章から第6章の「教説の巻」「布施の法」中の神話・説話が把握し易いものとなり、それらの個別研究の理解を助けるものとなればと考えている。

第2章

『マハーバーラタ』第13巻第1章
「蛇に咬まれた子供」の研究

はじめに

本書・第1章の『マハーバーラタ』（*Mahābhārata*）第13巻「教説の巻」（*Anuśāsanaparvan*）中の「布施の法」（*Dānadharmaparvan*）全章の概観、「総論」に基づいて、第2章以降においては、『マハーバーラタ』「教説の巻」「布施の法」についての「各論」、個別的文学研究を行なう。語りの段階を持っていたのではないかと考えられる五つの神話・説話について、考察と和訳を行なう。第2章は、『マハーバーラタ』「教説の巻」「布施の法」についての個別的文学研究の第一であり、「教説の巻」「布施の法」第1章「蛇に咬まれた子供」を対象とする。

本書において基づく用語（概念）を再度挙げておけば、まず以下の三つである。

〈対話〉

〈枠物語〉

〈枠内物語〉

『マハーバーラタ』第13巻「教説の巻」「布施の法」は、ユディシティラとビーシュマの延々と続く〈対話〉を全体の枠組みとして持つ。ユディシティラの問いに対するビーシュマの答えから、「遠い昔の物語」（itihāsaṃ purātanam）といった語りがしばしば展開してゆく。このとき、ビーシュマの語る「遠い昔の物語」が〈枠内物語〉であり、それら〈枠内物語〉が存在することによって、ユディシティラとビーシュマの〈対話〉が〈枠物語〉となる。また、以下三つの用語にも基づく。すなわち、

〈原伝承〉

〈語り物〉

〈記録・編纂〉

『マハーバーラタ』第13巻「教説の巻」「布施の法」の〈枠内物語〉、神話・説話の多くが本来一般の人々の間で伝えられた「伝承」、〈原伝承〉であり、その後専門的あるいは半専門的語り手、吟誦詩人とも呼ばれる者達によって長く語られた〈語り物〉であったが、時を経て〈枠物語〉の構造を持つ作品として確定・固定化、〈記録・編纂〉された、ということを前提として進めてゆく。〈語り物〉の段階でもある程度〈枠物語〉の形式を持っていた可能性は有るが、むしろ〈記録・編纂〉の段階において専ら〈枠物語〉としての整備が為されたのではないか。

また、『マハーバーラタ』の神話・説話は、祭式の中心で語られるものではなく、むしろその周辺やそれ以外の場所であったであろう。また、祭官といった純粋な宗教者によって語られるものではなく、様々な立場や能力の、おそらくは世俗的傾向がより強い語り手達によるものであったはずである。そして、そうした語りに応じた聴き手を持っていたはずである。バラモンのみならず、クシャトリヤからそれ以下の、一般のあるいは民間の人々を聴き手としていたであろう。以上のことを念頭に置く必要が有る。

また、本書においては、

〈文学性〉

〈教説性〉

の二点からも考察することになる。「教説の巻」の名に負けず、この巻の「教説性」は強いのであるが、それにもかかわらず見逃すことの出来ない「文学性」の勝った神話・説話を多く見出すからである。

更にまた、『マハーバーラタ』の神話・説話を世界的な基準で見た場合の、

〈普遍性〉

〈独自性〉

の二点についての将来への見通しを立てる場合も有る。

第2章第1節「『蛇に咬まれた子供』の考察(1)——運命か行為か——」ではまず、「教説の巻」「布施の法」第1章「蛇に咬まれた子供」の〈枠物語〉と〈枠内物語〉の構造関係がどのようになっているか、『マハーバーラタ』全巻に通底する主題としての「運命（kāla）と行為（karman）」が両者においてどのような兼ね

合いによって表現されているかを見る。ここではこの章の〈枠物語〉の構造と〈教説性〉の問題を中心として考察する。

次に、第2章第2節「『蛇に咬まれた子供』の考察(2)――問答か真実語か――」において、この説話「蛇に咬まれた子供」のタイプ（話型）が孤立したものではなく、他の文学作品にも見出されることを指摘し、「蛇に咬まれた子供」にあってはどのように形作られているかを考察する。ここでは、主として、この説話に残っている〈原伝承〉としての性格が問題となる。最後には、〈語り物〉、語りの場と語り手（吟誦詩人）の問題についても触れる。

そして、第2章第3節「『蛇に咬まれた子供』の和訳」において、この章の日本語訳を提示する。本書・第2章以降第6章まで全て、研究対象とする神話・説話の日本語訳を持つことによってそれらの個別研究の理解を助けるものとなればと考えている。

第1節 「蛇に咬まれた子供」の考察(1)
――運命か行為か――

本書は『マハーバーラタ』第13巻「教説の巻」「布施の法」の文学研究を目指すものである。本書・第2章第1節では『マハーバーラタ』第13巻第1章を取り上げ、専ら〈記録・編纂〉レベルの問題を考える。第13巻第1章にはバラタ族の戦いという『マハーバーラタ』の主筋の物語、すなわち〈枠物語〉に属するユディシティラとビーシュマの〈対話〉が有り、ビーシュマの説く〈枠内物語〉である「蛇に咬まれた子供」が有る。〈枠物語〉、〈枠内物語〉それぞれの中で叙述されている「運命」（kāla）と「行為」（karman、業）の関係、〈教説性〉がどのようなものかを見、そしてそれが『マハーバーラタ』第13巻の〈記録・編纂〉の在り方の一例としてどのように考えられるかを考察したい。なお、〈枠内物語〉「蛇に咬まれた子供」に因んでそれを含めた第13巻第1章の題をも「蛇に咬まれた子供」としている。

1. 『マハーバーラタ』の「運命」「行為」についての研究

「運命」と訳すことの出来るサンスクリットの単語には、後に挙げる研究で述べられているように、daiva、vidhi、diṣṭa、vidhāna、bhāgadeya、bhavitavya、そして、kāla等多く有り、それぞれ意味の範囲が違っている。そのうち、kālaは第一義的には「時(とき)」(時間)である。四季や天体を含め、生有るもの、無いもの全てを動かし、また、その経過によって確実に生類を変化させ終末に至らしめるものである。そのため、「運命」の意味を帯び、「運命」と訳されることが有る。本書ではkarmanとの対比を明瞭にするため一貫してkāla を「運命」と訳している。本書は、kālaやkarmanそのものについて明らかにするものではなく、それらについての思想・哲学的な研究に学びつつも、異なった性格の研究になる。ここでまず、運命と行為についての三つの重要な研究の中から、本書と関わりの有る論旨を簡潔に挙げておきたい。

J. Scheftelowitz[1]による古典的研究の本書と関連する論旨は、以下のように纏めることが出来る。

> 「運命」の神としての「時」(Kāla)の観念はバビロニアから占星術とともにインドに入った。運命の神として展開を遂げ、その後、「死」(の神、Yama)のみならず「行為」「業」(Karman)にも従属するようになる。『マハーバーラタ』第13巻第1章は運命の神が行為(Karman)に従属した例である。(要約、21頁等)

1——Scheftelowitz, J. 1929. *Die Zeit als Schicksalsgottheit in der indischen und iranischen Religion.*

続いて、原実[2]は、『マハーバーラタ』全巻に通ずる運命と行為の性格について次のように述べている（『マハーバーラタ』第13巻第1章についての言及は無い）。

> 『マハーバーラタ』には人間の努力、人為の貴さを高く評価する思想と、これに反し、運命（daiva, vidhi, kāla等）の絶対性を説く思想がともに見られる。またしばしば、運命は「業（karman）の齎すところ、業の結果」、前世の業が時至って運命によって熟すとも説かれている。（要約、176頁等）

また、P. Hill[3]によって、

> 『マハーバーラタ』は、人間の行為と運命の問題について、行為の結果を免れることが出来るとする立場と、出来ないとする立場の両者を取りつつも、全体としては後者の傾向が強い。その中で、人の死等の不幸と行為が因果関係に有るとする数少ない事例の一つとして『マハーバーラタ』第13巻第1章の挿話が有る。そこでは、この話を説くビーシュマが不幸（戦争）の原因を行為とすると同時に運命とするという矛盾が見られる。『マハーバーラタ』には、特に悪い行為の結果について運命や神に原因を帰するという特徴が有る。（要約、3、34〜36、67、364、368頁等）

といった指摘、見解が示されている。以上のような研究において、『マハーバーラタ』の中に運命や行為について様々な説き方が混在していること、両者の関係について折衷的な、あるいは矛盾した説き方をしている場合も有ること、『マハーバーラタ』第13巻第1章もその一例であることが述べられている。

2——原実1972『古典インドの運命観』。

3——Hill, Peter. 2001. *Fate, Predestination and Human Action in the Mahābhārata: A Study in the History of Ideas*.
なお、本書とは全く異なる立場からのP. Hillの著作についての言及も有る。
前川輝光2006『マハーバーラタの世界』173-215.

本書では、『マハーバーラタ』第13巻第1章の場合には、〈枠物語〉と〈枠内物語〉で思想の主軸、主題に違いが有り、両者のストーリーを摺り合せた章全体は緩やかな統一性によって纏められていると予測する。

2.「蛇に咬まれた子供」梗概

『マハーバーラタ』第13巻「教説の巻」(*Anuśāsanaparvan*)は第12巻「寂静の巻」(*Śāntiparvan*)から続く設定を取っている。バラタ族のパーンダヴァ家とカウラヴァ家による大戦争の途中で、両家共通の義理の祖父・ビーシュマが倒れた(第6巻「ビーシュマの巻」)。戦争終結の後、生き残った者達が死の床に横たわるビーシュマの許に赴き、ユディシティラが問い、ビーシュマが答える長い〈対話〉が始まる(第12巻「寂静の巻」)。第13巻「教説の巻」は、引き続きユディシティラとビーシュマの〈対話〉、そして、ビーシュマの昇天の部分を収めている。

本書の底本とするキンジャワデカル版では、第13巻第1章は第1～83偈(13.1.1-83)である。帰敬文(キンジャワデカル版:第13巻第1章第1偈)の後、ユディシティラとビーシュマの〈対話〉が有り、ビーシュマがユディシティラの問いに答えつつ、「遠い昔の物語」(itihāsaṃ purātanam)を語る。このように、第13巻第1章には〈枠物語〉と〈枠内物語〉の構造が見出される。

さて、〈枠物語(初め)〉(キンジャワデカル版:第13巻第1章第1～16偈[4])、〈枠内物語〉(キンジャワデカル版:第13巻第1章第17～80偈)、〈枠物語(終わり)〉(キンジャワデカル版:第13巻第1章第81～83偈[5])のあらすじを示せば以下の通りである。

4――キンジャワデカル版では、帰敬文第1偈と〈枠物語〉の第1偈をどちらも第1偈としている。

5――第13巻第1章の場合、キンジャワデカル版で偈数が八十四であるのに比べて、批判版での偈数は七十六であり、相当少なくなっている(プーナ批判版:第13巻第1章第1～76偈、クンバコーナム版:第13巻第1章第1～84偈、Dutt訳添付のテキスト:第13巻第1章第1～83偈)。それは批判版では、キンジャワデカル版に有る〈枠物語〉前の帰敬文一偈が無く、また、ユディシティラの長い嘆き六偈半に相当する分が無いためである。そこで、批判版は、全体として

【枠物語（初め）】 ユディシティラが嘆いて問うた。「私の心に寂静は無い。自分の為した行為（戦争）によってビーシュマや王達が死にゆく。それによって私はどのような世界に赴くだろうか」と。ビーシュマが答えた。「行為（戦争）の原因はそなたではない。これについても、遠い昔の物語、死神、ガウタミーらの対話が有る」と。

【枠内物語（ビーシュマの語り）】バラモン婦人・ガウタミーの息子が蛇に咬まれて死んだ。その蛇を、猟師のアルジュナカがガウタミーの許に齎し、「蛇を殺せ」と迫った。しかし、ガウタミーはアルジュナカに「蛇を放しなさい」と諭した。ここで、蛇は、「自分は死神（mr̥tyu）に強いられて子供を咬んだ」と主張し、続いて登場した死神は、「自分は運命（kāla）の命令を遂行したのみだ」と言った。更に登場した運命の神が、「この子供は前世に為した自らの行為（業、karman）によって死んだ」と述べるに至って、関係する者達は全て去って行った。

【枠物語（終わり）】 ビーシュマの教えを聞いたユディシティラは苦悩を忘れた。（以上要約）

3.「蛇に咬まれた子供」の登場人物達の主張

ここで、「蛇に咬まれた子供」の登場人物達の主張を確認しておきたい。まず、殺された子供の母親・バラモン婦人ガウタミーは何と言ったか。

キンジャワデカル版より七偈半少なく、偈番号としては七つ若くなる。この部分以降においてはキンジャワデカル版と批判版の間に大きな内容の相違は無い。クンバコーナム版では偈数が八十五であるが、それは、キンジャワデカル版には無い帰敬文がもう一つ有るためである。

ガウタミー：最初に「蛇を殺すべきではない、罪を犯すべきではない」（第21～23偈)、「忍ぶべきである。許すべきである」（第27、29偈）と猟師を諭す。死神と運命の神が順に登場し、運命の神が「この子供は自らの行為（業）によって死んだ」と述べた後には、それに同調する発言（第78、79偈）をする。

続いて、子供を殺した蛇をガウタミーの許に齎した猟師のアルジュナカは何と言ったか。

猟師：「蛇は子供の死の原因であり、罪が有り、殺されるべきである」（第37～39、63偈）と、繰り返し主張する。

そして、子供を咬み殺した蛇の発言はどうか。

蛇：まず、猟師に対しては、子供を殺したのは「自立的でない自分が死神に強いられてやったことで、罪は自分にでなく死神に有る」（第35偈)、「陶器を作る仕事における〔道具としての〕棒・轆轤等のように、自らを支配する者でない自分は罪有る者となり得ない」（第40偈)、「陶器という結果について、棒・轆轤が影響を与えあうのと同じであって、〔子供の死という結果について、死神と蛇の〕どちらが原因なのかわからない」（第41偈)、「死神も蛇も〔それ一つに〕罪は無く、罪は第三のもの、〔二つを合わせた〕全体に有る」（第42偈)、「〔死神も蛇も〕原因としては対等で」（第45偈)、「他のものに罪が有る」（第46偈)、「祭官による祭式の果報が祭官のものでないのと同じである（子供殺しは死神に命ぜられてやったことであるから、その果報は死神のもの)」（第48偈）と主張する。死神の登場の後には、「自分は死神に強いられてやった」（第58偈）が、「そのことと、強制した死神に罪が有るか否かは別問題」と逃避する。死神が「自分は運命に強いられてやった」と主張すると、「運命に罪が有るか否か、我々に問う資格は無い」（第59偈)、「ともかく自分と死神に罪は無い」（第60偈）と、あくまでも自分は子供の死の原因でないと主張する。

更に、猟師と蛇の議論の場に登場した死神はどうか。

死神：一貫して、「子供は運命の力のままに死んだ、この世のものは全て運命を本質とする」と主張する。「純質、激質、暗質[6]に関わる成分（第52偈）、動植物（第53偈）、諸々の活動（第54偈）、神々（第55偈）、その他全て運命を本質とする」「全ては運命によって作り出され、運命によって滅ぼされる」（第56偈）と述べる。

最後に、猟師と蛇と死神の議論に加わった運命の神はどうか。

運命の神：「子供の死は子供自身の行為（業）の為せる技である」と述べて、議論を終結させる。「人は自らの為した行為（業）〔の結果〕に遭遇する」（第74偈）、「影と光が分かち難く結び付いているように、行為と行為の為し手は（過去世の）自らの行為に結び付けられている」（第75偈）と厳かに述べる。

このように、ガウタミーと蛇と猟師、死神、運命の神と登場人物が加わるに従って、子供の死の原因は蛇でなく死神、死神でなく運命〔の神〕、運命でなく子供自身の行為（業）と議論が進み、結論に至る。しかし、この〈枠内物語〉の中では、第78偈のガウタミーの発言が調和を乱している（後述）。

6——『マハーバーラタ』の特に第12巻「寂静の巻」は、サーンキヤ思想の初期的形態が見えるとして注目されている。第13巻「教説の巻」のここにも、「純質」(sattva)、「激質」(rajas)、「暗質」(tamas)という、サーンキヤ思想における世界の三大構成要素を表す用語が、第12巻と同様に見えている。

4. 運命と行為についてのガウタミーと猟師の対話

〈枠内物語〉「蛇に咬まれた子供」の中で、運命の神が、子供の死は子供自身の行為が原因であると述べたとき、ガウタミーはその考えを受け入れて言う（キンジャワデカル版：第13巻第1章第77偈）。

tasmiṃs tathā bruvāṇe tu brāhmaṇī gautamī nṛpa |
svakarmapratyayāṁl lokān matvārjunakam abravīt　|| Ki.13.1.77
〔運命が〕このように語ると、バラモン婦人ガウタミーは、王（ユディシティラ）よ、世界（生類）を自らの行為を原因とするものと考えてアルジュナカに言った。

また、言う（キンジャワデカル版：第13巻第1章第78偈）。

naiva kālo na bhujago na mṛtyur iha kāraṇam |
svakarmabhir ayaṃ bālaḥ kālena nidhanaṃ gataḥ || Ki.13.1.78
「運命も蛇も死神も、このこと（子供の死）について原因ではありません。自らの行為（業）によって、この子は、運命によって、死に至ったのです。

更に、言う（キンジャワデカル版：第13巻第1章第79偈）。

mayā ca tat kṛtaṃ karma yenāyaṃ me mṛtaḥ sutaḥ |
yātu kālas tathā mṛtyur muñcārjunaka pannagam || Ki.13.1.79
そして、私もまたこの私の息子を死なせる行為を〔過去において〕為したのです。運命もそれから死神もお引き取り下さい。蛇を放しておくれ、アルジュナカよ」。

ガウタミーのこの三つの発言は、人あるいは生類が自らの行為の結果を受け止めるものであり、ガウタミーの子供自身も関係者も子供の死を招く何らかの行為を（過去において）為したという、運命の神の意見を復唱・敷衍するものである。ただし、第78偈で「運命によって」と述べられているのは他の部分の趣旨と全く異なっている[7]。

5. 運命と行為についてのユディシティラとビーシュマの対話(1)

〈枠物語（初め）〉冒頭で、ユディシティラは、自らの行為が多くの者に死を齎したと嘆いた後、その行為が「運命の怒りに服して」（第7偈）行なわれたと述べる（キンジャワデカル版：第13巻第1章第7偈）。

vayaṃ hi dhārtarāṣṭrāś ca kālamanyuvaśaṃ gatāḥ |
kr̥tvedaṃ ninditaṃ karma prāpsyāmaḥ kāṃ gatiṃ nr̥pa || Ki.13.1.7
実に、私達とドリタラーシトラの息子達（敵方・カウラヴァ家）は運命の怒りに服してこのような恥ずべき行為を為し、どのような世界に赴くのだろうか、王（ビーシュマ）よ。

これに対し、ビーシュマは〈枠内物語〉「蛇に咬まれた子供」を語り始める前に、「その行為の原因は、他のものに支配された自己ではない」と告げる（キンジャワデカル版：第13巻第1章第15偈）。

paratantraṃ kathaṃ hetum ātmānam anupaśyasi |
karmaṇāṃ hi mahābhāga sūkṣmaṃ hy etad atīndriyam || Ki.13.1.15
諸々の行為の原因を、他のものに支配された自己だと、何故そなたは考えるのか。何故ならば、幸い多き者（ユディシティラ）よ、これ（行為）は微妙であり、感覚器官を越えたものであるからだ。

この〈枠物語（初め）〉冒頭部では、ユディシティラの問いとビーシュマの答えの関係を、どのように捉えるべきであろうか。この問答において、まず、ユディシティラが「運命に従って恥ずべき行為を為した」と嘆く。ビーシュマの答えに「自己は他のものに支配されている」と有るのは、自己すなわちユディシティラは行為（戦争）の主体になり得ない、ということである。また、「行為は感覚

7——この点は、前述のP.Hillの著作でも指摘されていない。

器官を越えている」と有るのは、行為（戦争）はユディシティラには把握し難い、ということである。ビーシュマの答えは全体として、「そなたは把握し難い行為を他のものに支配されて為したのであるから、そなたが行為の原因なのではない」ということであるが、「他のもの」はここでは既に「運命」とほぼ同義である[8]。ビーシュマが「運命」という語を口にするのは〈枠物語（終わり）〉の第82偈においてであるが、〈枠物語（初め）〉のこの第15偈において既に「運命」が含意されている。結局、ビーシュマの答えはユディシティラの問いに対してほとんど同義反復的に慰めた形である。「運命」と「行為」の関係を明らかにするものではないが、受け手（聴き手）に素朴ながらも哲学的素養を与える教えと言うことが出来る。

6. 運命と行為についてのユディシティラとビーシュマの対話(2)

ビーシュマは〈枠内物語〉「蛇に咬まれた子供」を説き終わった後、ユディシティラに向かって、次のように諭す（キンジャワデカル版：第13巻第1章第81偈）。

etac chrutvā śamaṃ gaccha mā bhūḥ śokaparo nṛpa |
svakarmapratyayāṁl lokān sarve gacchanti nṛpa || Ki.13.1.81

このことを聞いて心の平安を得よ。悲しみに捕われてはならない、王（ユデ

8——十七世紀の『マハーバーラタ』注釈者ニーラカンタは、第15偈のビーシュマの答えについて、以下のように述べている。

pareti paratantraṃ kālādṛṣṭeśvarādhīnam ātmānaṃ tvaṃ kathaṃ karmaṇāṃ hetuṃ puṇyapāpayoḥ kāraṇam anupaśyasi na kathaṃ cid ātmanaḥ kartṛtvaṃ saṃbhavatīti bhāvaḥ | ... || 15 ||

他のものに支配され、運命（時間）の姿をした神に依拠した自己を、そなたは何故諸々の行為の原因と、善悪〔の行為〕の原因と考えるのか、断じて自己が行為の原因ということはない、という意味。

自己は運命に依存していて、行為の原因とはなり得ないと述べている。「運命（時間）の姿をした神」という思想に基づき、そうした用語を用いることが加わった、『マハーバーラタ』についての神学的解釈になっている。

ィシティラ）よ。自らの行為に動機付けられた世界へと、全てのものは赴くのである、王よ。

この中で、「全ての者は自らの行為に動機付けられた世界に赴く」と有るのは、〈枠内物語〉のガウタミーの台詞「世界（生類）は自らの行為に動機付けられる」（第77偈）に対応する。しかしビーシュマはその後すぐに、次のような全く異なる教えを説く（キンジャワデカル版：第13巻第1章第82偈）。

naiva tvayā kr̥taṃ karma nāpi duryodhanena vai |
kālenaitat kr̥taṃ viddhi nihatā yena pārthivāḥ || Ki.13.1.82

汝によって行為（戦争）が為されたのではない。また、ドゥルヨーダナによって為されたのでもない。運命によって王達が殺されるこのこと（戦争）が為されたのであると知れ。

ここで、「運命によって行為が行なわれた」と有るのは、〈枠物語（初め）〉冒頭のユディシティラの問い（第7偈）と同じ内容である。このようにして見ると、『マハーバーラタ』第13巻第1章〈枠物語（初め・終わり）〉の中では第81偈の「全ての者は自らの行為に決定された世界に赴く」が特異な発言であることが知られる。

7. 纏め

以上、『マハーバーラタ』第13巻第1章について述べた事柄は、多く〈記録・編纂〉レベルにおいて捉えることが出来る。『マハーバーラタ』第13巻第1章〈枠物語（初め・終わり）〉のビーシュマとユディシティラの対話は、「行為は運命に従って行なわれる」ことを主として述べるものであり、〈枠内物語〉である「蛇に咬まれた子供」は「人は自己の行為の結果を受け止める」ことを主として述べるものと考えられる。〈記録・編纂〉に際し、〈枠物語（初め・終わり）〉の中に性格の異なる説話を嵌め込むために、〈枠物語〉の側でも、〈枠内物語（初め・終わり）〉の側でも、ある程度、摺り合せが為されたと推測される。例えば、〈枠内物語〉中の第78偈で「子供は自らの行為によって死に至った」と述べられた後、「運命によって」と付け加えられている。これは、〈枠物語（初め・終わり）〉全体の運命論的色調、あるいは特にビーシュマとユディシティラの対話中、第7偈で「運命の怒りに服して」、「恥ずべき行為（戦争）を為した」、第82偈で「運命によって王達が殺されるこの行為が行なわれた」と述べられているのに合わせて付け加えられた可能性が有る。また逆に、〈枠物語（初め・終わり）〉のビーシュマとユディシティラの対話中、第81偈に「全ての者は自らの行為に動機付けられた世界に赴く」という表現が有る。これは、〈枠内物語〉の結論、あるいは特に〈枠内物語〉中、第77偈の「世界（生類）は自らの行為に動機付けられる」という表現と整合性を付けようとした結果である可能性が有る。

このように、性格の異なる〈枠物語〉と〈枠内物語〉の擦り合せが行なわれ、第13巻第1章全体として緩やかな統一性が齎されている。そして、第13巻「教説の巻」「布施の法」第1章の中で「運命」と「行為」が混然とした形で共存することになった。受け手（聴き手）も、そして説き手も素朴であるかもしれないが、哲学的用語を以て受け手（聴き手）を哲学的世界に誘うとも言うべきものである。素朴ながらも受け手（聴き手）に哲学的素養を与える役割、〈教説性〉を持つと言える。

第2節　「蛇に咬まれた子供」の考察(2)
——問答か真実語か——

本書・第2章第1節において、『マハーバーラタ』第13巻「教説の巻」「布施の法」第1章を専ら〈記録・編纂〉レベルにおいて考察した。全巻に通ずる主題、「運命と行為」の〈教説性〉が〈枠物語〉と〈枠内物語〉の摺り合せによって達成されていることを述べた。第2章第2節は同じ「教説の巻」「布施の法」第1章を主に〈原伝承〉レベルで考察する。『マハーバーラタ』を口承文芸の性格を残す文学作品として捉える研究の一つとなる。『マハーバーラタ』第13巻「教説の巻」に流入した、バラタ族の戦いという主筋、〈枠物語〉とは本来無関係の神話・説話・物語群、〈枠内物語〉が、それぞれどのような意図や方法をもって第13巻の主筋の物語に組み込まれているかを、タイプ（type、話型)、モチーフ（motif、構成要素）分析という口承文芸研究の方法をも援用して考察するものである。また、この「教説の巻」「布施の法」第1章がもともと語りの場でどのようにして語られたかという、〈語り物〉レベルの事柄も合わせ考えたい。

1.「蛇に咬まれた子供」梗概

『マハーバーラタ』第13巻「教説の巻」「布施の法」第1章「蛇に咬まれた子供」は、キンジャワデカル版では第13巻第1章第1偈～第83偈（13.1.1-83）に相当する。そのうちの〈枠内物語〉のあらすじをもう一度記せば次の通りである。

> 【枠内物語】バラモン婦人・ガウタミーの息子が蛇に咬まれて死んだ。その子供を咬んだ蛇を、猟師のアルジュナカがガウタミーの許に齎し、「蛇を殺せ」と彼女に迫った。しかし、ガウタミーはアルジュナカに「蛇を放しなさい」と諭した。ここで、蛇が、「自分は死神（mṛtyu）に強いられて子供を咬んだ」と主張しはじめ、続いて、そこに登場した死神は、「自分は運命（kāla）の命令を遂行したのみだ」と言った。更に登場した運命〔の神〕が、「この子供は前世に為した自らの行為（業、karman）によって死んだ」と述べるに至って、関係する者達は皆去って行った。(要約)

この〈枠内物語〉は、〈枠物語〉のユディシティラとビーシュマの〈対話〉――「私達は運命の怒りに従って恥ずべき行為（戦争）を為した」（第7偈）と嘆くユディシティラに対し、ビーシュマが「その行為（戦争）の原因はそなたではない（運命である)」（第15偈）と諭す――の根拠として説かれている。ただし、行為説を結論とする〈枠内物語〉で、最後にガウタミーが「子供の死は運命によって齎された」（第78偈）と不調和な発言をする。また、〈枠物語〉の中でビーシュマがユディシティラに説く言葉に、「運命によって王達が殺される行為が行なわれた」（第82偈）と有るのは、〈枠内物語〉の行為説とは矛盾するかのようである。このように、〈枠物語〉と〈枠内物語〉を合わせた『マハーバーラタ』第13巻第1章全体の中で、運命と行為は緩やかな統一性の中で共存している。このことについては既に第2章第1節において述べた。

2. 蛇に咬まれた子供を巡る真実語

毒蛇に咬まれて死んだ、あるいは死に瀕する子供あるいは若者を生き返らせるために、関係者によって真実語、真実の誓いと呼ばれる呪術行為が行なわれる——というストーリーを持つ説話が、古代インドの文献に散見する。それらの説話の中で重要な働きを持つモチーフが「真実語」「真実の誓い」（サンスクリット: satyavacana等, パーリ: saccakiriyā等）であるが、この真実語の概念はE. W. Burlingame[9]が最初に提唱した。真実を口にすると、その真実に宿る力によって様々な奇跡的出来事・願い事を実現させるという思想・信仰がインド文化に存在することを述べたものである[10]。真実を口にすることによって奇跡的事態、超自

9——Burlingame, Eugene Watson 1917. 'The Act of Truth (Saccakiriya).' *Journal of the Royal Asiatic Society,* Jul.
若原雄昭1994「真実（Satya）」『仏教学研究』50に研究史的概説が有る。

10——針貝邦生はS. Schayerによるインドの呪術の三分類を紹介している。S. Schayerはインドの呪術を「直接的呪術」「象徴的呪術」「真実呪術」（針貝の訳語）に分類した。文化人類学者・J. G. Frazerが古典的名著*The Golden Bough*において、呪術、「共感呪術」（Sympathetic Magic, Law of Sympathy）に「類感呪術」（Homoeopathic Magic, Law of Similarity）と「感染呪術」（Contagious Magic, Law of Contact）の二種が有ると提言したことはよく知られている。フレイザーの「類感呪術」「感染呪術」は、S. Schayerの言う「直接的呪術」「象徴的呪術」に相当する。そして、第三の「真実呪術」はまさに「真実語」に相当する。S. Schayerは、インドの呪術にフレイザーの言う二つの他に、第三の

然的現象を出現させ、望みをかなえる、窮地を脱する、身の潔白を明かす等の様々なパターンが有る。逆に虚偽を述べた場合には「頭が七つに裂ける」等の破滅が訪れるのである。『ジャータカ』や『マハーバーラタ』等に多く例を見る[11]。後に取り上げる『マハーバーラタ』第13巻第93章の前段「七仙人の名乗り」（本書・第5章）において、魔女に「名前を名乗れ」と迫られた七仙人達は、偽の名前を述べる訳にゆかず、といって真の名前を述べることは有り得ないという窮地から究極の方法によって脱する。「真実語」を体現する説話の発展形である。「七仙人の名乗り」に続く後段の「七仙人の真実の誓い」においても、盗みを犯していないという身の証を立てるため、七仙人達は「真実の誓い」を行なう。こちらは典型的な「真実語」の説話である。

さて、毒蛇に咬まれて死に瀕する子供を救うため、苦行者と子供の両親が順番に真実の誓いを立てるという説話がパーリ『ジャータカ』の中に見られる。ジャー

ものとして「真実語」──前述のように、その存在はBurlingameによって既に指摘されていた──が在るとして、その呪術的性格を強調したことになる。

針貝邦生2000『ヴェーダからウパニシャッドへ』: 85-89.

Schayer, S. 1925. Die Struktur der magischen Weltanschauung nach dem Atharva-Veda und den Brāhmaṇa-Texten, *Untersuchungen zur Zeitschrift für Buddhismus und verwandter Gebiete,* 15: 259-299.

Frazer, James George. 1922. *The Golden Bough*, 3rd Edition, vol.1: 52-219.

11──『ジャータカ』中の一例として、第499話「シヴィ・ジャータカ」が有る──バラモンに両眼を布施したシヴィ王を試すためにサッカ（インドラ神）がやって来る。シヴィ王が「布施のたび、両眼を布施したときさえ、私には喜びが有った。この真実によって私の眼は蘇れ」と述べるや否や彼の眼は再生した──というものである。『マハーバーラタ』には、「両眼の布施」ではなく「鳩を救うための肉体の布施」をモチーフとする、シビ王の真実語の別伝が有る（本書・第1章第1節）。また、『マハーバーラタ』中の別の例として、『マハーバーラタ』第3巻「森の巻」中の「ナラ王物語」のダマヤンティー妃の真実語が有る──猟師に襲われそうになったダマヤンティーが「私はナラ王より他の者を心に掛けさえしない。〔この真実によって〕卑しい猟師は倒れ死ぬが良い」と言うや否や、猟師は倒れ死ぬ──というものである。

タカは特有の「現在物語」(paccuppannavatthu)、「過去物語」(atītavatthu)、「連結」(samodhāna)という構成を持つ、これまた〈枠物語〉の一種である。[12] 五百四十七話のジャータカを集成した『ジャータカ』(*Jātaka*)がパーリ語で伝わっている。『ジャータカ』第444話「黒いディーパーヤナ・ジャータカ」(*Kaṇhadīpāyanajātaka*)[13]のあらすじを示せば以下の通りである。

【現在物語】　不満を持つ修行僧に対して師（仏）が語った。過去の世の賢者は自分が不満を持っていることを恥じて誰にも話さなかったのだ、として。

【過去物語】　昔、ヴァンサ国のコーサンビーで、ディーパーヤナとマンダヴィヤというバラモンが出家して苦行者となった。ディーパーヤナがカーシ国にいる友人・在家のマンダヴィヤ[14]の許にいるとき、出家のマンダヴィヤはバーラーナシーで盗みの濡れ衣を着せられ、王命によって串刺しの刑にあった。その後ディーパーヤナは在家のマンダヴィヤを訪れてもてなしを受けた。そのとき在家のマンダヴィヤの幼い息子ヤンニャダッタが鞠で遊んでいるうちに毒蛇に咬まれて気を失った。ヤンニャダッタを救うため、ヤンニャダッタの両親に頼まれて、ディーパーヤナは真実の誓い（saccakiriyā）を立てた。「私は（出家の後）七日間だけ清らかな心で梵行を行なった。その後の五十年間は心楽しまず暮らしていたのだ。この真実によってヤンニャダッタは生き返れ」と。

　ディーパーヤナの求めを受けて、マンダヴィヤとその妻もそれぞれ真実の誓いを立てた。

12——「現在物語」、「過去物語」、「連結」の順で語られ、物語の時間は、現在から過去、過去から現在と往復する。したがって、機能面から名付けられた「連結」は、構造面からは「現在物語2」と呼んでも良いところである。

13——Fausbøll, V. ed. 1991. *The Jātaka Together with Its Commentary*, vol. 4: 27-37. 同じ話は『チャリヤーピタカ』第3章第11に見える。

14——出家者のマンダヴィヤと在家者のマンダヴィヤという、同名の別人物が登場している。

マンダヴィヤは、「私は心楽しめず客人に布施を行なってきたのだ。この真実によってヤンニャダッタは生き返れ」と。

マンダヴィヤの妻は、「私にとって毒蛇と子供の父とは、どちらも好まないというということにおいて違いは有りません（私は子供の父、すなわち私の夫を愛していません)。この真実によってヤンニャダッタは生き返れ」と。

これらの真実の誓いにより、ヤンニャダッタは生き返った。その後マンダヴィヤ夫妻とディーパーヤナは許しあい、悔い改めて暮らした。

【連結】　そのときの（在家の）マンダヴィヤはアーナンダ、妻は……ディーパーヤナは私（仏）であった。(以上要約)

以上の『ジャータカ』「黒いディーパーヤナ・ジャータカ」を仲介して見るならば、『マハーバーラタ』のルルの許嫁の物語もこの類型に所属していることを知ることが出来る。『マハーバーラタ』第1巻「初めの巻」(キンジャワデカル版で第1巻第8章第1偈〜第9章19偈、1.8.1-1.9.19）に有る次のような説話である。

ブリグの子孫・ルルは仙人ストゥーラケーシャの養女プラマドヴァラーと婚約した。結婚を前に、プラマドヴァラーは友達と遊びながら毒蛇を踏み、蛇に咬まれて死んだ[15]。嘆き悲しむルルに神の使者が、彼の寿命の半分をプラマドヴァラーに与えよと教えた。ルルがこれに承諾すると、プラマドヴァラーの父と神の使者はダルマ王（ヤマ）の許に赴き、その条件で彼女が蘇ることを許された。プラマドヴァラーは蘇ってルルと結婚し、ルルはあらゆる蛇を殺すという誓いを立てた。……（要約）

15——プラマドヴァラーは「運命に駆り立てられて」(kālacoditā : 1. 8. 18）蛇を踏み、蛇も「運命に駆り立てられて」(coditaḥ kāladharmanā: 1. 8. 19）彼女を咬んだと有る。『マハーバーラタ』第13巻「教説の巻」第1章における途中までの議論と一致する。

この話は、ルルが寿命の半分をプラマドヴァラーに与えた説話として有名であると思われるが、実はもう少し複合的な構造となっている。神の使者の教えを受ける前に、ルルはプラマドヴァラーを生き返らせようとして次のような真実語を述べている、真実の誓いを立てているのである（キンジャワデカル版で第1巻第9章第4～5偈、1.9.4-5）。

yadi dattaṃ tapas taptaṃ guravo vā mayā yadi |
samyag ārādhitās tena saṃjīvatu mama priyā || Ki.1.9.4
「もし私が布施と苦行を行なってきたならば、あるいはもし長上者を正しく敬ってきたならば、それ（その真実）によって[16]私の愛しい女は生き返れ。」

yathā ca janmaprabhṛti yatātmā 'haṃ dhṛtavrataḥ |
pramadvarā tathā hy eṣā samuttiṣṭhatu bhāminī || Ki.1.9.5
「また、生まれてからというもの、私が自己を制御し堅固な誓戒を保ってきたのであれば、そうであれば（その真実によって）[17]この美しいプラマドヴァラーは立ち上がれ。」

ここでは、ルルが寿命の半分をプラマドヴァラーに与えるという、別の重要なモチーフに結び付くために、真実語が述べられた後その効力は出現せず、ストーリーは曖昧に流れてしまう。変則的・不完全ではあるものの、真実語の一例である。

このように、毒蛇に咬まれて死んだ、死に瀕する子供、若者（や若い娘）を巡って発言、会話が為されるという説話のヴァリエーションは、今取り上げている第13巻第1章「蛇に咬まれた子供」の他にも、『マハーバーラタ』そのものの中に存在している。

16――誓言の内容が真実であれば、「真実」と述べられていなくても真実語として働く。

17――誓言の内容が真実であれば、「真実」と述べられていなくても真実語として働く。

3. 蛇に咬まれた子供を巡る問答

真実語のモチーフが重要な要素として働く前述のような説話とまた別に、死について多くの発言が述べられているという点で、『マハーバーラタ』第13巻の「蛇に咬まれた子供」に近似する説話も存在する。毒蛇に咬まれて子供・若者が死んでしまい、子供・若者の関係者によって死に関わる説教、あるいは問答が為されるものである。ナーラーヤナ[18]の作と伝えられる『ヒトーパデーシャ』第11話の中にそのようなタイプ（話型）のものが有る。『ヒトーパデーシャ』は、偉大な学者ヴィシュヌシャルマンがパータリプトラのスダルシャナ王の王子達に処世の術を教えるために説いたという設定を取る。これもまた〈枠物語〉であり、多くの説話・寓話、〈枠内物語〉を嵌め込んでいる。その一つとして、鳥達の戦争後の和平を語る話群が在る。敵鳥の国を敗北させた後、その敵国に長く間諜として滞在し活躍した部下の烏に向かって、鳥の国王が「何故そのようなことが出来たのか」と尋ね、烏が「賢人は目的を果たすために何事をもする」と言って説く、次のような説話である。

食べ物を探そうとしないマンダヴィシャという老いた蛇に、一匹の蛙がその訳を尋ねた。すると、蛇は話をした（以下、偽りの話）——この蛇は、ブラフマプラに住むカウンディニヤというバラモンの子、スシーラという若者を咬み殺した。悲しむカウンディニヤに対して、カピラというバラモンが、「この世は無常であり、全てのものは滅びる。悲しんではならない」と様々に意見をした。その後で、蛇はカウンディニヤに蛙の乗り物になるという呪いを掛けられた——このような蛇の話（偽り）を聞いた蛙は、蛙の王ジャーラパーダに報告した。すると蛙の王はこの蛇を乗り物とした。しかし翌日、

18——紀元後800年頃〜900年頃の人物とされる。

Ingalls, Daniel H.H. 1966. ‘The Cānakya Collections and Nārāyana’s Hitopadeśa.’ *Journal of the American Oriental Society*, 86 (1).

蛇は「食べ物が無いので力が出ない」と言って動かなかった。蛙の王が「蛙を食べよ」と命令したところ蛇は蛙達を食べ、ついには蛙の王も食べてしまった。(以上要約)[19]

カピラの長い説教（第67〜94偈）の中で死神（mr̥tyu）、業（行為、karman）、また、輪廻（saṃsāra）について言及されている。子供、若者が蛇に咬まれて死ぬという出来事を契機にして、死や運命を主題として何らかの説教や問答が展開されるという伝承が流布していた可能性を示唆するものである。[20]

なお、『ヒトーパデーシャ』の親本的存在とされる『パンチャタントラ』の該当話は、偽りを述べて蛇が蛙達を食べてしまう話という点では、『ヒトーパデーシャ』の該当話とよく似ている。しかし、『パンチャタントラ』諸本の該当話では、蛇の偽りの話の中に、息子を蛇に咬み殺されたバラモンに対する他のバラモンによる説教が無い。次のようなストーリーである。

食べ物を探せない蛇が、一匹の蛙に、「自分はあるバラモンによって蛙の乗り物になる呪いを掛けられたのだ」と話した。この報告を聞いた蛙の王が蛇を乗り物とし、結局蛇は蛙達を食べてしまった。その前に、この蛇に蛙が乗っているのを見て別の蛇が驚いた。……（以上要約）[21]

このように、蛇がバラモンに呪いを掛けられた事情（偽りの話）が簡潔に説明されるのみの話である。この後は別の〈枠内物語〉が語られる。『ヒトーパデーシャ』の前述の説話が、『パンチャタントラ』の該当話を基盤にしているとすれば、『ヒトーパデーシャ』では、『パンチャタントラ』の該当話に死や運命についての

19——Peterson, Peter. 1887. *Hitopadeśa by Nārāyaṇa*: 148-151.

20——『ヒトーパデーシャ』第11話（蛙を騙して食べる蛇の話）が『マハーバーラタ』第13巻第1章「蛇に咬まれて死んだ子供」から取られたといったことではない。

21——Hertel, Johannes. ed. 1908. *The Panchatantra*: 221-223.
Edgerton, Franklin. ed. 1924. *The Panchatantra Reconstructed*, 1: 355-360.

説教が挿入されたものと思われる。

『マハーバーラタ』第13巻の「蛇に咬まれた子供」は、このように一定程度流布していたと推測される〈原伝承〉のタイプ（話型）の中に、死や運命についての様々な発言を挿入して成った説話のヴァリエーションの一つである。

4.「蛇に咬まれた子供」・猟師と蛇の発言の役割

本書第2章第2節は、『マハーバーラタ』の「蛇に咬まれて死んだ子供」の登場人物五者の議論を論考の中心とするものではないが、この議論中の猟師と蛇の発言の性格・役割を考えるという観点から、その内容を改めて確認しておきたい。まず、バラモン婦人ガウタミーは何と言ったか。

ガウタミー：慈悲深く「蛇を殺すべきではない」「罪を犯すべきではない」（第21～23偈）、「忍ぶべきである。許すべきである」（第27、29偈）と述べて、猟師を諭す。死神と運命の神が順番に登場し、運命の神が「この子供は自らの行為によって殺された」と述べた後には、「この子供は行為によって、運命によって死んだ」と復唱する（第78、79偈）。

次に、猟師のアルジュナカはどうか。

猟師：「蛇は子供の死の原因で、罪が有り、殺されるべきである」（第37～39、63偈）と、同じ趣旨を繰り返し主張する。また、蛇に言い負かされて支離滅裂な発言（第43偈）をする。無骨、愚直、単純素朴な人間の台詞となっている。

続いて、子供を咬み殺した蛇はどうか。

蛇：蛇は猟師と死神の追及を受けて、責任を回避するため、一貫性無く、その場限りの考えを述べ立てる。まず、猟師との対話の中で、子供を殺したのは「自立的でない自分が死神に強いられてやったことで、罪は自分にでなく死神に有る」（第35偈）と言い訳をする。そして、「陶器を作る仕事における（道具としての）棒・轆轤等のように、自らを支配する者でない自分は罪有る者と為り得ない」（第40偈）、更に、「陶器という結果について、棒や轆轤が影響を与えあうものであるのと同じであって、〔子供の死という結果について、死神と蛇の〕どちらが原因なのかわからない」（第41偈）と述べる。更には、「死神も蛇も〔それ一つに〕罪は無く、罪は第三のもの、〔二つを合わせた〕全体に有る」（第42偈）と責任を転嫁し、そして、「〔死神も蛇も〕原因としては対等で」（第45偈）、「他のものに罪が有る」（第46偈）とする。最後に、「祭官による祭式の果報が祭官のものでないのと同じである（子供殺しは死神に命ぜられてやったことであるから、その果報は死神のもの）」（第48偈）と述べ、最初の主張に返って死神の責任にする。死神の登場の後には、再び「死神に強いられてやった」（第58偈）と強調し、「そのことと、強制した死神に罪が有るか否かは別問題」と述べて逃避する。死神が「自分は運命に強いられてやった」と主張すると、「運命に罪が有るか否か、我々に問う資格は無い」（第59偈）と答弁を拒絶し、「ともかく自分と死神には罪は無い」（第60偈）と更に逃避する。このように、その場その場で、猟師と死神両者の追及から逃れようとする頭の回転の速さには滑稽感さえ有る。

蛇に続いて死神が登場する。

死神：死神は終始淡々と、「子供は運命の力のままに死んだ、この世のものは全て運命を本質とする」と主張する。「純質、激質、暗質に関わる成分（第52偈）、動植物（第53偈）、諸々の活動（第54偈）、神々（第55偈）その他全て運命を本質とする」「全ては運命によって作り出され、運命によって滅ぼされる」（第56偈）と述べる。

最後に運命の神が登場する。

運命の神：運命の神は「子供の死は子供自身の行為の為せる技である」と述べて、議論を終結させる役割を果たす。「人は自らの為した行為〔の結果〕に遭遇する」（第74偈）、「影と光が分かち難く結び付いているように、行為と行為の為し手は〔過去世の〕自らの行為に結び付けられている」（第75偈）と厳かに述べる。

人の死の原因がその人自身の行為に有るとは、やはり厳しい教えであり、聴衆を緊張させるものであるが、そのためにこそ、猟師と蛇の滑稽劇的な掛け合い[22]は聴き手にも息を吐かせるところとなる。

5. 纏め

古代インドの伝承として、『マハーバーラタ』第13巻「教説の巻」第1章の〈枠内物語〉、「蛇に咬まれた子供」に類似するタイプ（話型）のものが存在していたと考えられる。すなわち、

子供あるいは若者が毒蛇に咬まれて死ぬ。あるいは死に瀕する。その事件を発端として、一人の人物によって発言・説教が為される。あるいは複数の人物の間で会話・問答・議論が交わされる。

というものである。このタイプには、モチーフの組み合わせによって少なくとも次の二通りの展開が有る。

(1)　その子供あるいは若者が生き返る展開を取るときには、子供・若者を生き返らせるため関係者（達）によって真実語の発言、真実の誓いが為される。

22——このような語りが複数の語り手による実際の「掛け合い」によって成っていた可能性も否定は出来ない。その場合、語りが演劇的要素を持つということになる。

⑵　子供・若者がそのまま死んでしまう展開を取るときには、子供・若者の死後、関係者（達）によって〔死に関わる〕会話、説教・問答・議論が為される。

『マハーバーラタ』第13巻第1章の〈枠内物語〉、「蛇に咬まれた子供」は、〈原伝承〉の段階で、これらのタイプのうち後者、⑵の話型を持つ伝承の一つであった可能性が有る。

『マハーバーラタ』第13巻の冒頭に位置するこの章は、第12巻からの繋ぎ目としての役割を果たし、〈記録・編纂〉の段階に付加あるいは整備された可能性がより高いものと推測する必要が有るかもしれない。しかし、この説話が語りの場で語られることが有ったとしたら、どのような点がバラモンやその他の人々に喜ばれたかという〈語り物〉レベルの性格について、最後に触れておきたい。バラモン婦人ガウタミーが、我が子を殺した蛇を放してやるようにと、猟師を教え諭し続ける中で、唐突とも感じられる次のような言葉を述べる。

na brāhmaṇānāṃ kopo 'sti kutaḥ kopāc ca yātanām |
mārdavāt kṣamyatāṃ sādho mucyatām eṣa pannagaḥ || Ki.13.1.27
バラモン達に怒りは有りません。まして、怒りに任せて報復すること等どうして有るでしょうか。憐れみの念からこの蛇を許し放してやりなさい、良き人（猟師）よ。

「バラモンに怒りは無い」とはすなわち、「バラモンは優しい性向を持つ」ということであり、それは、『マハーバーラタ』第13巻「教説の巻」の重要な主題である。これは、もともと語りの場にいるバラモンへの一種の礼儀として語られる一偈であった可能性が有る。また、「慈悲深いバラモン婦人」という登場人物そのものが、バラモンを交えた語りの場では効果的に働くものと考えられる。

また、語り全体は、人の死を契機に議論が進んでゆくのであるから、深刻、厳粛、悲劇的なものに傾く。しかし、その中にあって、上述した、愚直なまでの猟師の繰り返しの台詞、頓知のきいた滑稽でさえある蛇の言い訳の台詞は、喜劇的な要素である。声色等の話術をもってすれば聴衆の緊張を緩め、笑わせさえするものであったと推測される。

第3節 「蛇に咬まれた子供」の和訳

「蛇に咬まれた子供」梗概

本書・第2章第3節では、『マハーバーラタ』第13巻「教説の巻」「布施の法」第1章「蛇に咬まれた子供」の和訳を行う。「蛇に咬まれた子供」と名付けたこの章は、キンジャワデカル版では第13巻第1章第1偈から第83偈まで（13.1.1-83）に相当する[23]。第1章のあらすじを再び示せば、以下の通りである。

【枠物語（初め）】 ユディシティラが嘆いて問うた。「私の心に寂静は無い。自分の為した行為（戦争）によってビーシュマや王達が死にゆく。それによって私はどのような世界に赴くだろうか」と。ビーシュマが答えた。「行為（戦争）の原因はそなたではない。これについても、遠い昔の物語、死神、ガウタミーらの対話が有る」と。

23――批判版では第13巻第1章第1偈から第76偈まで（13.1.1-76）、クンバコーナム版では第13巻第1章第1偈から第84偈まで（13.1.1-84）、Dutt訳添付のテキストでは第13巻第1章第1偈から第83偈まで（13.1.1-83）。ただし、偈数は後述の事情によって、キンジャワデカル版で八十四、批判版で七十六、クンバコーナム版で八十五、Dutt訳添付のテキストで八十四である。

【枠内物語（ビーシュマの語り）】　バラモン婦人・ガウタミーの息子が蛇に咬まれて死んだ。その蛇を、猟師のアルジュナカがガウタミーの許に齎し、「蛇を殺せ」と迫った。しかし、ガウタミーはアルジュナカに「蛇を放しなさい」と諭した。ここで、蛇は、「自分は死神（mṛtyu）に強いられて子供を咬んだ」と主張し、続いて登場した死神は、「自分は運命（kāla）の命令を遂行したのみだ」と言った。更に登場した運命の神が、「この子供は前世に為した自らの行為（業、karman）によって死んだ」と述べるに至って、関係する者達は全て去って行った。

【枠物語（終わり）】　ビーシュマの教えを聞いたユディシティラは苦悩を忘れた。（以上要約）

「蛇に咬まれた子供」和訳

以下の和訳では、各偈について、最初に、デーヴァナーガリー文字で記されたキンジャワデカル版のサンスクリット原文をアルファベット化したものを挙げ、続いて、これに日本語訳を付けてゆく。訳文中の〔　〕内には訳文を補う記述、（　）内には訳文を説明する記述を入れている。

なお、訳しづらい幾つかの部分はニーラカンタ注を参照して補い、その旨を脚注に記している。特に、『マハーバーラタ』本文で（子供の死の）「原因」（kāraṇa, hetu）と述べているところを、ニーラカンタ注では「行為主体」（kartṛ）としての原因と、「行為主体」を「促すもの」「駆り立てるもの」（prayojaka）、あるいは「使役するもの」（prayoktṛ）としての原因の二つに解釈し分けている[24]。そこで、

24――キンジャワデカル版の『マハーバーラタ』本文では、第41、70偈でprayojakaが用いられている。また、批判版の異本注記等によれば、キンジャワデカル版・第46偈に相当する偈でprayoktṛが用いられている『マハーバーラタ』写本も相当数有る。これ（ら）に即して、ニーラカンタは（子供の死）の原因をkartṛとprayojaka（あるいはprayoktṛ）に分類した可能性が有る。

これに従って訳文を補っている場合が有る。

また、原文にキンジャワデカル版に批判版やクンバコーナム版等との異読が有る場合には、それらを脚注において示す。また、批判版に挙げられた異読も必要に応じて示す。異読が有るときにはキンジャワデカル版の該当部分に傍線____を付す。ただし、第23、24、25、26、28偈の場合、批判版、クンバコーナム版との対応関係が複雑で部分的な異読のみによってその相違を示すことが困難である。そこで、それら偈の番号を〈 〉で囲み、批判版、クンバコーナム版の相当偈全体を脚注に挙げている。また、第29、60、67偈の場合、半偈について同様の状態であるため、それら半偈の番号を《 》で囲み、他版の相当半偈を脚注に挙げている。

nārāyaṇaṃ namaskr̥tya[25] naraṃ caiva narottamam |
devīṃ sarasvatīṃ caiva[26] tato jayam udīrayet || 1[27]

25――帰敬文としてのこの第1偈該当分は批判版では採られていない。批判版の異本注記によれば、この偈を持つのは基本的に北方諸本のみである。南方本であるクンバコーナム版は、キンジャワデカル版とほぼ同様の帰敬文としての第1偈を持ち、その前に、

śrīvedavyāsāya namaḥ |
輝かしいヴェーダ・ヴィヤーサに敬礼。

と有る。批判版の異本注記によれば、この部分は諸本においてnamo bhagavate vāsudevāya | 等様々である。

26――クンバコーナム版(13.1.1)caiva (vyāsam) と、( )を付した書き方になっている。Dutt訳添付テキストvyāsaṃ。

27――キンジャワデカル版には第1偈が二つ有る。批判版に無い帰敬文(13.1.1)と、ユディシティラの最初の台詞(13.1.1)、いずれにも第1偈としての番号が付してある。批判版では、ユディシティラの最初の台詞(13.1.1)のみが第1偈として挙げられた単純な形になっている。クンバコーナム版にも第1偈が二つ有るが、キンジャワデカル版の場合とは異なる。批判版に無い帰敬文(13.1.1)と、キンジャワデカル版・批判版に無いヴァイシャンパーヤナの語り(地の文)(13.1.1)、いずれにも第1偈としての番号が付してある。ユディシテ

ナーラーヤナに敬礼を為し、最高の人・ナラと、サラスヴァティー女神に〔敬礼を為して、〕その後勝利の叫びを上げよ。

yudhiṣṭhira uvāca |
śamo bahuvidhākāraḥ sūkṣma uktaḥ pitāmaha |
na ca me hṛdaye śāntir asti śrutvedam[28] īdṛśam || 1
ユディシティラは言った――
様々な在り様の微妙な（言わく言い難い）心の平安が〔あなたによって〕語られた、祖父様（ビーシュマ）よ。しかし私の心には、そのようなことを聞いてからも寂静が無い。

asminn arthe bahuvidhā śāntir uktā pitāmaha[29] |
svakṛte[30] kā nu śāntiḥ syāc chamād bahuvidhād api || 2
このことについて、様々な心の寂静が語られた、祖父様よ。自分が為したことについて、どのような寂静が有るだろうか、〔あなたの説かれた〕様々な心の平安を拠り所としたとしても。

ィラの最初の台詞（13.1.2）には第2偈としての番号が付してある。ヴァイシャンパーヤナの語り（13.1.1）は次の通りである。

vaiśaṃpāyana uvāca |
śalatalpe mahātmānaṃ śayānam aparājitam |
yudhiṣṭhira upāgamya praṇipatyedam abravīt || Ku.13.1.1
ヴァイシャンパーヤナは言った――矢の床に横たわる不屈の偉大な精神の持ち主に、ユディシティラは近付き、額づいて次のようなことを言った。

このことによって、クンバコーナム版ではキンジャワデカル版よりも一偈分、批判版より二偈分多くなる。

28――批判版（13.1.1）kṛtvedam。
29――批判版（13.1.2）tvayānagha。
30――クンバコーナム版（13.1.3）svakṛtāt。

śarācitaśarīraṃ[31] hi tīvravraṇam udīkṣya ca[32] |
śarma[33] nopalabhe vīra duṣkṛtāny eva cintayan || 3

何故ならば、矢に覆われた体〔をしたあなた〕、そして、ひどい傷〔を負ったあなた〕を見上げて、私は安らぎを得ることが無い、猛(たけ)き人よ、〔己の為した数々の〕罪ばかりを考えつつ。

rudhireṇāvasiktāṅgaṃ prasravantaṃ yathācalam |
tvāṃ dṛṣṭvā puruṣavyāghra sīde varṣāsv ivāṃbujam || 4

血に塗れた手足をして、水のように血を滴らせているあなたを見て、「人の虎」(ビーシュマ)よ、私は雨の中の蓮のように沈み込んでいる。

ataḥ kaṣṭataraṃ kiṃ nu matkṛte yat pitāmahaḥ |
imām avasthāṃ gamitaḥ pratyamitrai raṇājire || 5

私の為したことのうちで一体何がこのことよりも罪深いだろうか。敵と戦う〔我々〕[34]の手によって、戦場(いくさのにわ)において祖父様がこのような在り様になったことより。

tathā cānye[35] nṛpatayaḥ sahaputrāḥ sabāndhavāḥ |
matkṛte nidhanaṃ prāptāḥ kiṃ nu kaṣṭataraṃ tataḥ || 6[36]

31——クンバコーナム版(13.1.4)śarācitaṃ śarīraṃ。

32——クンバコーナム版(13.1.4)te。

33——批判版(13.1.3)、クンバコーナム版(13.1.4)śamaṃ。

34——ニーラカンタ注(pratyamitraiḥ amitrāṇāṃ pratikūlair asmadīyair arjuṇaśikhaṇḍiprabhṛtibhiḥ || 5 ||)を参照して補った。

35——批判版(13.1.5ef)tathaivānye。

36——キンジャワデカル版第6偈第1、2脚(13.1.6ab)該当分は批判版で第5偈第5、6脚(13.1.5ef)となっている。キンジャワデカル版第6偈第3、4脚(13.1.6cd)該当分は批判版に無い。これによって批判版の偈番号はキンジャワデカル版より一つ若くなる。

それにまた、他の王達が息子達、眷属達を連れて、私が為したことのために破滅に至ったのだ。何がそれよりも罪深いだろうか。

vayaṃ hi dhārtarāṣṭrāś ca kālamanyuvaśaṃgatāḥ[37] |
kṛtvedaṃ ninditaṃ karma prāpsyāmaḥ kāṃ gatiṃ nṛpa ‖ 7
実に、私達とドリタラーシトラの息子達は運命の怒りに服してこのような恥ずべき行為を為し、どのような世界に赴くのだろうか、王（ビーシュマ）よ。

idaṃ tu dhārtarāṣṭrasya śreyo manye janādhipa |
imām avasthāṃ saṃprāptaṃ yad asau tvāṃ na paśyati ‖ 8[38]
対して、ドリタラーシトラの息子（ドゥルヨーダナ）にはこうした幸運が有ったと私は思う、王よ。彼はこのような姿となったあなたを見ることが無いのだから。

so 'haṃ tava hy antakaraḥ[39] suhṛdvadhakaras tathā |
na śāntim adhigacchāmi paśyaṃs tvāṃ duḥkhitaṃ kṣitau ‖ 9
実に、私はあなたを殺した者であり、同朋を殺した者でもある。地の上で苦しむあなたを目にしながら寂静を得ることは無い。

duryodhano hi samare sahasainyaḥ sahānujaḥ |
nihataḥ kṣatradharme 'smin durātmā kulapāṃsanaḥ ‖ 10[40]
実に、ドゥルヨーダナは戦さにおいて、兵隊を連れ弟達を連れて殺された。この王の法に照らせば質（たち）悪く、家門を汚す者である。

37——批判版（13.1.6）kālamanyuvaśānugāḥ、クンバコーナム版（13.1.8）kāmamanyuvaśaṃgatāḥ。

38——キンジャワデカル版第8偈該当分は批判版に無い。これによって批判版の偈番号はキンジャワデカル版より二つ若くなる。

39——批判版（13.1.7）ahaṃ tava hy antakaraḥ。クンバコーナム版（13.1.8）so 'ham ārtikaro rājan。

40——キンジャワデカル版第10偈（13.1.10）該当分は批判版に無い。

na sa paśyati duṣṭātmā tvām adya patitaṃ kṣitau |
ataḥ śreyo mr̥taṃ manye neha jīvitam ātmanaḥ || 11[41]
かの質の悪い者（ドゥルヨーダナ）は今地に倒れたあなたを見ることが無い。したがって死は幸いであると私は思う。今さら〔私〕自身が生きようとは〔思わ〕ない。

ahaṃ hi samare vīra gamitaḥ śatrubhiḥ kṣayam |
abhaviṣyaṃ yadi purā saha bhrātr̥bhir acyuta || 12[42]
実に、猛き人よ、私は敵どもの手によって、兄弟達もろともとうに滅んでいるはずであったであろうに、不滅の人よ。

na tvām evaṃ suduḥkhārtam adrākṣaṃ sāyakārditam |
nūnaṃ hi pāpakarmāṇo dhātrā sr̥ṣṭāḥ sma he nr̥pa || 13[43]
〔そうすれば、〕あなたがこのように矢に痛めつけられてひどく苦しむのを見ることも無かった〔だろうに〕。こうなってみれば、実に〔我々は〕悪を行う者として創造者に作られていたのだ、王よ。

anyaminn api loke vai yathā mucyema kilbiṣāt |
tathā praśādhi māṃ rājan mama ced icchasi priyam || 14[44]
来世においてこそ我々が罪から解き放たれるように、そのように私をお導き下され、王よ。もし私のことを愛しいと思われるのならば。

41——キンジャワデカル版第11偈（13.1.11）該当分は批判版に無い。

42——キンジャワデカル版第12偈（13.1.12）該当分は批判版に無い。

43——キンジャワデカル版第13偈（13.1.13）該当分は批判版に無い。

44——キンジャワデカル版第14偈（13.1.14）該当分は批判版に無い。ここまでで批判版の偈番号はキンジャワデカル版より七つ若くなる。

bhīṣma uvāva |
paratantraṃ kathaṃ hetum ātmānam anupaśyasi[45] |
karmaṇāṃ hi[46] mahābhāga sūkṣmaṃ hy etad atīndriyam || 15
ビーシュマは言った――
何故そなたは諸々の行為の原因を、他のものに支配された自己だと考えるのか。何故ならばこれ〔行為〕は、幸い多き者よ、微妙であって感覚器官を越えたものであるからだ。

atrāpy udāharantīmam itihāsaṃ purātanam |
saṃvādaṃ mṛtyugautamyoḥ kālalubdhakapannagaiḥ || 16
このことについても、次のような遠い昔の物語が語り伝えられている。死神、ガウタミー、そして、運命、猟師、蛇の間に交わされた対話である。

gautamī nāma kaunteya[47] sthavirā śamasaṃyutā |
sarpeṇa daṣṭaṃ svaṃ putram apaśyad gatacetanam || 17
クンティーの息子（ユディシティラ）よ、ガウタミーという名の心の平安を得た老婦人がおり、自分の息子が蛇に咬まれ気を失っているのを見た。

atha taṃ snāyupāśena baddhvā sarpam amarṣitaḥ |
lubdhako 'rjunako nāma gautamyāḥ samupānayat || 18
さて、アルジュナカという名の猟師が、頭に血が上ってその蛇を弓の弦（つる）で縛り、ガウタミーの所へ持って来た。

45――クンバコーナム版（13.1.16）anu paśyasi。
46――批判版（13.1.8）karmaṇy asmin。
47――クンバコーナム版（13.1.18）kā 'py āsīt。

sa[48] cābravīd ayaṃ te sa putrahā pannagādhamaḥ |
brūhi kṣipraṃ mahābhāge vadhyatāṃ kena hetunā || 19
そしてかの者（アルジュナカ）は言った。「こ奴はあんたの息子を殺した最悪の蛇（くちなわ）だ。早く言ってくれ、大いなる幸いを持つ女よ、どんなやり方で殺されるべきか。

agnau prakṣipyatām eṣa cchidyatāṃ khaṇḍaśo 'pi vā |
na hy ayaṃ bālahā pāpaś ciraṃ jīvitum arhati || 20
こ奴は火に投じられるべきか、それともずたずたに切られるべきか。というのもこれ（蛇）は子供殺しの悪い奴でもはや生きるに値しない」。

gautamy uvāca |
visṛjainam abuddhis tvam avadhyo[49] 'rjunaka tvayā |
ko hy ātmānaṃ guruṃ kuryāt prāptavyam avicintayan[50] || 21
ガウタミーは言った。
「このもの（蛇）を放しなさい。そなたは愚かであること。そなたは殺してはなりません、アルジュナカよ。何故なら、誰が己を〔罪によって〕重くするべきでしょうか、〔罪によって〕達するであろう所を考えること無く。

plavante dharmalaghavo loke 'mbhasi[51] yathā plavāḥ |
majjanti pāpaguravaḥ śastraṃ skannam ivodake || 22
為すべきことによって軽くなった者達がこの世を渡る様は、あたかも水の上の舟のようなものです。罪によって重くなった者達は水に落ちた剣のように沈んでゆ

48——批判版（13.1.12）、クンバコーナム版（13.1.20）tāṃ。
49——批判版（13.1.14）na vadhyo。
50——批判版（13.1.14）、クンバコーナム版（13.1.22）prāptavye sati cintayan。
51——批判版（13.1.15）、クンバコーナム版（13.1.23）loke 'mbhasi。キンジャワデカル版ではloka 'mbhasiと有るが、loke 'mbhasiと修正する。

くのです。

hatvā cainaṃ nāmr̥taḥ syād ayaṃ me
jīvaty asmin ko 'tyayaḥ syād ayaṃ te |
asyotsarge prāṇayuktasya jantor
mr̥tyor lokaṃ ko nu gacched anantam || 〈23〉[52]

それに、このもの（蛇）を殺しても、この私の〔息子〕が不死身になる訳ではありません。このもの（蛇）が生きていてそなたに有るこの咎は何でしょうか。この命有る生き物（蛇）を〔命から[53]〕解き放つとき、終わり無き死神の世界に誰が赴くでしょうか」。

lubdhaka uvāca |
jānāmy ahaṃ devi guṇāṇunajñe
sarvārtiyuktā guravo bhavanti |
svasthasya te[54] tūpadeśā bhavanti
tasmāt kṣudraṃ sarpam enaṃ haniṣye || 〈24〉[55]

52——キンジャワデカル版第23偈（13.1.23）該当分は批判版（13.1.16）で
na cāmr̥tyur bhavitā vai hate 'smin
ko vātyayaḥ syād ahate 'smiñ janasya |
asyotsarge prāṇayuktasya jantor
mr̥tyor lokaṃ ko nu gacched anantam || 16。
クンバコーナム版（13.1.24）で
nāsyāmr̥tatvaṃ bhavitaivaṃ hate 'smiñ
jīvaty asmin ko 'tyayaḥ syād ayaṃ te |
asyotsarge prāṇayuktasya jantor
mr̥tyuṃ loke ko na gacched anante || 24。

53——ニーラカンタ注（utsarge prāṇotsarge...|| 23 ||）を参照して補った。

54——Dutt訳添付テキストsvasthasyaite。

55——キンジャワデカル版第24偈（13.1.24）該当分は批判版（13.1.17）で

猟師は言った。
「俺は知っている、徳と不徳を知るご婦人よ、全ての者と痛みをともにする偉人達のいることを。〔身や心の〕全き者にとってこそ彼らは教えを持つ者達となる。〔俺はそのように立派な人間ではない。〕だから、このちっぽけな蛇を殺してやる。

śamārthinaḥ kālagatiṃ vadanti
sadyaḥ śucaṃ tv arthavidas tyajanti |
śreyaḥkṣayaṃ śocati nityamohāt tasmāc
chucaṃ muñca hate bhujaṅge || 〈25〉[56]

平安を求める者達は運命への帰着を口にして〔嘆きを捨てる〕。一方、実利を知る者達は〔敵を殺して[57]〕直ちに嘆きを捨てる。止めることの出来ない愚かさに

jānāmy evaṃ neha guṇāguṇajñāḥ
sarve niyuktā guravo vai bhavanti |
svasthasyaite tūpadeśā bhavanti
tasmāt kṣudraṃ sarpam enaṃ haniṣye || 17。
クンバコーナム版（13.1.25）で
jānāmy ahaṃ neha guṇāguṇajñāḥ sadāyuktā guravo vai bhavanti |
svargasya te sūpadeśā bhavanti tasmāt kṣudraṃ sarpam enaṃ haniṣye || 25。

56——キンジャワデカル版第25偈（13.1.25）該当分は批判版（13.1.18）で
samīpsantaḥ kālayogaṃ tyajanti
sadyaḥ śucaṃ tv arthavidas tyajanti |
śreyaḥ kṣayaḥ śocatāṃ nityaśo hi
tasmāt tyājyaṃ jahi śokaṃ hate 'smin || 18。
クンバコーナム版（13.1.26）で
śamam īpsantaḥ kālayogaṃ tyajanti
sadyaḥ śucaṃ tv arthavidas tyajanti |
śriyaḥ kṣayaḥ śocatāṃ nityaśo hi
tasmāc chucaṃ muñca hate bhjaṅge || 26。

57——ニーラカンタ注（arthavidaḥ pratīkārajñāḥ śatruṃ hatvaiva sadyaḥ śokaṃ tyajantīty arthaḥ...|| 25 ||）を参照して補った。

よって繁栄を失うことを嘆く者もいる。だから、あんたはこの蛇を殺すことで嘆きを放て」。

gautamy uvāca |
ārtir naivaṃ vidyate ’smadvidhānāṃ
dharmātmānaḥ sarvadā sajjanā hi |
nityāyasto bālako ’py asya tasmād
īśe nāham pannagasya pramāthe || 〈26〉[58]
ガウタミーは言った。
「私どものような者の〔子供を嘆くことによる[59]〕苦しみはそのようなものではありません。〔また、〕良き人々は常に為すべきことが身に付いているものです。また、〔私の〕子供も〔死という[60]〕苦しみに必ず会う者だったのです。だから、私にはかの蛇を殺すことを命じる力は有りません。

na brāhmaṇānāṃ kopo ’sti kutaḥ kopāc ca yātanām[61] |
mārdavāt kṣamyatāṃ sādho mucyatām eṣa pannagaḥ || 27

58——キンジャワデカル版第26偈（13.1.26）該当分は批判版（13.1.19）で
na caivārtir vidyate ’smadvidhānāṃ
dharmārāmaḥ satataṃ sajjano hi |
nityāyasto bālajano na cāsti
dharmo hy eṣa prabhavāmy asya nāham || 19。
クンバコーナム版（13.1.27）で
na caivārtir vidyate ’smadvidhānāṃ
dharmātmānaḥ sarvadā sajjanā hi |
nityāyasto bālajano na cāhaṃ
dharmopaiti prabhavāmy asya nāham || 27。
59——ニーラカンタ注（ārtiḥ putraśokajā pīḍā...|| 26 ||）を参照して補った。
60——ニーラカンタ注（nityāyasto nityamṛtaḥ...|| 26 ||）を参照して補った。
61——批判版（13.1.20）、クンバコーナム版（13.1.28）yātanā。

バラモン達に怒りは有りません。まして、怒りに任せて報復すること等どうして有るでしょうか。憐れみの念からこの蛇を許し放してやりなさい、良い人（猟師）よ」。

lubdhaka uvāca |
hatvā lābhaḥ śreya evāvyayaḥ syāl
labhyo lābhyaḥ syād balibhyaḥ praśastaḥ |
kālāl lābho yas tu satyo bhaveta
śreyolābhaḥ kutsite 'smin na te syāt || 〈28〉[62]
猟師は言った。
「〔この蛇を〕殺した後に、〔来世での〕[63]より良い不滅の利益が有るだろう。〔祭式において〕生け贄をもって賞賛された利益が得られるものとなるだろう〔ように〕。一方、運命から得られる利益も真実のものであるだろう。〔しかし、〕この軽蔑すべきもの（蛇）の場合、〔生かしておいても〕あんたにより良い利益は無いだろう」。

gautamy uvāca |

62——キンジャワデカル版第28偈（13.1.28）該当分は批判版（13.1.21）で
hatvā lābhaḥ śreya evāvyayaṃ syāt
sadyo lābho balavadbhiḥ praśastaḥ |
kālāl lābho yas tu sadyo bhaveta
hate śreyaḥ kutsite tvīdṛśe syāt || 21。
クンバコーナム版（13.1.29）で
hatvā lābhaḥ śreya evāvyayaḥ syāt
sadyo lābhaḥ syād balibhyaḥ praśastaḥ |
kālāl lābho yas tu sadyo bhaveta śreyo
lābhaḥ kutsite tvīdṛśi syāt || 29。

63—— ニーラカンタ注（śreyaḥ paralokahitaṃ tad eva avyayo lābhaḥ sa ca śatrūn hatvaiva labhya ity adhyāhṛtya yojyam |...|| 28 || ）を参照して補った。

kā nu prāptir[64] gṛhya śatruṃ nihatya
kā kāmāptiḥ[65] prāpya śatruṃ na muktvā |
kasmāt saumyāhaṃ na kṣame no bhujaṅge
mokṣārthaṃ vā kasya hetor na kuryām ||《29》[66]

ガウタミーは言った。

「敵を捕まえて殺したところで何を成し遂げるでしょうか。〔また、〕敵を放さないからといってどんな欲望が達せられるでしょうか。何故に、優しい人（猟師）よ、私が私達の蛇に対して許し難いということが有るでしょうか。また、どんな理由で〔蛇を〕放すという目的を果たさないでしょうか」。

lubdhaka uvāca |
asmād ekād[67] bahavo rakṣitavyā
naiko bahubhyo gautami rakṣitavyaḥ |
kṛtāgasaṃ dharmavidas[68] tyajanti
sarīsṛpaṃ pāpam imaṃ jahi[69] tvam || 30

猟師は言った。

「この一つのもの（蛇）から多くのものが守られるべきである、ガウタミーよ。一つのものが多くのものから守られるべきなのではない。為すべきことを知る人々は罪を犯したものを捨てるのだ。さあ、あんたはこの悪い蛇を殺せ」。

gautamy uvāca |

64——批判版（13.1.22）、クンバコーナム版（13.1.30）kā 'rthaprāptir。

65——批判版（13.1.22）vā śāntiḥ。

66——キンジャワデカル版第29偈第3、4脚（13.1.29cd）該当分は批判版（13.1.22cd）で
kasmāt saumya bhujage na kṣameyaṃ mokṣaṃ vā kiṃ kāraṇaṃ nāsya kuryām || 22。

67——批判版（13.1.23）ekasmād。

68——クンバコーナム版（13.1.31）dharmahetos。

69——クンバコーナム版（13.1.31）tyaja。

nāsmin hate pannage putrako me
saṃprāpsyate lubdhaka jīvitaṃ vai |
guṇaṃ cānyaṃ nāsya vadhe prapaśye
tasmāt sarpaṃ lubdhaka muñca jīvam || 31

ガウタミーは言った。

「この蛇が殺されても私の息子が蘇る訳ではないでしょう、猟師よ。それにこのもの（蛇）が害されても他の良いことが有るとも私には思われません。だから命有る蛇を放しなさい、猟師よ」。

lubdhaka uvāca |
vṛtraṃ hatvā devarāṭ śreṣṭhabhāg vai
yajñaṃ hatvā bhāgam avāpa caiva |
śūlī devo devavṛttaṃ cara[70] tvaṃ
kṣipraṃ sarpaṃ jahi mā bhūt te viśaṅkā[71] || 32

猟師は言った。

「ヴリトラを殺して神々の王（インドラ）は最高の取り分を持つ者になり、また槍を取る者（シヴァ）は〔義父・ダクシャの〕祭式を壊して取り分を得た。あんたは神々の行いを為せ。早く蛇を殺せ。躊躇（ためら）ってはならない」。

bhīṣma uvāva |
asakṛt procyamānā 'pi gautamī bhujagaṃ prati |
lubdhakena mahābhāgā pāpe naivākaron[72] matim || 33

ビーシュマは言った――

一度ならず蛇のことでこのように猟師に言われても、幸い多きガウタミーは悪を為そうとする気にはならなかった。

70――批判版（13.1.25）kuru。

71――批判版（13.1.25）bhūd viśaṅkā。

72――クンバコーナム版（13.1.34）sā pāpe nākaron。

īṣad ucchvasamānas tu kr̥cchrāt saṃstabhya pannagaḥ |
utsasarja giraṃ mandāṃ mānuṣīṃ pāśapīḍitaḥ || 34
すると、弱々しく溜め息を吐きながらも、どうにか力を振り絞り、蛇がゆるゆると人の言葉を発した、紐で縛られたまま。

sarpa uvāca |[73]
ko nv arjunaka doṣo 'tra vidyate mama bāliśa |
asvatantraṃ hi māṃ mr̥tyur vivaśaṃ yad acūcudat || 35
蛇は言った。
「アルジュナカよ、この件（子供殺し）について俺にどんな罪が有ると言うのか、愚か者よ。自らを律する者でない俺を死神が無理にそうさせたというのに。

tasyāyaṃ vacanād daṣṭo na kopena na kāmyayā |
tasya tat kilbiṣaṃ lubdha vidyate yadi kilbiṣam[74] || 36
〔俺は〕この者（子供）を〔死神〕の命令によって咬んだのだ、怒ってでもなければ望んででもない。もし罪が見出されるのならばその罪はかの者（死神）に有る、猟師よ」と。

lubdhaka uvāca |
yady anyavaśagenedaṃ kr̥taṃ te pannagāśubham |
kāraṇaṃ vai tvam apy atra tasmāt tvam api kilbiṣī || 37
猟師は言った。
「もし他からの圧力でお前のこの罪が為されたというならば、蛇め、この件についてお前もまた原因だ。だからお前にも罪が有ることになる。

73——批判版に無い。

74——クンバコーナム版（13.1.37）kiṃcana。

mṛtpātrasya kriyāyāṃ hi daṇḍacakrādayo yathā |
kāraṇatve prakalpyante tathā tvam api pannaga || 38
実に陶器を作る仕事の中で、棒や轆轤等が原因と看做されるのと同じで、お前もまたそう（原因）だ、蛇め。

kilbiṣī cāpi me vadhyaḥ kilbiṣī cāsi pannaga |
ātmānaṃ kāraṇaṃ hy atra tvam ākhyāsi bhujaṅgama || 39
そして、俺は罪有る者を殺さなければならないし、お前は罪有る者だ、蛇め。自分のことを原因とここで言っているのだからな、蛇め」。

sarpa uvāca |
sarva ete hy asvavaśā daṇḍacakrādayo yathā |
tathā 'ham api tasmān me naiṣa doṣo[75] matas tava || 40
蛇は言った。
「実にこれら全ての棒・轆轤等が自分〔を支配する〕力を持たないように、俺も同じで〔自分を支配する力を持たない〕。だから俺にはお前が考えるこのような咎は無い。

atha vā matam etat te te 'py anyo 'nyaprayojakāḥ |
kāryakāraṇasandeho bhavaty anyo 'nyacodanāt || 41
あるいは、こう考えてくれ。それら（棒・轆轤）もまたお互いに促しあっている。〔どちらが〕原因で〔どちらが〕結果かには疑いが有る。お互いに促しあっているのだから。

evaṃ sati na doṣo me nāsmi vadhyo na kilbiṣī |
kilbiṣaṃ samavāye syān manyase yadi kilbiṣam || 42
そういうことであるなら俺に罪科は無いし、殺されるべきではない。罪有る者で

75——批判版（13.1.33）hetur。

はないのだから。罪は〔蛇・死神等の〕結び付きに有るのだろう。もしお前が〔何かに〕罪が有ると思うのならば」。

lubdhaka uvāca |
kāraṇaṃ yadi na syād vai na kartā syās tvam apy uta |
vināśakāraṇaṃ[76] tvaṃ ca tasmād vadhyo ’si me mataḥ || 43
猟師は言った。
「もし原因が〔お前で〕なく、またお前が行為主体でないとしても、お前もまた〔子供の〕死の〔何らかの〕原因だ。だから殺されるべきだと俺は思う。

asaty api kr̥te kārye[77] neha pannaga lipyate |
tasmān nātraiva hetuḥ syād vadhyaḥ kiṃ bahu manyase[78] || 44
仮に悪事が行なわれたとしても、その結果に〔原因としての行為主体が[79]〕結び付けられないなら、蛇め、そういうことなら、この件について、原因が〔その行為主体で〕ないことになる〔とお前は考えるのか[80]〕。殺されるべき〔お前〕が何故あれこれと考えるのか」。

sarpa uvāca |
kāryābhāve kriyā na syāt saty asaty api kāraṇe |
tasmāt same[81] ’smin hetau me vācyo hetur viśeṣataḥ || 45
蛇は言った。

76——批判版（13.1.36）、クンバコーナム版（13.1.44）vināśe kāraṇaṃ。
77——Dutt訳添付テキスト（13.1.44）kāryaṃ。
78——批判版（13.1.37）、クンバコーナム版（13.1.45）bhāṣase。
79——ニーラカンタ注（asatīti | yataḥ kr̥te ’pi asati duṣṭe kārye doṣe hetuḥ kartā na lipyate tava mate | ...|| 44 ||）を参照して補った。
80——ニーラカンタ注（注79に同じ）を参照して補った。
81——批判版（13.1.38）tvam。

「〔行為主体としての〕[82]原因であってもなくても、結果が無ければ行為は無いだろう。だから、同等の原因が有るこの件（子供殺し）について、特に〔これと〕原因を俺は言わなければならないのだ（蛇は行為主体であるが、促したものではないので、罪は無い）[83]。

yady ahaṃ kāraṇatvena mato lubdhaka tattvataḥ |[84]
anyaḥ prayoge syād atra kilbiṣī jantunāśane[85] || 46
もし俺が本当に原因とお前が考えるのならば、猟師よ、この子供殺しについては、原因として他のものにも罪が有るだろう」。

lubdhaka uvāca |
vadhyas tvaṃ mama durbuddhe bālaghātī nṛśaṃsakṛt |
bhāṣase kiṃ bahu punar vadhyaḥ san pannagādhama || 47
猟師は言った。
「俺はお前を殺さなければならないのだ、愚かな奴め。子供殺しの人間を害する者だ。殺されるべきお前が何故ますます喋るのか、最悪の蛇め」。

sarpa uvāca |
yathā havīṃṣi juhvānā makhe vai lubdhakartvijaḥ |

82——ニーラカンタ注（asaty api kartari taruśākhāntanigharṣeṇa kāyaṇa tajjenāgniā vanadāhakriyā jāyate | tasmāc chākhāyā iva mamāpi kartṛtvam aprayojakatvān na doṣahetuḥ viśeṣābhāvād ity arthaḥ || 45 ||）を参照して補った。

83——ニーラカンタ注（注82に同じ）を参照して補った。

84——Dutt訳添付テキストでは第1、2脚該当分と第3、4脚該当分の順番が入れ替わっている。

85——クンバコーナム版（13.1.47）prayoktā syād atra kiṃ nu jantuvināśane。批判版の異本注記によれば、prayoge部分をprayoktā（prayoktṛ）とする写本が相当数有る。

na phalaṃ prāpnuvanty atra phalayoge[86] tathā hy aham || 48
蛇は言った。
「祭式において供物を焼べながら、祭官達がこの世で果報を得ることが無いように、猟師よ、〔子供の死による〕果報との結び付きについて俺もまた同じことだ（蛇は果報を得ることが無い）」と。

bhīṣma uvāva |
tathā bruvati tasmiṃs tu pannage mṛtyucodite |
ājagāma tato mṛtyuḥ pannagaṃ cābravīd idam || 49
ビーシュマは言った——
死神に命ぜられた〔と主張する〕かの蛇がこのように言っているとき、そのとき、蛇の所へ死神がやって来て次のように言った。

mṛtyu uvāca |[87]
pracodito 'haṃ kālena[88] pannaga tvām acūcudam |
vināśahetur nāsya tvam ahaṃ na[89] prāṇinaḥ śiśoḥ || 50
死神は言った。
「私は運命に強いられてお前に〔子供殺しを〕強いたのだ、蛇よ。お前も私もこの命有る子供の死の原因ではない。

yathā vāyur jaladharān vikarṣati tatas tataḥ |
tadvaj jaladavat sarpa kālasyāhaṃ vaśānugaḥ || 51
あたかも風が雲をあちらこちらと動かすように、そのように、雲のように私は運命の力に従う者だ、蛇よ。

86——批判版（13.1.41）paraloke。
87——クンバコーナム版に無い。
88——批判版（13.1.43）kālenāhaṃ praṇuditaḥ。
89——批判版（13.1.43）vā。

sāttvikā rājasāś caiva tāmasā ye ca kecana |
bhāvāḥ kālātmakāḥ sarve pravartante ha jantuṣu || 52
純質に関わる成分、激質に関わる成分、暗質に関わる成分、どんな〔成分〕であっても、全て運命を本質とするものであって、諸々の生物の体内で機能しているのだ。

jaṅgamāḥ sthāvarāś caiva divi vā yadi vā bhuvi |
sarve kālātmakāḥ sarpa kālātmakam idaṃ jagat || 53
動くもの（動物）も動かないもの（植物）も、または、天上に在っても、地上に在っても、全てのものは運命を本質としている。この世界は運命を本質として持つものなのだ、蛇よ。

pravr̥ttayaś ca loke 'smiṃs[90] tathaiva ca nivr̥ttayaḥ |
tāsāṃ vikr̥tayo yāś ca sarvaṃ kālātmakaṃ smr̥tam || 54
この世界における諸々の活動と停止、それらの変化、こういった全てのものは運命を本質とすると伝えられて来た。

ādityaś candramā viṣṇur āpo vāyuḥ śatakratuḥ |
agniḥ khaṃ pr̥thivī mitraḥ parjanyo[91] vasavo 'ditiḥ[92] || 55
太陽神、月神、ヴィシュヌ神、水神、風神、百の供犠を持つ者（インドラ）、火神、天地、ミトラ神、パルジャニヤ、ヴァス神群、アディティ。

saritaḥ sāgarāś caiva bhāvābhāvau ca pannaga |

90——批判版（13.1.47）yā loke。クンバコーナム版（13.1.55）loke yā。
91——批判版（13.1.48）mitra oṣadhyo。
92——批判版（13.1.48）tathā。

sarve[93] kālena sr̥jyante hriyante ca punaḥ punaḥ[94] ‖ 56
川も海も、有るものも無いものも、全ては運命によって繰り返し作り出され、滅ぼされる、蛇よ。

evaṃ jñātvā kathaṃ māṃ tvaṃ sadoṣaṃ sarpa manyase |
atha caivaṃgate[95] doṣe[96] mayi tvam api doṣavān ‖ 57
そのように知った上で、お前はなぜ私を咎有る者と考えるのか、蛇よ。あるいはそのように私に咎が有るというのなら、お前もまた咎有る者であるぞ」。

sarpa uvāca |
nirdoṣaṃ doṣavantaṃ vā na tvāṃ mr̥tyo bravīmy aham |
tvayā 'haṃ codita iti bravīmy etāvad eva tu ‖ 58
蛇は言った。
「俺はあんたに向かって咎が有るとも無いとも言っていない、死神よ。あんたに強いられて〔やった〕と言っている。それだけのことだ。

yadi kāle tu doṣo 'sti yadi tatrāpi neṣyate |
doṣo naiva parīkṣyo me na hy atrādhikr̥tā vayam ‖ 59
と言って、運命に罪が有るのかどうか追求されることも無い。罪は俺に調べられるべきものではない。我々にそのようなことをする資格は無いのだから。

nirmokṣas tv asya doṣasya mayā kāryā[97] yathā tathā |
mr̥tyor api na doṣaḥ syād iti me 'tra prayojanam ‖《60》[98]

93——Dutt訳添付テキスト（13.1.56）sarvaṃ。
94——批判版（13.1.49）tathā punaḥ。
95——クンバコーナム版（13.1.58）caivaṃ gate。
96——批判版（13.1.50）doṣo。
97——批判版（13.1.53）、クンバコーナム版（13.1.61）kāryo。
98——キンジャワデカル版第60偈第3、4脚（13.1.60cd）相当分は批判版（13.1.

しかし、そうした罪から逃れることを俺が為さなければならないのと同じく、それと同じく、死神にも罪は無いだろうとするのが、この件（子供殺し）についての俺の目的なのだ」。

bhīṣma uvāva |
sarpo ’thārjunakaṃ prāha śrutaṃ te mr̥tyubhāṣitam |
nānāgasaṃ māṃ pāśena santāpayitum arhasi || 61
ビーシュマは言った――
そこで蛇はアルジュナカに言った。「死神が言ったことをお前は聞いたろう。罪の無い俺を縄で痛め付けるのは止めてくれないか」。

lubdhaka uvāca |
mr̥tyoḥ śrutaṃ me vacanaṃ tava caiva bhujaṅgama |
naiva tāvad adoṣatvaṃ[99] bhavati tvayi pannaga || 62
猟師は言った。
「死神の言い分もお前の〔言い分〕も俺は聞いた、蛇め。だからといってお前に罪が無いということにはならない、蛇め。

mr̥tyus tvaṃ caiva hetur hi bālasyāsya[100] vināśane |
ubhayaṃ kāraṇaṃ manye na kāraṇam akāraṇam || 63
なぜなら、死神もお前もこの子供の死については原因だからだ。両方とも原因であって、原因でないものが原因ではないと俺は思う。

dhiṅ mr̥tyuṃ ca durātmānaṃ krūraṃ duḥkhakaraṃ satām |

53cd）で mr̥tyo vidoṣaḥ syām eva yathā tan me prayojanam || 53。

99――批判版（13.1.55）vidoṣatvaṃ。

100――批判版（13.1.56）jantor asya。

tvāṃ caivāhaṃ vadhiṣyāmi pāpaṃ pāpasya[101] kāraṇam || 64
死神も、質悪く残忍で善人を不幸にする〔お前〕もくたばるが良い。悪なる者で悪の原因であるお前を俺は殺してやる」。

mṛtyur uvāca |
vivaśau kālavaśagāv āvāṃ nirdiṣṭakāriṇau[102] |
nāvāṃ doṣeṇa gantavyau yadi samyak prapaśyasi || 65
死神は言った。
「我々両人（死神と蛇）が力無く、運命の力のままに動く者であり、〔運命が〕定めたことを為す者であるならば、罪は我々に帰せられるべきではない。お前がよく考えを巡らしてみれば〔そうだろう〕」。

lubdhaka uvāca |
yuvām ubhau kālavaśau yadi me[103] mṛtyupannagau |
harṣakrodhau yathā[104] syātām etad icchāmi veditum || 66
猟師は言った。
「もしお前達二人、死神と蛇が運命の力に服していると俺がするならば、喜びと怒りが有るだろうその様、このことを俺は知りたい」。

mṛtyur uvāca |
yā kā cid eva ceṣṭā syāt sarvā kālapracoditā |
pūrvam evaitad uktaṃ hi mayā lubdhaka kālataḥ[105] ||《67》[106]

101――クンバコーナム版（13.1.65）parapāpasya。
102――批判版（13.1.58）taddiṣṭakāriṇau。
103――批判版（13.1.59）vai。
104――批判版（13.1.59）kathaṃ。
105――クンバコーナム版（13.1.68）tattvataḥ。
106――キンジャワデカル版第67偈第1、2脚（13.1.67ab）該当分は批判版（13.1.60ab）で yāḥ kāś cid iha ceṣṭāḥ syuḥ sarvāḥ kālapracoditāḥ |。

死神は言った。

「まさに全ての行ないは、何であれ運命に突き動かされているのであろう。このことは先ほど運命の力によって俺が言ったことである、猟師よ。

tasmād ubhau kālavaśāv āvāṃ nirdiṣṭakāriṇau[107] |
nāvāṃ doṣeṇa gantavyau tvayā lubdhaka karhi cit || 68

したがって、我々二人（死神と蛇）が運命の力に従う者であり、〔運命が〕定めたことを為す者であるならば、お前は我々二人に決して咎を負わせるべきではない、猟師よ」。

bhīṣma uvāva |
athopagamya kālas tu tasmin dharmārthasaṃśaye |
abravīt pannagaṃ mṛtyuṃ lubdhaṃ cārjunakaṃ tathā[108] || 69

ビーシュマは言った——

すると、そのように為すべきことを巡って喧々諤々としているところへ運命がやって来て、蛇と死神と、そして猟師のアルジュナカに向かって言った。

kāla uvāva[109] |
na hy ahaṃ[110] nāpy ayaṃ mṛtyur nāyaṃ lubdhaka pannagaḥ |
kilbiṣī jantumaraṇe na vayaṃ hi prayojakāḥ || 70

運命は言った。

「実に私もこの死神もこの蛇も、猟師よ、子供の死については罪が無い。我々がそれを促したのではないからだ。

107——批判版（13.1.61）taddiṣṭakāriṇau。

108——批判版（13.1.62）arjunakaṃ ca tam。

109——クンバコーナム版に無い。

110——批判版（13.1.63）naivāhaṃ。

akarod yad ayaṃ karma tan no 'rjunaka codakam |
vināśahetur[111] nānyo 'sya vadhyate 'yaṃ svakarmaṇā || 71
この〔子供〕が〔過去世に〕為した行為（業）が我々を駆り立てたのだ、アルジュナカよ。この〔子の〕滅びの原因は他ではない。この〔子〕は自らの行為によって殺されたのだ。

yad anena kr̥taṃ karma tenāyaṃ nidhanaṃ gataḥ |
vināśahetuḥ karmāsya sarve karmavaśā vayam || 72
この〔子供〕が為した行為によってこの〔子供〕は死に至った。〔子供の〕滅びの原因はこの〔子供自身の〕行為である。我々は皆行為の力に服する者である。

karmadāyādavāṁl lokaḥ karmasaṃbandhalakṣaṇaḥ |
karmāṇi codayantīha yathā 'nyonyaṃ tathā vayam || 73
人は行為〔の結果〕を相続するものであり、行為との関係に特徴付けられるものである。この世では諸々の行為が駆り立てあっているように、我々もまたお互いにそうである。

yathā mr̥tpiṇḍataḥ kartā kurute yad yad icchati |
evam ātmakr̥taṃ karma mānavaḥ pratipadyate || 74
粘土の塊から作り手が欲しいと思うどんなものでも作り出すように、そのように、人は自らの為した行為〔の結果〕に遭遇するものである。

yathā cchāyātapau nityaṃ susaṃbaddhau nirantaram |
tathā karma ca kartā ca saṃbaddhāv ātmakarmabhiḥ || 75
あたかも影と光が常に分ち難く結び付いているように、行為と行為の為し手は、自らの〔過去の〕行為によって結び付いている。

111——批判版（13.1.64）praṇāśahetur。

evaṃ nāhaṃ na vai mr̥tyur na sarpo na tathā bhavān |
na ceyaṃ brāhmaṇī vr̥ddhā śiśur evātra kāraṇam || 76
それと同じく、私（運命）も死神も蛇も、そして汝（猟師）も、それからこのバラモンの老婦人も原因ではない。このことについては子供こそが原因なのだ」。

tasmiṃs tathā bruvāṇe tu brāhmaṇī gautamī nr̥pa |
svakarmapratyayāṁl lokān matvā 'rjunakam abravīt || 77
〔運命が〕このように語ると、バラモン婦人ガウタミーは、王（ユディシティラ）よ、人を自らの行為に動機付けられるものと考えてアルジュナカに言った。

gautamy uvāca |[112]
naiva kālo na bhujago na mr̥tyur iha kāraṇam |
svakarmabhir ayaṃ bālaḥ kālena nidhanaṃ gataḥ || 78
ガウタミーは言った。
「まさしく運命も蛇も死神もここにおいて原因ではありません。自らの行為によって、この子は、運命によって死に至ったのです。

mayā ca tat kr̥taṃ karma yenāyaṃ me mr̥taḥ sutaḥ |
yātu kālas tathā mr̥tyur muñcārjunaka pannagam || 79
そして、私もまたこの私の息子を死なせる行為を〔過去において〕為したのです。運命もそれから死神もお引き取り下さい。蛇を放しておくれ、アルジュナカよ」。

bhīṣma uvāva |
tato yathāgataṃ jagmur mr̥tyuḥ kālo 'tha pannagaḥ |
abhūd viśoko[113] 'rjunako viśokā caiva gautamī || 80

112——批判版、クンバコーナム版に無い。

113——批判版（13.1.73）viroṣo。批判版の異本注記によれば、北方諸本の幾つかが viśoko とする。

ビーシュマは言った——
そこで、死神、運命、そして蛇はもと来た道へ戻った。アルジュナカは悲しみを忘れ、ガウタミーもまた悲しみを忘れた。

etac chrutvā śamaṃ gaccha mā bhūḥ śokaparo[114] nṛpa |
svakarmapratyayāṁl lokān sarve gacchanti vai nṛpa[115] || 81
これ（この物語）を聞いて平安を得よ。悲しみに沈んではならない、王（ユディシティラ）よ。自らの行為に動機付けられた世界へと、全てのものは赴くのである、王よ。

naiva[116] tvayā kṛtaṃ karma[117] nāpi duryodhanena vai |
kālenaitat[118] kṛtaṃ viddhi nihatā[119] yena pārthivāḥ || 82
汝によって行為（戦争）が為されたのではない。また、ドゥルヨーダナによって為されたのでもない。運命によって王達が殺されるこのこと（戦争）が為されたのであると知れ。

vaiśampāyana uvāva |
ity etad vacanaṃ śrutvā babhūva vigatajvaraḥ |
yudhiṣṭhiro mahātejāḥ papracchedaṃ ca dharmavit || 83
ヴァイシャンパーヤナは言った——
というこの〔ビーシュマの〕言葉を聞いて、威光を放ち為すべきことを知るユディシティラは苦悩を去り、次のことを尋ねた。

114——批判版（13.1.74）cintāparo。
115——批判版（13.1.74）trīn viddhi manujarṣabha。クンバコーナム版（13.1.82）trīn viddhi samitiṃjaya。
116——批判版（13.1.75）na tu。
117——批判版（13.1.75）pārtha。
118——批判版（13.1.75）kālena tat。
119——批判版（13.1.75）vihatā。

iti śrīmahābhārate anuśāsanaparvaṇi dānadharmaparvaṇi gautamīlubdhakavyālamr̥tyurkālasaṃvāde prathamo 'dhyāyaḥ || 1
——というのが、栄え有る『マハーバーラタ』「教説の巻」「布施の法」における「ガウタミー、猟師、蛇、死神、運命による対話」についての第一章である。

おわりに

本書・第2章は、『マハーバーラタ』第13巻「教説の巻」「布施の法」についての個別研究の第一であり、「教説の巻」「布施の法」第1章「蛇に咬まれた子供」を対象とした。

まず、第2章第1節「『蛇に咬まれた子供』の考察⑴——運命か行為か——」では、「教説の巻」「布施の法」第1章「蛇に咬まれた子供」の中で、「運命と行為」の主題が〈枠物語〉と〈枠内物語〉において食い違いつつも、一種の「摺り合せ」によって共存しているのを見た。

次に、第2章第2節「『蛇に咬まれた子供』の考察⑵——問答か真実語か——」において、この説話に残存している〈原伝承〉のタイプ（話型）が孤立したものではないことと、この説話の場合には〈枠内物語〉として〈枠物語〉と関係を持ちつつ機能していることを確認した。そして、第2章第3節「『蛇に咬まれた子供』の和訳」において、日本語訳を提示した。

「運命と行為」は『マハーバーラタ』全巻に通底する主題である。『マハーバーラタ』第13巻第1章「蛇に咬まれた子供」中の〈枠物語〉であるビーシュマとユディシティラの対話は、「運命」を趣旨とし、「行為は運命に従って行なわれる」ことを最終的に述べるものである。〈枠内物語〉である「蛇に咬まれた子供」は、「行為」を趣旨とし、「人は自己の行為の結果を受け止める」ことを述べるものであった。このように性格の異なる説話を〈枠内物語〉として嵌め込むために、〈枠物語〉の側でも、〈枠内物語〉の側でも、ある程度、摺り合せが為された。例えば、〈枠内物語〉中の第78偈で、「子供は自らの行為によって、運命によって死に至った」と述べられているのは、〈枠物語〉全体の運命論的色調、あるいは特にビーシュマとユディシティラの対話中、第7偈の「運命の怒りに服して」「恥ずべき行為（戦争）を為した」、第82偈の「運命によって王達が殺されるこのこと（戦争）が行なわれた」という表現に合わせて付け加えられた可能性が有る。また逆に、〈枠物語〉のビーシュマとユディシティラの対話中、第81偈の「全ての者は自らの行為に動機付けられた世界に赴く」という表現は、〈枠内物語〉の結論、あるいは特に〈枠内物語〉中、第77偈の「世界（生類）は自らの行為に動機付けられる」という表現と整合性を付けようとしたものである可能性が有る。

このように、性格の異なる〈枠物語〉と〈枠内物語〉の擦り合せが行なわれ、第13巻第1章全体として緩やかな統一性が齎された結果、第13巻第1章の中で「運命」と「行為」が共存することになった。そしてこの説話は、素朴ながらも聴き手に哲学的素養を与える役割、〈教説性〉を持つものと考えられる。

〈枠内物語〉「蛇に咬まれた子供」は、『マハーバーラタ』そのものの別の箇所、及び、パーリ『ジャータカ』に類型話が存在することから、一定程度口承で語り広められた口承文芸（昔話）としての〈原伝承〉の性格を残していることが推測される。古代インドの口承文芸の話型として、子供あるいは若者が毒蛇に咬まれて死に、あるいは死に瀕し、その子供あるいは若者を巡って一人の登場人物によって説教が為される、あるいは複数の登場人物によって問答・議論が交わされるというものが存在していたようである。そして、その中で、モチーフの組み合わせによって少なくとも二通りの展開が有る。まず、その子供あるいは若者が生き返るという展開を取るときには、関係者によって真実語、真実の誓いの発言が為される。それに対して、子供・若者がそのまま死んでしまう展開を取るときには子供・若者の関係者によって（死に関わる）会話・問答・議論が交わされるパターンになるようである。『マハーバーラタ』第13巻の第1章「蛇に咬まれた子供」はこのタイプのヴァリエーションの一つと考えられる。古代インド口承文芸の〈独自性〉として捉えられる可能性の有る一例である。

『マハーバーラタ』第13巻の冒頭に位置するこの章は、第12巻からの繋ぎ目としての役割が有り、あるいは〈記録・編纂〉の段階に付加された可能性も考慮する必要が有るかもしれない。また、〈枠内物語〉中の猟師の愚直さ、蛇の口の上手さの作り出す滑稽感は、人の死を扱うこの話に伴う悲壮感を和らげている。この滑稽劇・喜劇的要素には一種の〈文学性〉が認められる。最後に、〈語り物〉レベルの指摘を行なった。「蛇に咬まれた子供」には、「バラモンは優しい性向を持つ」というバラモンへの表敬的発言が有る。語りの場における語り手の、バラモンに対する礼儀の表明である。

第3章

『マハーバーラタ』第13巻第5章「鸚鵡と森の王」の研究

はじめに

本書・第1章の『マハーバーラタ』(*Mahābhārata*)第13巻「教説の巻」(*Anuśāsanaparvan*)「布施の法」(*Dānadharmaparvan*)全章の概観、「総論」に基づいて、第2章以降においては、『マハーバーラタ』「教説の巻」「布施の法」についての「各論」、個別的文学研究を行なっているところである。語りの段階を持っていたのではないかと考えられる神話・説話について、考察と和訳を行なっている。本書・第3章は、『マハーバーラタ』「教説の巻」「布施の法」の神話・説話についての「各論」、個別的文学研究の第二であり、「教説の巻」「布施の法」第5章「鸚鵡と森の王」を対象とする。

本書において基づく用語(概念)を再度挙げてゆけば、まず以下の三つである。

〈対話〉

〈枠物語〉

〈枠内物語〉

『マハーバーラタ』第13巻「教説の巻」「布施の法」は、ユディシティラとビーシュマの延々と続く〈対話〉を全体の枠組みとして持つ。ユディシティラの問いに対するビーシュマの答えから、「遠い昔の物語」(itihāsaṃ purātanam)といった語りがしばしば展開してゆく。このとき、ビーシュマの語る「遠い昔の物語」が〈枠内物語〉であり、それら〈枠内物語〉が存在することによって、ユディシティラとビーシュマの〈対話〉が〈枠物語〉となる。また、以下三つの用語にも基づく。すなわち、

〈原伝承〉

〈語り物〉

〈記録・編纂〉

『マハーバーラタ』第13巻「教説の巻」「布施の法」の〈枠内物語〉、神話・説話の多くが本来一般の人々の間で伝えられた「伝承」、〈原伝承〉であり、その後専門的あるいは半専門的語り手、吟誦詩人とも呼ばれる者達によって長く語られた〈語り物〉であったが、時を経て〈枠物語〉の構造を持つ作品として確定・固定化、〈記録・編纂〉された、ということを前提として進めてゆく。〈語り物〉の段階でもある程度〈枠物語〉の形式を持っていた可能性は有るが、むしろ〈記録・編纂〉の段階において専ら〈枠物語〉としての整備が為されたのではないか。

また、『マハーバーラタ』の神話・説話は、祭式の中心で語られるものではなく、むしろその周辺やそれ以外の場所であったであろう。また、祭官といった純粋な宗教者によって語られるものではなく、様々な立場や能力の、おそらくは世俗的傾向がより強い語り手達によるものであったはずである。そして、そうした語りに応じた聴き手を持っていたはずである。バラモンのみならず、クシャトリヤからそれ以下の、一般のあるいは民間の人々を聴き手としていたであろう。以上のことを念頭に置く必要が有る。

また、本書においては、

〈文学性〉

〈教説性〉

の二点からも考察することになる。「教説の巻」の名に負けず、この巻の「教説性」は強いのであるが、それにもかかわらず見逃すことの出来ない「文学性」の勝った神話・説話を多く見出すからである。

更にまた、『マハーバーラタ』の神話・説話を世界的な基準で見た場合の、

〈普遍性〉

〈独自性〉

の二点についての将来への見通しを立てる場合も有る。

さて、第3章第1節「『鸚鵡と森の王』の考察――慈悲と敬愛の念――」では『マハーバーラタ』第13巻第5章を取り上げる。「鸚鵡と森の王」は〈原伝承〉の性

格を残し、〈語り物〉となってはバラモン向けの語りと、クシャトリヤ向けの語りとの少なくとも二段階の姿を見せ、語りの場と語り手（吟誦詩人）について考えるべきことが多い。また、〈記録と編纂〉の段階の問題も垣間見せる多面的な性格を持つ例となっている。

そして、第3章第2節「『鸚鵡と森の王』の和訳」においては、この章の日本語訳を提示する。

第1節　「鸚鵡と森の王」の考察
——慈悲と敬愛の念——

本書・第3章第1節では、『マハーバーラタ』第13巻「教説の巻」「布施の法」第5章を考察の対象として取り上げる。その奥書（コロフォン）には「鸚鵡とインドラの対話」（śukavāsavasaṃvāda-）と記されているが、本書ではその〈枠内物語〉に「鸚鵡と森の王」と名前を付け、また、それを第5章の題ともする。本書・第1章第1節において述べたように、〈記録・編纂〉された現存の『マハーバーラタ』第13巻「教説の巻」「布施の法」において、この神話・説話は、鸚鵡をバラモンになぞらえ、「バラモンは優越した存在である」「バラモンは優しい性向を持つ」と主張することを建前とすると考えられる。しかし、〈記録・編纂〉に至るまでの〈原伝承〉〈語り物〉の過程において、他の様々な意味付けが為されていたようである。そうした多面的・重層的な性格を持つ説話である。「鸚鵡と森の王」の説話としての多面性、様々な解釈の余地、その様相を考察してゆく。

なお、「森の王」（vanapati-）とは「樹木」のことであり、しばしば森の中の巨大な存在である樹木、巨木をそのように比喩的に呼んでいると考えられる[1]が、ほぼ普通名詞と化して比喩であることは忘れられている観が有る。この説話において、「森の王」(vanapati-) という語そのものは第7偈に用いられている。

1.「鸚鵡と森の王」梗概

『マハーバーラタ』第13巻「教説の巻」「布施の法」第5章はユディシティラとビーシュマの〈対話〉に始まり、ビーシュマがユディシティラの問いに答えつつ、「遠い昔の物語」(itihāsaṃ purātanam) を語る。このように、第13巻第5章にも〈枠物語〉と〈枠内物語〉の構造が見出される。第5章のあらすじを示せば以下の通りである。

【枠物語（初め）】　ユディシティラが望んだ。「慈悲 (ānr̥śaṃsya-) 有る人と敬愛の念厚い人 (bhaktajana-) に備わる「良き性質」(guṇa-) を聞きたい」と。ビーシュマが答えた。「これについても、遠い昔の物語、鸚鵡とインドラの対話が有る」と。

【枠内物語（ビーシュマの語り）】　昔、カーシー王の領土の大きな森の中で、ある猟師が鹿を狙って放ち的を逸れた毒矢が、そこに在った大木を貫いた。その木は実と葉を落して枯れていったが、その木に長く住んでいた鸚鵡は、木とともに衰弱しながらも敬愛の念 (bhakti-) 故に、恩義を知って (kr̥tajña-) 木を捨てようとはしなかった。それを見たインドラは、「動物には有り得ない慈悲 (ānr̥śaṃsya-) が何故確立されたのか」と自問した。そして、バラモンの姿となって地上に降り立ち、鸚鵡が優れた行為と最高の徳を持つ者と知りつつ、何故木を捨てないのかと尋ねた。鸚鵡の答えは、自分はその木で生まれ守られた、慈悲と結び付き、敬愛の念 (bhakta-) を持ち、背く心の無い

1――Frazer, James George. *The Golden Bough* の 'The King of the Wood'（「森の王」）とは異なるものを指している。

(ananyaga-) 自分は木を見捨てることが出来ない、ということであった。鸚鵡の慈悲に満足したインドラは、鸚鵡に褒美を選ばせ、鸚鵡は木の再生を選んだ。鸚鵡の揺るぎない敬愛の念 (dṛdhābhakti-) と徳 (śīla-) とを見たインドラによって、木は甘露を注がれ茂り栄えた。鸚鵡は慈悲から行なった行為によって命の終わるときにインドラのいる世界へと赴いた。

【枠物語 (終わり)】 ビーシュマはユディシティラに言う。「敬愛の念を持つ者 (bhaktimat) に依拠する者は全ての目的を達成する、木が鸚鵡を得て (繁栄を達成し) たように」と。(以上要約、13.5.1-32)

2. 「鸚鵡と森の王」・「布施の法」中の位置

『マハーバーラタ』第13巻「教説の巻」「布施の法」の第5章は、上に示したような〈枠物語〉の形を取り、〈枠内物語〉「鸚鵡と森の王」を持っている。この章の前後には、〈枠物語〉と〈枠内物語〉の構造を取る章 (〈対話〉の中にストーリーが有る章) も存在する。一方、〈枠物語〉と〈枠内物語〉の構造が弱い章 (〈枠物語〉の「終わり」部分が無い章、また。〈対話〉の中にストーリーよりむしろ純粋な教訓的言辞が有る章) も存在する。いま、最初の十章に限定して、冒頭部分の構成を要約の形で以下に示す。「布施の法」の主題を担う語、「バラモン」「布施」には傍線____、関連する主題を担う語、「死神」「運命」「行為」には傍線......を付している。まず、第1章と第2章については以下の通りである。

第1章:

【枠物語 (初め)】ユディシティラがビーシュマに問うた。「自分の為した行為 (戦争) によってビーシュマや王達が死にゆく。私はどのような世界に赴くだろうか」と。ビーシュマが答えた。「行為 (戦争) の原因はそなたではない。これについても、遠い昔の物語が有る」と。

【枠内物語 (ビーシュマの語り)】バラモン婦人・ガウタミーの子供が蛇に咬まれて死に、猟師、蛇、死神、運命がその責任の所在を論じあう。最後に、子供の死の責任は蛇、死神、運命に無く、子供自身の行為の結果であると結論が出る。
【枠物語（終わり）】ビーシュマが説いた。「戦死した者達は行為によってではなく運命によって死に至った」と。（以上要約）

第2章：
【枠物語（初め）】ユディシティラがビーシュマに問うた。「徳によって死神を克服した家長はいるのか」と。ビーシュマが答えた。「これについても、徳によって死神を克服した家長の、昔の物語が伝わっている」と。
【枠内物語（ビーシュマの語り）】アグニ神の息子・スダルシャナが家長期に客人歓待によって死神を克服するという誓いを持ち、死神につけ狙われる。そこへダルマ神がスダルシャナの決意を試そうとバラモンの姿になってやって来て、スダルシャナの妻・オーガヴァティーの肉体の布施を受ける。スダルシャナは客人歓待の誓いを全うしたことになり、それによって死神に打ち勝つ。
【枠物語（終わり）】ビーシュマが説いた。「家長にとって客人歓待に勝るものは無い」と。（以上要約）

続く第3章と第4章は、形式と内容の点で連続した説話となっている。ヴィシュヴァーミトラがクシャトリヤとして生まれながら、バラモンになったというのは有名な説話であるが、ここではヴィシュヴァーミトラが達し難いバラモンの位を得た経緯が語られる。

第3章・第4章：
【枠物語（初め）】ユディシティラがビーシュマに問うた。「バラモンの位は得難い。ヴィシュヴァーミトラはいかにしてバラモンとなったのか」と。
【枠内物語（ビーシュマの語り）】ヴィシュヴァーミトラの母はガーディー王の妻である。母は、娘・サティヤヴァティーの夫・バラモンのリチーカが用意したバラモンを生むためのチャル（供物）を食べる。それによって、後にバラモンとなるヴィシュヴァーミトラを生む。
【枠物語（終わり）】ビーシュマが説いた。「ヴィシュヴァーミトラはバラモンのリチーカの力によってバラモンとなったのだ」と。（以上要約）

第5章については以下の通りである。

第5章：
【枠物語（初め）】ユディシティラがビーシュマに望んだ。「慈悲と敬愛の念有る人の徳を聞きたい」と。ビーシュマが答えた。「これについても、昔の物語、インドラと鸚鵡の対話が伝わっている」と。
【枠内物語（ビーシュマの語り）】慈悲と敬愛の念を持つ鸚鵡が枯れゆく木を捨てず、ついに、インドラ神が木を再生させる。
【枠物語（終わり）】ビーシュマが説いた。「敬愛の念有る人に依拠する者は全ての目的を達する」と。（以上要約）

第6章については以下の通りである。

第6章：
【枠物語（初め）】ユディシティラがビーシュマに問うた。「行為と運命はどちらが強いか」と。ビーシュマが答えた。「これについても、昔の物語、ヴァシシタ仙とブラフマー神の対話が伝わっている」と。
【枠内物語（ビーシュマの語り）】ブラフマー神がヴァシシタ仙に、人間の行為が無くては運命も開けないと説く。（以上要約）

このように、第6章では明瞭な〈枠物語（終わり）〉を欠いており、次の第7章、更に第8章への連続性が顕著である。また、第6、第7、第8章は、〈枠物語〉よりもユディシティラとビーシュマの〈対話〉の観が強い。そして、〈枠内物語〉部分もビーシュマによるダルマ文献的内容の教訓的言説にほぼ尽きる。

第7章：
【枠物語（初め）】ユディシティラがビーシュマに、良い行為の果報を尋ねる。
【枠内物語（ビーシュマの語り）】良い行為に様々な果報が有る。

第8章：
【枠物語（初め）】ユディシティラがビーシュマに、尊敬と敬礼に値する者は誰かと尋ねる。
【枠内物語（ビーシュマの語り）】バラモンこそが優れており、奉仕されるべきである。

第8章でも明瞭な〈枠物語（終わり）〉を欠いており、次の第9章への連続性が強い。第9章・第10章はバラモンへの布施に関わる説話である。したがって、第8章は「バラモンへの布施」を全体主題とする第13巻「教説の巻」「布施の法」の中で繋ぎ目のような役割を果たしている。

第9章：
【枠物語（初め）】ユディシティラがビーシュマに問うた。「バラモンに布施すると約束をしたにもかかわらず布施しなかった者はどうなるか」と。ビーシュマが答えた。「これについても、昔の物語、ジャッカルと猿の対話が伝わっている」と。
【枠内物語（ビーシュマの語り）】前世において友人同士であった二人のうちの一人がジャッカルに、一人が猿に生まれ変わって再会し、お互いがそれぞれの生まれ変わりについて語りあう――ジャッカルは、前世においてバラモンに布施をすると約束しておきながらそれを果たさなかったため、猿はバラモンの食べるべき果物を食べたため、そのような生まれ変わりになった――と。
【枠物語（終わり）】ビーシュマが説いた。「バラモンに約束した布施は必ず守られなければならない」と。（以上要約）

第10章：

【枠物語（初め）】ユディシティラがビーシュマに問う。「身分の低い者に教えを授けることは罪となるのか」と。ビーシュマが答えた。「これについて、昔、聖仙達から聞いた話をしてやろう」と。

【枠内物語（ビーシュマの語り）】前世において、あるバラモンの苦行者がシュードラに祖霊祭の方法を教える。その結果、シュードラは次の世に王と生まれ変わることが出来、一方、バラモンは苦行の功徳を失って、その王の宮廷祭官になってしまう。前世のことを記憶していた王は宮廷祭官に同情の念を禁じ得ず、宮廷祭官を見る度に笑う。あるとき、宮廷祭官に笑いの理由を尋ねられた王はその訳を語る。

【枠物語（終わり）】ビーシュマが説いた。「バラモンは決してシュードラに教えを授けてはならない」と。（以上要約）

これらは全体としてバラモンに対する布施を称揚する「教説の巻」「布施の法」全体の意図の一環を成していると見られ、第2章と第9章はまさしくその役割を担う説話になっている。しかし、他に、バラモンについて様々な言及をする中で、死神、運命、そして行為という連想も働き、それらのモチーフの現れる説話や訓辞が語られてゆくと考えられる。なお、ニーラカンタが第5章・第1偈に付けた注釈は以下の通りである。

evaṃ duṣprāpam api brāhmaṇyam ānṛ̥śaṃsyaṃ vinā vyartham ity āśayavān ānṛ̥śaṃsyādhyāyam ārabhate.

このように達し難いバラモンの位であっても、慈悲無くしては無意味であるので、共感の心有る人が慈悲の教えに達する。

第5章に先んずる第3章と第4章が、ヴィシュヴァーミトラがクシャトリヤからバラモンになった経緯を語るものであるので、それとの関係を説明しようとした注かと考えられる。第3章、第4章と第5章の関係・連続性について述べようとすれば必然的に出て来る性格の注であろう。ニーラカンタは「布施の法」の趣旨を踏まえ、バラモンを高める発言をする立場であると考えられる。しかし、バラモンにも感心出来ない例が有ることは知られていない訳でなく、第1章第2節に示したように、同じ『マハーバーラタ』第13巻中にもそうした記述は見られる（第37、90章)。そこで、第5章は第13巻冒頭十章の中で唯一、「慈悲」や「敬愛の念」をバラモンと結び付けて説こうとする、異質とも見える章となっているのである。

3.「鸚鵡と森の王」・類型の説話と比較して

ここで、一つの方法として、「鸚鵡と森の王」を類型の説話と比較して考察を試みる。「鸚鵡と森の王」の現存する類型の説話として探し得たのは、パーリ『ジャータカ』中のジャータカ・二話である。すなわち、『ジャータカ』第429話「鸚鵡大本生譚」(*Jātaka* 429: *Mahāsukajātaka*)、及び、第430話「鸚鵡小本生譚」(*Jātaka* 430: *Cullasukajātaka*)[2]が『マハーバーラタ』の「鸚鵡と森の王」と同じ類型の説話である。まず、第429話「鸚鵡大本生譚」のあらすじを「現在物語」「過去物語」「連結」に分けた形で示すと以下の通りである。

【現在物語】　ある比丘が、住まいと食物を提供し奉仕する村が焼けたため、修行を完成することが出来なくなった。その報告を受けた師（仏）は、「昔の賢者は貪りの行い（loluppacāra-）を捨て、友情の徳（mittadhamma-）を損なわずして、他の場所に行くことは無かった」と言って、過去のことを語った。

【過去物語】　ヒマラヤ山中・ガンガーの岸辺のウドゥンバラの木に住むある鸚鵡が、ごく僅かのものしか望まずに満足していた(paramappicchasantuṭṭha-)。鸚鵡の僅かのものしか望まず満足する徳（appicchasantuṭṭhabhāvaguṇa-）を見たサッカ（インドラ）は、鸚鵡を試そうとしてその木を枯らせてしまい、鸚鵡がごく僅かのものしか望まないこと（paramappicchabhāva-）を知りつつ、友情の徳（mittadhammaguṇa-）を語らせようとした。ハンサ鳥に化して眼前

2――Fausbøll, V. ed. 1990. *The Jātaka Together with Its Commentary*, vol.3: 490-496.

に現れたサッカの問いに鸚鵡は、「私は恩義を知って（kataññūkataveditā-）この木を捨てない」と言い、偈を以て答えた。「友の中の友たる者達がいるものだ（Ye ve sakhīnaṃ sakhāro bhavanti）」云々。サッカも偈を以て応じた。「友情と慈愛と親交と親愛が全うされたとは関心だ（Sādhu sakkhi kataṃ hoti metti saṃgati[3] santhavo）」云々。サッカは鸚鵡の望みを尋ね、正体を現してガンガーの水を木に注いで蘇らせた。

【連結】 師は語った。「そのときのサッカはアヌルッダ、鸚鵡は私であった」。（以上要約）

つづいて、「鸚鵡小本生譚」の要約を示せば次の通りである。

【現在物語】 師がヴェーランジャーで（食べる物の無い）雨期を過ごして後、サーヴァッティーに到着した。比丘達が師が貪りの行いを捨て、ごく僅かのものしか望まず満足していることを語りあった。師がやってきて、「私が貪りの行いを捨てていたのは過去の世に動物の母胎に生まれたときにもそうであった」と言って、過去のことを語った。

【過去物語】（ストーリーは無く偈のみで、『ジャータカ』第429話と重複する偈が多い。）

【連結】 師は語った。「そのときのサッカはアヌルッダ、鸚鵡は私であった」。（以上要約）

以上の二話については次の研究が為されているのみである。[4] H.T. Francisと

3—— 中村元1982『ジャータカ全集』: 5, 268において、原文にsaṃsatiと有るところ、脚注のsaṃgatiを採っているのに倣う。

4—— 中村元1982『ジャータカ全集』5, 268, 282-283に、先行研究として、本文

E.J. Thomasが代表的なジャータカを英訳・公刊した（1916年）際、『ジャータカ』第429話「鸚鵡大本生譚」は‘The Grateful Parrot’（「恩義を知る鸚鵡」）として英訳されている。英訳の後には非常に簡略な訳注が付いており、そこでは『マハーバーラタ』第13巻第5章「鸚鵡と森の王」の存在を示唆して、この『マハーバーラタ』説話とこの『ジャータカ』説話に直接的関係は無く、偈も異なるとするI. Frankeの簡潔な指摘を挙げている。そのように偈や表現が異なる他、『ジャータカ』第429話では、

過去物語の舞台：ヒマラヤ山中・ガンガーの岸辺。

サッカ（インドラ）の役割：木を枯らせ、ハンサ鳥に姿を変え、鸚鵡との問答の後木にガンガーの水を注ぐ。

となっているのに対し、『マハーバーラタ』では、

枠内物語の舞台：カーシー王の領土の、ある大きな森の中。

インドラの役割：（木を枯らせたのは猟師の毒矢であり、インドラは）バラモンに姿を変え、鸚鵡との問答の後木に甘露を注ぐ。

等、大きく設定やモチーフの異なる点が有る。また、『ジャータカ』では現在物語・連結との関連が意識されているためであろう、過去物語でも、初めから鸚鵡が少欲であることが強調され、サッカが試すのは木への愛着よりむしろ、鸚鵡の少欲さがどのくらいのものか、である[5]。

に挙げたFrancisとThomasの著作を含め以下のものを挙げている。

Oldenberg, Hermann. 1967. ‘Jātakastudien.’ In *Hermann Oldenberg Kleine Schriften*: 1072, 1074.

Francis, H.T. and Thomas, E.J. 1916. *Jātaka Tales*: 293.

5——インドラのこのような行為は、仏教説話を含めインドの説話にしばしば見られるものである。これについては、原実1979『古典インドの苦行』において詳細に述べられている。説話研究の立場からは「インドラの試練」（Indra’s test）とも名付けるべきモチーフである。本書で取り扱う説話のうち、「鸚鵡と森の王」「七仙人の名乗り」「ガウタマ仙の象」にそれが現れる。

『ジャータカ』と『マハーバーラタ』の鸚鵡の話は、語りや編纂物となる以前から、それなりに広まっていた伝承（昔話）だったものであり、したがって、I. Frankeも指摘した通り、一方がもう一方から直接的に材を取ったという、いわば親子的関係ではなく、また、同一の直接的な素材源を持つという、いわば兄弟的関係でもない。木を離れない鸚鵡の真意をインドラが試すという最も重要な核部分（不可変部分）を保ち、その他の部分（可変部分）を自在に取り換えつつ、専ら、「友情」「慈悲」「慈愛」等を主題として各所で多く語られた類型の伝承の一つが『ジャータカ』に、一つが『マハーバーラタ』に記録され伝存しているものと考えられる。

伝承された「鸚鵡と森の王」の一類型が入ったジャータカでは、説話の一側面から、「貪りの行い（loluppacāra-）を捨てること」「僅かのものしか望まず満足する徳（appicchasantuṭṭhabhāvaguṇa-）」にも引き付けられる向きが有り、集成された『ジャータカ』としてはむしろそちらを優先的に打ち出している。一方、自然の性格として、「友情の徳（mittadhammaguṇa-）」「恩義を知ること（kataññūkataveditā-）」「友（情）（sakkhi-）」「慈愛」（metti-）、「親愛」（santhava-）等をも盛んに語るものとなっている。

4. 「鸚鵡と森の王」・役割の逆転

〈記録・編纂〉の段階を経た現存の『マハーバーラタ』第13巻「教説の巻」「布施の法」第5章は、バラモンへの布施を説く全体の文脈、あるいは語りの流れの中で、鸚鵡をバラモンになぞらえ、「バラモンは優しい性向を持つ」と主張していると受け止められる。ニーラカンタもそのように理解していると見られる。しかしこの神話・説話を単一に見るときに、〈枠物語〉最終の第32偈で、ビーシュマがユディシティラに向かって次のように説くことが注目される。

evam eva maṇusyendra bhaktimantaṃ samāśritaḥ |
sarvārthasiddhiṃ labhate śukaṃ prāpya yathā drumaḥ || Ki. 1.5.32

このように、人の王（ユディシティラ）よ、敬愛の念を持つ者に依拠する者は全ての目的を達成するのだ、木が鸚鵡を得て〔繁栄を達成した〕ように。

この偈に注意を払うと、「鸚鵡と森の王」が、むしろ逆に、木を王になぞらえ、鸚鵡を配下の者になぞらえ、全体として王と臣下の関係の比喩としていると見えて来る。王と配下の者に信頼関係が有ることによって勝利・繁栄を得る、と纏められていると考えられる。すなわち、王は配下の者に「慈悲（ānṛśaṃsya-）」を持つべき、王は配下の者から「敬愛の念（bhakti-）」を得るべきということである。この話はクシャトリヤの聴き手であれば、むしろ王の義務、王の法（rājadharma-）を体現したものとして受け止める方が自然ではないだろうか。〈枠物語〉最終の第32偈は、この話がバラモンへの布施を称揚する語りの場以前に、クシャトリヤを讃嘆・鼓舞する語りの場で語られていた痕跡かもしれない。その説話がバラモンへの布施を説く『マハーバーラタ』の語りのうちの一話（あるいは単独の語り）として語られたとき、更に〈記録・編纂〉の段階で「教説の巻」「布施の法」の冒頭第5章として配置されたとき、異なる様相を取るようになる。ニーラカンタの注は、そういった〈記録・編纂〉段階におけるこの説話の持つ意味として、バラモンが「慈悲（ānṛśaṃsya-）」「敬愛の念（bhakti-）」「愛情（prīti-）」を持っている（べき）と注釈したのである。

しかし、現存の『マハーバーラタ』第13巻「布施の法」においても、これがビーシュマによってユディシティラに説かれるとき、一種帝王学としての色彩を帯びて来る。本書・第1章第1節および第2節で明らかにしたように、「教説の巻」中でも「王（クシャトリヤ）の務め」（含「長兄の務め」）（第32～36、105、119章）を説く章は幾つも収められている。ユディシティラの即位を控え、それを意識してのことかと推測される。ただ、第13巻「教説の巻」の「王（クシャトリヤ）の務め」はいずれもそれぞれの章の中で、「布施」「バラモンの優越性」、及び、「運命と行為」という主題と絡み合っており、「布施」「バラモンの優越性」、及び、「運命と行為」の主題を持つがために配置され、副主題として「王（クシャトリヤ）の務め」を打ち出していると解釈される。

第13巻「教説の巻」に先立つ第12巻「寂静の巻」の中には「王の務め」（*Rājadharmaparvan*）が存在する訳であるが、第13巻が第12巻から分離したという見解も参照すべきである。「鸚鵡と森の王」の説話がもともと第12巻「寂静の巻」中の「王の務め」にあったか、そちらに入れられるべきところ、何らかの事情（整理の未完成等）によって第13巻に位置している可能性も考えておいて良いかもしれない。

5. 纏め

『マハーバーラタ』第13巻第5章「鸚鵡と森の王」は、鸚鵡の純粋な友愛の念を語る可憐とも言える説話である。吟誦詩人といった専門的・半専門的な語り手による以前に、もっと素朴に民間の一般の人々に伝えられていた伝承の一つである。そうした民間の伝承、口承文芸のうち大きな比重を占めるものにいわゆる「動物昔話」[6]がある。そうした例は、パーリ『ジャータカ』にも多く見る[7]。動物が主人公となって活躍するほのぼのとした話であり、子供や素朴な人々にも好まれるものである。

語りの場において、「鸚鵡と森の王」を、「バラモンは優れた存在である」と説く話としてではなく、「王は臣下と良好な関係を結ぶべき」と説く話としてでもなく、純朴に、「鸚鵡と木の友情」の話として受け止める聴き手も多くいたであろう。このように、『マハーバーラタ』第13巻「教説の巻」「布施の法」第5章「鸚鵡と森の王」は聴き手によって様々な解釈の為され得る説話である。語り物は概してそういった傾向を持つものであろうが、「鸚鵡と森の王」はとりわけそのような性格が濃厚である。

最後に、この語り、〈枠内物語〉の第13偈、インドラの台詞に、言語遊戯・掛詞あるいは笑い・滑稽の要素が有る可能性を指摘しておきたい。

śuka bho pakṣiṇāṃ śreṣṭha dākṣeyī suprajā tvayā |

6――「動物昔話」の名称そのものは日本昔話の国際（ヨーロッパ）基準に従った分類を行なった関敬吾による。Aarne と Thompson による名称、‘Animal Tales’ を訳したものと考えられる。

関敬吾 1979『日本昔話大成』.

Aarne, A. and Thompson, S. 1961. *The Types of the Folktale.*

7――中村史 2009「パーリ語『ジャータカ』の動物活躍譚」『日本文学』58(6)。

pṛcche tvāṃ śukam enaṃ tvaṃ kasmān na tyajasi drumam || Ki. 13.5.13
「やあシュカ（鸚鵡）よ、鳥の中の優れ者よ、ダクシャの孫娘は汝という良い子供を持った。汝・シュカにこのことを尋ねる、何故木を捨てないのか」。

ニーラカンタはこの偈に以下の注釈を付けている。

dākṣeyī dakṣadauhitrī śukī nāma || 13
「ダクシャの孫娘」はダクシャの娘の娘で、シュキーという名前。

「シュキー（śukī-）という名前」の説明によってこの鸚鵡（śuka-）の話に結び付けられる。ブラフマー神の息子であるダクシャの娘・ヴィナターが聖仙カシャパの妻となってガルダ鳥の母となったことは、『マハーバーラタ』第1巻第14章等に見えている。一方、先のニーラカンタ注をも参照すれば、この偈において鸚鵡は、ダクシャの孫娘・シュキー（Śukī、雌の鸚鵡の意）の、更に息子・シュカ（Śuka、雄の鸚鵡の意）と呼ばれていることになる。ダクシャの娘が鳥（ガルダ）の母ということを踏まえてのことと考えられる。シュカ、シュキーはときに見掛ける人名であるが、この鸚鵡（シュカ）について、インドラがダクシャの子孫として呼び掛ける設定である。すなわち、鸚鵡を、「シュカ」という名前であり、ダクシャの子孫であると掛けて、一定の知識を持つ聴き手を楽しませ笑わせる意図が見えるのではないか。

第2節　「鸚鵡と森の王」の和訳

本書・第3章第2節においては、『マハーバーラタ』第13巻第5章「鸚鵡と森の王」の和訳を行なう。

「鸚鵡と森の王」梗概

「鸚鵡と森の王」は、バラタ族の大戦争の後、全身を矢で貫かれて倒れたビーシュマがユディシティラ達に、昔の物語を語り、また、様々な教えを説く、という第12巻から続く場面の中で語られる。キンジャワデカル版では第13巻第5章第1偈から第32偈まで（13.5.1-32）、プーナ批判版では第13巻第5章第1偈から第31偈まで（13.5.1-31）、クンバコーナム版第13巻第11章第1偈から第32偈まで（13.11.1-32）。そのあらすじを再び示せば、以下の通りである。

【枠物語（初め）】ユディシティラが望んだ。「慈悲有る人と敬愛の念厚い人の徳を聞きたい」と。ビーシュマが答えた。「これについても、昔の物語、鸚鵡とインドラの対話が伝わっている」と。

【枠内物語（ビーシュマの語り）】昔、カーシー王の領土の大きな森の中で、猟師が放った毒矢が、ある大木を貫いた。枯れゆくその木に長く住んでいた鸚鵡は、木とともに衰弱しながらも敬愛の念故に、恩義を知って木を捨てようとしなかった。それを見たインドラは、「動物には有り得ない慈悲が何故確立されたのか」と自問し、バラモンの姿となって地上に降り立ち、「何故木を捨てないのか」と尋ねた。鸚鵡は、「自分はその木で生まれ守られた。慈悲と結び付き、敬愛の念を持ち、背く心の無い自分は木を見捨てることが出来ない」と答えた。これに満足したインドラは鸚鵡に褒美を選ばせ、鸚鵡は木の再生を選んだ。鸚鵡の揺るがない敬愛の念と戒とを見たインドラによって、木はアムリタ（不死の霊薬）を注がれ、茂り栄えた。鸚鵡は慈悲から行った行為によって命の終わるときにインドラのいる世界へと赴いた。

【枠物語（終わり）】ビーシュマが言った。「敬愛の念を持つ者に依拠する者は全ての目的を達成する、木が鸚鵡を得て（繁栄を達成し）たように」と。

（以上要約）

「鸚鵡と森の王」和訳

以下の「鸚鵡と森の王」和訳では、各偈について、最初に、デーヴァナーガリー文字で記されたキンジャワデカル版のサンスクリット原文をアルファベット化したものを挙げ、続いて、これに日本語訳を付けてゆく。訳文中の〔　〕内には訳文を補う記述、（　）内には訳文を説明する記述を入れている。他の刊本、批判版、クンバコーナム版、Dutt訳添付テキストにキンジャワデカル版との異読が有る場合には、それらを脚注において示す。また、批判版に挙げられた異読も必要に応じて示す。キンジャワデカル版の該当部分に____線を付す。

yudhiṣṭhira uvāca |
ānṛśaṃsyasya dharmajña[8] guṇān bhaktajanasya ca |
śrotum icchāmi dharmajña[9] tan me brūhi pitāmaha || 1
ユディシティラは言った――
慈悲有る人と敬愛の念有る人に備わる諸々の良き性質を、徳を知る方よ、私は聞きたい。徳を知る方よ、それを私に語って聞かせて下され、祖父様。

bhīṣma uvāca |
atrāpy udāharantīmam itihāsaṃ purātanam |
vāsavasya ca saṃvādaṃ śukasya ca mahātmanaḥ || 2[10]
ビーシュマは言った――

8――批判版（13.5.1）dharmasya。

9――批判版（13.5.1）kārtsnyena。

10――批判版ではキンジャワデカル版第2偈相当の偈が無い。したがって以下、批判版では偈番号がキンジャワデカル版より一つずつ若くなる。そのため、偈数は、キンジャワデカル版とクンバコーナム版で全三十二、批判版では三十一となる。

このことについても、人々は次のような遠い昔の物語、インドラと偉大な精神を持つ鸚鵡との対話を伝えている。

viṣaye kāśirājasya grāmān niṣkramya lubdhakaḥ |
saviṣaṃ kāṇḍam ādāya mr̥gayām āsa vai mr̥gam || 3

カーシー王の領土で、ある猟師が村を出て、毒の付いた矢を携え、鹿を探しに出かけた。

tatra cāmiṣalubdhena lubdhakena mahāvane |
avidūre mr̥gān[11] dr̥ṣṭvā bāṇaḥ pratisamāhitaḥ || 4

そしてそうするうちに、肉に飢える猟師は、大きな森の中で、程遠くない所に鹿の群を見て矢を番えた。

tena durvāritāstreṇa nimittacapaleṣuṇā |
mahān vanatarus tatra viddho mr̥gajighāṃsayā[12] || 5

〔腕に〕耐え難いほど強いかの弓から〔放たれた〕矢は目標を逸れ、そこに〔生えている〕巨木を貫いた。鹿を殺すつもりの〔矢〕であったのだが。

sa tīkṣṇaviṣadigdhena śareṇātibalāt kṣataḥ[13] |
utṣrjya phalapatrāṇi pādapaḥ śoṣam āgataḥ || 6

強烈な毒を塗った矢の力によって、かの木は痛み、実と葉を落して枯れていった。

tasmin vr̥kṣe tathābhūte koṭareṣu ciroṣitaḥ |
na jahāti śuko vāsaṃ tasya bhaktyā vanaspateḥ || 7

そのようになったかの木の洞(うろ)に長く住み付いていた鸚鵡は、住処(すみか)を捨てようとは

11——批判版（13.5.3）mr̥gaṃ。

12——批判版（13.5.4）viddho mr̥gaṃ tatra jighāṃsatā。

13——批判版（13.5.5）kr̥taḥ。

しなかった。かの「森の王」（木）への敬愛の念故に。

niṣpracāro nirāhāro glānaḥ śithilavāg api |
kr̥tajñaḥ saha vr̥kṣeṇa dharmātmā so 'py aśuṣyata[14] || 8
逃げ出すこともせず、食を取ることもせず、弱ってしまい、声もか細くなってなお、恩義を知る偉大な彼（鸚鵡）もまた木とともに枯れていった。

tam udāraṃ mahāsattvam atimānuṣaceṣṭitam |
samaduḥkhasukuaṃ dr̥ṣṭvā[15] vismitaḥ pākaśāsanaḥ || 9
かの高貴で偉大な生き物、人を超えた振る舞いをする、幸・不幸を等しいものとして捉える彼（鸚鵡）を見て、パーカを退治する者（インドラ）が驚いた。

tataś cintām upagataḥ śakraḥ katham ayaṃ dvijaḥ |
tiryagyonāv asaṃbhāvyam ānr̥śaṃsyam avasthitaḥ[16] || 10
それからシャクラ（インドラ）は考えた。「何故この鳥は、畜生の母胎には有り得ない慈悲を確立したのか」。

atha vā nātra cintyaṃ hi[17] abhavad vāsavasya tu |
prāṇinām api[18] sarveṣāṃ sarvaṃ sarvatra dr̥śyate || 11
あるいは、誠に、ヴァーサヴァ（インドラ）には考えるべきことは無かった。あらゆる生き物にはあらゆることがあらゆるところで見られる（どんなことでも起こり得る）〔からだ〕。

14——批判版（13.5.7）sa vyaśuṣyata 。

15——批判版（13.5.8）jñātvā。

16——批判版（13.5.9）samāsthitaḥ。

17——批判版（13.5.10）、クンバコーナム版（13.11.11）citraṃ hīty。Dutt訳添付テキスト（13.5.11）citraṃ hi。

18——批判版（13.5.10）iha。

tato brāhmaṇaveṣeṇa mānuṣaṃ rūpam āsthitaḥ |
avatīrya mahīṃ śakras taṃ pakṣiṇam uvāca ha || 12
それから、バラモンに化して人間の姿になり、地上に降りて来ると、シャクラはかの鳥に言った。

śuka bho[19] pakṣiṇāṃ śreṣṭha dākṣeyī suprajā[20] tvayā |
pṛcche tvāṃ śukam enaṃ tvaṃ[21] kasmān na tyajasi drumam || 13
「やあシュカ（鸚鵡）よ、鳥の中の優れ者よ、ダクシャの孫娘は汝という良い子供を持った。汝・シュカにこのことを尋ねる、何故木を捨てないのか」。

atha pṛṣṭaḥ śukaḥ prāha mūrdhnā samabhivādya tam |
svāgataṃ devarāja tvaṃ[22] vijñātas tapasā mayā || 14
そこで、〔そのように〕尋ねられた鸚鵡は言った、頭(こうべ)を垂れて敬意を表しつつ。「よくぞ来られた、神々の主よ。私には貴殿であることが苦行力によってわかる」。

tato daśaśatākṣeṇa sādhu sādhv iti bhāṣitam |
aho vijñānam ity evaṃ manasā[23] pūjitas tataḥ || 15
それから「千の眼を持つ者」（インドラ）は「素晴らしきかな、素晴らしきかな」と言った。「何という知力か」と、そう心中で称賛した。

tam evaṃ śubhakarmāṇaṃ śukaṃ paramadhārmikam |
vijānann api tāṃ prītiṃ[24] papraccha valasūdanaḥ || 16

19——批判版（13.5.12）bhoḥ。

20——批判版（13.5.12）、クンバコーナム版（13.11.13）suprajās。

21——批判版（13.5.12）tvā śuṣkam etaṃ vai 。

22——批判版（13.5.13）devarājāya 。

23——批判版（13.5.14）tapasā。

24——批判版（13.5.15）vijānann api tāṃ prāptiṃ、クンバコーナム版（13.11.16）jānann api ca tatpāpaṃ。

このように、「ヴァラを殺す者」(インドラ)は、その鸚鵡を優れた行為と最高の徳を持つ者と知りつつも、その愛情を問うた。

niṣpatram aphalaṃ śuṣkam aśaraṇyaṃ patatriṇām |
kim arthaṃ sevase vr̥kṣaṃ yadā mahad idaṃ vanam || 17
「葉を落とし実をなくして枯れてしまった木は、鳥どもの拠り所となるものではない。汝は何故〔この〕木に尽くそうとするのか。この森は広大であるのに。

anye 'pi bahavo vr̥kṣāḥ patrasaṃcchannakoṭarāḥ |
śubhāḥ paryāptasañcārā vidyante 'smin mahāvane || 18
他にも、葉にすっかり覆われた洞の有る、素晴らしくて、住み移るに相応しい大木はこの広大な森に沢山有る。

gatāyuṣaṃ asāmarthyaṃ kṣīṇasāraṃ hataśriyam |
vimr̥śya prajñayā dhīra jahīmaṃ sthāviraṃ[25] drumam || 19
生命終わり、力尽きて、芯まで損なわれ、〔葉や実の〕繁ることは無くなった〔木である〕と、知恵で以て分別して、勇者よ、この老木を見捨てよ」。

bhīṣma uvāca |
tad upaśrutya dharmātmā śukaḥ śakreṇa bhāṣitam |
sudīrgham atiniḥśvasya[26] dīno vākhyam uvāca ha || 20
ビーシュマは言った——
徳を本性とする鸚鵡は、インドラの言ったそのことを聞き、長く吐息をついて悲しげに言葉を発した。

anatikramaṇīyāni daivatāni śacīpate |

25——批判版(13.5.18)、クンバコーナム版(13.11.19)hy asthiraṃ。
26——批判版(13.5.19)abhiniḥśvasya。

yatrābhavat tava praśnas[27] tan nibodha surādhipa || 21
「神々は粗略にされるべきものではない、シャチーの夫（インドラ）よ。貴殿が問うたところについて〔私の答えを〕お聞き下され、神々の主よ。

asminn ahaṃ drume jātaḥ sādhubhiś ca guṇair yutaḥ[28] |
bālabhāvena[29] saṃguptaḥ śatrubhiś ca na dharṣitaḥ || 22
この木で私は生まれ、諸々の良き性質が培われた。子供のときに守られ、様々な敵に害されることが無かった。

kim anukrośya vaiphalyam utpādayasi me 'nagha |[30]
ānr̥śamsyābhiyuktasya bhaktasyānanyagasya[31] ca || 23
なぜ、共感すると見せて私を挫かせようとするのか、罪無き者よ。慈悲と結び付き、敬愛の念を持ち、背く心の無い私であるのに。

anukrośo hi sādhūnāṃ mahaddharmasya lakṣaṇam[32] |
anukrośaś ca sādhūnāṃ sadā prītiṃ prayacchati || 24
実に、同情は、諸々の良きもののうちでも、徳を持つ者の大いなる特徴である。そして、同情は、諸々の良きものに対して、常に喜びを与える。

27——批判版（13.5.20）yatrābhavas tatra bhavas、クンバコーナム版（13.11.21）yatrābhavaṃs tatra bhavāṃs。

28——クンバコーナム版（13.11.22）yute。

29——批判版（13.5.21）bālabhāve ca。

30——クンバコーナム版（13.11.23）ではこの後anuraktasya bhaktasya saṃspr̥śe na ca pāvakamが第3、第4脚として入った、全六脚から成る変形シュローカとなっている。

31——批判版（13.5.22）ānr̥śaṃsye 'nuraktasya bhaktasyānugatasya。

32——批判版（13.5.23）sumahad dharmalakṣaṇam。

tvam eva daivataiḥ sarvaiḥ pṛcchyase dharmasaṃśayāt[33] |
atas tvaṃ deva devānām[34] ādhipatye pratiṣṭhitaḥ || 25
貴殿こそ、全ての神々から徳に関する疑問について質問を受ける方である。そこで、貴殿は、神よ、神々の中の主権のために位に即けられたのだ。

nārhase māṃ[35] sahasrākśa drumaṃ tyājayituṃ cirāt[36] |
samartham upajīvyemaṃ tyajyeyaṃ katham adya vai[37] || 26
『千の眼を持つ者』(インドラ)よ、私に木を見捨てさせようとは決してなさるな。〔この木の〕力に頼って生きて来たのだから、どうして今さら見捨てられようか」。

tasya vākyena saumyena harṣitaḥ pākaśāsanaḥ |
śukaṃ provāca dharmātmā[38] ānṛśaṃsyena toṣitaḥ || 27
彼(鸚鵡)の優しい言葉に「パーカを退治する者」(インドラ)は喜んだ。徳を本性とする〔インドラ〕は鸚鵡に言った。〔鸚鵡の〕慈悲の念に満足して。

varaṃ vṛṇīṣveti tadā sa ca vavre varaṃ śukaḥ |
ānṛśaṃsyaparo nityaṃ taysa vṛkṣasya saṃbhavam || 28
「望みのものを言いなさい」と。すると、かの鸚鵡は望みのものを言った。最高の慈悲を持つ〔鸚鵡〕はかの木が常に有ることを〔望んだ〕。

33――批判版(13.5.24)dharmasaṃśayān。

34――クンバコーナム版(13.11.25)devadevānām。

35――批判版(13.5.25)nārhasi tvaṃ 。

36――批判版(13.5.25)tyājayitveha bhaktitaḥ。

37――クンバコーナム版(13.11.26)samastham upajīvan vai viṣam asthaṃ kathaṃ tyajet || 26。

38――批判版(13.5.26)、クンバコーナム版(13.11.27)dharmajñam。批判版の挙げる異読によればdharmātmāとする写本も幾つか有る。

viditvā ca dr̥dhāṃ bhaktiṃ[39] tāṃ śuke śīlasampadam |
prītaḥ kṣipram atho vr̥kṣam amr̥tenāvasiktavān || 29
そこで〔インドラは〕鸚鵡にそうした揺るぎない敬愛の念、達成された徳が備わっているのを知り、そして喜んですぐに木にアムリタ（不死の霊薬）を注いだ。

tataḥ phalāni patrāṇi śākhāś cāpi manoharāḥ[40] |
śukasya dr̥dhabhaktitvāc chrīmattāṃ prāpa[41] sa drumaḥ || 30
それから、実と葉と心を奪うばかりの枝が現れて、鸚鵡の心底からの敬愛の念故に、かの木は茂り栄えた。

śukaś ca karmaṇā tena ānr̥śaṃsyakr̥tena vai[42] |
āyuṣo 'nte mahārāja prāpa śakrasalokatām || 31
そして鸚鵡は、慈悲から行った行為によって、命終わるときに、大王よ、インドラと世界をともにする者となった（神に生まれ変わった）。

evam eva maṇusyendra bhaktimantaṃ samāśritaḥ |
sarvārthasiddhiṃ labhate śukaṃ prāpya yathā drumaḥ || 32
このように、人の王（ユディシティラ）よ、敬愛の念を持つ者に依拠する者は全ての目的を達成するのだ、木が鸚鵡を得て〔繁栄を達成した〕ように。

iti śrīmahābhārate anuśāsanaparvaṇi dānadharmaparvaṇi śukavāsavasaṃvāde pañcamo 'dhyāyaḥ || 5 ||
——というのが、栄え有る『マハーバーラタ』「教説の巻」「布施の法」における、「鸚鵡とインドラの対話」についての第5章である。

39——批判版（13.5.28）śakras。

40——批判版（13.5.29）manoramāḥ。

41——批判版（13.5.29）chrīmattvaṃ cāpa。

42——批判版（13.5.30）ha。

おわりに

本書・第3章は、『マハーバーラタ』第13巻「教説の巻」「布施の法」についての個別研究の第二であり、『マハーバーラタ』第13巻「教説の巻」「布施の法」第5章「鸚鵡と森の王」を対象とした。

まず、第3章第1節「『鸚鵡と森の王』の考察――慈悲と敬愛の念――」では、この話の〈原伝承〉が口承文芸（昔話）に淵源を持っている可能性が有ること、また、〈語り物〉となった段階には、聴き手によって様々に解釈され得る多面性を持っていることを述べた。そして、第3章第2節「『鸚鵡と森の王』の和訳」において、日本語訳を提示した。

「鸚鵡と森の王」は、パーリ『ジャータカ』に類型話が存在することによって、〈原伝承〉としての口承文芸（昔話）の性格を残していることが知られる。また、〈語り物〉としてのレベルでは、「バラモンは優しい性向を持つ」というバラモン向けのメッセージと、「王は忠実な臣下を持つべし」というクシャトリヤ向けのそれとの、少なくとも二通りの姿を見せている。また、先立つ『マハーバーラタ』第12巻において様々な務めが説かれる中に「王の務め」（*Rājadharmaparvan*）が有り、〈記録・編纂〉の段階において、第12巻「王の務め」と何らかの関わりを持つことも考えられる。こうした〈記録・編纂〉の段階の問題をも垣間見せる多面的な性格を持つ例となっている。

「鸚鵡と森の王」は鸚鵡の純粋な友愛の念を語る、可憐とも言える説話である。専門的・半専門的語り手による以前に、もっと素朴に民間の一般の人々に伝えられていた可能性の有るものの一つである。そうした口承文芸、昔話のうちには動物が主人公となって活躍するほのぼのとした話、子供や素朴な人々も楽しむことの出来る「動物昔話」(Animal Tales) が有る。「鸚鵡と森の王」が語りの場において語られた段階が有ると想定するならば、そうした場において、「バラモンは優れた存在である」、あるいは、「王は臣下と良好な関係を結ぶべき」といった「教説」による誘導が無ければ、純朴に「鸚鵡と木の友情」の話として受け止める方がむしろ自然である。「鸚鵡と森の王」は、『マハーバーラタ』第13巻第5章の〈枠内物語〉となるまでに、〈原伝承〉〈語り物〉〈記録・編纂〉の各層の性格を積み重ねて来ている。そして、そこには鸚鵡(シュカ)をダクシャの子孫(シュキー、シュカ)と掛ける、一定の知識の必要な言語遊戯(掛詞)が含まれていた。

また、将来の課題としては、このような「鸚鵡と森の王」がインドに特徴的なタイプ(話型)を持つ可能性が有るとすれば、それは、インド神話・説話の〈普遍性〉に対する〈独自性〉を考える一素材ともなり得る。

第4章

『マハーバーラタ』第13巻第50章・第51章
「チャヴァナ仙と魚達」の研究

はじめに

本書・第1章の『マハーバーラタ』(*Mahābhārata*) 第13巻「教説の巻」(*Anuśāsanaparvan*)「布施の法」(*Dānadharmaparvan*) 全章の概観、「総論」に基づいて、第2章以降においては、『マハーバーラタ』「教説の巻」「布施の法」についての「各論」、個別的文学研究を行なっているところである。語りの段階を持っていたと考えられる五つの神話・説話について、考察と和訳を行なう。本書・第4章は、『マハーバーラタ』「教説の巻」「布施の法」についての「各論」、個別的文学研究の第三であり、「教説の巻」「布施の法」第50章・第51章「チャヴァナ仙と魚達」を対象とする。

本書において基づく用語(概念)を再度挙げてゆけば、まず以下の三つである。

〈対話〉

〈枠物語〉

〈枠内物語〉

『マハーバーラタ』第13巻「教説の巻」「布施の法」は、ユディシティラとビーシュマの延々と続く〈対話〉を全体の枠組みとして持つ。ユディシティラの問いに対するビーシュマの答えから、「遠い昔の物語」(itihāsaṃ purātanam) といった語りがしばしば展開してゆく。このとき、ビーシュマの語る「遠い昔の物語」が〈枠内物語〉であり、それら〈枠内物語〉が存在することによって、ユディシティラとビーシュマの〈対話〉が〈枠物語〉となる。また、以下三つの用語にも基づく。すなわち、

〈原伝承〉

〈語り物〉

〈記録・編纂〉

『マハーバーラタ』第13巻「教説の巻」「布施の法」の〈枠内物語〉、神話・説話の多くが本来一般の人々の間で伝えられた「伝承」、〈原伝承〉であり、その後専門的あるいは半専門的語り手、吟誦詩人とも呼ばれる者達によって長く語られた〈語り物〉であったが、時を経て〈枠物語〉の構造を持つ作品として確定・固定化、〈記録・編纂〉された、ということを前提として進めてゆく。〈語り物〉の段階でもある程度〈枠物語〉の形式を持っていた可能性は有るが、むしろ〈記録・編纂〉の段階において専ら〈枠物語〉としての整備が為されたのではないか。

また、『マハーバーラタ』の神話・説話は、祭式の中心で語られるものではなく、むしろその周辺やそれ以外の場所であったであろう。また、祭官といった純粋な宗教者によって語られるものではなく、様々な立場や能力の、おそらくは世俗的傾向がより強い語り手達によるものであったはずである。そして、そうした語りに応じた聴き手を持っていたはずである。バラモンのみならず、クシャトリヤからそれ以下の、一般のあるいは民間の人々を聴き手としていたであろう。以上のことを念頭に置く必要が有る。

また、本書においては、

〈文学性〉

〈教説性〉

の二点からも考察することになる。「教説の巻」の名に負けず、この巻の「教説性」は強いのであるが、それにもかかわらず見逃すことの出来ない「文学性」の勝った神話・説話を多く見出すからである。

更にまた、『マハーバーラタ』の神話・説話を世界的な基準で見た場合の、

〈普遍性〉

〈独自性〉

の二点についての将来への見通しを立てる場合も有る。

さて、第4章第1節「『チャヴァナ仙と魚達』の考察 ――共に住む者への愛情――」では『マハーバーラタ』第13巻第50章・第51章を取り上げる。「チャヴァナ仙と魚達」が、ヴェーダ文献の神話群の伝統を受け継ぎつつ『マハーバーラ

タ』に至って、自在な展開を遂げた一例であることを述べてゆく。また、「チャヴァナ仙と魚達」が〈原伝承〉としての性格をよく残している一例であり、古代インドの昔話の〈独自性〉を示している可能性の有る一例でもあることを指摘する。

最後に、第4章第2節「『チャヴァナ仙と魚達』の和訳」において、この章の日本語訳を提示する。

第1節　「チャヴァナ仙と魚達」の考察
――共に住む者への愛情――

本書・第4章第1節では、『マハーバーラタ』第13巻「教説の巻」「布施の法」第50章と第51章を考察の対象として取り上げる。もともと、第50章と第51章の奥書（コロフォン）には「チャヴァナ物語」（cyavanopākhyāya-）と有り、この二章は連続したストーリーを持っている。第50章はそれのみで語り終えられず、第51章にそのまま続き、第51章の最後で両章合わせて完結する。本書では第50章の〈枠内物語〉に「チャヴァナ仙と魚達(1)――共に住む者への愛情――」、第51章の〈枠内物語〉に「チャヴァナ仙と魚達(2)――雌牛の価値――」と名付ける。また、それに伴って第50章と第51章の章題をも「チャヴァナ仙と魚達」と名付ける。

なお、チャヴァナ仙回春説話とも呼ばれるべきもの、チャヴァナ仙がアシュヴィン双神によって若返らしめられたという神話が『リグ・ヴェーダ』以来有る。第4章第1節で考察の対象とする『マハーバーラタ』第13巻第50章と第51章の、魚達と共に生き親しむチャヴァナ仙の説話は、こうした連綿と続くアシュヴィン双神神話の一環から更に展開したものである可能性が有る。

1.「チャヴァナ仙と魚達」梗概

『マハーバーラタ』第13巻「教説の巻」「布施の法」第50章は、キンジャワデカル版では第13巻第50章第1偈～第27偈（13.50.1-27）[1]に、第51章はキンジャワデカル版では第13巻第51章第1偈～第48偈（13.51.1-48）[2]に相当する。『マハーバーラタ』第13巻「教説の巻」「布施の法」第50章はユディシティラとビーシュマの〈対話〉に始まり、ビーシュマがユディシティラの問いに答えつつ、「古の物語」（purāvr̥ttam）を語る。このように、第13巻第50章と第51章にも〈枠物語〉と〈枠内物語〉の構造が見出される。第50章と第51章のあらすじを示せば以下の通りである。

まず、第50章であるが――。

【枠物語（初め）】ユディシティラが問うた。「共に住んでいるときの愛情（snehaḥ saṃvāse）はどのようなものか。また、雌牛の価値はどのようなものか」と。ビーシュマが答えた。「古の物語、ナフシャ王とチャヴァナ仙が交わした対話のことを語ってやろう」と。(13.50.1-2、要約)

【枠内物語（ビーシュマの語り）】　昔、チャヴァナ仙は水の中に住むという誓いを十二年間守って暮らすことにした。チャヴァナはガンガー川とヤムナー川の合流する所で水に入り、棒杭のように静止し続けた。水に住む生き物達はチャヴァナ仙に慣れ親しみ、チャヴァナに口付けしたりした。長い間この

1――批判版では第13巻第50章第1～26偈（13.50.1-26）、クンバコーナム版では第13巻第85章第1～26偈（13.85.1-26）、Dutt訳添付のテキストでは第13巻第50章第1～27偈（13.50.1-27）。

2――批判版では第13巻第51章第1～48偈（13.51.1-48）、クンバコーナム版では第13巻第86章第1～51偈（13.86.1-51）、Dutt訳添付のテキストでは第13巻第51章第1～48偈（13.51.1-48）。

ようにしていると、ある日漁師達がやって来た。漁師達は大きな網を投げ入れ、多くの魚や水に棲む生き物達を引き上げた。チャヴァナもまた陸に揚げられるが、その全身は苔に覆われて緑色で、法螺貝にも見紛うほどであった。チャヴァナを見て漁師達はひれ伏した。チャヴァナは、陸に引き上げられて死に瀕する魚達を哀れみ悲しんだ。「我々はこの所業を知って為したのではない。尊者をどのように喜ばせれば良いのか」と漁師達は尋ねた。「私は魚達と共に死にたい。あるいは魚達と共に解放されたい。ずっと一緒に住んできた彼らと別れたくない」とチャヴァナは答えた。漁師達は恐れおののいてナフシャ王にこのことを告げた。(13.50.3-28、要約)

ビーシュマの語りはこのまま第51章へと流れ込んでゆく。

これを聞いたナフシャ王は大臣や司祭を引き連れてチャヴァナの許にやって来た。ナフシャが「どうすれば良いか」とチャヴァナに尋ねると、チャヴァナは「私の代金と魚達の売値を合わせて漁師達に払ってやりなさい」と答えた。「それでは千金を」と言うナフシャに、「それは妥当な値ではない」とチャヴァナは答えた。「それでは十万を」「それでは千万を」「それでは王国の半分を」とナフシャが申し入れても、チャヴァナは良いとは言わなかった。チャヴァナの力を恐れたナフシャが大臣達に諮ると、「牛から生まれた者(ガヴィジャータ)」という尊者の教えによって大臣達は「ヴァルナの最高位に在るバラモンに最も相応しいものは雌牛である」とナフシャに教えた。喜んだナフシャがチャヴァナに「貴殿の値は雌牛に当たる」と告げたとき、チャヴァナは雌牛の最高の価値を誉めたたえた。そしてチャヴァナが雌牛を受け取ると、チャヴァナの力によって漁師達と魚達は天界に昇って行った。

【枠物語(終わり)】 ビーシュマはユディシティラに言った。「共に住むときの愛情(snehaḥ saṃvāse)、また、雌牛の価値はこのようなものである」と。(13.51.1-48、以上要約)

以上の要約に見るように、第50章と第51章の〈枠物語〉において、ユディシティラが二つの事柄を合わせてビーシュマに問う。問いの主題は、（本来関係が有る訳ではない）「共に住むときの愛情（共に住む者への愛情）」と、「雌牛の価値」である。これに対し、ビーシュマが一連のチャヴァナ仙説話、〈枠内物語〉を以てそれぞれの問いに答えるという設定である。

2. 共に住む者への愛情

第50章の〈枠物語〉においてユディシティラが、「共に住んでいるときの愛情」と言い、これについて、注釈者ニーラカンタも「他者と共に住んでいるときに、（共に住んでいる者が）ひどく苦しんでいるのを見て、どのような愛情、あるいは慈悲が為されるべきか」と述べている[3]。一種の道徳あるいは良識は、第50章「チャヴァナ仙と魚達(1)――共に住む者への愛情――」に特有のものではない。既に本書・第3章第1節で考察の対象とした「鸚鵡と森の王」の中でも、毒矢によって枯れゆく、長く住んでいた木を見捨てようとしない鸚鵡は、彼を試そうとするインドラ神に向かってこのように言う。

nārhase māṃ sahasrākśa drumaṃ tyājayituṃ cirāt |
samartham upajīvyemaṃ tyajyeyaṃ katham adya vai || Ki. 13.5.26
「千の眼を持つ者」（インドラ）よ、私に木を見捨てさせようとは決してなさるな。〔この木の〕力に頼って生きてきたのだから、どうして今さら見捨てられようか。

これは「共に住んでいるときの愛情」であり、「共に住む者への愛情」の一例である。

また、例えば、『マハーバーラタ』第12巻「寂静の巻」において不殺生（ahiṃsā-）の徳（dharma-）が説かれる中で、共に住む鹿を殺そうとしないバラモ

3――darśane iti | parapīḍādarśane paraiḥ saha saṃvāse ca kīdr̥śaḥ sneha ānr̥śaṃsyaṃ ca kartavyaṃ gavāṃ māhātmyaṃ brūhīti praśnadvayam || 1 ||

ンの話が語られる（キンジャワデカル版：第272章第1～20偈）。すなわち、

> 落ち穂拾いによって生きるサティヤというバラモンが祭式を行っていた。神が鹿の姿と化してバラモンと共に暮らしていた。鹿はサティヤに「汝は誤ったことを行なっている。祭式が堕落したものであるなら、私を祭火に投げ入れ、天界に赴け」と言い、サラスヴァティー女神が現れて同じくそのことを勧めた。しかし、サティヤは「私は共に住む者を殺す訳にゆかない」（na hanyāṃ sahavāsinam）と答えた。重ねてサラスヴァティー女神が鹿を祭火に投げ入れることを求めると、サティヤは鹿を抱きしめて「逃げよ」と命じた。……（以上要約）

この話では、バラモンは結局鹿を殺すことになるのだが、ここにも「共に住んでいるときの愛情」「共に住む者への愛情」の一例が認められる。このように、『マハーバーラタ』において、ときに、こうした道徳ないし良識が語り聴かせられるべきものとして見られるのである。

3. 棒杭苦行を行なうチャヴァナ仙

『マハーバーラタ』第13巻「教説の巻」「布施の法」第50章の中には、チャヴァナ仙が棒杭のように（sthāṇubhūta-）じっとしている苦行を行なう、というモチーフが有り注目される。同じモチーフは『マハーバーラタ』第3巻「森の巻」において語られる、チャヴァナ仙の別の説話にも現れている。前述（本書・第1章第1節）したように、『マハーバーラタ』第3巻では、ローマシャ仙らによって、聖地にまつわる多くの伝説が披露される。第3巻において、主筋の物語、〈枠物語〉の設定は——パーンダヴァの五兄弟は、カウラヴァ兄弟の謀（はかりごと）によって森に身を隠した。アルジュナがインドラの世界に連れて行かれている間、ユディシティラら四人が聖地巡礼に出掛けた。同行するローマシャ仙がそれぞれの聖地にまつわる伝説を語った——というものである。

こうした聖地に伝わる伝説の一つ、チャヴァナ仙の説話（キンジャワデカル版

では第3巻第122章第1偈～第125章第11偈：3.122.1-125.11[4]）のあらすじを示せば以下の通りである。

ユディシティラ一行がナルマダー川を訪れたとき、ローマシャ仙は――昔、（チャヴァナ仙のおかげで）アシュヴィン双神はインドラと共にソーマを飲んだ。また、チャヴァナ仙が怒ってインドラを痺れさせた。また、王女スカニヤーを妻とした――と語った。

チャヴァナ仙はナルマダー川の付近で苦行を行ない、長い間棒杭のように（sthāṇubhūta-）静止していた。そのため蟻塚となり、全身蟻に覆われてしまった。そこへシャリヤーティー王の娘スカニヤーが遊びに来て、蟻塚の中で光るチャヴァナ仙の目を突いた。チャヴァナ仙の怒りを鎮めるために王はスカニヤーをチャヴァナ仙の妻とした。あるときアシュヴィン双神がスカニヤーを見て、「老いたチャヴァナ仙を捨てアシュヴィン双神のいずれかを夫とせよ」と迫った。チャヴァナ仙はアシュヴィン双神と共に湖に入り、三人共に等しい若さと美しさを身に付けて上がってきたが、スカニヤーはやはりチャヴァナ仙を夫として選んだ。チャヴァナ仙は若さと美しさを得た返礼に、アシュヴィン双神がインドラの前でソーマを飲むことが出来るようにすると約束した。

そこへシャリヤーティー王が喜んでやって来た。チャヴァナはアシュヴィン双神にソーマを供える祭祀を始めようとした。これに憤るインドラはソーマの柄杓を取り上げるチャヴァナにヴァジュラ（金剛杵）を投げ付けようとした。しかしチャヴァナがインドラの腕を痺れさせ、マダという巨大なアスラを出現させたところ、マダはインドラに襲い掛かった。恐怖に駆られたインドラはアシュヴィン双神がソーマの分け前に与ることを認めた。（3.122.1-

4――批判版では第3巻第122章第1偈～第125章第10偈（3.122.1-125.10）、クンバコーナム版では第3巻第123章第1偈～第126章第11偈（3.123.1-126.11）、Dutt訳添付のテキストでは第3巻第122章第1偈～第125章第11偈（3.122.1-125.11）。

125.11、要約）

以上のような伝承が、チャヴァナ仙の苦行の力を伝える古伝説として語られることが有ったのであろう。なお、苦行者があまりにも長く静止していた結果、蟻塚に覆われるという話は『ラーマーヤナ』の作者と伝えられるヴァールミーキ仙の逸話として最も知られているだろう。「ヴァールミーキ」（Vālmīki）という名前はそもそも「蟻塚」（valmīka-）に由来するものである。また、ジャージャリ仙が長い間棒杭のように（sthāṇubhūta-）静止していたため、彼の頭に鳥が巣を作ったが、ジャージャリ仙は雛の巣立ちを待ったという説話も見出される[5]。このように、仙人が長く棒杭のように静止する苦行が、しばしば蟻、鳥、そして魚のような小動物との親しみあい・睦みあいと結び付けて語られる。

4. アシュヴィン双神によって若返らしめられたチャヴァナ仙

『マハーバーラタ』第3巻「森の巻」に現れるチャヴァナ若返りの神話は、ヴェーダ文献にも見えて著名であり、E. W. Hopkinsの古典的論文、'The Fountain of Youth'（「回春の泉」）[6]以来の研究史[7]が有る。'The Fountain of Youth'では、ヨーロッパ、アメリカ・インディアン、イスラム世界他の「回春の泉」説話を網羅しつつ、『シャタパタ・ブラーフマナ』（*Śatapatha-Brāhamana*）、『ジャイミニーヤ・ブラーフマナ』（*Jaiminīya-Brāhamaṇa*）等の収める、チャヴァナ仙回春神話の原文、部分英訳、梗概を挙げることに多くの頁を割いている。Hopkinsの論文を通覧することによって、回春するチャヴァナ仙説話の概要を知ることが出来る。この研究を参照しつつ、魚達と共に生き親しむチャヴァナ仙説話について考察を行

5——『マハーバーラタ』第12巻第261章にも見える。

6——Hopkins, E. W. 1905. 'The Fountain of Youth.' *Journal of the American Oriental Society*, 26 , 1-67.

7——辻直四郎 1978『古代インドの説話』: 38-41にチャヴァナ仙回春説話の和訳のみならず、この時点までの翻訳・研究を挙げている。J. Muir、W. D. Whitney、E. W. Hopkins、原実論文他。

ないたい。

『リグ・ヴェーダ』（Ṛgveda）のアシュヴィン双神讃歌には、アシュヴィン双神の偉業を挙げる中に、彼らがチャヴァナを若返らしめたとする非常に簡潔な記述が有る（1.118.6）。『リグ・ヴェーダ』にこうした微かな原型を見出すこの神話は、ブラーフマナ文献に至って詳しい記述を見せている。例えば、『シャタパタ・ブラーフマナ』では、アーシュヴィナ杯（āśvinagraha-）を飲むときの作法の由来として、この神話が語られる（4.1.5.1-19）[8]。以下にその要約を示す。

アーシュヴィナ杯は耳であり、耳は四方の音を聞くものである。したがって、アーシュヴィナ杯を飲むときには四方に向けて、つまり、回転させて後これを飲む。——

ブリグ族、すなわち、アンギラス族が昇天したとき、同族のチャヴァナは老醜の姿で取り残された。そこへ、シャリヤータ王（シャリヤーティー王）が一族を連れてやって来た。王の息子達がチャヴァナに土塊を投げ付けたために、チャヴァナは王一族に呪いを掛け、王一族は争い始めた。その原因を知ったシャリヤータ王は娘のスカニヤーをチャヴァナに与え、呪いを解かれた。（4.1.5.1-7、要約）

この後しばらくの展開は『マハーバーラタ』第3巻の場合と似ている。しかし異なる点も多い。異なっている点を中心に要約すると、以下の通りである。

アシュヴィン双神がスカニヤーに言い寄り、スカニヤーがこれを断ったことをチャヴァナは察知した。チャヴァナはスカニヤーに「アシュヴィン双神は不完全だ。その理由は夫チャヴァナを若返らせることが出来たならば教える」と言わせた。チャヴァナ若返りの後、チャヴァナ自身がアシュヴィン双

8——Weber, Albrecht. ed. 1924. *The Çatapatha-Brāhamaṇa in the Mādhyandina-çākhā with Extracts from the Commentaries of Sāyaṇa, Harisvāmin and Dvivedaganga*: 350-352.

神に「汝らが不完全な理由は、クルクシェートラで神々が行っている祭式に招待されていないからだ」と言った。アシュヴィン双神は神々の祭式に出かけ招待を迫るが、神々は「アシュヴィン双神は人間と交わって治療を行なっているので」と断った。アシュヴィン双神は「汝らの行なう祭式は頭の無い祭式だ。その理由は我らを招待したならば教える」と言った。神々に招待されたアシュヴィン双神はアーシュヴィナ杯を受け、アドヴァリュ祭官となって祭式の頭を回復した。この〔アーシュヴィナ杯の〕供儀はバヒシュパヴァマーナ〔呪句〕が唱えられた後行なわれるが、それは、アシュヴィン双神がバヒシュパヴァマーナ〔呪句〕が唱えられた後到着したからである。アシュヴィン双神は言った、「我々はアドヴァリュ祭官であり、祭式の頭であるから、我々のかの杯(アーシュヴィナ杯)をもっと早い時間に移せ」と。そこで、かの杯はもっと早い時間に移された。(4.1.5.8-16、要約)……

『シャタパタ・ブラーフマナ』に収められた以上の神話は、アシュヴィン双神がソーマの供儀に与ることになった由縁そのものを説いている。祭式の由来や次第を説き明かすもので、祭式の場あるいはその場に直結した形で語られたと想定される真正の神話である。ここで、アシュヴィン双神がソーマの供儀に与ることになったのは、チャヴァナ仙の教唆をきっかけとするものの、あくまでも神々の決め事、神々の世界での決定である。『ジャイミニーヤ・ブラーフマナ』では、アシュヴィン双神ソーマ供儀参加に異議を唱えるインドラ神が登場するが、それを退けるのもまた神々の行いである。

これに対して、『マハーバーラタ』第3巻「森の巻」に見る、アシュヴィン双神によるチャヴァナ仙若返り神話は、『シャタパタ・ブラーフマナ』等のブラーフマナ文献の神話と同様の類型を持つ。そこでは、アシュヴィン双神ソーマ供儀参加に反対する神はインドラのみである。そして、チャヴァナ仙がインドラ神を退けてアシュヴィン双神をソーマの供儀に与らせる権限を持つように語られている。

一方、『マハーバーラタ』第3巻「森の巻」に現れる「棒杭のように静止している苦行を行なうチャヴァナ仙」というモチーフは、以上のブラーフマナ文献には存在しなかったものである。そして、この「棒杭苦行」モチーフが加わって語られ始めたのが、『マハーバーラタ』第13巻第50章の〈枠内物語〉「チャヴァナ仙と魚達——共に住む者への愛情——」の〈原伝承〉だと考えられる。

5. 纏め

『リグ・ヴェーダ』アシュヴィン双神讃歌では、アシュヴィン双神がチャヴァナ仙を若返らせたという伝承の有ったことが確認出来る。『シャタパタ・ブラーフマナ』等では、このチャヴァナ仙回春説話は、アーシュヴィナ杯の始源、すなわち、アシュヴィン双神ソーマ供儀参加の由縁を語る神話の中に収められている。この神話・説話の展開の中に、チャヴァナ仙の苦行力に傾いて語るヴァージョンが生まれたと考えられる。

振り返れば、『マハーバーラタ』第3巻「森の巻」のチャヴァナ仙伝説の冒頭の「棒杭苦行」モチーフは、

(1) チャヴァナ仙が棒杭のように静止する苦行を行なっている。
(2) そのために蟻塚と化して、蟻に包まれている。

と語られる。ストーリーは更に続いてゆくが、この「棒杭苦行」モチーフに焦点を当てた場合、チャヴァナ仙のこの状態はいわば蟻と共に住んでいる状態であり、共に住む者と親しんでいる状態である。ここから推測すると、チャヴァナ仙が棒杭のように静止している苦行を行なって、共に住む者（特に蟻や魚といった人間からは遠い生き物）に愛情を持つ人であったという理解が発生していたと考えられる。

『マハーバーラタ』第3巻「森の巻」では、チャヴァナ仙が棒杭のように静止する苦行を行なって、蟻と共に住み親しむというモチーフは、アシュヴィン双神がチャヴァナ仙を若返らせたという、『リグ・ヴェーダ』以来の、ソーマ供儀に関わる知識を伝えるものとなっている。一方、『マハーバーラタ』第13巻「教説の巻」では、チャヴァナ仙が同じく棒杭のように静止する苦行を行なって、魚と

共に住み親しんでいるというモチーフは、「共に住む者に対して愛情を持ちなさい」、更には「バラモンは優しい性向を持つ者である」という教訓を説くために用いられている。

『マハーバーラタ』第13巻「教説の巻」中、チャヴァナ仙話題の第50章と第51章のうち、第51章は、チャヴァナ仙とナフシャ王の対話の果てに、バラモンの価値は雌牛に値すると結論が出、ナフシャ王がチャヴァナ仙の値として雌牛を以て支払うという内容を持つ。バラモンへの布施を主題とし、バラモンへの布施には雌牛が最も適していると説く第13巻にはまさに相応しい説話である。更に、続く第52章から第56章は、チャヴァナ仙の課す試練に耐えたクシカ王夫妻が恩恵を与えられ、王の子孫のヴィシュヴァーミトラがバラモンになるという、『マハーバーラタ』中でも何度も語られる有名な説話である。第50章は、そうした一連の「バラモンへの布施」「バラモンの偉大さ」を説くチャヴァナ仙話題の神話群の最初に位置している。第50章から第56章の部分においても、チャヴァナ仙という登場人物を軸として、「共に住む者への愛情」という教訓を持つ神話が、「バラモンは偉大な存在である」「バラモンは優しい性向を持つ」という教えを説く神話へと転換させられているのである。

祭式の周辺において語り手によってこの神話が語られたとき、バラモンにとっては非常に気持ちの良い、そして利益に繋がる語りであったのではないだろうか。同じ場にいるその他の人々にとっても、それぞれの聴き手の程度に応じて知っているチャヴァナ仙の話の一つで、「共に住む者への愛情」という自然な人情に訴える教訓を持つ語りであるので、やはり心地良く聴くことが出来たのではないかと考えられる。

第2節　「チャヴァナ仙と魚達」の和訳

「チャヴァナ仙と魚達」梗概

本書・第4章第2節では、『マハーバーラタ』第13巻第50章と第51章、「チャヴァナ仙と魚達」の和訳を行なう。キンジャワデカル版では第13巻第50章第1偈から第27偈まで（13.50.1-27)、及び、第51章第1偈から第48偈まで（51.1-48）に相当する[9]。第50章、第51章のあらすじを再び示せば、以下の通りである。

【枠物語（初め)】ユディシティラが問うた。「共に住んでいるときの愛情（snehaḥ saṃvāse）はどのようなものか。また、雌牛の価値はどのようなものか」と。ビーシュマが答えた。「古（いにしえ）の物語、ナフシャ王とチャヴァナ仙が交わした対話のことを語ってやろう」と。(13.50.1-2、要約)

【枠内物語（ビーシュマの語り)】　昔、チャヴァナ仙は水の中に住むという誓いを十二年間守って暮らすことにした。チャヴァナはガンガー川とヤムナー

9——批判版では第13巻第50章第1偈から第26偈まで（13.50.1-26)、および、第51章第1偈から第48偈まで（13.51.1-48)。クンバコーナム版では第13巻第85章第1偈から第26偈まで（13.85.1-26)、および、第86章第1偈から第51偈まで（13.86.1-51)。Dutt訳添付のテキストでは第13巻第50章第1偈から第27偈まで（13.50.1-27)、および、第51章第1偈から第48偈まで（13.51.1-48)。ただし、偈番号（偈数）は異なっていても、キンジャワデカル版、批判版、Dutt訳添付テキストで偈内容はおおよそ同じである。これに対して、クンバコーナム版の第86章はそれら三本には無い偈を三つ持つ。

川の合流する所で水に入り、棒杭のように静止し続けた。水に住む生き物達はチャヴァナ仙に慣れ親しんだ。長い間このようにしていると、ある日漁師達がやって来て、大きな網を投げ入れ、多くの魚や水に住む生き物達を引き上げた。チャヴァナもまた陸に揚げられたが、その全身は苔に覆われて緑色で、法螺貝にも見紛うほどであった。チャヴァナを見て漁師達はひれ伏した。チャヴァナは、陸に引き上げられて死に瀕する魚達を哀れみ悲しんだ。「我々はこの所業を知って為したのではない。尊者をどのように喜ばせれば良いのか」と漁師達は尋ねた。「私は魚達と共に死ぬか、魚達と共に解放されるか、いずれかにしたい。ずっと一緒に住んできた彼らと別れたくない」とチャヴァナは答えた。漁師達は恐れおののいてナフシャ王にこのことを告げた。(13.50.3-28、要約)

これを聞いたナフシャ王は大臣や司祭を引き連れてチャヴァナの許にやって来た。ナフシャが「どうすれば良いか」とチャヴァナに尋ねると、チャヴァナは「私の代金と魚達の売値を合わせて漁師達に払ってやりなさい」と答えた。「それでは千金を」と言うナフシャに、「それは妥当な値ではない」とチャヴァナは答えた。十万、千万、王国の半分をとナフシャが申し入れても、チャヴァナは良いとは言わなかった。ナフシャが大臣達に諮ると、「牛から生まれた者(ガヴィジャータ)」という尊者の教えによって大臣達は「ヴァルナの最高位に在るバラモンに最も相応しいものは雌牛である」とナフシャに教えた。喜んだナフシャがチャヴァナに「貴殿の値は雌牛に当たる」と告げたとき、チャヴァナは雌牛の最高の価値を誉めたたえた。そしてチャヴァナが雌牛を受け取ると、チャヴァナの力によって漁師達と魚達は天界に昇って行った。

【枠物語(終わり)】 ビーシュマはユディシティラに言った。「共に住むときの愛情(snehaḥ saṃvāse)、また、雌牛の価値はこのようなものである」と。(13.51.1-48、要約)

「チャヴァナ仙と魚達」和訳

以下の和訳では、各偈について、最初に、デーヴァナーガリー文字で記されたキンジャワデカル版[10]のサンスクリット原文をアルファベット化したものを挙げ、続いて、これに日本語訳を付けてゆく。訳文中の〔　〕内には訳文を補う記述、（　）内には訳文を説明する記述を入れている。他の刊本、批判版やクンバコーナム版等に異読が有る場合には、それらを脚注において示す。また、批判版に挙げられた異読も必要に応じて示す。異読が有るときにはキンジャワデカル版の該当部分に____線を付す。

yudhiṣṭhira uvāca |
darśane kīdṛśaḥ snehaḥ saṃvāse ca pitāmaha |
mahābhāgyaṃ gavāṃ caiva tan me vyākhyātum arhasi[11] || 1
ユディシティラは言った——
共に住み、そして、〔共に住む者を〕見るときにどのような愛情が有るか、また、雌牛の功徳は〔どのようなものか〕、それを私に教えてはいただけないか、祖父様。

bhīṣma uvāca |
hanta te kathayiṣyāmi purāvṛttaṃ mahādyute |
nahuṣasya ca saṃvādaṃ maharṣeś cyavanasya ca || 2
ビーシュマは言った——
良かろう、そなたのために、古（いにしえ）の物語、ナフシャとチャヴァナ大仙が交わした対話のことを話してやろう、「大いなる威光を持つ者」（ユディシティラ）よ。

10——ニーラカンタは第50章と51章には語注程度の僅かな注釈を施しているのみである。

11——批判版（13.50.1）ではbrūhi pitāmaha。

purā maharṣiś cyavano bhārgavo bharatarṣabha |
udavāsakṛtārambho babhūva sa mahāvrataḥ[12] || 3
「バラタ族の雄牛」(ユディシティラ)よ、昔、ブリグ族の大仙チャヴァナが、かの人が大いなる誓戒の主として、水〔の中〕に住むということを始めた。

nihatya mānaṃ krodhaṃ ca praharṣaṃ śokam eva ca |
varṣāṇi dvādaśa munir jalavāse dhṛtavrataḥ || 4
驕りも怒りも、喜びも悲しみも捨て、仙人は十二年の間水に住むことを固く誓った。

ādadhat sarvabhūteṣu viśrambhaṃ[13] paramaṃ śubham |
jalecareṣu sarveṣu[14] śītaraśmir iva prabhuḥ || 5
全ての生き物達に、この上無く厚い信頼感を与えた。水に棲む全ての生き物達に、月の如く優れた人(チャヴァナ)は。

sthāṇubhūtaḥ śucir bhūtvā daivatebhyaḥ praṇamya ca |
gaṅgāyamunayor madhye jalaṃ sampraviveśa ha || 6
清らかな棒杭のようになって、神々を礼拝してから、ガンガーとヤムナーの流れの合う所で、水に入った。

gaṅgāyamunayor vegaṃ subhīmaṃ bhīmaniḥsvanam |
pratijagrāha śirasā vātavegasamaṃ jave || 7
ガンガーとヤムナーの激(たぎ)り轟く流れを、速さにかけては風にも類えられる急な流れを、頭で受け止めたのである。

12——批判版(13.50.3)では sumahāvrataḥ。
13——批判版(13.50.5)、クンバコーナム版(13.85.5)では visrambhaṃ。
14——批判版(13.50.5)では sattveṣu。

gaṅgā ca yamunā[15] caiva saritaś ca sarāṃsi ca[16] |
pradakṣiṇam ṛṣiṃ cakrur na cainaṃ paryapīḍayan || 8
ガンガーとヤムナー、そして幾つもの川や湖はかの仙人を右遶して（避けて）行き、流れに巻き込むことは無かった。

antarjaleṣu[17] suṣvāpa kāṣṭhabhūto mahāmuniḥ |
tataś cordhvasthito dhīmān abhavad bharatarśabha || 9
大仙人は棒杭となって水の中で眠り、それから賢き人はすっくと立った、「バラタ族の雄牛」（ユディシティラ）よ。

jalaukasāṃ sa sattvānāṃ[18] babhūva priyadarśanaḥ |
upājighranta ca tadā tasyoṣṭhaṃ[19] hṛṣṭamānasāḥ || 10
かの人は水に棲む生き物達の目を楽しませるものとなり、そしてそのときに〔水に棲む生き物達は〕心喜んでかの人に口付けした。

tatra tasyāsataḥ kālaḥ samatīto 'bhavan mahān |[20]
tataḥ kadācit samaye kaśmiṃś cin matsyajīvinaḥ || 11[21]
かの所でかの人が住むうちに長い時が経った。それからあるとき、どんなときにも魚を捕ることを生業とする者達が〔やって来た〕。

15――Dutt訳添付テキスト（13.50.8）ではgaṅge ca yamune。
16――批判版（13.50.8）ではcānugās tayoḥ。
17――批判版（13.50.9）ではantarjale sa。
18――クンバコーナム版（13.85.10）ではsasattvānāṃ。
19――批判版（13.50.10）、クンバコーナム版（13.85.10cd）ではmatsyās taṃ。
20――キンジャワデカル版第11偈・第1、2脚（13.50.11ab）は批判版、クンバコーナム版の第10偈・第5、6脚（13.85.10ef）に該当する。
21――キンジャワデカル版第11偈・第3、4脚（13.50.11cd）は批判版、クンバコーナム版の第11偈・第1、2脚（13.85.11ab）に該当する。

taṃ deśaṃ samupājagmur jālahastā mahādyute |[22]
niṣādā bahavas tatra matsyoddharaṇaniścayāḥ[23] || 12[24]
その場に、網を手にした大勢の漁師達が魚を捕らえようと、そこに集まって来た、「大いなる威光を持つ者」(ユディシティラ)よ。

vyāyatā balinaḥ śūrāḥ salileṣv anivartinaḥ[25][26] |
abhyāyayuś ca taṃ deśaṃ niścitā jālakarmaṇi || 13[27]
そして、大柄で力強く勇ましい、水にたじろがない者達が、その場で漁(すなどり)をしようとやって来たのだ。

jālaṃ te yojayām āsur niḥśeṣeṇa janādhipa[28] |
matsyodakaṃ samāsādya[29] tadā bharatasattama || 14
魚の棲む水の所に至ると、「人中の王」(ユディシティラ)よ、そのとき、彼らは網を残り無く繋ぎあわせた、「バラタ族の最高者」(ユディシティラ)よ。

22——キンジャワデカル版第12偈・第1、2脚（13.50.12ab）は批判版、クンバコーナム版の第11偈・第3、4脚（13.85.11cd）に該当する。

23——批判版（13.50.12）ではmatsyoddharaṇaniścitāḥ。

24——キンジャワデカル版第12偈・第3、4脚（13.50.12cd）は批判版、クンバコーナム版の第12偈・第1、2脚（13.85.12ab）に該当する。

25——クンバコーナム版（13.85.12cd）ではanuvartinaḥ。

26——キンジャワデカル版第13偈・第1、2脚（13.50.13ab）は批判版、クンバコーナム版の第12偈・第3、4脚（13.85.12cd）に該当する。

27——キンジャワデカル版第13偈・第3、4脚（13.50.13cd）は批判版、クンバコーナム版の第12偈・第5、6脚（13.85.12ef）に該当する。以上によって批判版、クンバコーナム版の偈番号はキンジャワデカル版より一つ若くなる。

28——批判版（13.50.13）ではviśeṣeṇa janādhipa。クンバコーナム版（13.85.13）ではnavasūtrakr̥taṃ dr̥ḍham。

29——クンバコーナム版（13.85.13）ではmatsyoddharaṇam ākarṣur。

tatas te bahubhir yogaiḥ kaivartā matsyakāṃkṣiṇaḥ |
gaṅgāyamunayor vāri jālair abhyakiraṃs tataḥ[30] || 15
そうしてかの漁師達は、魚を求めて、それから、ガンガーとヤムナーの水を、繋がれて大きくなった網で覆った。

jālaṃ suvitataṃ teṣāṃ navasūtrakṛtaṃ tathā |
vistārāyām asampannaṃ yat tatra salile 'kṣipan[31] || 16
彼らの大きな、そうして新しい綱で作った無骨な網を、広い〔川に〕、その川に投げた。

tatas te sumahac caiva balavac ca suvartitam |
avatīrya tataḥ[32] sarve jālaṃ cakṛṣire tadā || 17
それから、大きく力強くしっかり用意した網をば、彼らは〔水に〕入り、そうして皆で引いた。

abhītarūpāḥ saṃhṛṣṭā anyonyavaśavartinaḥ[33] |
babandhus tatra matsyāṃś ca tathā 'nyān jalacāriṇaḥ || 18
恐れを知らない風貌の、喜び勇む、お互いに力自慢の者どもが、そこで魚達を捕まえた。また、他の水に棲む生き物達を〔捕まえた〕。

tathā matsyaiḥ parivṛtaṃ cyavanaṃ bhṛgunandanam |
ākarṣayan[34] mahārāja jālenātha yadṛcchayā[35] || 19
そうして、図らずも、魚達と一緒になったブリグの息子・チャヴァナを網で引き

30――クンバコーナム版（13.85.14）ではjālenāvakiranti te。
31――批判版（13.50.15）、クンバコーナム版（13.85.15）ではkṣamam。
32――批判版（13.50.16）ではprakīrya sarvataḥ。
33――批判版（13.50.17）ではsaṃhṛṣṭās te 'nyonyavaśavartinaḥ。
34――批判版（13.50.18）ではākarṣanta。
35――Dutt訳添付テキスト（13.50.19）ではcadṛcchayā。

上げることになったのだ、大王(ユディシティラ)よ。

nadīśaivaladigdhāṅgaṃ hariśmaśrujaṭādharam |
lagnaiḥ śaṅkhanakhair gātre kroḍaiś[36] citrair ivārpitam[37] || 20
体には川苔がこびり付き、髭・髷は緑色となり、手足には様々な〔女の〕乳房のような〔形をした〕巻貝が張り付いた〔チャヴァナを〕。

taṃ jālenoddhr̥taṃ dr̥ṣṭvā te tadā vedapāragam |
sarve prāñjalayo dāśāḥ śirobhiḥ prāpatan bhuvi || 21
ヴェーダの深奥を究めたかの人が網で引き上げられたのを見て、そのときに漁師達は皆掌を合わせ、額付いて地に倒れ伏した。

parikhedaparitrāsāj jālasyākarṣaṇena ca |
matsyā babhūvur vyāpannāḥ sthalasaṃsparśanena[38] ca || 22
網に掛かった苦しみと恐しさから、また、地に触れたことによって魚達は痛め付けられた。

sa munis tat tadā dr̥ṣṭvā matsyānāṃ kadanaṃ kr̥tam |
babhūva kr̥payāviṣṭo niḥśvasaṃś ca punaḥ punaḥ || 23
そのときに、かの尊者はそのように魚達が死に瀕するのを見て、憐れみの念で一杯になった。幾度も幾度も溜め息を吐きつつ。

niṣādā ūrcuḥ |
ajñānād yat kr̥taṃ pāpaṃ prasādaṃ tatra naḥ kuru |
karavāma priyaṃ kiṃ te tan no brūhi mahāmune || 24

36——批判版(13.50.19)では śaṅkhagaṇair gātraiḥ koṣṭaiś。
37——批判版(13.50.19)では ivāvr̥tam。
38——批判版(13.50.21)では sthalasaṃkarṣaṇena。

猟師達は言った。

「知らずして為した我らのこの罪を、どうか許したまわれ。〔尊者を〕喜ばすことを何であれ、我らは致したい。どうかそれを教えたまわれ、偉大なる尊者よ」。

[39]ity ukto matsyamadhyasthaś cyavano vākyam abravīt |
yo me ’dya paramaḥ kāmas taṃ śr̥ṇudhvaṃ samāhitāḥ || 25

そのように言われ、魚に囲まれたチャヴァナは口を開いた。「今私の最も望むことを、心して聞くが良い。

prāṇotsargaṃ visargaṃ[40] vā matsyair yāsyāmy[41] ahaṃ saha |
saṃvāsān notsahe tyaktuṃ salile ’dhyuṣitān aham[42] || 26

私は魚達と共に息絶えるか、さもなくば、共に解放されるか何れかにしたい。私は共に生きてきた者達を捨てるのは堪え難い。私が水の中で共に暮らして来た者達を」。

ity uktās te niṣādās tu subhr̥śaṃ bhayakampitāḥ |
sarve vivarṇavadanā[43] nahuṣāya nyavedayan || 27

さて、そのように言われたかの漁師達はすっかり恐ろしくなってわなわなと震え、顔色も失せて、皆で〔事の次第を〕ナフシャに告げた。

iti śrīmahābhārate anuśāsanaparvaṇi dānadharmaparvaṇi cyavanopākhyāne pañcāśattamo ’dhyāyaḥ || 50

——というのが、栄え有る『マハーバーラタ』「教説の巻」「布施の法」における

39——批判版（13.50.24）ではこの前にbhīṣma uvāca | と有る。

40——批判版（13.50.25）ではvikrayaṃ。

41——Dutt訳添付テキスト（13.50.26）ではyāsyāmamy。

42——批判版（13.50.25）ではsalilādhyuṣitān imān || 25 。Dutt訳添付テキストでは salile ’dhyuṣitānāham。

43——批判版（13.50.26）ではviṣaṇṇavadanā。

「チャヴァナ物語」についての第50章である。

bhīṣma uvāca |
nahuṣas tu tataḥ śrutvā cyavanaṃ taṃ tathāgatam |
tvaritaḥ prayayau tatra sahāmātyapurohitaḥ || 1
ビーシュマは言った――
さて一方、ナフシャはかのチャヴァナがそのようになっていると聞き、大臣と司祭を伴って急ぎその場にやって来た。

śaucaṃ kr̥tvā yathānyāyaṃ prāñjaliḥ prayato nr̥paḥ |
ātmānam ācacakṣe ca cyavanāya mahātmane || 2
決まりの通り清めを為し、敬いを持って掌を合わせ、そして、王は自らを〔王であると〕偉大な魂の持ち主・チャヴァナに告げた。

arcayām āsa taṃ cāpi taysa rājñaḥ purohitaḥ |
satyavrataṃ mahātmānaṃ[44] devakalpaṃ viśāṃpate || 3
かの王の司祭もまた、真実の誓いを保つ、偉大な魂の持ち主の、神にも似たかの人（チャヴァナ）に敬意を表した、王（ユディシティラ）よ。

nahuṣa uvāca |
karavāṇi priyaṃ kiṃ te tan me brūhi dvijottama[45] |
sarvaṃ kartāsmi bhagavan[46] yady api syāt suduṣkaram || 4
ナフシャは言った。
「貴殿を喜ばせることを、何であれ私は為す用意が有る。どうか私にそれを言って下され、『再生族の最高の者』（チャヴァナ）よ。たとえ至難の業であろうとも、

44――批判版（13.51.3）ではmahābhāgaṃ。
45――批判版（13.51.4）ではvyākhyātum arhasi。
46――Dutt訳添付テキスト（13.51.4）ではbhagavān 。

尊者よ、私は全て為し遂げる所存である」。

cyavana uvāca |
śrameṇa mahatā yuktāḥ kaivartā matsyajīvinaḥ |
mama mūlyaṃ prayacchaibhyo matsyānāṃ vikrayaiḥ saha || 5
チャヴァナは言った。
「魚〔を捕ること〕を生業（なりわい）とする漁師達は〔魚と共に私を引き上げるという〕大仕事をした。この者達に、私の代金を、魚達の売値と合わせ支払ってやりなさい」と。

nahuṣa uvāca |
sahasraṃ dīyatāṃ mūlyaṃ niṣādebhyaḥ purohita |
niṣkrayārthe[47] bhagavato yathāha bhṛgunandanaḥ || 6
ナフシャは言った。
「千という値を漁師達に支払え、司祭よ。尊者を買い取るために、ブリグの息子（チャヴァナ）が述べた通りに〔支払え〕」と。

cyavana uvāca |
[48] sahasraṃ nāham arhāmi kiṃ vā tvaṃ manyase nṛpa |
sadṛśaṃ dīyatāṃ mūlyaṃ svabuddhyā niścayaṃ kuru || 7
チャヴァナは言った。
「千〔という値〕に私は相応しくない。あるいは汝は何と考えるか、王よ。正しい値を支払え。自らの知恵によって決めよ」と。

47——批判版（13.51.6）ではniṣkrayārthaṃ。

48——キンジャワデカル版第7偈（13.51.7）はクンバコーナム版の第8偈（13.86.8）に該当する。クンバコーナム版の第7偈（13.86.7）はチャヴァナ仙の台詞として、
ātmamūlyaṃ na vaktavyaṃ na tallokaḥ praśansati |
tasmād ahaṃ pravakṣyāmi na cātmastutim āvṛtaḥ || 7
と有る。これによってクンバコーナム版の偈数はキンジャワデカル版より一つ多くなる。

nahuṣa uvāca |
sahasrāṇāṃ śataṃ vipra[49] niṣādebhyaḥ pradīyatām |
syād idaṃ bhagavan[50] mūlyaṃ kiṃ vā 'nyan manyate bhavān || 8
ナフシャは言った。
「百千(十万)を漁師達に与えるべきである、賢き人よ。これが〔正しい〕値であろう、尊師よ。それとも貴殿は他のものとお考えになるか」と。

cyavana uvāca |
nāhaṃ śatasahasreṇa nimeyaḥ pārthivarṣabha |
dīyatāṃ sadṛśaṃ mūlyam amātyaiḥ saha cintaya[51] || 9
チャヴァナは言った。
「私は百千で取引きされるべきものではない、王中の雄牛よ。正しい値を支払え。大臣達と共に考えよ」。

nahuṣa uvāca |
koṭiḥ pradīyatāṃ mūlyaṃ niṣādebhyaḥ purohita |
yad etad api no mūlyam[52] ato bhūyaḥ pradīyatām || 10
ナフシャは言った。
「司祭よ、漁師達に千万の値を支払うが良い。これでも〔正しい〕値ではないのならば、それならば更に多くを支払うが良い」。

cyavana uvāca |
rājan nārhāmy ahaṃ koṭiṃ bhūyo vā 'pi mahādyute |

49——批判版(13.51.8)ではkṣipraṃ。
50——批判版(13.51.8)ではetat tu bhaven。
51——批判版異読注記によれば、svabuddhyā niścayaṃ kuruとする写本が幾つか有る。
52——批判版(13.51.10)ではnaupamyam。

sadṛśaṃ dīyatāṃ mūlyaṃ brāhmaṇaiḥ saha cintaya ‖ 11
チャヴァナは言った。
「王よ、千〔という値〕に私は相応しくない。あるいは、更に多くであっても、大いなる威光を持つ者よ。正しい値を支払え。バラモン達（大臣・司祭）と共に考えよ」。

nahuṣa uvāca |
ardhaṃ rājyaṃ[53] samagraṃ vā niṣādebhyaḥ pradīyatām |
etan mūlyam[54] ahaṃ manye kiṃ vā 'nyan manyase dvija ‖ 12
ナフシャは言った。
「王国の半分を、いや全てを漁師達に与えるべきである。これが〔正しい〕値と私は考える。それとも貴殿は他のものと考えるか、バラモンよ」。

cyavana uvāca |
ardhaṃ rājyaṃ[55] samagraṃ ca mūlyaṃ nārhāmi[56] pārthiva |
sadṛśaṃ dīyatāṃ mūlyam ṛṣibhiḥ saha cintyatām ‖ 13[57]
チャヴァナは言った。
「王国の半分の値にも全て〔の値〕にも私は相応しくない、王よ。正しい値を支払え。聖仙達（大臣・司祭）と共に考えよ」。

bhīṣma uvāca |
maharṣer vacanaṃ śrutvā nahuṣo duḥkhakarśitaḥ |
sa cintayām āsa tadā sahāmātyapurohitaḥ ‖ 14

53——批判版（13.51.12）ではardharājyaṃ。
54——クンバコーナム版（13.86.13）ではtulyam。
55——批判版（13.51.13）ではardharājyaṃ。
56——批判版（13.51.13）ではvā nāham arhāmi。
57——批判版異読注記によれば、第12、13偈に相当する偈を省略している写本も多い。

偉大な仙人の言葉を聞き、苦しみに打ちのめされたかのナフシャは、そこで、大臣・司祭と一緒に考えた。

tatra tv anyo vanacaraḥ kaścin mūlaphalāśanaḥ |
nahuṣasya samīpastho gavijāto 'bhavan muniḥ || 15
さて、そうしていると、「牛から生まれた者」〔と言われる〕、森を彷徨い、〔木草の〕実や根を食べる、ある尊者がナフシャの許にやって来た。

sa tam ābhāṣya[58] rājānam abravīd dvijasattamaḥ |
toṣayiṣyāmy[59] ahaṃ kṣipraṃ[60] yathā tuṣṭo bhaviṣyati || 16
かの再生族の最高の者（「牛から生まれた者」）は、かの王に言葉を掛けて言った。
「私が、〔チャヴァナ仙が〕満足するようにして、すぐに〔そなたを〕安心させよう。

nāhaṃ mithyāvaco brūyāṃ svaireṣv api kuto 'nyathā |
bhavato yad ahaṃ brūyāṃ tat kāryam aviśaṅkayā || 17
私は誤ったことを言わないし、好き勝手なことも言う〔まい〕。何故そうでないことが有ろうか。貴殿は私の言う通りにされるが良い、迷うこと無く。

nahuṣa uvāca |
bravītu bhagavān mūlyaṃ maharṣeḥ sadṛśaṃ bhṛgoḥ |
paritrāyasva mām asmad[61] viṣayaṃ ca kulaṃ ca me || 18
ナフシャは言った。
「尊者よ、ブリグ族の大仙の正しい値を言って下され。私を、私どもの領土を、私の一族を救って下され。

58——批判版（13.51.16）ではsamābhāṣya。

59——Dutt訳添付テキスト（13.51.16）ではtoṣamipamy。

60——批判版（13.51.16）ではvipraṃ。

61——批判版（13.51.18）ではasmād。

hanyād dhi bhagavān kruddhas trailokyam api kevalam |
kiṃ punar māṃ tapohīnaṃ bāhuvīryaparāyaṇam || 19
何故なら、尊者が怒ったならば、三界をも滅ぼし尽くすであろう。まして、苦行力の劣る、腕の力を拠り所とする私等は〔容易く滅ぼす〕。

agādhāṃbhasi[62] magnasya sāmātyasya sartvijaḥ[63] |
plavo bhava maharṣe tvaṃ kuru mūlyaviniścayam || 20
大臣を伴い、リトヴィジ祭官を連れて、深い水に沈もうとする〔私の〕舟となって下され、大仙よ。値段を決めて下され」と。

bhīṣma uvāca |
nahuṣasya vacaḥ śrutvā gavijātaḥ pratāpavān |
uvāca harṣayan sarvān amātyān pārthivaṃ ca tam || 21
ビーシュマは言った――
ナフシャの言葉を聞いて、輝き有る「牛から生まれた者」は、大臣とかの王、皆を喜ばせることを言った。

[64] anargheyā mahārāja dvijā varṇeṣu cottamāḥ[65] |

62――批判版（13.51.20）ではagādhe 'ṃbhasi。

63――批判版（13.51.20）ではsahartvijaḥ。

64――キンジャワデカル版第22偈（13.51.22）はクンバコーナム版の第24偈（13.86.24）に該当する。クンバコーナム版の第23偈（13.86.23）は「牛から生まれた者」の台詞として、
brāhmaṇānāṃ gavāṃ caiva kulam ekaṃ dvidhā kṛtaṃ |
ekatra mantrās tiṣṭhanti havir anyatra tiṣṭhati || 23
とある。これによってクンバコーナム版の偈数はキンジャワデカル版より二つ多くなる。

65――批判版（13.51.22）ではvarṇamahattamāḥ。

gāvaś ca puruṣavyāghra[66] gaur mūlyaṃ parikalpyatām ‖ 22
「大王よ、バラモンである者達はヴァルナ（四身分）の最高者にして価値を計り難い。また、雌牛達も〔最高〕である。雌牛〔一頭〕が〔チャヴァナ仙の値段と〕算定されるべきである、人中の虎よ」。

nahuṣas tu tataḥ śrutvā maharṣer vacanaṃ nṛpa |
harṣeṇa mahatā yuktaḥ sahāmātyapurohitaḥ ‖ 23
さて、それから王（ユディシティラ）よ、ナフシャは偉大な仙人の言葉を聞くと、すっかり喜んだ。大臣・司祭を伴なって。

abhigamya bhṛgoḥ putraṃ cyavanaṃ saṃśitavratam |
idaṃ provāca nṛpate vācā santarpayann iva ‖ 24
ブリグの息子・チャヴァナ、堅い誓戒の持ち主に近づいて、〔ナフシャは〕言葉で満足させようとするかのように、次のようなことを述べた、王（ユディシティラ）よ。

nahuṣa uvāca |[67]
uttiṣṭhottiṣṭha viprarṣe gavā krīto 'si bhārgava |
etan mūlyam ahaṃ manye tava dharmabhṛtāṃ vara ‖ 25
ナフシャは言った。
「どうか起き上がって下され、バラモン仙人よ。貴殿は雌牛一頭で買われた、ブリグの息子よ。これが貴殿の値であると私は考える、徳を備えた人々の中の最良の人よ」。

cyavana uvāca |
uttiṣṭhāmy eṣa rājeṃdra samyak krīto 'smi te 'nagha |

66——批判版（13.51.22）では pṛthivīpāla。
67——批判版、クンバコーナム版に無い。

gobhis tulyaṃ na paśyāmi dhanaṃ kiñcid ihācyuta ‖ 26
チャヴァナは言った。
「起き上がるぞ、王よ。この私はそなたによって真っ当に買われた、罪無き者よ。この世において雌牛達に釣り合う宝を私は何も見ない、滅び無き者よ。

kīrtanaṃ śravaṇaṃ dānaṃ darśanaṃ cāpi pārthiva |
gavāṃ praśasyate vīra sarvapāpaharaṃ śivam ‖ 27
雌牛達について話すこと・聞くこと、〔雌牛達を〕贈ること・見ることは誉め讃えられる、王よ。〔それらは〕全ての害悪を滅ぼす喜ばしい〔行ない〕である、勇者よ。

gāvo lakṣmyāḥ sadā mūlaṃ goṣu pāpmā na vidyate |
annam eva sadā gāvo devānāṃ paramaṃ haviḥ ‖ 28
雌牛達は常に根本と見られるべきであり、雌牛達に悪は無い。雌牛達は常に食物そのものであり、神々に対する最高の供物となる。

svāhākāravaṣaṭkārau goṣu nityaṃ pratiṣṭhitau |
gāvo yajñasya netryo[68] vai tathā yajñasya tā mukham ‖ 29
「スヴァーハー」「ヴァシャト」〔という唱え言〕はいつも雌牛達において確立している。誠に、雌牛達は祭式の導き手であり、また、祭式の主である。

amr̥taṃ hy avyayaṃ[69] divyaṃ kṣaranti[70] ca vahanti ca |
amr̥tāyatanaṃ caitāḥ sarvalokanamaskr̥tāḥ ‖ 30
誠に、これら〔雌牛達〕は不変・神聖のアムリタ（不死の霊薬）を溢れ出ださせて齎す。アムリタの拠り所であって、全ての世界の敬礼を受けるものである。

68——批判版（13.51.29）ではyajñyapraṇetryo。
69——批判版（13.51.30）ではakṣayaṃ。
70——批判版異読注記によれば、rakṣantiとする写本が幾つか有る。

tejasā vapuṣā caiva gāvo vahnisamā bhuvi |
gāvo hi sumahat tejaḥ prāṇināṃ ca sukhapradāḥ || 31
輝きと形にかけて、地上において雌牛達は火にも似ている。誠に雌牛達は巨大な輝きであり、生き物達に幸いを授ける。

niviṣṭaṃ gokulaṃ yatra śvāsaṃ muñcati nirbhayam |
virājayati taṃ deśaṃ pāpaṃ cāsyāpakarṣati[71] || 32
雌牛の群が休らい恐れなく憩う所では、〔雌牛の群は〕その土地を輝かし、その〔土地の〕汚れを除く。

gāvaḥ svargasya sopānaṃ gāvaḥ svarge 'pi pūjitāḥ |
gāvaḥ kāmaduho[72] devyo nānyat kiñcit paraṃ smṛtaṃ || 33
雌牛達は天界に上る梯子、雌牛達は天界においても敬われる。雌牛達は望みをかなえる女神。〔雌牛達に〕勝るものは何も無いと伝えられる」と。

ity etad goṣu me proktaṃ māhātmyaṃ bharatarṣabha[73] |
guṇaikadeṣavacanaṃ śakyaṃ pārāyaṇaṃ na tu || 34
〔ビーシュマは言った――〕
と、このように私は雌牛達の偉大さを述べた、「バラタ族の雄牛」(ユディシティラ)よ。〔雌牛達の〕徳について私は片端を述べることは出来ようが、言い尽くすことは出来ない。

niṣādā ūcuḥ |
darśanaṃ kathanaṃ caiva sahāsmābhiḥ kṛtaṃ mune |

71――批判版(13.51.32)では pāpmānaṃ cāpakarṣati。
72――批判版(13.51.33)では kāmadughā。
73――批判版(13.51.34)では pārthivarṣabha。

satāṃ sāptapadaṃ maitraṃ[74] prasādaṃ naḥ kuru prabho ‖ 35
漁師らは言った。
「尊者よ、〔貴殿は我らを〕見、我らと共に話をされた。良き人との友愛は「七歩の歩み」で生まれる（チャヴァナと猟師達には友愛が生まれた）。我らに情けを垂れ給われ、優れたる人よ。

havīṃṣi sarvāṇi yathā hy upabhuṅkte hutāśanaḥ |
evaṃ tvam api dharmātman puruṣāgniḥ pratāpavān ‖ 36
誠に、恰も全ての供物を火が喰らい尽くすように、そのように、正しい本性（ほんせい）を備えた人よ、貴殿もまた人という火であり、苦行の熱を持っておられる。

prasādayāmahe vidvan bhavantaṃ praṇatā vayam |
anugrahārtham asmākam iyaṃ gauḥ pratigṛhyatām ‖ 37
我らは頭（こうべ）を付けて貴殿に願い奉る、賢き人（チャヴァナ）よ。慈悲のために我らのこの雌牛を納受されんことを」。

[75] cyavana uvāca |
kṛpaṇasya ca yac cakṣur muner āśīviṣasya ca |
naraṃ samūlaṃ dahati kakṣam agnir iva jvalan ‖ 38
チャヴァナは言った。
「貧しき者の眼、尊者の〔眼〕、毒蛇の〔眼〕は人を焼き尽くす。燃えさかる火が木を〔焼き尽くす〕ように。

74――批判版（13.51.35）ではsaptapadaṃ mitraṃ。

75――キンジャワデカル版第38偈（13.51.38）はクンバコーナム版第41偈（13.86.41）に該当する。クンバコーナム版第40偈（13.86.40）は猟師達の台詞として、
atyantāpadi śaktānāṃ paritrānaṃ hi kurvatām |
yā gatir viditā tv adya narake śaraṇaṃ bhavān ‖ 40
と有る。これによってクンバコーナム版の偈数はキンジャワデカル版より三つ多くなる。

pratigṛhṇāmi vo dhenuṃ kaivartā muktakilbiṣāḥ |
divaṃ gacchata vai kṣipraṃ matsyaiḥ saha jalodbhavaiḥ[76] || 39
汝らの雌牛を受け取るぞ、罪を逃れた漁師らよ。早く天界に行け、水に生まれた魚どもと共に」。

bhīṣma uvāca |
tatas tasya prabhāvāt[77] te maharṣer bhāvitātmanaḥ |
niṣādās tena vākyena saha matsyair divaṃ yayuḥ || 40
ビーシュマは言った——
それから、かの清らかな魂の持ち主、偉大な仙人の力によって、彼ら漁師達は、かの人（チャヴァナ）の言葉に従い魚達と共に天界に赴いた。

tataḥ sa rājā nahuṣo vismitaḥ prekṣya dhīvarān |
ārohamāṇāṃs tridivaṃ matsyāṃś ca bharatarṣabha || 41
そうして、かのナフシャ王は漁師達と魚達が天界に昇り行くのを驚き見て、「バラタ族の雄牛」（ユディシティラ）よ。

tatas tau gavijaś caiva cyavanaś ca bhṛgūdvahaḥ |
varābhyām anurūpābhyāṃ chandayām āsatur nṛpam || 42
そうして、かの「牛から生まれた者」と、ブリグの息子たるチャヴァナは〔ナフシャ〕王に相応しい恩典を与えた。

tato rājā mahāvīryo nahuṣaḥ pṛthivīpatiḥ |
param ity abravīt prītas tadā bharatasattama || 43
そうしてそのときに、大いなる勇者、大地の主、ナフシャ王は、「素晴らしい」

76——批判版（13.51.39）、クンバコーナム版（13.86.42）ではjāloddhṛtaiḥ saha。
77——批判版（13.51.40）ではprasādāt。

と言って喜んだ、「バラタ族の最高者」（ユディシティラ）よ。

tato jagrāha dharme sa sthitim indranibho nr̥paḥ |
tatheti coditaḥ prītas tāv r̥ṣī pratyapūjayat[78] || 44

そうして、インドラにも似たかの王は、法について確固たることを〔選び〕取った。そして、「さあれかし」と〔二人の仙人に〕励まされて喜び、かの仙人らを供養した。

samāptadīkṣaś cyavanas tato 'gacchat[79] svam āśramam |
gavijaś ca mahātejāḥ svam āśramapadam yayau || 45

本望を遂げたチャヴァナは、それから自らの庵に帰った。大いなる威光を持つ「牛から生まれた者」も自らの庵に戻った。

niṣādāś ca divaṃ jagmus te ca matsyā janādhipa |
nahuṣo 'pi varaṃ labdhvā praviveśa svakaṃ puram[80] || 46

また、漁師らとかの魚どもは天界に赴いた、王（ユディシティラ）よ。ナフシャはまた恩典を得て自らの都に入った。

etat te kathitaṃ tāta yan māṃ tvaṃ paripr̥cchasi |
darśane yādr̥śaḥ snehaḥ saṃvāse vā[81] yudhiṣṭhira || 47

汝が私に尋ねたこのことを汝のために語った、息子よ。見ることに、あるいは共に住むことにどのような愛情が有るかを、ユディシティラよ。

78——批判版異読注記によれば、cocatuḥ prītau tāv r̥ṣī bharatarṣabha とする写本が幾つか有る。

79——批判版（13.51.45）では tato ''gacchat。

80——批判版（13.51.46）では puraṃ svakam。

81——批判版（13.51.47）では ca。

mahābhāgyaṃ gavāṃ caiva tathā dharmaviniścayam |
kiṃ bhūyaḥ kathyatāṃ vīra kiṃ te hṛdi vivakṣitam || 48
雌牛の大いなるめでたさと、そしていかに法を決めるかを〔も語った〕。更に何を語ろうか、勇者よ。汝の心に望むものは何か。

iti śrīmahābhārate anuśāsanaparvaṇi dānadharmaparvaṇi cyavanopākhyāne ekapañcāśattamo 'dhyāyaḥ || 51
——というのが、栄え有る『マハーバーラタ』「教説の巻」「布施の法」における「チャヴァナ物語」についての第51章である。

おわりに

本書・第4章は、『マハーバーラタ』第13巻「教説の巻」「布施の法」についての個別研究の第三であり、「教説の巻」「布施の法」第50章・第51章「チャヴァナ仙と魚達」を対象とした。

まず、第4章第1節「『チャヴァナ仙と魚達』の考察——共に住む者への愛情——」において、この話は、ヴェーダ文献以来の神話群が、その伝統を受け継ぎつつ『マハーバーラタ』に至って自在な展開を遂げるに至ったことを知らしめている例であることを述べた。そして、第4章第2節「『チャヴァナ仙と魚達』の和訳」において、日本語訳を提示した。

『マハーバーラタ』第13巻「教説の巻」「布施の法」のチャヴァナ仙話題、第50章「チャヴァナ仙と魚達(1)——共に住む者への愛情——」、第51章「チャヴァナ仙と魚達(2)――雌牛の価値――」のうち、前者・第50章では、魚や水中の生き物達と親しむチャヴァナ仙の話が語られる。これは、『マハーバーラタ』第13巻説話のうち、〈原伝承〉がヴェーダ神話まで淵源を辿ることの出来る一例と言える。『リグ・ヴェーダ』アシュヴィン双神讃歌によって、古く、アシュヴィン双神がチャヴァナ仙を若返らせたという伝承の存在したことが知られる。『シャタパタ・ブラーフマナ』等では、このチャヴァナ仙回春説話は、アーシュヴィナ杯の始源、すなわち、アシュヴィン双神がソーマ供儀に参加することになった由縁を語る神話の中に収められている。

このような神話の展開の中に、チャヴァナ仙の苦行力に傾いて語るヴァージョンが生まれたようである。『マハーバーラタ』第3巻「森の巻」中、「聖地巡礼」の条で披露される、チャヴァナ仙伝説冒頭の「棒杭苦行譚」は、

> チャヴァナ仙が棒杭のように静止している苦行を行なって、蟻塚と化し蟻に包まれていた。

と語る。チャヴァナ仙のこの在り様は、蟻と共に住み、共に住む者（蟻）と親しんでいる状態である。ここから推測すると、チャヴァナ仙が棒杭のように静止している苦行を行なって、共に住む者（小動物）に愛情を持つ人であったという伝承が発生していたと考えられる。ここでは、

> チャヴァナ仙が棒杭のように静止している苦行を行なって、蟻と共に住み親しんでいる。

というモチーフが、『リグ・ヴェーダ』以来のソーマ供儀についての知識――アシュヴィン双神がチャヴァナ仙を若返らせたという件を含む――を伝える神話の構成要素となっている。一方、『マハーバーラタ』第13巻「教説の巻」「布施の法」の第50章では、

> チャヴァナ仙が棒杭のように静止している苦行を行なって、魚と共に住み親

しんでいる。

というモチーフが、バラモンの良き特性を体現した聖仙を褒め讃える話の構成要素となっている。

これに続くチャヴァナ仙話題の二つ目、第51章「チャヴァナ仙と魚達(2)——雌牛の価値——」は、バラモンの価値は雌牛に値するという結論によって、ナフシャ王がチャヴァナ仙の値として雌牛を以て支払うという内容を持つ。バラモンへの布施を主題とし、バラモンへの布施には雌牛が最も適していると説く第13巻にはまさに相応しい説話である。更に、続く第52章から第56章は、チャヴァナ仙の課す試練に耐えたクシカ王夫妻が恩恵を与えられ、王の子孫のヴィシュヴァーミトラがバラモンになるという、『マハーバーラタ』中でも有名な神話である。第50章は、そうした一連の「バラモンへの布施」「バラモンの偉大さ」を説くチャヴァナ仙話題の神話群の最初に位置している。チャヴァナ仙という登場人物を軸として、「共に住む者への愛情」というモチーフを持つ話が、「バラモンは偉大な存在である」「バラモンは優しい性向を持つ」という教えを説く説話に、言わば奉仕させられているのである。

〈語り物〉の段階において、祭式の周辺において語り手によってこの神話が語られたとき、バラモンにとって快く、かつ利のある語りであったであろう。同じ場にいるその他の人々も、上に述べた教訓を実直に受け止める場合も有れば、よく知られたチャヴァナ仙の話の一つで、「共に住む者への愛情」という自然な人情に訴える語りとして素直に聞く場合も有ったのではないか。

また、将来の課題としては、「蛇に咬まれた子供」「鸚鵡と森の王」の場合と同様、「チャヴァナ仙と魚達」が古代インドに特徴的なタイプ（話型）を持つ可能性が有るとすれば、それは、インド神話・説話の〈普遍性〉に対する〈独自性〉を考える一素材ともなり得る。

第5章

『マハーバーラタ』第13巻第93章「七仙人の名乗り」の研究

はじめに

本書・第1章の『マハーバーラタ』(*Mahābhārata*)第13巻「教説の巻」(*Anuśāsanaparvan*)「布施の法」(*Dānadharmaparvan*)全章の概観、「総論」に基づいて、第2章以降においては、『マハーバーラタ』「教説の巻」「布施の法」についての「各論」、個別的文学研究を行なっているところである。語りの段階を持っていたと考えられる五つのそれぞれに特徴的な神話・説話について、考察と和訳を行なっている。第5章は、『マハーバーラタ』「教説の巻」「布施の法」についての個別的文学研究の第四であり、「教説の巻」「布施の法」第93章「七仙人の名乗り」を対象とする。

本書において基づく用語(概念)を再度挙げてゆけば、まず以下の三つである。

〈対話〉

〈枠物語〉

〈枠内物語〉

『マハーバーラタ』第13巻「教説の巻」「布施の法」は、ユディシティラとビーシュマの延々と続く〈対話〉を全体の枠組みとして持つ。ユディシティラの問いに対するビーシュマの答えから、「遠い昔の物語」(itihāsaṃ purātanam)といった語りがしばしば展開してゆく。このとき、ビーシュマの語る「遠い昔の物語」が〈枠内物語〉であり、それら〈枠内物語〉が存在することによって、ユディシティラとビーシュマの〈対話〉が〈枠物語〉となる。また、以下三つの用語にも基づく。すなわち、

〈原伝承〉

〈語り物〉

〈記録・編纂〉

『マハーバーラタ』第13巻「教説の巻」「布施の法」の〈枠内物語〉、神話・説話の多くが本来一般の人々の間で伝えられた「伝承」、〈原伝承〉であり、その後専門的あるいは半専門的語り手、吟誦詩人とも呼ばれる者達によって長く語られた〈語り物〉であったが、時を経て〈枠物語〉の構造を持つ作品として確定・固定化、〈記録・編纂〉された、ということを前提として進めてゆく。〈語り物〉の段階でもある程度〈枠物語〉の形式を持っていた可能性は有るが、むしろ〈記録・編纂〉の段階において専ら〈枠物語〉としての整備が為されたのではないか。

また、『マハーバーラタ』の神話・説話は、祭式の中心で語られるものではなく、むしろその周辺やそれ以外の場所であったであろう。また、祭官といった純粋な宗教者によって語られるものではなく、様々な立場や能力の、おそらくは世俗的傾向がより強い語り手達によるものであったはずである。そして、そうした語りに応じた聴き手を持っていたはずである。バラモンのみならず、クシャトリヤからそれ以下の、一般のあるいは民間の人々を聴き手としていたであろう。以上のことを念頭に置く必要が有る。

また、本書においては、

〈文学性〉

〈教説性〉

の二点からも考察することになる。「教説の巻」の名に負けず、この巻の「教説性」は強いのであるが、それにもかかわらず見逃すことの出来ない「文学性」の勝った神話・説話を多く見出すからである。

更にまた、『マハーバーラタ』の神話・説話を世界的な基準で見た場合の、

〈普遍性〉

〈独自性〉

の二点についての将来への見通しを立てる場合も有る。

さて、第13巻「教説の巻」第93章は七仙人が登場・活躍する波瀾万丈の長い物語であるが、その一部に因んで、「七仙人の名乗り」と名付けた。この神話は〈語り物〉の性格が突出している例と言える。ここでは、アトリを筆頭とする七

仙人と、インドラ神の化した遊行者他、総勢十一人が登場・活躍する。七仙人達の名前や様々な行状は素朴な一般の人々によっても知られていたであろう。しかし、ここで取り上げる「七仙人の名乗り」の中で七仙人達の名乗りを形作っている偈（シュローカ、śloka）はいずれも相当にサンスクリット語学力に長けた言葉の達人、まさに吟誦詩人のような語り手によるものとしか考えられない。すなわち、〈語り物〉、語りの場と語り手（吟誦詩人）のレベルの事柄である。

そこでまず、第5章第1節「『七仙人の名乗り』の考察⑴——言葉遊びと魔女退治——」において、この神話が「言語遊戯」としてどのように読めるか、考察を行なう。また、自由奔放に展開する「七仙人の名乗り」を含むこの神話が、〈枠物語〉に嵌め込まれたときに生じた、ある奇妙さについても言及することになる。すなわち、〈文学性〉、〈教説性〉の二点から考察する。この神話は、「バラモンへの布施」を教説し、「バラモンが受け取らない布施はクシャトリヤの功徳とならない」という教説を述べようとするもののはずであるが、ストーリーのおもしろさに引かれて語りは想定外の経過を辿ってゆくからである。

更に、この神話は、背景思想の点では、世界的にみる「名前の呪力」の話（ヨーロッパでは「超自然的援助者の名前」）と共通性を持つが、表出の仕方が全く異なっている。古代インドに特徴的な「真実の呪力」との相克を見出すものとなっている。また、名前そのもののみならず、名前の意味・語源を重要とする発想を持っている。様々な観点において、この神話は、古代インド口承文芸の〈独自性〉の一例として捉えられる可能性が有る。

また、第5章第2節「『七仙人の名乗り』の考察⑵——言葉遊びはどう変わるか——」では、序章において挙げたプーナ批判版や他の幾つかの刊本に基づいた場合には、「七仙人の名乗り」の文学技巧・言語遊戯が十分に解釈することが出来ないことを述べる。この神話の〈文学性〉を更に追求するものである。最後に、第5章第3節「『七仙人の名乗り』の和訳」では、第13巻第93章（前段）の日本語訳を提示する。

第1節　「七仙人の名乗り」の考察(1)
——言葉遊びと魔女退治——

本書・第5章第1節では、『マハーバーラタ』第13巻「教説の巻」「布施の法」第93章を考察の対象として取り上げる。キンジャワデカル版では第93章第1～149偈（13.93.1-149）に相当する[1]。第93章の奥書（コロフォン）には、「蓮の茎盗みの物語」（bisastainyopākhyāna-）と有るが、これは同章〈枠内物語〉後段のストーリーに由来する名付けと考えられる。本書では同章〈枠内物語〉前段のストーリーに「七仙人の名乗り」と名前を付けている。また、それに由来して第93章の章題をも「七仙人の名乗り」としている。本書・第5章第1節では『マハーバーラタ』第13巻第93章を、〈枠内物語〉前段「七仙人の名乗り」を中心に考察する。

『マハーバーラタ』第13巻「教説の巻」「布施の法」第93章はユディシティラとビーシュマの〈対話〉に始まり、ビーシュマがユディシティラの問いに答えつつ、「遠い昔の物語」（itihāsaṃ purātanam）を語る。このように、第13巻第93章にも〈枠物語〉と〈枠内物語〉の構造が見出される。

本書・第1章第1節において述べたように、この説話は「バラモンの強さは布施を拒むところにある」「バラモンが布施を受け取らなければクシャトリヤの果報とならない」と主張するのが建前である。そのようにバラモンの優位を説く、強い〈教説性〉を見せると思いきや、押さえ難い物語本来の魅力、文学的興趣

1——批判版では第94章第1～44偈・第95章第1～86偈（13.94.1-44, 95.1-86）。クンバコーナム版では第13巻第141章第1偈から第49偈まで（13.141.1-49）、および、第142章第1偈から第48偈まで（13.142.1-48）。Dutt訳添付のテキストでは第13巻第93章第18偈から第105偈 まで（13.93.18-105）。

(おもしろさ) に引かれて次々と語りは展開してゆく、〈文学性〉の顕著な話である。「七仙人の名乗り」がどのように文学として「おもしろい」のかを、主として考察してゆく。

この説話では、飢えに苦しむ七仙人達が「名前を名乗ってから蓮の茎を採れ」と魔女に要求される。ここで、名前を知られれば殺される、しかし、嘘の名前を述べれば自滅するという災難に直面する。彼らはそれぞれ名前と音が同じまたは近い単語、掛詞、そして疑似語源等を多用して真の名前を名乗りつつ名前を悟られない工夫をする。この神話の背景には「名前の呪力」と「真実の呪力」という二つの異なる思想が有り、その二つの葛藤によってこの神話が成立している。七仙人達は「名前の呪力」と「真実の呪力」のいずれにも抵触しないよう、言葉の技を尽くして、見事な名乗りを上げる。

超自然的存在と人間との関係においてお互いに相手の名前を知ることによって相手を自由にする(征服する・破滅させる・結婚する)というモチーフを持つ説話・昔話は世界的な広まりを持つ。それは例えば、口承文芸研究においてフィンランド学派と呼ばれる流れを汲むA. Aarneの版を増補改訂し長年使用されたS. Thompsonの版、更に最近H. Utherによって再増補された、昔話のタイプ(type、話型)[2]によっても知られる。『マハーバーラタ』第13巻第93章「七仙人の名乗り」はそうした普遍的思想・信仰を背景としているが、それが名前の意味・語源を中核としているという点でおそらくインド的である。

一方、名乗りを求められた七仙人達は嘘の名前を述べる訳にゆかない。前述した(本書・第2章第2節)ように、真実を述べた者は真実の力によって超自然的現象を出来させ望みをかなえるが、虚偽を述べた者は破滅するという「真実語」「真実の誓い」(saccakiriyā)[3]の思想が有るからである。なお、七仙人の伝承につ

2—— Aarne, A. and Thompson, S. 1961. *The Types of the Folktale*.
Uther, H. 2004. *The Types of International Folktales,* 3 vols.
ATU500: The Name of the Supernatural Helper, etc.(「超自然的援助者の名前」)

3——本書・第2章第2節「『蛇に咬まれた子供』の考察(2)——問答か真実語か——」において、真実を述べることによって奇跡的事態を発生させ、望みをかなえる、身の潔白を明かす等の様々なパターンが有ることを述べた。また、「蛇に咬ま

いての代表的研究としてJ. E. Mitchinerの著作[4]が有るものの、そこには本書のような手法で「七仙人の名乗り」を取り扱った論考は無い。また、『マハーバーラタ』第13巻第93章後段についての先行研究としてKlein-Terradaの著作[5]が有る。

1.「七仙人の名乗り」の登場人物と梗概

「七仙人の名乗り」は『マハーバーラタ』第13巻「教説の巻」「布施の法」第93章〈枠内物語〉の前段である。第93章〈枠内物語〉は七仙人達[6]が活躍する一連の長い話となっており、後段「七仙人の真実の誓い」もまた興味深い話であるが、本書では詳しく取り扱うことが出来ない。『マハーバーラタ』第13巻第93章〈枠内物語〉前段・後段の登場人物を挙げれば以下の通りである。

れた子供」と類型の説話のうち、真実語によって死んだ子供を蘇生させるタイプのものを挙げている。しかし、逆に虚偽を述べた者は「頭が七つに裂ける」等の不幸・破滅に見舞われるのである。本書・第5章第1節で取り上げている「七仙人の名乗り」はそのような思想・信仰を背景として、いかに虚偽を述べないかという曲芸的名乗りを迫られる例である。なお、「名前の呪力」はより普遍的なもの、「真実の呪力」はインドにおいて特に発達しているものである。

4——Mitchiner, John E. 2000. *Traditions of the Seven R̥ṣis*.

5——この研究は、「蓮根の盗難」と『ジャータカ』『パドマ・プラーナ』『スカンダ・プラーナ』の類話との比較研究等を行い系統図提示に至る。そこには「七仙人の名乗り」部分の独訳（批判版による）が含まれている。また、第93章説話本来の讃えられる徳が「貪りの無いこと」（alobha）であるとしており、この指摘は本書に先んじている。

Klein-Terrada, Rosa. 1980. *Der Diebstahl der Lotusfasern.*

6——アトリに始まる七人の仙人を合わせて呼ぶときに「七仙人」とするのみならず、彼らにヴァシシタの妻と召使い夫婦を加えた十人を呼ぶときにも便宜的に「七仙人」とし、彼らに遊行者シュナハサカを加えた十一人を呼ぶときには「七仙人達」としている。ただし、〈枠内物語〉の名前については煩雑さを避けるために「七仙人の名乗り」としている。

アトリ（Atri）、ヴァシシタ（Vasiṣṭha）、カシャパ（Kaśyapa）、バラドヴァージャ（Bharadvāja）、ガウタマ（Gautama）、ヴィシュヴァーミトラ（Viśvāmitra）、ジャマドアグニ（Jamadagni）の七仙人。ヴァシシタの妻・アルンダティー（Arundhatī）、召使い夫婦ガンダー（Gaṇḍā）とパシュサカ（Paśusakha）。ヴリシャーダルビ（Vr̥sādharbhi）王と王の作り出す魔女（Yātudhānī）。遊行者シュナハサカ（Śunaḥsakha、インドラ神の化身）。

続いて、『マハーバーラタ』第13巻第93章〈枠内物語〉の前段・後段を要約すれば、以下の通りである。

【枠物語（初め）】ユディシティラが問うた。「断食の誓戒を保つバラモンが祖霊祭で食べることは罪か」と。また、「布施を与える者と受け取る者の相違は何か」と。ビーシュマが答えた。「徳有る者から受け取るのは良いが、徳無い者から受け取れば地獄に堕ちる。これについてはヴリシャーダルビと七仙人の対話・古い物語が有る」と。（以上要約）

【枠内物語（ビーシュマの語り）】ある飢饉のとき、七仙人はシビ王の息子・ヴリシャーダルビ王の子が餓死した――この王子は以前祭式の布施として七仙人に与えられていた――のを食べようとした。ヴリシャーダルビ王が現れ、雄牛、雌牛等の布施を申し出るが、七仙人はこれを断り、死肉を食べるのもやめて森へ出掛けた。ヴリシャーダルビ王は黄金を隠した果実を七仙人に布施しようとするが、黄金に気付いた七仙人はこれをも断った。怒った王が火に供儀を行なうと火中から魔女が出現し、王は魔女に「七仙人の名前を聞き出して彼らを殺せ」と命じた。七仙人は犬を連れた遊行者に出会い、遊行者の肉体の立派さを口々に述べた。その後彼らは皆行動を共にした。

七仙人達は蓮の沢山生えている湖を見付けた。蓮の茎を採ろうと七仙人達が湖に近付くと、例の魔女が待ち構えていた。魔女は七仙人達に「汝は誰か」と問われるが答えず、逆に、七仙人達に「名前を名乗ってから蓮の茎を採れ」と迫った。仙人達は魔女が自分達を殺そうとしていることを知りつつ、巧みな名乗りをした。魔女は「唱えにくい名前の語源」「覚えられない」と言って諦め、最後に遊行者が魔女を三叉矛で殴って灰にした。

七仙人達は蓮の茎を集めるが、これらが全てなくなった。そこで皆が「盗んだのは自分でない」という真実を誓うため、「盗んだ者に災い有れ」という旨の言葉を述べた。ところが、遊行者のみは「盗んだ者に幸い有れ」という旨の言葉を述べたので、七仙人は彼が盗んだことを知った。そのとき、遊行者は自らが七仙人を試し守るためにやって来たインドラ神であることを明かし[7]、貪りを捨てた（alobha）七仙人を讃えた。七仙人はインドラと共に天界に昇った。（以上要約）

【枠物語（終わり）】　ビーシュマはユディシティラに、貪りを捨てることの大切さ等を説いた。（以上要約）

なお、魔物は概して人間より知力が劣るが、ここに登場する魔女もまたそうである。七仙人達は魔女の言語能力を正確に見定めて彼女を出し抜く。

2.「七仙人の名乗り」の不整合

上の要約からも知られるように、第93章「七仙人の名乗り」の〈枠物語（初め）〉でビーシュマは「徳無い者からの布施は悪い結果を齎すこと」を教えようとしており、〈枠物語（終わり）〉では「貪りは捨てるべきこと」を述べているので、首尾一貫していないと考えられる。この部分を具体的に示せば以下の通りである。

〈枠物語（初め）〉においてユディシティラは尋ねる。

dvijātayo vratopetā havis te yadi bhuñjate

7———前述した（本書・第3章第1節）「インドラの試練」のモチーフである。

annaṃ brāhmaṇakāmāya katham etat pitāmaha || Ki.13.93.1
「もし、〔断食の〕誓戒を保つかのバラモン達が、バラモンへの好意によって〔祖霊祭の〕供物を、食べ物を食べるとしたら、これはどうか、祖父様。」

また、尋ねる。

brāhmaṇebhyaḥ prayacchanti dānāni vividhāni ca |
dātṛpratigrahītror vai ko viśeṣaḥ pitāmaha || Ki.13.93.18
「人々はバラモン達に様々な布施を与える。与える者と受け取る者との違いは一体何か、祖父様。」

これに対しビーシュマが答える。

sādhor yaḥ pratigṛhṇīyāt tathaivāsādhuto dvijaḥ |
guṇavaty alpadoṣaḥ syān nirguṇe tu nimajjati || Ki.13.93.19
「バラモンが正しい者から受け取ることも有り、また全く同じく、正しくない者から受け取ることも有るだろう。〔与え手が〕徳有る者の場合罪は軽いが、〔与え手が〕徳無い者の場合は〔受け取り手は地獄に〕沈みゆく。」

この後、「七仙人の真実の誓い」が終わるまでの〈枠内物語〉を語り終え、〈枠物語（終わり）〉においてビーシュマは説く。

naiva lobhaṃ tadā cakrus tataḥ svargam avāpnuvan || Ki.13.93.146
「〔七仙人は〕そのとき決して貪りを為さなかった。それ故に、天界に達したのだ。」

tasmāt sarvāsv avasthāsu naro lobhaṃ vivarjayet |
eṣa dharmaḥ paro rājaṃs tasmāl lobhaṃ vivarjayet || Ki.13.93.147
「したがって、どのような場合にも、人は貪りを捨てるべきである。これは最高の務めである、王よ。したがって、人は貪りを捨てるべきである。」

七仙人の長い物語を、ビーシュマがユディシティラに語る。第13巻第84章から「祖霊祭」の話題が続いているため、第93章「七仙人の名乗り」は、「祖霊祭」「断食」「飢餓」「布施」という連想によって展開してゆくと考えられる。しかし、この物語全体が第13巻「教説の巻」「布施の法」の〈枠内物語〉として収録される直接的な契機となったのは、七仙人がヴリシャーダルビ王の布施を断った条である。〈枠物語（初め）〉で、布施を受けるも受けないも受取り手のバラモン次第、バラモンは正しい者からのみ布施を受ける（べき）と説いているのはそれと適合している。しかし、〈枠内物語〉の最後で、「インドラ神が貪りを捨てた七仙人を讃えた」と語られること、及び、〈枠物語（終わり）〉で、「貪りを捨てることは大切である」と説いているのは、前述した、バラモンへの布施を説く（傲慢なまでの）姿勢と、不整合を来していると言える。この不整合は、この話の本来の主題が「貪りを捨てるべきこと」である[8]にもかかわらずこの物語を収録したため生じたと考えられる。この不整合を少しでも修正するため、物語の内容に摺り合せて〈枠物語（終わり）〉では「貪りを捨てよ」と説くことにしたと考えられる。

更にまた、シビ王の息子ヴリシャーダルビ王の布施は不合理なものではないはずであり、『マハーバーラタ』第13巻「布施の法」の主題に矛盾する。何故なら例えば、『マハーバーラタ』第3巻第198章では類話・シビ王[9]のバラモンへの息子の布施が良いものとされている。

ウシーナラの息子シビがバラモンのために息子を料理し、自ら食べろと言われて食べた。バラモンは創造主（ブラフマー神）の姿を明らかにしシビを誉

8——前掲Klein-Terrada著作が既に指摘していることである。また、ヴリシャーダルビ王の布施それ自体が不適切とは考えにくい。『マハーバーラタ』第13巻ではバラモンに雌牛や黄金を布施すべきとしばしば説いている（本書・第1章第1節）。

9——シビ族のウシーナラ、シビ、ヴリシャーダルビ王は親・子・孫の三代と考えられているが、しばしば混同され、あるいは区別されていない。

め讃えた。(要約、3.198.1-27)

また、ウシーナラまたはシビまたはヴリシャーダルビの三代の王が鳩を救うため鷹に自らの肉体を切り与える、布施する説話は『マハーバーラタ』の第3巻第130〜131章(ウシーナラ)、第3巻第197章(シビ)、第13巻第32章(ヴリシャーダルビ)においても誉め讃えられている。『マハーバーラタ』第3巻第196章ではまたヴリシャーダルビの別の布施の話を載せる。彼らは何かと布施によって名高い一族である。[10]

また、前述のように、バラモンへの雌牛の布施も黄金の布施も『マハーバーラタ』第13巻が勧めている。第93章としては、第60、61章のように、「バラモンの強さは布施を拒むところに有る」「バラモンが布施を受け取らなければクシャトリヤの果報とならない」と主張したいところと考えられる。そのために、ヴリシャーダルビの布施を変則的に不当なものと扱っている。上述のような幾つもの無理をしてこの物語を収録したのは、ヴリシャーダルビ王の許を去って後七仙人達に起こる一連の出来事が魅力的だったためである。

3.「七仙人の名乗り」における名前を知ることの意味

前述のように、名前を知ることによる支配の観念は世界的に例を見るものである。「七仙人の名乗り」の場合には、それがどのような現れ方をしているか、確認してゆく。

(1) 魔女が七仙人の名前を知ることを命ぜられる場面

まず、怒ったヴリシャーダルビ王が供儀の火から魔女を作り出し、七仙人の名前を知って殺すことを命ずる場面を見ると以下の通りである。

10——パーリ『ジャータカ』第499話はシヴィ王がバラモンに両眼を布施するという別伝を収める。

tasmād agneḥ samuttasthau kṛtyā lokabhayaṃkarī |
tasyā nāma vṛṣādarbhir yātudhānīty athākarot || 13.93.57
かの火から人を恐怖に陥れる魔女が出現した。そうして、ヴリシャーダルビは彼女に「ヤートゥダーニー」（魔女）という名前を付けた。

vṛsādharbhir uvāca |
ṛṣīṇāṃ gaccha saptānām arundhatyās tathaiva ca |
dāsībhartuś ca dāsyāś ca manasā nāma dhāraya || 13.93.59
ヴリシャーダルビは〔ヤートゥダーニーに〕言った。「行って、七仙人、それから、アルンダティー、下女の夫と下女の名前を覚えよ」。

jñātvā nāmāni caivaiṣāṃ sarvān etān vināśaya |
vinaṣṭeṣu tathā svairaṃ gaccha yatrepsitaṃ tava || 13.93.60
「彼らの名前を知ってから、彼ら全てを滅ぼせ。滅ぼした後は勝手にお前が好きな所に行け」。

このように、七仙人に布施を拒まれたことを恨んだ王は、七仙人を殺そうとして魔女を作り出し、Yātudhānī（ヤートゥダーニー、魔女）という名前を付け、七仙人の名前を聞き出すことを命じた。つまり、王は相手の名前を知ればその者を殺せることを知っているという設定になっている[11]。しかし、魔女は七仙人のいずれの名乗りも把握することが無く、ヴァシシタ、バラドヴァージャ、ヴィシュヴァーミトラ、アルンダティー、ガンダー、パシュサカの六人の名乗りに対する反応は以下の通りである。

yātudhāny uvāca |

11——ニーラカンタの理解もほぼ同じのようである。

jñātvā nāmānurūpaṃ teṣāṃ sāmarthyaṃ parīkṣya tān vināśaya | anyathā tvām eva te vināśayiṣyantīti bhāvaḥ || 60 ||

nāmanairuktam etat te duḥkhavyābhāṣitākṣaram |
naitad dhārayituṃ śakyaṃ gacchāvatara padminīm || Ki. 13. 93. 89, 93, 97, 101, 103, 105
ヤートゥダーニーは言った。
「汝が言ったこの名前の語源説明は復唱が難しい。これを私は覚えることが出来ない。行って湖に降りなさい」。

また、最後のシュナハサカの名乗りに対する反応は以下の通りである。

yātudhāny uvāca |
nāmanairuktam etat te vākyaṃ sandigdhayā girā |
tasmāt punar idānīṃ tvaṃ brūhi yan nāma te dvija || Ki. 13. 93. 107
ヤートゥダーニーは言った。
「汝のこの名前の語源説明ははっきりしない声で言われた。だから、今一度汝の名前を名乗れ、バラモンよ」。

また、前述の、魔女に七仙人の名前を聞き出すことを命ずるヴリシャーダルビ王の台詞の続きに、「アルンダティー……の名前を覚えよ」(Ki.13.93.59)と有り、語り手はアルンダティーの名前を出している[12]。これらによって、「七仙人の名乗り」において魔女に求められている「名前を知ること」の核心が「名前の語源を知ること」「名前の意味を知ること」に在ると考えられる[13]。おそらく、この点が「名前を知ること」のインド的部分である。ヴリシャーダルビ王は七仙人の名前を知りつつその意味・語源を探ろうとしているが、魔女は七仙人の名前さえ知らない——といった曖昧な了解が有るようである。

12——諸本arundhatyāsとしており、批判版も異読を全く挙げていない(Cr.13.94.42)。
13——横地優子氏(京都大学教授)に御示唆を得た。ニーラカンタ注にも「名前の意味を覚えよ」の意と有る。
nāmārtham eva dhāraya || 59 ||

一方、七仙人の名前には意味・語源が不明なものも有り、また、語り手が意味・語源（通俗語源を含め）を知っていたと考えにくい場合も有る。そのため、七仙人の名乗りには、嘘を述べないことを織り込みつつ、名前の意味・語源を知られることを回避するもののみならず、それに代え、真の名前を述べつつ誤解させる、聞き取りにくくするものも有り、それぞれ作りが異なっている。

(2) 七仙人がヤートゥダーニーに遭遇する場面

さて、森を彷徨（さまよ）う七仙人が遊行者・シュナハサカと合流した後、ヤートゥダーニーに遭遇する場面を見ると以下の通りである。

> ekā tiṣṭhasi kā ca tvaṃ kasyārthe kiṃ prayojanam |
> padminītīram āśritya brūhi tvaṃ kiṃ cikīrṣasi ‖ Ki. 13.93.81
> 〔七仙人達は言った。〕「一人立つ汝は誰か。誰のために、何の目的で。蓮の咲く湖の岸に在って何をしようとしているのか言え」と。

> yātudhāny uvāca |
> yā 'smi sā 'smy anuyogo me na kartavyaḥ kathañcana |
> ārakṣiṇīṃ māṃ padminyā vitta sarve tapodhanāḥ ‖ Ki. 13.93.82
> ヤートゥダーニーは言った。「私は私。私に何も問うてはならない。苦行力を持つ者達よ、皆、私を湖の守り手と知りなさい」。

七仙人達を待ち構えていたヤートゥダーニーは、「汝は誰か」と尋ねられても答えず、一切の質問を拒絶する。つまり、ヤートゥダーニーも七仙人達に名前を知られて支配を受ける事態を避けようとしている。一方、七仙人達が何らかの特殊な能力によって魔女の名前を知るという設定でもない。魔女の名前を「ヤートゥダーニー」だと知っていることを告げさえすれば、魔女は破滅（死亡・消滅他）すると考えられる。しかしその場合語りはそこで終了してしまう。七仙人達が魔女の名前を知ることも無く、蓮の茎を食べたいばかりに、名乗りの危険を冒すところからこの語りのおもしろさが生まれる。

4. 七仙人達の名乗り

ここで、七仙人達——七仙人、ヴァシシタの妻・アルンダティー、召使い夫婦、遊行者シュナハサカ——の名乗りを分析してゆく。順次、原文、日本語訳を挙げた後、名乗りの仕掛けを解釈してゆく。これらの名乗りは、魔女にとっては混乱させられるばかりの言挙(ことあ)げであり、聴き手にとっては愉快極まりない言葉遊びである。

(1) アトリの名乗り

最初に名乗りを上げるのはアトリである。

arātrir atriḥ sā rātrir yāṃ nādhīte [14]'trir adya vai |
arātrir atrir ity eva nāma me viddhi śobhane || Ki. 13. 93. 86
三ではなく夜ではない。今日〔ヴェーダが〕三度(みたび)学ばれなければ夜ではない。「三ではなく夜ではないもの（アトリ）」というのが私の名前であるとこそ知れ、美しい女よ。

atri- の意味・語源は難解である[15]。さて、アトリは「アトリが私の名前であると知れ」（atrir ity eva nāma me viddhi）と嘘偽り無く述べている。しかし、それは atri- という音を含む単語・表現、arātri-（夜ではない）、atri-（三ではない）、rātri-（夜である）、'trir（atrir、副詞、「三度（…… ない）」）が奔流のように続いた後のことである。名乗りは六回為されたとも考えられる。しかし、魔女はアトリの言挙(ことあげ)

14——母音結合で脱落し表記・発音されない a を想定することによって、ここにも atri- を見出せる。

15——A.A. Macdonell は動詞語幹√ad（喰らう）に由来するのではないかと述べている。しかし、少なくともこの名乗りにはそうした認識は反映されていないようである。

Macdonell, A.A. *Vedic Mythology*: 145.

の何処に名前が有るかも理解出来ず、また、atri-（三ではない）等の通俗語源（folk etymology）というよりむしろ「疑似語源」（pseudo etymology）というべき言葉の奔流に溺れるばかりである。

また、ヴェーダ文献ではアトリがスヴァルバーヌ（日蝕、Svarbhānu）によって隠された太陽を取り戻すという神話を載せており[16]、アトリとアグニ（火、agni）を同格にしてその加護を祈る讃歌も有る[17]。したがって、アトリの名乗りはそれらを踏まえている可能性が有る。「夜ではない」、すなわち、「昼である」アトリという連想に加えて、燃える火にして太陽を取り戻す（夜を照らし昼にする）アトリといった意味が暗示されていることになる。こういったことが、語り手と、サンスクリットについて一定の理解を持ち、更にヴェーダ以来の神話について一定の知識を持つ聴き手の間では了解されたであろう[18]。このように力強いプラスのメッセージが魔女を圧倒する。更におそらく、魔女はアトリの神話的事績についての知識を持ってはいないという想定である。

当時atri-を「三ではない」の意とする通俗語源が存在した可能性も有るが、ここではそれを認めてはいないようである。アトリが身を滅ぼすことが無いのはそのためと考えられる。また、「三ではなく、夜ではないものは何か」――「それはアトリ」といった「謎なぞ」（riddle）のような要素が入っている。そのような既存の言語遊戯を活用している可能性も有る。聴き手はarātrir atriḥ...rātrir...'trir...arātrir atrirという「早口言葉」（tongue-twister）的な言語遊戯を楽しむ。ま

16――『リグ・ヴェーダ』（*R̥g Veda*, 5.40.6, 8.）、『アタルヴァ・ヴェーダ』（*Atharva Veda*, 13.2.4, 12, 36.）。
Aufrecht, Theodor. 1955. *Die Hymnen des Rigveda*, Teil 1, 3. Aufl.: 354-355.
Roth, R. und Whitney, W.D. 1924. *Atharva Veda Sanhita*, 2. verb. Aufl.: 293-297.

17――『リグ・ヴェーダ』（*R̥g Veda*, 2.8.5.）。
Aufrecht, Theodor. 1955. *Die Hymnen des Rigveda*, Teil 1, 3. Aufl.: 181.

18――「三ではなく夜ではないもの」も含め謎なぞ（riddle）が嵌め込まれた可能性も有る。Ludwik Sternbachはインドの謎なぞを研究したが、本書で述べていることは取り上げていない。
Sternbach, Ludwik. 1975. *Indian Riddles*.

た、魔女について為される困惑の演出によって笑うのではないか。

(2) ヴァシシタの名乗り

次にヴァシシタが名乗る。

vasiṣṭho 'smi variṣṭho 'smi vase vāsagr̥heṣv api |
vasiṣṭhatvāc ca vāsāc ca vasiṣṭha iti viddhi mām ‖ Ki. 13. 93. 88
私は最も裕福な者である。家長達の間に住みながらも、最も優秀な者である。最も裕福だから、また、〔家長達の間に〕住んでいるから「最も裕福な者（ヴァシシタ）」であると私を知れ。

「ヴァシシタ」は意味・語源がわかりやすい名前である。vasiṣṭha-はvasu-（「良い」「裕福な」等）の最上級である。この名乗りでは大胆にも初めから「私はヴァシシタである」（vasiṣṭho 'smi）と述べており、しかも、ヴァシシタ（vasiṣṭha-）は「最も裕福」という意味・語源を持つ。variṣṭha-（vara-の最上級・「最も優秀な」）、vase（√vas〈住む〉直説法現在反射態・一人称単数）、vāsagr̥ha-（家長）が連続した後であるので、vasiṣṭhatvāc ca vāsāc ca vasiṣṭha iti部分が「最も裕福だから、また、〔家長達の間に〕住んでいるから」と言っていると魔女には受け取れる。しかしもしその通りであり、ヴァシシタが自らの名前の意味・語源を明らかにしつつ名乗ったのだとすれば、この後で彼の身に破滅が訪れたはずである。この名乗りで意味・語源は魔女に伝わっていないことになっているようである。

vasu-はヴァス神群の一人をも指し、この名乗りでは語り手はvasiṣṭha-は「最も優れたヴァス」の意味であるとしていると考えられる。これもまた一種の疑似語源であるが、それによってヴァシシタは名前の意味・語源を知られること無く、魔女の危難を回避したという設定になっていると考えられる。「最も裕福な者である」というのがヴァシシタの自負であれば、虚偽を述べたことにはならない。

聴き手はvasiṣṭho...variṣṭho...vase vāsagr̥heṣv...vasiṣṭhatvāc...vāsāc...vasiṣṭha...の類似音連発の早口言葉的な言語遊戯を楽しむことが出来る。

(3) カシャパの名乗り

続いてカシャパが名乗る。

kulaṃ kulaṃ ca kuvamaḥ kuvamaḥ kaśyapo dvijaḥ |
kāśyaḥ kāśanikāśatvād etan me nāma dhāraya || Ki. 13. 93. 90
あらゆる者の体を〔守る〕、あらゆる太陽であり、「体の守り手（カーシャパ）（カシャパ）」たるバラモンである。カーシャ草に似ているので、輝きが有る。私の名前をこのようなものと覚えよ。

ヴェーダ文献では、カシャパがkūrma-（亀）としてtapas-（熱、苦行）によって創造を行なったとしている[19]。この神話がカシャパの名乗りには暗示されていると推測される。偈の前半は主に意味によって、後半は主に音によって魔女を惑わすものと考えられる。

七仙人達の名乗りの中で、現状では、カシャパの名乗りの理解が最もニーラカンタ注に依存した仮のものとならざるを得ない。上の訳では仮に、kuvama-の意味を、ニーラカンタ注の採用によって「太陽」と取っている[20]。

また、kaśya-の意味を、ニーラカンタ注の採用によって「身体」と取ってい

19——『アタルヴァ・ヴェーダ』（*Atharva Veda*, 19.53. 10.）、『シャタパタ・ブラーフマナ』（*Śatapatha Brāhmaṇa*, 7.5.1.5.）。
Roth, R. und Whitney, W.D. 1924. *Atharva Veda Sanhita*, 2. verb. Aufl.: 384.
Weber, Albrecht. ed. 1924. *The Çatapatha-Brāhamaṇa in the Mādhyandina-çākhā with Extracts from the Commentaries of Sāyaṇa, Harisvāmin and Dvivedaganga*: 609.

20——kuvamaḥ kuvama iti | kuḥ pr̥thivī tasyāṃ vamati varṣatīti kuvama ādityaḥ | 'ādityāj jāyate vr̥ṣṭiḥ' iti śruteḥ | pūrvavad dvirvacanaṃ sarvo 'py ādityo 'ham eva matputratvāt sarveṣām ādityānām ity arthaḥ | ... || 90 ||
このあたりが、前述のように、ニーラカンタ注の寓意的解釈に基づく部分である。

る。[21]

カシャパの名乗り・前半に有るkaśyapa-のkaśya-（鞭打たれるもの）について、ニーラカンタ注は「身体」としており、一旦これに従うならばkula-（身体）と同義になる。その場合、カシャパは、kaśya-とpa-（守り手）と複合させて「体の守り手」と自らを、述べていることになる。

同じく前半のkuvama-もニーラカンタ注に「太陽」[22]と有り、そのように解釈出来れば前述の――カシャパがkūrma-（亀）としてtapas-（熱、苦行）によって創造を行なったという――ヴェーダ神話と符合させられる。魔女はヴェーダの神話を知らず言葉の激流に翻弄される。前半において、カシャパはまず自らを「体の守り手」や「太陽」といった強く、征服し難いものとして押し出していると考えられる。

直ちに続く後半では、kaśyapa-（カシャパ）に音の似た三単語、kāśya-（√kāś〈輝く〉から来た未来受動分詞）、nikāśa-（√kāśから来た「外見・類似」の意の名詞）、kāśa-（「カーシャ草」の意の名詞）の連発によって、魔女が一旦聞いたカシャパの名前をkāśyapa-（カーシャパ）であったかと錯覚しかねないようにしている。そうなると、kāśanikāśatvād（カーシャ草に似ているので）がカーシャパという名前の意味・語源と受け取れてしまう。魔女はカシャパの名乗りを正しく聞き取ることも、語源を正しく理解することも出来ない。

一方聴き手は、音の近さによりkūrma-を連想させるkula-とkuvama-の繰り返し、その後のkula-と同義のkaśya-のヴァリエーションの連続、kāśanikāśatvād（カーシャ草に似ているので）という疑似語源を楽しむ。

21――kulam iti | kaśāśvatāḍanarajjus tām arhanti te kaśyā aśvāḥ | atra ca prakaraṇād indriyāṇi hayān āhur iti śrutyukter indriyāṇy evāśvāḥ kaśyās tadāśrayatvāc charīrāṇy api kaśyāni kulaṃ kulam iti vīpsāyāṃ dvirvacanam | ... || 90 ||
kaśya-を順に「馬」「感官」「身体」であるとし、ここでは文脈上「身体」と述べる。

22――Monier-Williamsも『マハーバーラタ』のこの箇所のニーラカンタ注によってkuvama-を登録している。
Monier-Williams, Monier. 1998. *A Sanskrit-English Dictionary*: 296.

(4) バラドヴァージャの名乗り

続いてバラドヴァージャが名乗る。

bhare 'sutān bhare 'śiṣyān bhare devān bhare dvijān |
bhare bhāryāṃ bhare dvājaṃ bharadvājo 'smi śobhane || Ki. 13. 93. 92

私は息子でない者達を養う。弟子でない者達を、神々を、バラモン達を、妻を、「二人の〔父〕から生まれた〔息子)」を養う。私は「二人の父から生まれた息子を養う者（バラドヴァージャ)」である、美しい女よ。

バラドヴァージャという名前の意味・語源はbharad-vāja-（「速さを持つもの」[23]）とされており、この名乗りにおいてもそうした理解を前提としているようである。しかし、ここでは故意に複合語となっている名前の切れ目を変えて、bhara-dvāja-（「二人の父から生まれた息子を養う者」）という意味・語源かと魔女に誤解させている。bhare（√bhṛ〈養う〉の直説法現在反射態・一人称単数）を六回も使って撹乱し、dvāja-（「二人の父から生まれた息子」）という造語も出して複合語bharadvāja-（バラドヴァージャ）の切れ目について魔女が誤解するよう誘導している。これもまた疑似語源であり、それによって、「バラドヴァージャ」と言っても同音異義の別の名前かと思わせている。同音異義語の活用であるので、掛詞の使用とも言える。バラドヴァージャは嘘偽りの無い名前を名乗っているが、魔女は名前も語源も把握出来ず彼に手を掛けることは出来ない。

「二人の父から生まれた息子を養う者、すなわちバラドヴァージャ」という疑似語源、あるいは「速さを持つ者にして、二人の父から生まれた息子を養う者」という掛詞を理解出来る聴き手は笑うことが出来る。また、bhare... bhare... bhare... bhare... bhare bhāryāṃ bhare dvājaṃ bharadvājoという、早口言葉的な同音・類似音の連発を楽しむことが出来る。

23——O. BöhtlingkとR. Rothはvājaṃbharaとしている。
Böhtlingk, O. and Roth, R. 2000. *Sanskrit-Wörterbuch*, vol. 5: 214.

(5) ガウタマの名乗り

続いてガウタマが名乗る。

godamo damato 'dhūmo 'damas te samadarśanāt |
viddhi māṃ gautamaṃ kṛtye yātudhāni nibodha mām || Ki. 13. 93. 94

天地を支配する者である。〔自己を〕支配する者であるから。煙でない者であり、汝に飼い馴らされない者である。公平な目で見る者だからである。私のことを「ガウダマ（ガウタマ）」と知れ、魔女よ、魔女め、私のことを知れ。

「ガウタマ」は「ゴータマ（最高の雄牛）の息子あるいは子孫」という意味であるが、この名乗りにおいてそのようなことは一切言及されない。こうした意味・語源を用いつつ魔女の危難を避ける名乗りをすることを選ばなかったようである。

ガウタマは最初にgodama-（天地を支配する者）というgotama-に酷似する音の単語を出し、後で自分の名前をGautama-（ガウタマ）と名乗ったとき魔女がGaudama-（ガウダマ）と聞き違えるように細工している。更に聞き違いを助長するため、godama-と似た音の三単語、damataḥ（自己を支配する者であるから）、'dhūma-（煙でない者）、'dama-（飼い馴らされない者）を続けた後に名乗っている。そのため魔女は聞き違い、あるいは混乱して名前を正しく聞き取ることができない。

聴き手はgodamo damato 'dhūmo 'damasの早口言葉的な同音・類似音の連発を楽しむ。

(6) ヴィシュヴァーミトラの名乗り

続いてヴィシュヴァーミトラが名乗る。

viśve devāś ca me mitraṃ mitram asmi gavāṃ tathā |
viśvāmitram iti khyātaṃ yātudhāni nibodha mām || Ki. 13. 93. 96

全ての神々も私の友、また、私は世界の友でもある。「全世界である友（または、全世界の友）（ヴィシュヴァーミトラ）」と呼ばれていると私のことを知れ、魔女よ。

「ヴィシュヴァーミトラ」は意味・語源がわかりやすい名前であるかに見える。O. Böhtlingk and R.Rothは『マハーバーラタ』のこの箇所（カルカッタ版による）をヴィシュヴァーミトラという名前の語源として挙げている[24]。また、M. Monier-Williamsは、この名前の意味を(prob.) 'friend of all'（「おそらく『全てのものの友達』」）としている[25]。しかしもし、ヴィシュヴァーミトラが自らの名前の意味・語源を明らかにしつつ、且つ、類似音等による撹乱も無いままに名乗ったのだとすれば、この後で彼の身に破滅が訪れたはずである。この名乗りで意味・語源は魔女に伝わっていないことになっているようである。

Viśvāmitra-という名前は、viśva-（全て・全世界）とmitra-（友）の前分・後分から成る複合語であるが、どのような構成の複合語であろうか。また、前分・後分の格関係はどうなっているであろうか。ヴィシュヴァーミトラはまず、viśve devāś ca me mitraṃ（全ての神々も私の友）と述べている。仮にこれを根拠とするとき、viśva-（全て・全世界）とmitra-（友）は同格関係、Viśvāmitra-という名前は「全世界である友」という意味の同格限定複合語（Karmadhāraya）である。あるいは、「全世界を友として持つ者」という意味の所有複合語（Bahuvrīhi）ともなり得る。次にヴィシュヴァーミトラは、mitram asmi gavāṃ tathā（私は世界の友でもある）と述べている。これを根拠とするとき、viśva-（全て・全世界）とmitra-（友）は同格ではない関係、Viśvāmitra-という名前は「全世界の友」という意味の格限定複合語（Tatpuruṣa）である。ここでは、viśva-は属格の役割を果たしている。

この場面での名乗りにおいて、Viśvāmitra-という複合語の構成は以上のいずれでもなく、Viśvāmitra-という名前の意味・語源も以上のいずれでもなく、別

24――Böhtlingk, O. and Roth, R. 2000. *Sanskrit-Wörterbuch*, vol. 6: 1238.

25――Monier-Williams, Monier. 1998. *A Sanskrit-English Dictionary*: 994.

の種類の複合語であって、異なる構成・意味・語源を持つという設定と了解になっているようである。

「全ての神々も私の友、また、私は世界の友でもある」という発言はヴィシュヴァーミトラの気概を述べるもので、虚偽ではない。そのためヴィシュヴァーミトラは自滅することも無いという設定・了解である。

(7) ジャマドアグニの名乗り

続いてジャマドアグニが名乗る。

jājamadyajajāne 'haṃ jijāhīha jijāyiṣi |
jamadagnir iti khyātas tato māṃ viddhi śobhane || Ki. 13. 93. 98

私はいや増しに火を煽る供儀から生まれた者として在る。〔そのような者として〕ここで知れ。私は〔そのような者として〕生まれたのだ[26]。「ジャージャマドアグニ(ジャマドアグニ)」と知られている。だから、〔そのような者として〕私のことを知れ、美しい女よ。

第1脚冒頭のjājamad-(jājamat-)はjamadagni-から作った強意動詞・現在分詞と考えられる[27]。このように、最初にjājamad-と発音することによって、ジャマドアグニの名乗りは「ジャージャマドアグニ」と聞こえて来る可能性が有る。第2脚のjijāyiṣiについては難解な文法形であるが、ニーラカンタ注においてjāto 'smi(「私は生まれた」)と説明されているものを一旦採用しておく。ジャマドアグニの名前から作った造語jājamad-によって、ジャマドアグニが嘘偽り無く名乗っても、魔女は「ジャージャマドアグニ」という名前、「いや増しに火を煽る供

26——批判版の異読注記や注釈中の該当語には他に、jijīyiṣi、jijāyiṣu、jajāyasi等多くの形が有る。

27——Monier-Williamsは√jamの強意法・現在分詞jājamatの用例として『マハーバーラタ』のこの箇所を挙げている。

Monier-Williams, Monier. 1998. *A Sanskrit-English Dictionary*: 412.

儀から生まれた者」という意味・語源が述べられていると誤解する可能性が有る。jājamad-に続く-yajajāne、jijāhīha jijāyiṣi、と三回繰り返されるjā-音が魔女の誤解に拍車を掛けるものである。

聴き手はjājamadyajajāne...jijāhīha jijāyiṣi...jamadagnirという早口言葉的な類似音連発と、それによって誘発された語源の誤解を楽しむことが出来る。

(8) アルンダティーの名乗り

続いてアルンダティーが名乗る。

> dharāṃ dharitrīṃ vasudhāṃ bhartus tiṣṭhāmy anantaram |
> mano 'nurundhatī bhartur iti māṃ viddhy arundhatīm || Ki. 13. 93. 100
> 支える大地、保つ大地、富を生む大地と〔私のことを知りなさい〕。私は常に夫の傍らにいる。夫の心を愛する女であるとして、私を「アヌルンダティー（アルンダティー）」と知りなさい。

アルンダティーは、最後に「アルンダティー」（arundhatī、a〈否定辞〉+√rudh〈遮る〉現在分詞・女性形）と名乗る前に、mano 'nurundhatī bhartur「夫の心を愛する女である」という自負を述べている。音の点でarundhatīに酷似するanurundhatī（anu√rudh〈愛する〉現在分詞・女性形）を出すことによって魔女を撹乱している。そのため、魔女は「アヌルンダティー」Anurundhatīが名前、「愛する女」が意味・語源かと誤解する可能性が有る。これに先立って、「大地」の意の女性名詞であり、arundhatīと同様にdha-を含む三単語、dharā、dharitrī、vasudhā（全て√dhā〈支える・生む〉と関わりが有る）は撹乱のための準備になっている。

聴き手はこれらの類似音連発と、それによって誘発された語源の誤解を楽しむことが出来る。

(9) ガンダーの名乗り

続いてガンダーが名乗る。

vaktraikadeśe gaṇḍeti dhātum etaṃ pracakṣate |
tenonnatena gaṇḍeti viddhi mā 'nalasaṃbhave || Ki. 13. 93. 102
顔の一部にあるのがほっぺただと、このことを決めるために人々は言う。その膨らんだ所をもって「ほっぺた」と言うと知ってはいけない（私のことをガンダーと知りなさい）、火から生まれた女よ。

ガンダーの名乗りにおいては、第4脚のviddhi māに二通りの意味を掛けている。「知ってはいけない」（mā〈禁止の副詞〉＋√vid〈知る〉命令形・二人称単数）と、「私のことを知りなさい」（√vid命令形＋mā〈人称代名詞・一人称単数・対格〉）である。そこで、表の意味は、上の日本語訳にあるように、「『ほっぺた』（ガンダー）と言うと知ってはいけない」となり、魔女は訳がわからなくなる。しかし、その裏には「『ほっぺた』（ガンダー）と言うと私のことを知りなさい」という名乗りが存在している。一種の掛詞であり、嘘を吐かずして魔女の危難を逃れる。

この掛詞、名乗りの二重の意味を理解する聴き手は笑うことが出来る。

⑽ パシュサカの名乗り

続いてパシュサカが名乗る。

paśūn rañjāmi dṛṣṭvā 'haṃ paśūnāṃ ca sadā sakhā |
gauṇaṃ paśusakhety evaṃ viddhi mām agnisaṃbhave || Ki. 13. 93. 104
俺は動物達を見ては守ってやる。いつも動物達の友である。喩えて言えば、俺を「動物の友」と（従者である俺のことをパシュサカと）、このように知れ、火から生まれた女よ。

パシュサカの名乗りにおいては、第3脚のgauṇaṃに二通りの意味を掛けている。「喩えて言えば」（男性名詞guṇa対格から来た副詞）と「従者である」（男性名詞guṇaから来たgauṇa〈「従者」・単数・対格〉）。後者の場合、gauṇaṃ「従者である」はmām「俺を」（人称代名詞・一人称単数・対格）に掛かる。これも一種の掛詞である。ここで、表の意味は、上の日本語訳に有るように、「喩えて言えば、俺を『動物の友（パシュサカ）』と、そのように知れ」となり、魔女は彼の「動物の友」という比喩を用いた自負が述べられていると勘違いする。しかし、その裏には「従者である俺を『動物の友（パシュサカ）』と、そのように知れ」という名乗りが存在している。魔女はそれに気付くことが無い。

この掛詞、名乗りの二重の意味を理解する聴き手は笑うことが出来る。

⑾ シュナハサカの名乗り

最後にシュナハサカ（実はインドラ）が名乗る。

ebhir uktaṃ yathā nāma nāhaṃ vaktum ihotsahe |
śunaḥsakhasakhāyaṃ māṃ yātudhāny upadhāraya || Ki. 13. 93. 106
これらの人々が〔自分の〕名前を述べたのと同じように〔私の名前を〕述べることは、今私には出来ない。「シュナハサカ」という友と私のことを覚えよ、魔女よ。

シュナハサカは何らの技巧無く、包み隠さず自分の名前を名乗ったかのように聞こえるが、これに対する魔女の反応から明らかなように、そうではない。魔女はこの名乗りが「聞き取りにくい声で為されたので今一度述べよ」と言うが、彼は魔女を三叉矛で打って灰にしてしまう。彼は聞き取りにくいように、わざと不明瞭な発音で、あるいは小声で名乗ったのである。ここで語り手は、実際に聞き取りにくい不明瞭な発音で、あるいは小声で語ってみせたと考えられる。

5. 纏め

『マハーバーラタ』第13巻第93章「七仙人の名乗り」において、七仙人達は名前の呪力と真実の呪力との間で折り合いを付け、すなわち、殺されることもなく、嘘をついて自滅することも無いように、言葉の技を尽くし様々な仕掛けの有る名乗りをする。魔女は何れの名前、名前の意味・語源も悟らない。これらの名乗りの手法は幾つか有る。

① 名前と、部分的にあるいは全体として同じ音・似た音を含む単語・表現を多用・連発し、名前や名前の意味・語源について、混乱・誤解させる 。通俗語源や謎なぞを活用する場合も有る。

といった技巧が最も多いが、他にも、

② 造語・疑似語源を用いることによって名前の意味・語源について誤解させる。しばしば同音異義語あるいは掛詞と言えるものを使用している。
③ 名前以外に掛詞的表現を用い、全体として誤解を誘発する。定型句も有るかもしれない。
④ 明瞭ではない声で名前を述べる。

また、ヴェーダ神話に語られる彼らの事績を仄めかして魔女の無知を嘲っている例も有る。

後世のカーヴィヤ文学においては、様々な技巧を用いた創作が行なわれる。また、技巧についての解釈や理論が発達・確立する。アヌプラーサ（anuprāsa)、ヤマカ（yamaka）と呼ばれる、同音・類似音の反復、また、同音・類似音の音節・単語の反復、同音・類似音にして意味の異なる単語の反復や、シュレーシャ（śleṣa）と呼ばれる、掛詞・洒落等である。これらに遡る『マハーバーラタ』において、既に、いわば自然発生的に上述のような文学技巧が駆使されていることは注目される。語りの定型句とも見られる例も有る（viddhi mā に二通りの意味を掛けているもの等)。加えて、『マハーバーラタ』の「七仙人の名乗り」の場合にはそれらの技巧が説話の内容・構想と分ち難い形で用いられているのは興味深い。

さて、「七仙人の名乗り」がもともとバラモンを前にした語りの場において語られていたとき、まずは、「バラモンの強さは布施を拒み得るところに有る」「バラモンが布施を受け取らなければクシャトリヤの果報とならない」という趣旨を伝えて、その場にいるバラモンを満足させなければならなかったであろう。しかし、その後語りは展開に展開を重ね、七仙人達の名乗り部分では、聴き手の知識やサンスクリット語学力に応じて、笑いや喝采を得ていたものと推測される。これらの名乗りの多くは、一度聞いて直ちに理解出来る程易しい技巧のものではないだろう。しかし、既に知っている聴き手も周りにいる環境において、また繰り返し聞くことによって、一定の知識・素養を持つ聴き手はこれらを理解していたものと考えられる。謎なぞも既に知っていることによって理解出来るものであるが、七仙人達の名乗りの偈もまたそういった性格を持っている。

そして、七仙人達の名乗りの最後のシュナハサカの名乗りでは、声色他の全体としての演技力も必要となったのではないか。パシュサカの名乗りまでは笑うことの出来なかった聴き手がいたとしても、ここでは笑うことが出来たであろう。シュナハサカの名乗りの場合、これが、実際に聞き取りにくい、不明瞭な発音で為された語りの場、〈語り物〉の段階を経ていることを想定しなければ、その「おもしろさ」は理解しにくい。本書・第2章第2節「『蛇に咬まれた子供』の考察(2)——問答か真実語か——」において、『マハーバーラタ』神話・説話の語りに演劇的要素の有ることを示唆したが、シュナハサカの台詞についても同様のことが考えられる。

なお、この説話は、『マハーバーラタ』第13巻中の神話・説話のうちでは最も〈文学性〉、文学的な達成を遂げているもの、少なくともその一つと言える。

第2節　「七仙人の名乗り」の考察(2)
——言葉遊びはどう変わるか——

「序章」において述べたように、『マハーバーラタ』を研究、翻訳する際、またこれに言及する際、採用される校訂本は、通常、インド、プーナのバンダルカル研究所によって1933年から1966年にかけて公刊された、いわゆるプーナ批判版（Poona Critical Edition）である。この巨大な成果、しかも使用が定着したテキストを全体として「批判」することは至難である。

本書では『マハーバーラタ』第13巻「教説の巻」「布施の法」(*Anuśāsanaparvan*)の神話・説話について研究を行なうために、プーナ批判版を回避し、注釈者ニーラカンタが伝えたと考えられるボンベイ版系の一刊本、キンジャワデカル版に基づくこととした。本書・第5章第2節では、プーナ批判版では十分に読解・解釈することが出来ない『マハーバーラタ』神話・説話の具体例として、「七仙人の名乗り」を取り上げ、考察の対象とする。

1.『マハーバーラタ』あるいは「七仙人の名乗り」の文学研究

例えば、プーナ批判版『マハーバーラタ』第1巻の序文（Prolegomena）には――『マハーバーラタ』のVulgateは長年に渡って学者や詩人によって手を加えられてきたので、ときとして一見批判版より良いものに見える。わかりやすく人気の有るものに作り上げられて来ている――という趣旨の記述が見られる[28]。

> The Vulgate text of the Mahābhārata is fairly readable and will appears in places, at first sight, to be even “better” than the critical text, because the former has purged by the continuous emendation of scholars for centuries. A whole army of anonymous scholars and poets must have worked at the text to make it smooth and easy of comprehension, and increase its popularity...

プーナ批判版作成者達は、原『マハーバーラタ』（Ur-Mahābhārata）と更にそれ以前にヴィヤーサの『バーラタ』（Vyāsa’s Bhārata）を想定し[29]、それら原型への遡

28――Critical Edition of *Mahābhārata*, vol.1, Prolegomena: civ.

29――Critical Edition of *Mahābhārata* vol.1, Prolegomena: XXX.

及に努めた。上の引用で言うVulgate（流布本あるいは通俗本）とは、十七世紀の『マハーバーラタ』注釈者ニーラカンタが伝えたとされる、ボンベイ版系の『マハーバーラタ』テキストを指す。上の引用には、『マハーバーラタ』が様々な語り手により様々な場所において、長い時間をかけて成長したものだという発想が希薄であるかのようである。時間とともに、聴き手に応じ、変化・成長・成熟していったものだという認識が欠けている[30]。むろん、西洋古典学に倣った原型遡及、批判版作成も妥当・厳密な作業を重ねて可能となるであろう。そして、その対象が一著者による文献であればそうした作業もより合理的であり、より行ない易いものとなるのであろう。

『マハーバーラタ』の場合にも、原型遡及は重要な仕事として有り得る。しかし、『マハーバーラタ』の変化に富む巨大なテキスト群から原型に近いと判断した各部分を抽出してゆき、それらを繋ぎ合わせた、唯一の混淆・人工的テキストを作成することによって、削ぎ落とすものは多すぎる。そうした作業は少なくとも、例えば地域毎のテキスト群等の、近い性格を持つ纏まったテキスト群を基盤にして行った方が良いと推測される。

また、理念的に述べるならば、一著者による文献とは異なり、語り物としての展開した姿を否定すること自体にも問題が有る。例えば、批判版は『マハーバーラタ』の繰り返しの多さをも否定している[31]。これも『マハーバーラタ』が本来語り物であったという認識が欠けているがためと考えられる。同話、同文、同表現という様々なレベルでの繰り返しは語り物としての特徴の一つである。しかし、『マハーバーラタ』が最終的に思想・宗教的文献として〈記録・編纂〉されたのであれば、写本作成者や刊本編纂者等がそこに文学作品の性格を読み取って来なかったのは当然とも言える。

一方、ニーラカンタの『マハーバーラタ』注釈は、文学性の強い内容に対しても、しばしば哲学的・神学的あるいは寓意的・道徳的解釈を行なっている。十七

30――上の引用は、逆説的に、語り物の一面を言い当てている。

31――Critical Edition of *Mahābhārata*, vol.1, Prolegomena: XXX, LXVIII.

世紀の注釈者の仕事としては、これも自然なことである。[32] ニーラカンタ注は七仙人達の名乗りについても、全体として寓意的解釈を施している。魔女を「欲望」「悪」「死神」等に見立て、七仙人達は「感官」「身体」等を制御し守っている者であるので、魔女に征服されることは無い、とするような趣旨である。ニーラカンタが『マハーバーラタ』の文学的部分について行なったこうした解釈はまた別の立場で考察すべき事柄である。本書ではなるべくこうしたニーラカンタの寓意的解釈とは異なる、『マハーバーラタ』の文学的部分の在り方を見極めたい。『マハーバーラタ』の文学研究は上述の研究経緯・成果を踏まえつつも、それらとは異なった立場で行なう必要が有ると考える（ただし、本書でも幾つかの部分については、ニーラカンタのそうした解釈に仮に依存せざるを得ない）。

本書・第5章第1節[33]において、ボンベイ版系の一刊本・キンジャワデカル版（Ki.）[34]で『マハーバーラタ』第13巻第93章の〈枠内物語〉「七仙人の名乗り」を考察した。七仙人達が「名前」に関わる呪力と「真実」に関わる呪力の間で折り合いを付け、それぞれどのような仕掛けの有る名乗りをするか読解・分析した。第5章第2節では、カルカッタ版（Ca.）[35]、南インドのクンバコーナム版（Ku.）と、プーナ批判版（Cr.）では「七仙人の名乗り」がどのように読めるか比較・考察する。また、「語り」「語り物」「語り手」「聴き手」という視点に加え、「構想」「技巧」と「異伝」の関係に注意を払っている。

本書では、基本的に一刊本に基づき（必要が有ればそれを修正しつつ）、『マハ

32——ニーラカンタその人についての一連の研究も行われている。
Minkowski, Christopher. 2008. ‘Nīlakaṇṭha in His Historial Context.’ *Boctok* 4等。

33——本書・第5章第1節において、アトリ、カシャパの名乗りにヴェーダ文献神話以来の彼らの事績が暗示されていることをも述べたが、第5章第2節ではそれについて言及しない。

34——以下のボンベイ版系テキストをも参照した。
Mishra, Mandan and Singh, Nag Sharan. eds. 1988. *The Mahābhāratam.*

35——Siromani, Nimaichandra. ed. 1834-1839. *The Mahabharata, an Epic Poem, Witten by the Celebrated Veda Vyasa Rishi*, 5 vols.

ーバーラタ』説話の研究を行って来ている。「七仙人の名乗り」は批判版を含めた異伝（異読）の在り方や問題点を見極め易い素材である。そこでこれを取り上げ、例えば、四刊本で完全に一致するテキストは、かなり安定した語り（伝承）に基づくと看做す。また、異なる語りは「異伝」であるが、それぞれの「異伝」には問題が有るのか否かを検討する。

「七仙人の名乗り」において、七仙人達は彼らの名前を知って殺そうとする魔女を出し抜き退治するが、これは、七仙人達がただ訳のわからないことをまくしたてて魔女を撃退するという設定ではない。語り手が、聴き手には理解出来るが魔女には理解出来ないことになっている言語技巧を次々と展開する文学的興趣・おもしろさが有るのである。

したがって、「七仙人の名乗り」はいわばナンセンス文学的要素を持ちテキストの在り方はシビアである。しかし一方、『マハーバーラタ』はもともと広くまた長く語られた語り物であり、また、語り手達は積極的に、聴き手や状況に応じてより優れた語りを創出しようとしたと考えられる。そのため、「七仙人の名乗り」に唯一の正しい語りが在るというよりも、幾つもの語りの異伝（後に異読となる）が併存する状況が有り得る[36]。問題は語り全体の構想がどのようなものであり、語りの各部分の技巧がどのようなものであるか、部分がいかに巧みに全体を作り上げているか、というところに有る。同じ構想に対して幾つもの優れた技巧が併存することも有り得る。「七仙人の名乗り」の構想は以下のようなものである。

⑴七仙人達は魔女に名前を名乗ることを要求される。

⑵名前（あるいは名前の意味・語源）を知られれば殺される、しかし嘘を吐く訳にはいかない（真実語の思想）。

⑶この究極的に困難な状況において、十一人のうち十人が言葉の技を尽くして嘘偽りの無い名乗りを挙げ（十一人目は全く異なる方法によって）、切り抜

36——Lord, Albert Bates. 1960. *The Singer of Tales*: 16-19.

ける。

⑷魔女にはナンセンスな言葉の連なりとして聞こえ困惑し、最後には退治される。

この構想に応じた技巧の数々が語り手によって披露され、名乗りの巧みさとナンセンスさ（そしておそらく魔女の困惑の反応）に対して聴き手は笑う。「七仙人の名乗り」は、聴き手の知識とサンスクリット語学力が相応に有るものとして語られている。また、これらの語りを何度も聞く環境に在って、聴き手達はその技巧を既に知っている。複数刊本を見ると、全体として七仙人達が魔女の支配を逃れる技巧の要（かなめ）は変わらず、それ以外の細部の違いはさほど問題とならない。しかし、技巧の要が刊本編者（あるいは写本作者・転写者あるいは語り手）に理解されずに破壊されている場合が有る。『マハーバーラタ』の中で、「七仙人の名乗り」に関しては、且つ、本書で扱っているテキストの範囲では、ボンベイ版系テキストが良いのではないかと考えられる。

2.「七仙人の名乗り」とその後段

「七仙人の名乗り」は『マハーバーラタ』第13巻「教説の巻」「布施の法」第93章〈枠内物語〉の前段である。第93章〈枠内物語〉は七仙人が活躍する一連の長い話となっている。『マハーバーラタ』第13巻〈枠内物語〉の前段・後段の登場人物を再び挙げれば以下の通りである。

七仙人、すなわち、アトリ（Atri）、ヴァシシタ（Vasiṣṭha）、カシャパ（Kaśyapa）、バラドヴァージャ（Bharadvāja）、ガウタマ（Gautama）、ヴィシュヴァーミトラ（Viśvāmitra）、ジャマドアグニ（Jamadagni）。ヴァシシタの妻・アルンダティー（Arundhatī）、召使い夫婦ガンダー（Gaṇḍā）とパシュサカ（Paśusakha）。ヴリシャーダルビ（Vr̥sādharbhi）王と王が作り出す魔女ヤートゥダーニー（Yātudhānī）。遊行者シュナハサカ（Śunaḥsakha、インドラ神の化身）。

また、「七仙人の名乗り」を含む『マハーバーラタ』第13巻第93章を再び要約すれば以下の通りである。

【枠物語（初め）】ユディシティラが問うた。「断食の誓戒を保つバラモンが祖霊祭で食べることは罪か」と。また、「布施を与える者と受け取る者の相違は何か」と。ビーシュマが答えた。「徳有る者から受け取るのは良いが、徳無い者から受け取れば地獄に堕ちる。これについてはヴリシャーダルビと七仙人の対話・古い物語が有る」と。

【枠内物語（ビーシュマの語り）】ある飢饉のとき、七仙人はシビ王の息子・ヴリシャーダルビ王の子が餓死した――この王子は以前祭式の布施として七仙人達に与えられていた――のを食べようとした。ヴリシャーダルビ王が現れ布施を申し出るが、七仙人はこれを断り、死肉を食べるのも止めて森へ出掛けた。王は黄金を隠した果実を七仙人達に布施しようとするが、七仙人はこれをも断った。怒った王が火を焚き供儀を行なうと火中から魔女が出現し、王は魔女に「七仙人の名前を聞き出して彼らを殺せ」と命じた。七仙人は犬を連れた遊行者に出会い遊行を共にした。

七仙人達は蓮の沢山生えている湖を見付けた。蓮の茎を採って食べようと七仙人達が湖に近づくと、例の魔女が待ち構えていた。魔女は七仙人達に「名前を言ってから蓮の茎を採れ」と迫った。七仙人達は魔女が自分達を殺そうとしていることを知りつつ、巧みな名乗りをした。魔女はいずれの名前も悟らず、最後に遊行者が魔女を退治した。

七仙人達は蓮の茎を集めるが、これらが全てなくなった。そこで皆が「盗んだのは自分でない」という真実を誓うため、「盗んだ者に災い有れ」という旨の言葉を述べた。ところが、遊行者のみは「盗んだ者に幸い有れ」という旨の言葉を述べたので、七仙人は彼が盗んだことを知った。そのとき、遊行者は自らが七仙人を試し守るためにやって来たインドラ神であることを明かし、貪りを捨てた七仙人を讃えた。七仙人はインドラと共に天界に昇った。

【枠物語（終わり）】 ビーシュマはユディシティラに、貪りを捨てることの大切さ等を説いた。（以上要約）

「七仙人の名乗り」の現代語訳には（管見の範囲では）、K.M. Ganguli による、ボンベイ版系のテキストに依りニーラカンタ注を用いたとされる伝統的な英訳、Bibek Debroy による批判版を底本とする最近の英訳[37]、Rosa Klein-Terrada による批判版を底本とする独訳[38]が有る。しかし、これら英訳・独訳を読むのみでは、魔女が七仙人達の名乗りを理解出来ない理由がわからない。翻訳のみでは七仙人達の名乗りの仕掛けを十分に伝えることは困難である。後述・批判版の Critical Note では、「七仙人の名乗り」に言語遊戯の有ることが述べられている。しかし批判版作成にはその認識が反映されていない。そもそも「七仙人の名乗り」はナンセンス文学的要素を持つため、学術的な翻訳には限界が有る。本書では「七仙人の名乗り」の和訳と共に考察を行なって来ている。

3.「七仙人の名乗り」の異伝はどう読めるか

キンジャワデカル版でボンベイ版を代表させることとし、以下、キンジャワデカル（Ki.）、カルカッタ（Ca.）、クンバコーナム（Ku.）、プーナ批判版（Cr.）の四刊本で「七仙人の名乗り」の異伝がどう読めるかを考察してゆく。各刊本の考察の範囲は、前段・後段を含めると、キンジャワデカル版では第13巻第93章第18偈～第109偈（13.93.18-109）。カルカッタ版では第13巻第4413偈～4506偈（13.4413-4506）。批判版では第94章第1～44偈・第95章第1～86偈（13.94.1-44, 13.95.1-86）。クンバコーナム版では第13巻第141章第1偈～第49偈・第142章第1偈から第48偈（13.141.1-49, 13.142.1-48）。

各名乗りについてまずキンジャワデカル版で提示し、続いて基本的にカルカッ

37――Debroy, Bibek, trans. 2010-2014. *The Mahabharata*, 10vols.

38――Klein-Terrada, Rosa. 1980. *Der Diebstahl der Lotusfasern*: 11-13.「七仙人の名乗り」部分の独訳が含まれている。

タ版、クンバコーナム版、批判版の順で提示する。ただし、本文が全く同じ場合には省略し、キンジャワデカル版と異なる部分が有る場合にはその部分に傍線＿＿を付し、訳文にも参考となる程度に傍線を付す。「(5)　ガウタマの名乗り」でのみ、カルカッタ版を最後に提示する。

(1)　アトリの名乗り

最初に名乗りを挙げるのはアトリである。アトリの名乗りについては、キンジャワデカル版（Ki.13.93.86）、カルカッタ版（Ca.13.4482）、クンバコーナム版（Ku.13.142.25）で同じである。

arātrir atriḥ sā rātrir yāṃ nādhīte ’trir[39] adya vai |
arātrir atrir ity eva nāma me viddhi śobhane || Ki., Ca., Ku.
三ではなく夜ではない。今日〔ヴェーダが〕三度(みたび)学ばれなければ夜ではない。「三ではなく夜ではないもの（アトリ）」というのが私の名前であるとこそ知れ、美しい女よ。[40]

批判版（Cr. 13. 95.31）の場合は以下の通りである。

arātrir atreḥ sā rātrir yāṃ nādhīte (’)trir adya vai |
arātrir atrir ity eva nāma me viddhi śobhane || Cr.
三ではないから夜ではない。今日〔ヴェーダが〕三度(みたび)学ばれなければ夜ではない。「三ではなく夜ではないもの（アトリ）」というのが私の名前であると

39――カルカッタ版はアヴァグラハ（’）を明記している。

40――Ganguli英訳（ボンベイ版系テキストによる）: I am called Atri because I cleanse the world from sin. For, again, thrice studying the Vedas every day, I have made days of my nights. That, again, is no night in which I have not studied the Vedas. For these reasons also I am called Atri, O beautiful lady!
訳内容が少し異なる（特にbecause I cleanse the world from sin、I have made days of my nights部分）。

こそ知れ、美しい女よ。[41]

第1脚において、キンジャワデカル版他でatriḥ（三ではなく）となっているところ、批判版はatreḥ（三ではないから）となっており、意味（訳）に少しの差異が生じる。しかしこの異伝においても、rātri-、a-tri-等のatri-の類似音連発とナンセンスな言葉の奔流にAtri-という名前を紛れ込ませ、魔女を混乱させる、技巧の要はほぼ変わらない。聴き手にはアトリが（何度も）名乗っていることがわかる。ここには「三ではなく、夜ではないものは何か」――「それはアトリ」といった「謎なぞ」（riddle）のような要素が入っている。そのような既存の言語遊戯を活用している可能性も有る。超論理的ながら語り手にとって把握・記憶しやすい技巧であり、比較的安定した語りであったと考えられる。強いて言えば、第1脚にはキンジャワデカル版他のように、第3脚と同じく、arātrir atrir（三ではなく夜ではない）と有る方が望ましい。批判版では該当部がarātrir atreḥ（三ではないから夜ではない）となっているが、そのため全体としてやや散漫となり、かつ、隠された名乗りが、キンジャワデカル版他で六回のところ、五回に減り、その分若干迫力に欠ける。

(2)　ヴァシシタの名乗り

ヴァシシタの名乗りは、キンジャワデカル版（Ki.13.93.88）、カルカッタ版（Ca.13.4484）クンバコーナム版（Ku.13.142.27）、批判版（Cr. 13. 95.27）それぞれ僅かずつ異なるが、意味（訳）はほとんど変わらない。以下の訳はキンジャワデ

41――Klein-Terrada独訳（批判版による）：Nicht-Nacht (a-rātri) des Nicht-Drei (atri) ist jetzt diejenige Nacht, während welcher man nicht dreimal (triḥ) (den Veda) studiert (oder: hersagt). Wisse, dass Nicht-Nacht als Nicht-Drei (a-tri) mein Name ist, du Schöne.

Debroy英訳（批判版による）：I am the one who saves. I study thrice a day. There is no night during which I have not studied. O beautiful one! Know that this is the reason why my name is Atri.

カル版に基づくものである。

vasiṣṭho 'smi variṣṭho 'smi vase vāsagr̥heṣv api |
vasiṣṭhatvāc ca vāsāc ca vasiṣṭha iti viddhi mām || Ki.

vasiṣṭho 'smi variṣṭho 'smi vase vāsagr̥heṣv api |
vasiṣṭhatvāc ca vāsāc ca vasiṣṭha iti viddhi mām || Ca.

vasiṣṭho 'smi variṣṭho 'smi vase vāsagr̥heṣv api |
variṣṭhatvāc ca vāsāc ca vasiṣṭha iti viddhi mām || Ku.

vasiṣṭho 'smi variṣṭho 'smi vase vāsaṃ gr̥heṣv api |
variṣṭhatvāc ca vāsāc ca vasiṣṭha iti viddhi mām || Cr.

私は最も裕福な者である。家長達の間に住みながらも、最も優秀な者である。最も裕福だから、また〔家長達の間に〕住んでいるから「最も裕福な者（ヴァシシタ）」であると私を知れ。[42]

42——Ganguli英訳（ボンベイ版による）：I am endued with the wealth (that consists of the Yoga attributes of puissance, etc.) I lead, again, a domestic mode of life, and am regarded as the foremost of all persons that lead such a mode of life. In consequence of being endued with (such) wealth, of my living as a householder, and of my being regarded as the foremost of all householders, I am called Vasishtha.
ニーラカンタ注に基づき訳内容が少し異なる（特に（that consists of the Yoga attributes of puissance, etc.）部分）。

Klein-Terrada独訳（批判版による）：Ich bin der Glänzendste, ich bin der Beste, ich habe eine Bleibe auch im Haus; weil ich der Beste bin und wegen der Bleibe bin ich der, “der eine Wohnung hat”. So kenne mich.

Debroy英訳（批判版による）：I am Vasishtha. I am the foremost. I reside in wealth and houses. Know that since I am the foremost and since I reside, I am Vasishtha.

第3脚において、キンジャワデカル版等でvasiṣṭhatvācとなっているところ、クンバコーナム版・批判版ではvariṣṭhatvācとなっている。第2脚において、キンジャワデカル版等でvāsagr̥heṣvになっているところ、批判版ではvāsaṃ gr̥heṣvになっている。しかし、全体として四刊本ほぼ同じであり、意味（訳）もほとんど同じになる。「最も優れたヴァス」の疑似語源を用い、「最も裕福な者」を自負していると誤解させる、一種の「掛詞」（カーヴィヤのśleṣaに近い）が用いられている。また、variṣṭha-、vasa-、vāsa-等のvasiṣṭha-の類似音連発（カーヴィヤのanuprāsa、yamakaに近い）によって誤解を助長する技巧の要は変わらない。聴き手には「ヴァシシタであると私を知れ」と名乗っていることが伝わる。平易な技巧であり、安定した語りであったと考えられる。

(3) カシャパの名乗り

カシャパの名乗りは、キンジャワデカル版（Ki.13.93.90）、カルカッタ版（Ca.13.4486）、クンバコーナム版（Ku.13.142.29）において同じである。批判版（Cr. 13. 95.29）においても小異有るのみである。

kulaṃ kulaṃ ca kuvamaḥ kuvamaḥ kaśyapo dvijaḥ |
kāśyaḥ kāśanikāśatvād etan me nāma dhāraya || Ki., Ca., Ku.
あらゆる者の体を〔守る〕、あらゆる太陽であり、「体の守り手（カーシャパ）（カシャパ）」たるバラモンである。カーシャ草に似ているので、輝きが有る。私の名前をこのようなものと覚えよ。[43]

43――Ganguli英訳（ボンベイ版系テキストによる）：I always protect my body, and in consequence of my penances I have become endued with effulgence. For thus protecting the body and for this effulgence that is due to my penances, I have come to be called by the name of Kasyapa!
ニーラカンタ注に基づき訳内容が少し異なる（特にin consequence of my penances I have become endued with effulgence部分）。

kulaṃ kulaṃ ca kupapaḥ kupayaḥ kaśyapo dvijaḥ |
kāśyaḥ kāśanikāśatvād etan me nāma dhāraya || Cr.

あらゆる者の体を〔守る〕、太陽である。守られるべき「体の守り手（カーシャパ）（カシャパ）」たるバラモンである。カーシャ草に似ているので、輝きが有る。私の名前をこのようなものと覚えよ。[44]

第1、2脚において、キンジャワデカル版他ではkuvamaḥ kuvamaḥ（あらゆる太陽である）であるところ、批判版はkupapaḥ kupayaḥ（太陽である。[45]守られるべき）となっているが、意味（訳）は僅かに変わるのみである。その場合、「体を守るバラモン」を自負していると誤解させる、一種の「掛詞」（カーヴィヤのśleṣaに近い）が用いられていることになる。また、ku-音の連発、kaśya-、kāśya-、kāśanikāśa-というkaśyapa-の類似音の連発（カーヴィヤのanuprāsa、yamakaに近い）によって「カーシャパ」という名前かと錯覚させる、技巧の要はほぼ変わらない。その裏でカシャパは「カシャパ・バラモンである。……私の名前をこのようなものと覚えよ」と嘘偽りない名乗りをしていることが聴き手に伝わる。理解・保持の難しい技巧ではなく、ほぼ安定した語りであったと考えられる。

44——Klein-Terrada独訳（批判版による）: Ich bin die Sonne (?) für jede Familie, als Brahmane Kaśyapa bin ich Kupaya. Aufgrund der Ähnlichkeit mit Kāśa, heisse ich Kaśya. Behalte dies als meinen Namen.

Debroy英訳（批判版による）: I am the mooring for my lineage and I am radiant like the sun. Since I come from Kashi, know that I am the brahmana who bears the name of Kashyapa.

45——ニーラカンタはkuvama-に対してkupapa-という異読を挙げ、kupapa-を「太陽」としている。ニーラカンタが無視しない程度に当時こうした異読が存在したことを示す。

kupapa ity akārāntapāṭhas tu prāmādikaḥ | yad vā kuṃ pṛthivīṃ pātīti kupaṃ jalaṃ pibatīti kupapaḥ sūrya eveti samādheyam | ... || 90 ||

⑷ バラドヴァージャの名乗り

バラドヴァージャの名乗りは、キンジャワデカル版（Ki. 13.93.92）では以下の通りである。

bhare 'sutān bhare 'śiṣyān[46] bhare devān bhare dvijān |
bhare bhāryāṃ bhare dvājaṃ bharadvājo 'smi śobhane || Ki.
私は息子でない者達を養う。弟子でない者達を養う。神々を、バラモン達を、妻を、「二人の〔父〕から生まれた〔息子〕」を養う。私は「二人の父から生まれた息子を養う者（バラドヴァージャ）」である、美しい女よ。[47]

Bharadvāja-という名前・複合語の構造は本来bharad-vāja-[48]であるが、この名乗りにおいては、bhare...bhare...bhare...bhare...bhare...bhare..とbhare（√bhṛ〈養う〉の直接法現在・一人称単数）を繰り返すことによって、複合語の切れ目について魔女に誤解させている。そのことによって、bhara-dvāja-（二人の父から生まれた息子を養う者）の意味と錯覚させている。いわば「疑似語源」（pseudo etymology）によって、同音異義語を作り出し、一種の「掛詞」（カーヴィヤのśleṣaに近い）として用いてもいる。すなわち、bhareを六回も使って撹乱し、また、dvāja-（二人の父から生まれた息子）という造語（coinage）を囮として

46――もう一本のボンベイ版ではアヴァグラハ（'）を入れていない。

47――Ganguli英訳（ボンベイ版系テキストによる）：I always support my sons, my disciples, the deities, the Brahmanas, and my wife. In consequence of thus supporting all with ease, I am called Bharadwaja!
with ease部分は、クンバコーナム版のahaṃ vyājādを参照すると、原文bhare dvājaṃをaham avyājād等に変更して英訳している可能性が有る。意味が通らないと判断しての処置であるか（あるいは原文がaham avyājādであったのか）。

48――語源または意味として、「戦利品を持ち去る者」（*'carrying off the prize'）と考えられている。
Goto, Toshifumi. 2013. *Old Indo-Aryan Morphology and Its Indo-Iranian Background*: 58.

bharadvāja-の切れ目について誤解するよう誘導している。そして、dvāja-が有ることによって、'sutān（息子でない者達）、'śiṣyān（弟子でない者達）が不可思議な言葉として聞こえて来る可能性が有る。そのような状況で、バラドヴァージャが魔女には同音異義の別の名前と思わせつつ、真の名前を名乗っていることが聴き手には伝わる。

カルカッタ版（Ca.13.4488）の場合は以下の通りである。c、d脚にはニーラカンタ注をも参照した仮の訳を試みている。

> bhare 'sutān bhare 'śiṣyān bhare devān bhare dvijān |
> bhare bhāryām anavyājo bharadvājo 'smi śobhane || Ca.
> 私は息子でない者達を養う。弟子でない者達を養う。神々を、バラモンを、妻を養う。雌羊によって〔生まれたの〕ではなく、幻力による〔生まれ〕を持つ「バラドヴァージャ」である、私は。美しい女よ。

第3、4脚においてキンジャワデカル版がbhare dvājaṃ（私は二人の父から生まれた息子を養う）となっているところ、カルカッタ版ではanavyājoとなっている。ニーラカンタがこの異読を取り上げ[49]、注釈（異読注）を施している。

この解釈を一旦採用して、カルカッタ版のバラドヴァージャの名乗りについて上のような仮訳を行なっている。第3、4脚はbhare bhāryām anavyājo bharadvājo 'smi...となっている。このうち＿＿部分、'bhāryāmanavyājo'は、bhāryā-と、anavyāja-があることによって、bharadvāja-に音韻上類似した、しかし全くナンセンスな言葉として聞こえることになる。anavyājoは、bhāryāmと発声した後、bharadvājoへ導くための「埋め草」的表現、'bhāryāmanavyājo bharadvājo'は「バーリャーマナヴィヤージャのバラドヴァージャ」という程度の「無駄口」的言い

49——bhāryām anavyāja iti pāṭhe anavyā ajā māyā tayaiva jāto 'smi lokahitārthe na tu karmaṇety arthaḥ || 92
ニーラカンタが無視しない程度に当時こうした異読が存在したことを示す。

回しと見ることも出来る。

しかし、カルカッタ版ではbhare dvājaṃが無いため、dvāja-（二人の父から生まれた息子）という造語を使うこともなく、複合語bharadvāja-の切れ目がbharad-vāja-ではなくbhara-dvāja-であるとの誤解へ魔女を誘導することも無い。結果としてカルカッタ版のバラドヴァージャの名乗りは、意味不明の謎めいた言葉を並べているだけであっても魔女を煙に巻くという設定であるのでそれで良いということになりかねない。最大の問題は、「バラドヴァージャである、私は」（bharadvājo 'smi）と、バラドヴァージャが魔女にもわかるように名乗っていることである。この後でバラドヴァージャが魔女に殺されないのは、構想上破綻していると言える。カルカッタ版の編者（あるいは写本作者・転写者、語り手等）はこの技巧の要を理解していない。bhare...bhare...bhare...bhare...bhare...(bhare..)という形を取る名乗りであり、且つ、これが聴き手にとっても不可解な言葉の勢いで魔女を撃退する設定ではないのであれば、bhare dvājaṃが不可欠である。

クンバコーナム版（Ku.13.142.31）の場合は以下の通りである。

> bhare 'sutān bhare poṣyān bhare devān bhare dvijān |
> bhare bhāryām ahaṃ vyājād bharadvājo 'smi śobhane || Ku.
> 私は息子でない者達を養う。養われるべき者達を養う。神々を、バラモン達を養う。私は見せ掛けだけ妻を養う。「バラドヴァージャ」である、私は。美しい女よ。

第1脚において、キンジャワデカル版が 'śiṣyān（弟子でない者達）となっているところ、クンバコーナム版はpoṣyān（養われるべき者達）となっている。キンジャワデカル版では第1脚がbhare 'sutān bhare 'śiṣyān（私は息子でない者達を養う。弟子でない者達を養う）であり、不可思議な言葉を続けているように聞こえる可能性が有る。しかし、クンバコーナム版ではpoṣyānが有ることによって、冒頭のbhare 'sutānが「私は息子達だけではなく息子でない者達をも養う」といった意味となり、不可思議とは聞こえなくなる。むしろ、全ての者を——どのような者であっても――養うというバラドヴァージャの気概が一貫して述べられていると聞こえて来る可能性が有る。

また、キンジャワデカル版が第3脚においてbhare dvājaṃとしているところ、クンバコーナム版はahaṃ vyājād（私は見せ掛けだけ）としている。すなわち、クンバコーナム版の第3、4脚はbhare bhāryām aham vyājād bharadvājo 'smi... となっている。このうち特に……部分、'bhāryāmahaṃvyājād'は、bhāryā-とvyājādが有ることによって、bharadvāja-に類似した、全くナンセンスな表現として聞こえることになる。ahaṃ vyājādは、bhāryāmと発声した後、bharadvājoへ導くための「埋め草」的表現、'bhāryāmahaṃvyājād bharadvājo'は「バーリャーマハンヴィャージャードのバラドヴァージャ」という程度の「無駄口」的言い回しと見ることも出来る。

このように、クンバコーナム版のバラドヴァージャの名乗りで、まず、全ての者を養うというバラドヴァージャの気概が述べられているとすれば、その高まりがbhāryām ahaṃ vyājād（私は見せ掛けだけ妻を養う）によっていわば「落とされる」のは笑えるところとも考えられる。

しかし、クンバコーナム版にはbhare dvājaṃが無いため、dvāja-という造語を使うことも無く、複合語bharadvāja-の切れ目がbharad-vāja-ではなくbhara-dvāja-であるとの誤解へ魔女を誘導することも無い。最大の問題は、bharadvājo 'smi（バラドヴァージャである、私は）と、魔女にもわかるように名乗ったことになってしまうことである。この後でバラドヴァージャが魔女に殺されないのは構想上破綻していると言える。クンバコーナム版の編者はこの技巧を理解していない。

批判版（Cr. 13. 95.31）の場合は以下の通りである。第3、4脚にはニーラカンタ注をも参照した仮の訳を試みている。

bhare sutān bhare śiṣyān bhare devān bhare dvijān |
bhare bhāryām anavyājo bharadvājo 'smi śobhane || Cr.
私は息子達を養う。弟子達を養う。神々を、バラモンを、妻を養う。雌羊によって（生まれたの）ではなく、幻力による（生まれ）を持つ「バラドヴァージャ」である、私は。美しい女よ。[50]

第3脚においてキンジャワデカル版がbhare dvājaṃとしているところ、批判版ではカルカッタ版と同じくbhāryām anavyājoとしている。批判版の編者は、カルカッタ版・クンバコーナム版の編者と同じく、バラドヴァージャの名乗りの技巧を理解していない、あるいは無視している。威勢の良さだけで魔女を蹴散らす設定でないのであれば、バラドヴァージャの名乗りにはbhare dvājaṃが不可欠である。この部分をbhare dvājaṃとしない語りが幾つも発生しているが[51]、語り手達の間で、バラドヴァージャの名乗りを謎めいた・不可思議なものとする了解が共有されて、様々な工夫が凝らされ、結果として技巧の要（bhare dvājaṃ）が失われた可能性も有る。しかし逆に、カルカッタ版やクンバコーナム版の例は、既存の語り（'bhāryāṃbharedvājaṃ bharadvājo'が「バーリャーンバレードヴァージャンのバラドヴァージャ」と聞こえかねない）が知られている状況で「もじり」（parody）を行なうことも有り得たのではないだろうか。このように多くの異読を持つ語りについて、corruptionやcontamination（正しい原型が崩れ損なわれたということ）の可能性以外に、創意工夫の競争を想定しても良い場合が有ることを推測させる。

50——Klein-Terrada独訳（批判版による）：Ich trage Söhne, ich trage Schüler, ich trage Götter, ich trage Brahmanen, ich trage die Gattin (wörtlich die zutragende: bhāryā) nicht ohne Täuschung. Ich bin die tragende Kraft (śobhane).
nicht ohne Täuschung部分は、原文anavyājoを ahaṃ vyājādに変更して独訳している可能性が有る。

Debroy英訳（批判版による）：O beautiful one! I support my sons. I support my disciples. I support the gods. I support brahmanas. I support my wife. Since I do this easily, I am Bharadvaja.
easily部分についても同じく、原文anavyājoを aham avyājādに変更して英訳している可能性が有る。意味が通らないとして、ナンセンスな訳を避けたと考えられる。

51——批判版の異読注では第3、4脚を合わせて複数の異読が本文との対応関係を示さずに挙げられており、それら異読の状態が把握出来ない。

(5)　ガウタマの名乗り

キンジャワデカル版（Ki. 13. 93. 94）とクンバコーナム版（Ku. 13. 142. 33）はほぼ同じであり、批判版（Cr. 13. 95.33）には小異が有る。カルカッタ版（Ca.13. 4490-4491）はかなり異なり、問題が有る（「(5)　ガウタマの名乗り」でのみ、カルカッタ版を最後に提示する）。以下の訳はキンジャワデカル版によるものである。

godamo damato 'dhūmo 'damas te samadarśanāt |
viddhi māṃ gautamaṃ kṛtye yātudhāni nibodha mām || Ki.

godamo damato 'dhūmo 'damas te samadarśanāt |
viddhi māṃ gotamaṃ kṛtye yātudhāni nibodha mām || Ku.

天地を支配する者である。〔自己を〕支配する者であるから。煙でない者であり、汝に飼い馴らされない者である。公平な目で見る者だからである。私のことを「ガウダマ（ガウタマ）」と知れ、魔女よ、魔女め、私のことを知れ。[52]

godamo damago 'dhūmo damo durdarśanaś ca te |
viddhi māṃ gautamaṃ kṛtye yātudhāni nibodha me || Cr.

天地を支配する者である。支配者となった者である。煙でない者であり、〔自らを〕支配し汝には見ることの出来ない者である。私のことを「ガウダ

52――Ganguli英訳（ボンベイ版系テキストによる）：I have conquered heaven and earth by the aid of self-restraint. In consequence of my looking upon all creatures and objects with an equal eye, I am like a smokeless fire. Hence I am incapable of being subjugated by thee. When, again, I was born, the effulgence of my body dispelled the surrounding darkness. For these reasons I am called Gotama!
ニーラカンタ異読注に基づき訳内容が少し異なる（特にthe effulgence of my body dispelled the surrounding darkness部分）。

マ」と知れ、魔女よ、魔女め、私のことを知れ。[53]

第1、2脚は、キンジャワデカル版において、godamo damato ’dhūmo ’damas te samadarśanāt | となっているところ、批判版は ...damago...damo durdarśanaś ca te | となっている。第3、4脚はキンジャワデカル版でmāmとなっているところ、批判版はmeとなっている。

しかし、魔女を騙す技巧の要は三本とも同じである。すなわち、godama-（天地を支配する者）というgotama-に酷似する音の単語を最初に出し、Gautama-（ガウタマ）と名乗ったときGaudama-（ガウダマ）と聞き違えさせるように細工していること、更に聞き違いを助長するため、godama-と類似した音の三単語、damato ’dhūmo ’damasあるいはdamago ’dhūmo damoを立て続けに発声した後に名乗っていること、である。しかし、聴き手には「私のことをガウタマと知れ」と名乗っていることがわかる。これら類似音連発（カーヴィヤのanuprāsa、yamakaに近い）は、「早口言葉」（tongue-twister）のような言語遊戯的要素を持っており、聴き手に喜ばれたと考えられる。以上三本を見る限り、ガウタマの名乗りはおおよそ安定した語りのようであるが、次のような問題も有る。

それはカルカッタ版（Ca.13.4488）の場合であり、以下に示す通りである。第3、4脚にはニーラカンタ注をも参照した仮の訳を試みている。

gotamo ’ham ato ’dhūmo ’damas te samadarśanāt |

53——Klein-Terrada独訳（批判版による）: Der Kuhbezwinger geht nach Hause, rauchlos ist das Haus und schwer für dich zu sehen. Wisse mich als Gau-tama. Hexe Yātudhānī, erkenne mich.

Debroy英訳（批判版による）: O demoness! O Yatudhani! Listen to me. I have conquered the sky and earth through my self-restraint. I travel using my self-restraint. I am like a fire without smoke. Because of my self-restraint, you will find it extremely difficult to look at me. Know me to be Goutama.

gobhis tamo mama dhvastaṃ jātamātrasya dehataḥ |
viddhi māṃ gautamaṃ kr̥tye yātudhāni nibodha mām || Ca.
私はゴータマ（ガウタマ）[54]であり、したがって、煙でない者であり、汝に支配されない者である。公平な目で見る者だからである。私の光によって肉体から生まれたのみの者の闇は打ち破られる。私のことを「ガウタマ」と知れ、魔女よ、魔女め、私のことを知れ。

全六脚から成り、第3、4脚gobhis tamo mama dhvastaṃ jātamātrasya dehataḥが他の三刊本に無い表現となっている。ニーラカンタがこれと一致する異読を挙げて注釈を行なっている[55]のに一旦従って、仮に上のように訳している。第3、4脚は特に名乗りの技巧を損なっていない。

しかし、第1脚においてキンジャワデカル版他がgodamo damatoとなっているところで、カルカッタ版ではgotamo 'ham ato（私はゴータマ（ガウタマ）である）となっている。類似音によってガウタマの名乗りを聞き取りづらくするという技巧の要がカルカッタ版の編者（あるいは写本作者・転写者、語り手等）に理解されていない。そのためgotamo 'ham atoと変更されたものが踏襲されたと推測される。ガウタマの名乗りは、優れた語り手でなければ正確な発音も記憶も困難であっただろう。そのような技巧の難しさが原因で異なる語りが発生したと考えられる。しかし、構想の点では、ガウタマの名乗りにはgodamoが無くてはならない。カルカッタ版のようにgodamoが無い場合、ガウタマは開口一番に「私はゴータマである」と魔女にもわかるように名乗り、その後で「私のことをガウタマと知れ」と重ねてわかりやすく名乗っていることになってしまう。

54――「ガウタマ（Gautama-）」は「ゴータマ（Gotama-）の息子・子孫」の意であるが、この二つは厳密に区別されずに使われていることが多い。

55――gobhis tamo mama dhvastaṃ jātamātrasya dehata iti pāṭhe dehato mātur dehāj jātamātrasya akr̥tatapaso 'pi mama sūryatulyasya gobhī raśmibhis tamo 'ndhakāraṃ dhvastaṃ ato 'haṃ gāvaḥ atamāḥ tamovirodhino yasya sa iti vyutpatyā gautamo 'smi | tvayā vahnivad duḥsparśo 'ham ity arthaḥ || 94 ||
ニーラカンタが無視しない程度に当時こうした異読が存在したことを示す。

(6) ヴィシュヴァーミトラの名乗り

ヴィシュヴァーミトラの名乗りは、キンジャワデカル版（Ki. 13. 93.96)、カルカッタ版（Ca.13.4493）クンバコーナム版（Ku.13.142.35)、批判版（Cr. 13. 95.35）において、ほぼ同じである。

viśve devāś ca me mitraṃ mitram asmi gavāṃ tathā |
viśvāmitram iti khyātaṃ yātudhāni nibodha mām || Ki., Ca, Ku.

viśve devāś ca me mitraṃ mitram asmi gavāṃ tathā |
viśvāmitram iti khyātaṃ yātudhāni nibodha <u>me</u> || Cr.
全ての神々も私の友、また、私は世界の友である。「全世界である友（または、全世界の友）（ヴィシュヴァーミトラ）」と呼ばれていると私のことを知れ、魔女よ。[56]

カルカッタ版、クンバコーナム版はキンジャワデカル版と全く同じである。批判版については第4脚最後がキンジャワデカル版でmāmとなっているところmeとなっている。それ以外は、キンジャワデカル版と同じである。名前の構成要素、viśva-（「全て」）とmitra-（「友達」）の二通りの関係を用いて、「全ての神々も私の友、また、私は世界の友である」と述べ、「全世界である友」、あるいは「全世

56——Ganguli英訳（ボンベイ版系テキストによる）：The deities of the universe are my friends. I am also the friend of the universe. Hence, O Yatudhani, know that I am called Viswamitra!
訳内容はほぼ同じ。

Klein-Terrada独訳（批判版による）：Die Viśvadevas sind mir Freund, ebenso bin ich Freund der Kühe, als “Freund aller” genannt, erkenne mich Yātudhānī.

Debroy英訳（批判版による）：The gods of the universe are my friends. The cattle are my friends. O Yatudhani! Listen to me. I am known as Vishvamitra.

界の友」を自負していると誤解させる、一種の「掛詞」（カーヴィヤのśleṣaに近い）が用いられている。ヴィシュヴァーミトラは「ヴィシュヴァーミトラと呼ばれていると私のことを知れ」と嘘偽りない名乗りをしている。平易な技巧・安定した語りであったと考えられる。

(7)　ジャマドアグニの名乗り

ジャマドアグニの名乗りは、キンジャワデカル版（Ki. 13.93.98）、クンバコーナム版（Ku. 13.142.37）・カルカッタ版（Ca.13.4495）は僅かに異なるが、意味（訳）はほとんど変わらない。

jājamadyajajāne 'haṃ jijāhīha jijāyiṣi |
jamadagnir iti khyātas tato māṃ viddhi śobhane || Ki.
私はいや増しに火を煽る供儀から生まれた者として在る。〔そのような者として〕ここで知れ。私は〔そのような者として〕生まれたのだ。「ジャージャマドアグニ（ジャマドアグニ）」と知られている。だから、〔そのような者として〕私のことを知れ、美しい女よ。[57]

jājamadyajajāne 'haṃ jijāhīha jijāyiṣi |
jamadagnir iti khyātaṃ tato māṃ viddhi śobhane || Ca., Ku.
私はいや増しに火を煽る供儀から生まれた者として在る。〔そのような者として〕ここで知れ。私は〔そのような者として〕生まれたのだ。だから「ジャージャマドアグニ（ジャマドアグニ）」と知られている私のことを知れ、美しい女よ。

57――Ganguli英訳（ボンベイ版系テキストによる）：I have sprung from the sacrificial fire of the deities. Hence am I called Jamadagni, O thou of beautiful features!
ニーラカンタ注に基づき訳内容が少し異なる（特にthe sacrificial fire of the deities部分）。

第1脚冒頭のjājamad-（jājamat-）はJamadagni-由来の強意動詞・現在分詞の形を取っている。[58] 第2脚のjijāyiṣiについては、ニーラカンタ注が「私は生まれた」（jāto 'smi）の意味（√janの強意活用・意欲活用・アオリストの反射態・一人称単数）と文法解釈をしている。[59] そこで、一旦これを採用して読解している。

ニーラカンタはサンスクリット文法の知識を駆使して、jijāyiṣiを正しい文法形として解釈しようとしたようである。しかし、「私は生まれた」という意味を持つ、強意活用、且つ意欲活用にしてアオリスト形の反射態・一人称単数jijāyiṣiという重層的な形は有り得るのだろうか。[60] あるいは、語り手はそのように難解なサンスクリット文法の知識を持っていたのであろうか。むしろこれは、紛らわし音のji-、jā-を前半に入れ、iṣアオリストの語尾-iṣi（反射態・一人称単数）を付けた、四類動詞√jan（直接法現在・一人称単数はjāyate、「生まれる」）の、疑似iṣアオリストとも言うべきものと考えた方が良いのではないか。語り手は必ずしもサンスクリット文法に通暁している者ばかりではなかったであろうし、また、ここでは文法的な正しさが追求されているのではなく、遊び心による技が行なわれていると考えられる。また、corruptionやcontamination（正しい原型が崩れ損なわれたということ）でもなく、「にせサンスクリット」とも言うべき言語遊戯的語法である。なお、第1脚がjājamadyajajāne 'haṃであり、jāna-（名詞・「生まれ」）を含むため、疑似アオリストjijāyiṣiの語根を想定するならば、√janの方が後述

58——Jamadagni-の語源・意味としては「火をあおる者」と考えられている。
*'going to Agni' or *'Agni shall go'
Goto, Toshifumi. 2013. *Old Indo-Aryan Morphology and Its Indo-Iranian Background*: 58.

59——ijyante devatā asminn iti yajo 'gniḥ | teṣāṃ jāna āvirbhāvas tasmin jijāyiṣi jāto 'smi janer yaṅantāt sani luṅātmanepade uttamapuruṣaikavacanam ārṣo 'ḍbhāvaś ca | ... || 98 ||

60——A. Holtzmannもこの形について記述していない。後述・批判版本文にjijāyiṣe、批判版異読注記や注釈中の該当語には他に、jijīyiṣi、jijāyiṣu、jajāyaṣi、jajāyasi、jitāmiṣi、jajāyuṣīm、jajāyuṣi、jajāyiṣī等多くの形が有る。
Holtzmann, Adolf. 1884. *Grammatisches aus dem Mahabharata*.

√ji（直接法現在・一人称単数はjayatiとjayate、「勝つ」）より適切ではないかと考えられる。

この名乗りでは、Jamadagni-から作った造語jājamad-によって、Jamadagni-と名乗ったときに、Jājamadagni-と聞き違えさせるように細工をしている。そして、ji-、ja-、jā-のjamadagni-類似音の連発は、魔女の頭の混乱に拍車を掛け、聞き違いを助長する。しかし、聴き手には「ジャマドアグニと知られている。〔そのように〕私のことを知れ」と名乗っていることがわかる。一種の「掛詞」（カーヴィヤのśleṣaに近い）、類似音連発（カーヴィヤのanuprāsa、yamakaに近い）が用いられている。ガウタマの名乗りと同様の趣向であり、「早口言葉」的言語遊戯の性格を持つ。

批判版（Cr. 13. 95.31）の場合は以下の通りである。第1、2脚にはニーラカンタ本文注[61]と異読注[62]をも参照した仮の訳を試みている。

61——ニーラカンタ注（本文注）では、jājamat-を√jam（食べる）の強意法・現在分詞・能動態としている。

jājamadya iti | bhūyo bhūyo ’tiśayena jamanti yugapad anekeṣu yajñādiṣv anekavāraṃ punaḥ punar bhakṣayanti havīṃṣi te jājamanto devāḥ | jamu bhakṣane yaṅluki śatrantasya rūpam | ... || 98 ||

なお、WhitneyもMonierも、√jamをjamadagni-に由来する語根とし、強意法・現在分詞・能動態jājamat-の用例として『マハーバーラタ』のこの箇所を示唆し、または挙げている。ニーラカンタ注の上記の部分に依っていると考えられる。

62——ニーラカンタ注（異読注）: jājamadyajajā nāma mr̥jā mā ”ha jijāyiṣīti pāṭhe jājamadyajebhyo devāgnibhyo jātāḥ saṃpado jājamadyajajās tāś ca kr̥takatvāt nāma niścitaṃ, mr̥jāḥ mārjyanta iti mr̥jā naśvarā iti mā mām āha uktavān vedaḥ ato ’haṃ tāḥ jijāyiṣi jitavān asmi | asmin pakṣe abhyāsatadvikārābhavādy ārṣam | jitaloko ’haṃ tvayā jetum aśakya iti bhāvaḥ || 98 ||

jājamadyajajā nāma mṛjā māha jijāyiṣe |

jamadagnir iti khyātam ato māṃ viddhi śobhane || Cr.

いや増しに火を煽る供儀から生まれた清らかな者である。私は〔そのような者と〕言われている。私は〔そのような者として〕生まれたのだ。だから「ジャージャマドアグニ（ジャマドアグニ）」と知られている私のことを知れ、美しい女よ。[63]

批判版では、第1、2脚 jājamadyajajā nāma mṛjā māha jijāyiṣe がキンジャワデカル版とかなり異なる。下記のように、第2脚において、キンジャワデカル版が jijāyiṣi としているところ、批判版は jijāyiṣe としている。これを纏めて示せば以下の通りである。

ニーラカンタ注異読・第1、2脚： jājamadyajajā nāma mṛjā māha jijāyiṣi
批判版・第1、2脚： jājamadyajajā nāma mṛjā māha jijāyiṣe

前述のように、ニーラカンタは本文の注において、jijāyiṣi を jāto 'smi（私は生まれた）の意と説明している。一方、下記のように、批判版にほぼ一致する異読 jājamadyajajā nāma mṛjā māha jijāyiṣi（批判版は ...jijāyiṣe）を挙げ、異読注では、jijāyiṣi を「私は勝った」(jitavān asmi）の意と説明している。これらからすれば、ニーラカンタは jijāyiṣi を文脈によって解釈し分けようと努めているのみのようであり、この語形に即して解釈していたと言えるかどうか疑問である。

ここで、jijāyiṣi は、一類動詞√ji（直接法現在・一人称単数は jayati, jayate、「勝つ」）の疑似アオリストとして取り扱うことも出来るのであろうか。第1脚

63——Klein-Terrada 独訳（批判版による）：Ich bin im Opferfeuer geboren worden und für das Opferfeuer und die Götter, deswegen bin ich jamad und agni-Gott.

Debroy 英訳（批判版による）：O beautiful one! I have been born from the sacrifices of those who have no birth. I provide inspiration because of my purity. Know that it is the view that I am Jamadagni.

jājamadyajajā nāmaに-ja-（生まれ（を持つ））と有るので、ここでも√jan（直接法・現在・一人称単数はjāyate、「生まれる」）の疑似アオリストとした方がより良いのではないかと考えられる。以上を纏めると、以下の通りである。

ニーラカンタ注異読・第1、2脚：　jājamadyajajā nāma mr̥jā māha jijāyiṣi

→　ニーラカンタ異読注をも参照した仮訳：いや増しに火を煽る供儀から生まれた清らかな者である。〔そのような者と〕私は言われている。私は勝ったのだ。

→　ニーラカンタ本文注をも参照した仮訳：いや増しに火を煽る供儀から生まれた清らかな者である。〔そのような者と〕私は言われている。私は生まれたのだ。

以上のようなニーラカンタ注異読に対して、批判版・第1、2脚を再度挙げれば、以下の通りである。

批判版・第1、2脚：　jājamadyajajā nāma mr̥jā māha jijāyise

ここで、jijāyiṣeは√janの疑似アオリストと考えることが出来るのであろうか。jijāyiṣeという語形であり、-iṣ-が入っているので、iṣアオリスト（反射態・一人称単数）の模造とも見られるが、語尾最末を-eとまでするのは過剰な偽装ではないだろうか。上記jijāyiṣiを√janの疑似iṣアオリスト（反射態・一人称単数）と考えて良いとすれば、強いて言うなら、jijāyiṣeは更にその応用を試みたとも考えられるが、jijāyiṣiの方が成功している。結局、批判版のjijāyiṣeは疑似アオリストとしてもjijāyiṣiほど成功していないと考えられる。第3、4脚（jamadagnir...）はキンジャワデカル版と全く同じである。

ジャマドアグニの名乗りには、ガウタマの名乗りと同様の「早口言葉」的難しさが有る。優秀な語り手でなければ正確な発音・記憶は至難だったのではないか。そのような技巧の難しさが原因で幾つもの異伝が発生したと考えられる。しかしjājamad-部分を保っていれば小異はそれほど問題でなく、概して技巧の要部分は破壊されていない。

(8) アルンダティーの名乗り

アルンダティーの名乗りは、キンジャワデカル版（Ki. 13.93. 100）と、カルカッタ版（Ca.13.4497）、クンバコーナム版（Ku. 13.142.39）、批判版（Cr. 13. 95. 39）において全く同じである。

dharāṃ dharitrīṃ vasudhāṃ bhartus tiṣṭhāmy anantaram |
mano 'nurundhatī bhartur iti māṃ viddhy arundhatīm || Ki., Ca., Ku., Cr.
支える大地、保つ大地、富を生む大地と〔私のことを知りなさい〕。私は常に夫の傍らにいる。夫の心を愛する女であるとして、私を「アヌルンダティー（アルンダティー）」と知りなさい。[64]

第1脚冒頭から、名乗り手の名前・アルンダティーArundhatī-と同じくdha-を含む三単語の連続、dharāṃ dharitrīṃ vasudhāṃによって紛らわせた後、arundhatī-（a〈否定辞〉+√rudh〈遮る〉現在分詞・女性形）の類似音、anantaram... 'nurundhatī（anu√rudh〈愛する〉現在分詞・女性形）を連発して、Anurundhatī（アヌルンダティー）という名前かと聞き違えさせる、あるいは「愛する女」が意味・語源かと誤解させる、技巧の要は変わらない。類似音連発の技巧（カーヴィヤのanuprāsa、yamakaに近い）を持っている。聴き手には「私をアルンダティーと知りなさい」と名乗っていることがわかる。理解・保持の難しい技巧ではなく、

64——Ganguli英訳（ボンベイ版系テキストによる）：I always stay by the side of my husband, and hold the earth jointly with him. I always incline my husband's heart towards me. I am, for these reasons called Arundhati!
訳内容が少し異なる（特にhold the earth jointly with him部分）。

Klein-Terrada独訳（批判版による）：Als Schloss, als Trägerin, als Schatz-Halterin —ich stehe unmittelbar hinter dem Gatten des Gatten Sinn umfangend—so erkenne mich, Arundhatī.

Debroy英訳（批判版による）：I stand next to my husband and hold up the earth. My mind gently follows my husband. Therefore, know me to be Arundhati.

安定した語りであったと考えられる。

(9) ガンダーの名乗り

ガンダーの名乗りは、キンジャワデカル版（Ki. 13. 93. 102）、カルカッタ版（Ca.13.4499）、クンバコーナム版（Ku. 13.142.41）において全く同じである。

vaktraikadeśe gaṇḍeti dhātum etaṃ pracakṣate |
tenonnatena gaṇḍeti viddhi mā 'nalasaṃbhave || Ki., Ca., Ku.
顔の一部に有るのがほっぺただと、このことを決めるために人々は言う。その膨らんだ所を以て「ほっぺた」と言うと知ってはいけない（私のことをガンダーと知りなさい）、火から生まれた女よ。[65]

ガンダーの名乗りにおいては、第4脚のviddhi māに二通りの意味を持たせている。「知ってはいけない」（mā〈禁止の副詞〉＋√vid〈知る〉命令形・二人称単数）と、「私のことを知りなさい」（√vid命令形＋mā〈人称代名詞・一人称単数・対格〉）である。そこで、表の意味は、「ほっぺたと言うと知ってはいけない」となる。一種の「掛詞」（カーヴィヤのśleṣaに近い）によって、そうした誤解を助長する。しかし、その裏には「ガンダーと言うと私のことを知りなさい」という名乗りが存在している。

批判版（Cr. 13. 95.31）の場合、以下のような仮の訳を試みる。

<u>gaṇḍaṃ gaṇḍaṃ gatavatī gaṇḍagaṇḍeti saṃjñitā</u> |

65——Ganguli英訳（ボンベイ版系テキストによる）：The *Ganda* means a portion of the cheek. As I have that portion a little elevated above the others, I am, O thou that hast sprung from the sacrificial fire of Saivya, called by the name of Ganda!
訳内容が少し異なる（特にI have that portion a little elevated above the others部分）。

gaṇḍagaṇḍeva gaṇḍeti viddhi mā ’nalasaṃbhave || Cr.

おできが一杯有る女は、「おできが一杯有る女」として知られている。おできが一杯有る女のように、「おでき」と言うと知ってはいけない（私のことをガンダーと知りなさい）、火から生まれた女よ。[66]

gaṇḍaには幾つもの意味が有るが、「頬」ではなく「吹き出物」の意味を採用すれば、上記・仮訳が有り得るであろうか。viddhi māに二通りの意味を掛けているという点はキンジャワデカル版他と同じである。裏には「ガンダーと言うと私のことを知りなさい」という名乗りが存在している。魔女を騙す技巧の要に変わりは無い。使い易い技巧であり、相当変化しつつも安定した語りを保っていたと考えられる。

⑽ パシュサカの名乗り

パシュサカの名乗りは、キンジャワデカル版（Ki. 13.93.104）、クンバコーナム版（Ku. 93.142.43）において全く同じであり、カルカッタ版（Ca.13.4501）において小異有るのみである。

paśūn rañjāmi dṛṣṭvā ’haṃ paśūnāṃ ca sadā sakhā |
gauṇaṃ paśusakhety evaṃ viddhi mām agnisaṃbhave || Ki., Ku.

paśūn rakṣyāmi dṛṣṭvā ’haṃ paśūnāṃ ca sakhā sadā |

66——Klein-Terrada独訳（批判版による）：Die immer zur Seite Gegangene ist als “Gaṇḍagaṇḍā” bekannt. Gaṇḍā ist wie Gaṇḍagaṇḍā. So verstehe mich, du aus dem Feuer Entstandene.

Debroy英訳（批判版による）：The side of my face has a lump. I bear that mark of a lump on the cheek. O one who has been born from the fire! Because of the lump that stands out on my cheek, know me to Ganda. 原文を相当に（ボンベイ版系テキストと同じ、あるいは近いものに）変更して英訳していると考えられる。

gauṇaṃ paśusakhety evaṃ viddhi mām agnisaṃbhave ‖ Ca.
俺は動物達を見ては守ってやる。いつも動物達の友である。喩えて言えば、俺を「動物の友」と（従者である俺をパシュサカと）、このように知れ、火から生まれた女よ。[67]

パシュサカの名乗りにおいては、第4脚のgauṇaṃに二通りの意味を持たせている。「喩えて言えば」（男性名詞guṇa対格から来た副詞）と「従者である」（男性名詞guṇaから来たgauṇa〈「従者」・単数・対格〉）である。gauṇaṃ「従者である」はmām「俺を」（人称代名詞・一人称単数・対格）に掛かる。また、paśusakha-という名前の本来の語義・「動物の友」を強調している。そこで、表の意味は、「喩えて言えば、俺を『動物の友』と、このように知れ」となり、魔女は彼の「動物の友」という比喩を用いた自負が述べられていると錯覚する。比喩と見せかけて実は比喩でない（にせの比喩）という手法であり、一種の「掛詞」とも言える。その裏には「従者である俺をパシュサカと、このように知れ」という名乗りが存在している。

批判版（Cr. 13. 95.31）の場合には以下の通りである。

sakhā sakhe yaḥ sa khyeyaḥ[68] paśūnāṃ ca sakhā sadā |
gauṇaṃ paśusakhety evaṃ viddhi mām agnisaṃbhave ‖ Cr.
友よ、（俺は）友と呼ばれるべき者である。つまり、常に動物達の友である者だ。喩えて言えば、俺を「動物の友」と（従者である俺をパシュサカと）、

67――Ganguli英訳（ボンベイ版系テキストによる）：I protect and tend all animals that I see, and I am always a friend to all animals. Hence am I called Pasusakha, O thou that hast sprung from the (sacrificial) fire (of king Vrishadarbhi).
訳内容が少し異なる。

68――批判版原文ではsakhyeyaḥとなっているが、最小限の修正として、sa khyeyaḥとした。伏見誠氏の御教示による。批判版の異読注記には、saṃkhyeyaḥが挙げられているのみである。

このように知れ、火から生まれた女よ。[69]

ここでは批判版原文第1脚のsakhyeyaḥをsa khyeyaḥ（√khyā願望法・反射態・一人称単数）とすれば読解出来る。第3、4脚（gauṇaṃ...）についてはキンジャワデカル版他と全く同じである。最小限の修正によって特に問題無く読め、魔女を騙す技巧の要もキンジャワデカル版と全く同じである。使い易い技巧であり、変化しつつも安定した語りであったと考えられる。

⑾ シュナハサカの名乗り

シュナハサカの名乗りは、キンジャワデカル版（Ki. 13.93.106）、カルカッタ版（Ca.13.4503）、クンバコーナム版（Ku.13.142.45）、批判版（Cr. 13. 95.4）全てにおいて同じである。魔女にはこの名乗りが聞き取れない。

ebhir uktaṃ yathā nāma nāhaṃ vaktum ihotsahe |
śunaḥsakhasakhāyaṃ māṃ yātudhāny upadhāraya || Ki., Ca., Ku., Cr.
これらの人々が〔自分の〕名前を述べたのと同じように〔私の名前を〕述べることは、今私には出来ない。「シュナハサカ」という友達と私のことを覚えよ、魔女よ。

シュナハサカは何らの文法や語彙の仕掛け無く名乗りをしている。しかし、これに対するヤートゥダーニーの台詞に、「はっきりしない声で（sandigdhayā girā）言われたので、もう一度名乗れ」（Ki. 13.93.105）と有るので、それがボソボソと

69——Klein-Terrada独訳（批判版による）：Wer Freund ist, o Freund, der ist als Freund zu halten und immer Freund der Tiere. So wisse mich als Untergeordneten in dem Sinne, dass ich “Tierfreud” bin, o Feuerentstandene.

Debroy英訳（批判版による）：O one who has been from the fire! O friend! I am a friend to, and friendly towards, animals, espesially towards cows, Therefore know me to be Pashusakha.

した、訛った、不明瞭な発音、あるいは小声等の聞き取りづらい名乗りであったことがわかる。そのような聞き取りづらい名乗りが語り手によって実際為されたと推測される。言語的な技巧ではなく演技上の技巧であるので、サンスクリットの語学力が高くない聴き手がいても最後には笑うことが出来る。

4. 纏め

「七仙人の名乗り」は、四刊本全体として、キンジャワデカル版以外の、カルカッタ版、クンバコーナム版、プーナ批判版でもそれなりに理解出来る。同じ名乗りの場合も多く、異なる名乗りであっても解釈出来る場合も有る。しかし、カルカッタ版ではバラドヴァージャ、ガウタマの名乗りが破綻している。クンバコーナム版ではバラドヴァージャの名乗りが失敗している。批判版では、アトリの名乗りはやや散漫で若干迫力が削がれ、バラドヴァージャの名乗りは失敗となり、ジャマドアグニの名乗りについては原文のままでは解釈に無理が有る。

批判版・第13巻「教説の巻」（R. N. Dandekar編）のCritical Note, 13.94.42-43, 13.95.25（p.1094）には下記のように、ここに「名前を知ることによる支配」の原始的な観念が存在していること、また、七仙人達が名前を述べる中に「珍語源解釈」や「言葉遊び」が有って、魔女の野望を打ち砕くことが述べられている。

> Critical Note, 13.94.42-43: A full comprehension of the name of a thing or a person gives one a kind of magical control over that thing or person. This is a commom feature of primitive ideology, and several indication of it are to be seen even in the Vedic literature, paticularly in the *Atharvaveda*.

> Critical Note, 13.95.25: In order not to allow the Yātudhānī to have a magical control over them..., the Ṛiṣis deliberately adopt a cryptyc way of mentioning their names. They have recourse, among over things, to strange etymology and play on words. This completely defeats the purpose for which the Yātudhānī was commissioned.

こういった指摘が為されつつも、批判版・第13巻においては「七仙人の名乗り」に埋め込まれている様々な言語技巧が具体的に理解されなかったか、編纂に当たって配慮されなかったと考えられる[70]。

纏めれば、

①『マハーバーラタ』「七仙人の名乗り」の構想は——名前を知られれば殺される、しかし嘘を吐く訳にはいかないという究極の状況において、七仙人達が言葉の技を尽くして魔女に対して名乗りを挙げる。魔女にはナンセンスな言葉の連なりとして聞こえ困惑する——というものである。この構想に応じた技巧の数々が語り手によって披露され、聴き手に喜ばれる。「七仙人の名乗り」は、一定以上の知識とサンスクリット語学力を持つ聴き手を笑わせることを意図した語りである。

②「七仙人の名乗り」に存在する、名前あるいは名前の意味・語源を知ることによる支配の呪術的思考については、語り手を離れて後、写本作成者や転写者・注釈者・校訂本編纂者・近現代の翻訳者によって理解される伝統が続いている。一方、七仙人達（すなわち語り手）は訳のわからないことをまくし立てて魔女を撃退するのではなく、魔女にとってはナンセンスであるばかりだが、聴き手には理解出来る言葉を駆使し、実は、(真実語の思想に基づいて）嘘偽りない名乗りをしている——という捉え方は、示されて来ていない。

③七仙人達の名乗りのうち、バラドヴァージャの名乗りの技巧が最も難しか

70——前掲・Klein-Terradaの批判版による独訳でもこのような技巧を訳すことが出来ていない。Klein-Terrada自身、ジャマドアグニの名乗りについて「この偈とそれに続く偈の訳は特に不満である」(Die Übersetzung dieser und der folgenden Strophe empfinde ich als besonders unbefriedigend.）と注を付けている。こういったことの原因（の一つ）は批判版自体の本文に有りそうである。

ったようであり、その要を壊すほどに語りが変形している異伝（異読）が有る。ガウタマ、ジャマドアグニの名乗りの技巧も難しかったのか、相当に変化した異伝（異読）が有る。場合によってはその要を壊すほどに語りが変形している。アトリ、ヴァシシタ、カシャパ、ヴィシュヴァーミトラ、アルンダティー、パシュサカの名乗りの技巧は平易であり、異伝（異読）が殆ど無い。安定した語りとなっている。ガンダーの名乗りについては、大きく異なる異伝（異読）が有るが、技巧の要は壊されていない。

④七仙人達の言葉の技、語りの技巧には、名前の意味・語源の自己描写への転用、同音異義語・「掛詞」（double meaning）、あるいは、同音や類似音の連発・「早口言葉」的言語遊戯（tongue-twister）が多く用いられている。「掛詞」はカーヴィヤのśleṣa、同音・類似音連発はanuprāsa、yamakaにほぼ同様である。これらの他、「謎なぞ」（riddle）、「疑似語源」（pseudo etymology）、「造語」（coinage）、「にせサンスクリット」「にせの比喩」も用いられている。こうした語法によって魔女の誤解・聞き違いを誘発する。最後の名乗りには、演劇（笑劇）的要素も見られる。また、異伝には「無駄口」や、「もじり」（parody）の可能性を持つものも有る。これらのいずれも、既存のものを活用している可能性が有る。

⑤七仙人達の名乗りには、それぞれに不変の技巧の要が有る。その技巧の要を保っているテキストは問題が無いが、壊しているテキストには問題が有る。「七仙人の名乗り」の構想と技巧については、ボンベイ版のテキストが最も成功している。カルカッタ版には問題が多く、クンバコーナム版、批判版にも幾つか問題点が有る。

2016年12月、京都大学のインド古典学研究室において、ニーラカンタ注の文法学関係事項について川村悠人氏より、プーナ批判版テキストやサンスクリット文学技巧について高橋健二氏より、幾つか御助言を得た（それら御助言を現段階では十分

に活用出来ていないことについては著者が責めを負うべきものである)。記してこれら前途有望の研究者の方々に御礼申し上げる。

第3節 「七仙人の名乗り」の和訳

本書第5章第3節では、『マハーバーラタ』第13巻第93章の前段、「七仙人の名乗り」の和訳を行う。

「七仙人の名乗り」梗概

「七仙人の名乗り」は、キンジャワデカル版では第13巻第93章第1偈から第109偈まで(13.93.1-109)に相当する[71]。第93章「七仙人の名乗り」のあらすじ

71――批判版では第13巻第94章第1偈から第44偈まで(13.94.1-44)、および、第95章第1偈から第48偈まで(13.95.1-48)。クンバコーナム版では第13巻第140章第1偈から第17偈まで(13.140.1-17)、第141章第1偈から第49偈まで(13.141.1-49)、および、第142章第1偈から第48偈まで(13.142.1-48)。Dutt訳添付のテキストでは第13巻第93章第18偈から第105偈まで(13.93.18-105)。章番号・偈番号、編成・偈数は異なっていても、キンジャワデカル版、批判版で偈内容はおおよそ同じである。これに対して、クンバコーナム版はそれらには無い偈を合計四つ持つ(一つは半偈)。また、キンジャワデカル版他には無い半偈より更に短い部分が含まれている場合も有る。キンジャワデカル版第31偈に相当する偈にそうした部分が二つ有って分量が増え、偈の切れ目がキンジャワデカル版とずれている。Dutt訳添付テキストはこれまでに見てきた

を、その後段も合わせて三度挙げれば以下の通りである。

【枠物語（初め）】ユディシティラが問うた。「断食の誓戒を持（たも）つバラモンが祖霊祭で食べることは罪か」と。また、「布施を与える者と受け取る者の相違は何か」と。ビーシュマが答えた。「徳有る者から受け取るのは良いが、徳無い者から受け取れば地獄に堕ちる。これについてはヴリシャーダルビと七仙人の対話・古い物語が有る」と。

【枠内物語】　ある飢饉のとき七仙人はヴリシャーダルビ王の息子の死体を食べようとした。王は布施を申し出るが、七仙人はこれを断り森へ出掛けた。王は黄金を隠した果実を七仙人に布施しようとするが、黄金に気付いた七仙人はこれをも断った。怒った王が火に供儀を行なうと火中から魔女が出現し、王は魔女に「七仙人の名前を聞き出して彼らを殺せ」と命じた。七仙人は犬を連れた遊行者に出会い、行動を共にした。

七仙人達は蓮の沢山生えている湖を見付けた。蓮の茎を採ろうと七仙人達が湖に近づくと、例の魔女が待ち構えていて「名前を名乗ってから採れ」と言った。仙人達は魔女が自分達を殺そうとしていることを知りつつ、（名前を知られて殺されることのないよう、且つ、嘘をついて自滅することのないよう、）言葉の技を尽くして巧みな名乗りをした。魔女は「唱えにくい名前語源」「覚えられない」と言って諦め、最後に遊行者が魔女を三叉矛で殴って灰にした。（以上要約）

となっている。本書で取り扱うことは出来ないが、この話は次のような展開・結末を辿り、〈枠物語（終わり）〉によって締めくくられる。

章・説話の場合と同様、キンジャワデカル版に非常に近い。その一方、「七仙人の名乗り」の場合、後述のような訳文の省略が有り、原文もこれと合わせるかのように欠けている。

七仙人達は蓮の茎を集めるがこれらが全てなくなった。そこで皆が「盗んだのは自分でない」という真実を誓うため、「盗んだ者に災い有れ」という旨の言葉を述べた。ところが、遊行者のみは「盗んだ者に幸い有れ」という旨の言葉を述べたので、七仙人は彼が盗んだことを知った。そのとき、遊行者は自らが七仙人を試し守るためにやって来たインドラ神であることを明かし、貪りを捨てた（alobha）七仙人を讃えた。七仙人はインドラとともに天界に昇った。

【枠物語（終わり）】 ビーシュマはユディシティラに、貪りを捨てることの大切さ等を説いた。[72]（以上要約）

「七仙人の名乗り」和訳

以下の「七仙人の名乗り」和訳では、各偈について、最初に、デーヴァナーガリー文字で記されたキンジャワデカル版のサンスクリット原文をアルファベット化したものを挙げ、続いて、これに日本語訳を付けてゆく。訳文中の〔 〕内には訳文を補う記述、（ ）内には訳文を説明する記述を入れている。他の版本、批判版、クンバコーナム版、Dutt訳添付テキストに異読がある場合には、それらを脚注において示す。また、批判版に挙げられた異読も必要に応じて示す。キンジャワデカル版アルファベットの該当部分に____線を付す。

yudhiṣṭhira uvāca |
dvijātayo vratopetā havis te yadi bhuñjate |

72——この説話本来の主題は「貪りを捨てるべき」であるが、七仙人が王の布施を断るという点を直接的契機として「布施の巻」に収録された。そのため、〈枠物語（初め）〉と〈枠物語（終わり）〉では不整合を来している（本書・第5章第1節）。

annaṃ brāhmaṇakāmāya katham etat pitāmaha ‖ 1

ユディシティラは言った――

もし、〔断食の[73]〕誓戒を保つかのバラモン達が、バラモンへの好意によって〔祖霊祭の[74]〕供物を、食べ物を食べるとしたら、これはどうか、祖父様。

bhīṣma uvāca |

avedoktavratāś[75] caiva bhuñjānāḥ kāmakāraṇe[76] |

vedokteṣu tu bhuñjānā vrataluptā yudhiṣṭhira ‖ 2

ビーシュマは言った――

ヴェーダに述べられていない誓戒を保つ者達であれば、欲望に任せて喰らうものである。しかし、ヴェーダに述べられている事柄については喰らうことによって誓戒を破ることになる、ユディシティラよ。

yudhiṣṭhira uvāca |

yad idaṃ tapa ity āhur upavāsaṃ pṛthagjanāḥ |

tapaḥ syād etad eveha[77] tapo 'nyad vā 'pi kiṃ bhavet ‖ 3

ユディシティラは言った――

これこそ苦行と断食のことを言う人々がいる。この世でこれ（断食）が苦行なのだろうか、それとも他のものが苦行なのであろうか。

bhīṣma uvāca |

73――第93章第3偈以降、主題として明確に断食を挙げているため、このように補う。

74――第13巻第84章以降、祖霊祭の主題が続いている（本書・第1章第2節）ため、このように補う。

75――Dutt訳添付テキスト（13.93.2）avadoktavratāś。

76――批判版（13.93.2）kāryakāriṇaḥ。

77――批判版（13.93.3）iha vai。

māsārdhamāsopavāsād[78] yat tapo manyate janaḥ |
ātmatantropaghātī yo na tapasvī na dharmavit || 4
ビーシュマは言った――
一月(ひとつき)や半月(はんつき)の断食であることを以て、それを苦行と人は考える。〔しかし、〕自らの拠り所を損なう者は苦行者ではなく、為すべきことを知る者でもない。

tyāgasya cāpi[79] saṃpattiḥ śiṣyate tapa uttamam |
sadopavāsī ca bhaved brahmacārī tathaiva ca || 5
自制の達成がむしろ最高の苦行として残される。〔人は〕常に断食を行ない、また、禁欲を行なわなければならない。

muniś ca syāt sadā vipro vedāṃś[80] caiva sadā japet[81] |
kuṭumbiko dharmakāmaḥ sadāsvapnaś ca mānavaḥ[82] || 6
バラモンは常に沈黙を守らなければならない。また常にヴェーダを唱えなければならない。人は家長となって〔自らの〕為すべきことを喜んで為し、常に眠ってはならない。

amāṃsāśī[83] sadā ca syāt pavitraṃ[84] ca sadā paṭhet[85] |
ṛtavādī sadā ca syān niyataś ca sadā bhavet || 7
常に肉食を断ち、常に浄め〔のヴェーダ讃歌〕を唱えなければならない。常に真実を述べ、常に自己を抑制しなければならない。

78――批判版（13.93.4）māsārdhamāsau nopavased。
79――批判版（13.93.5）tyāgasyāpi ca。
80――批判版（13.93.6）、クンバコーナム版（13.140.6）devāṃś
81――批判版（13.93.6）、クンバコーナム版（13.140.6）yajet。
82――批判版（13.93.6）bhārata。
83――批判版（13.93.7）、クンバコーナム版（13.140.7）amṛtāśī。
84――批判版（13.93.7）pavitrī。
85――批判版（13.93.7）bhavet。

vighasāśī kathaṃ[86] ca syāt sadā caivātithipriyaḥ |
amṛtāśī[87] sadā ca syāt pavitrī ca sadā bhavet || 8
どのようにしても、ヴィガサ（神々や客人の残り物）を食べる者であらねばならない。また、常に客人を歓待せねばならない。また、常に浄め〔のヴェーダ讃歌〕を唱えねばならない。そして、常にアムリタ（供物の残り物）を食べる者であらねばならない。そして、常に浄め〔のヴェーダ讃歌〕を唱えねばならない。

yudhiṣṭhira uvāca |
kathaṃ sadopavāsī syād brahmacārī ca pārthiva |
vighasāśī kathaṃ ca[88] syāt kathaṃ caivātithipriyaḥ || 9
ユディシティラは言った――
どのようにして断食を、また禁欲を行なう者となれるのか、王（ビーシュマ）よ。またどのようにしてヴィガサを食べる者となれるのか。また、客人を歓待することが出来るのか。

bhīṣma uvāca |
antarā sāyamāśaṃ ca prātarāśaṃ ca yo naraḥ[89] |
sadopavāsī bhavati yo na bhuṅkte 'ntarā punaḥ || 10
ビーシュマは言った――
朝食と夕食の間は、その間は何も食べない者は断食を行なう者である。

bhāryāṃ gacchan brahmacārī ṛtau[90] bhavati caiva ha |

86――批判版（13.93.8）sadā。
87――批判版（13.93.8）amāṃsāśī。
88――Dutt 訳添付テキスト（13.93.9）na。
89――批判版（13.93.10）tathaiva ca。
90――批判版（13.93.11）sadā。

ṛtavādī sadā ca syād dānaśīlas tu[91] mānavaḥ || 11
妻と正しいときに交わってこそ、禁欲を行なう者である。また、人は、布施の戒を持ってこそ常に真実を述べる者である。

abhakṣayan vṛthāmāṃsam amāṃsāśī bhavaty uta |
dānaṃ dadat pavitrī syād asvapnaś ca divā 'svapan || 12
「無駄な」肉（祭式用ではない肉）を食べなければ肉食を断つ者である。布施を行なえば浄め〔のヴェーダ讃歌〕を唱える者と言える。昼に眠らなければ眠らない者である。

bhṛtyātithiṣu yo bhuṅkte bhuktavatsu naraḥ sadā |
amṛtaṃ kevalaṃ bhuṅkte iti viddhi yudhiṣṭhira || 13
常に、養われる者や客人が食べた後に食べる者が、供物の残り物をのみ食べる者が、〔ヴィガサ、アムリタを食べる者〕と知れ、ユディシティラよ。

abhuktavatsu nāśnāti brāhmaṇeṣu tu yo naraḥ |
abhojanena tenāsya jitaḥ svargo bhavaty uta ||14
逆に、バラモン達が食べないうちに食べることが無い者は、このように〔バラモン達より先に〕食べないことによって、天界を得るのだ。

devebhyaś ca pitṛbhyaś ca saṃśritebhyas tathaiva ca[92] |
avaśiṣṭāni yo bhuṅkte tam āhur vighasāśinam || 15
神々、祖霊達、養われる者達によって残されたものを食べる者が、ヴィガサを食べる者と言われる。

91——批判版（13.93.11）ca。

92—— 批判版（13.93.15）bhṛtyebhyo 'tithibhiḥ saha、Dutt訳添付テキストsaṃthitebhyas tathaiva ca。

teṣāṃ lokā hy aparyantāḥ sadane brahmaṇaḥ smṛtāḥ |
upasthitā hy apsarasogandharvaiś[93] ca janādhipa || 16
誠に、彼ら（ヴィガサを食べる者達）の〔死後の〕世界は欠けるところ無く、ブラフマー神の住まいに在ると伝えられる。誠に、彼らの傍にはアプサラスやガンダルヴァ達がいる、王（ユディシティラ）よ。

devatātithibhiḥ sārdhaṃ pitṛbhyaś[94] copabhuñjate |
ramante putrapautreṇa[95] teṣāṃ gatir anuttamā || 17[96]
神々や客人とともに、また、祖霊達のために楽しむ。息子や孫に囲まれて喜ぶ。彼らには〔このような〕最高の帰趨が有るのだ。

yudhiṣṭhira uvāca |
brāhmaṇebhyaḥ prayacchanti dānāni vividhāni ca |
dātṛpratigrahītror vai[97] ko viśeṣaḥ pitāmaha || 18
ユディシティラは言った——
バラモン達に〔人々は〕様々な布施を与える。与える者と受け取る者との間には、一体どのような違いが有るのか、祖父様。

bhīṣma uvāca |
sādhor yaḥ pratigṛhṇīyāt tathaivāsādhuto dvijaḥ |
guṇavaty alpadoṣaḥ syān nirguṇe tu nimajjati || 19
ビーシュマは言った——

93—— 批判版（13.93.16）apsarobhir gandharvaiś。

94——批判版（13.93.17）pitṛbhiś。

95——批判版（13.93.17）、クンバコーナム版（13.140.17）putrapautraiś ca。

96——批判版ではこの偈で第93章が終わり、次の偈を第1偈として第94章が始まる。クンバコーナム版でもこの偈で第140章が終わり、次の偈を第1偈として第141章が始まる編集となっている。

97——批判版（13.94.1）vā 。

バラモンは良き人から受け取ることも有れば、また全く同じく、悪しき人からということも有ろう。〔布施する者が〕徳有る者のときに〔受け取る者の〕罪は僅かであろうが、〔布施する者が〕徳無い者のときは〔受け取る者は地獄に〕沈み行く。

atrāpy udāharantīmam itihāsaṃ purātanam |
vr̥ṣādarbheś ca saṃvādaṃ saptarṣīṇāṃ ca bhārata || 20
このことについても、次のような遠い昔の物語が語り伝えられている。ヴリシャーダルビと七仙人の間に交わされた対話である、「バラタの裔（すえ）」(ユディシティラ)よ。

kaśyapo ’trir vasiṣṭhaś ca bharadvājo ’tha gautamaḥ |
viśvāmitro jamadagniḥ sādhvī caivāpy arundhatī || 21
カシャパにアトリ、ヴァシシタ、バラドヴァージャ、ガウタマ、ヴィシュヴァーミトラ、ジャマドアグニ、それから〔ヴァシシタの〕良き妻・アルンダティー。

sarveṣām atha teṣāṃ tu gaṇḍā ’bhūt karmakārikā[98] |
śūdraḥ paśusakhaś caiva bhartā cāsyā babhūva ha || 22
更に、彼ら皆には召使い女・ガンダーがいた。また、シュードラのパシュサカは彼女の夫であった。

te ca[99] sarve tapasyantaḥ purā cerur mahīm imām |
samādhinopaśikṣanto[100] brahmalokaṃ sanātanam || 23
いにしえ、彼らは皆苦行を為しつつこの大地を彷徨っていた。瞑想によって永遠のブラフマー神の世界に達しようとしつつ。

98――クンバコーナム版（13.141.5）paricārikā。

99――批判版（13.94.6）vai。

100――クンバコーナム版（13.141.6）samādhinā pratīkṣanto。

athābhavad anāvr̥ṣṭir mahatī kurunandana |
kr̥cchraprāṇo 'bhavad yatra loko 'yaṃ vai kṣudhānvitaḥ || 24
すると、ひどい旱魃が起こったのだ、「クルの喜び」(ユディシティラ)よ。そこで、飢えに迫られてこの世の者達は息も絶え絶えであった。

kasmiṃścic ca purā yajñe śaibyena[101] śibisūnunā |
dakṣiṇārthe 'tha r̥tvigbhyo dattaḥ putraḥ purā[102] kila || 25
そして、かつて、〔旱魃より〕前に、ある祭式においてシビの息子、シビの男児(ヴリシャーダルビ)は、謝礼のためリトヴィジ祭官〔を務めた七仙人〕に〔施物として〕息子を与えていたと言われる。

asmin[103] kāle 'tha so 'lpāyur diṣṭāntam agamat prabhuḥ[104] |
te taṃ kṣudhābhisaṃtaptāḥ parivāryopatasthire || 26[105]
さてその〔旱魃の〕とき、かの力強い者(ヴリシャーダルビの息子)は儚くも命尽きたのだ。飢えに苦しめられた彼ら(七仙人)は彼(ヴリシャーダルビの息子)を取り囲んで立った。

yājyātmajam atho dr̥ṣṭvā gatāsum r̥ṣisattamāḥ |
apacanta tadā sthālyāṃ kṣudhārtāḥ kila bhārata || 27
そうして、祭主(ヴリシャーダルビ)の息子が息絶えたのを見て、最高の仙人達は、そのときに鍋に入れて火を加えたと言う。飢えに迫られて、「バラタの裔(すえ)」よ。

101——批判版(13.94.8)、クンバコーナム版(13.141.8)yājyena。

102——批判版(13.94.8)putro nijaḥ、クンバコーナム版(13.141.8)putro 'nilaḥ。

103——批判版(13.94.9)tasmin。

104——批判版(13.94.9)prabho。

105——Dutt訳添付テキストは、この後第27〜29偈該当分の三偈を欠き、第30偈該当分が続く。七仙人の所業を記すことが憚られて割愛され、それに応じて該当の偈が省かれたのであろう。Ganguli訳にはこの部分も有るので、Ganguliの底本に該当偈は有ったと考えられる。

niranne[106] martyaloke ’sminn ātmānaṃ te parīpsavaḥ |
kr̥cchrām āpedire vr̥ttim annahetos tapasvinaḥ || 28
食べる物の無いこの人の世で、彼ら自らを保たせようとする者達は、痛ましい所業を始めたのだ、食べ物故に、苦行者達は。

aṭamāno ’tha tān mārge pacamānān mahīpatiḥ |
rājā śaibyo vr̥ṣādarbhiḥ kliśyamānān dadarśa ha || 29
すると、歩き回っていた大地の主、シビの息子・ヴリシャーダルビ王は、道すがら、彼ら（七仙人）が料理するところを、痛々しい行いをするところを見たのだ。

vr̥ṣādarbhir uvāca |
pratigrahas tārayati puṣṭir vai pratigr̥hyatām[107] |
mayi yad vidyate vittaṃ tad vr̥ṇudhvaṃ[108] tapodhanāḥ || 30[109]
ヴリシャーダルビは言った。
「施物を受け取ることで命は延びる。さあ、体を養う物を受け取られるが良い。
私の許に有る財をお使いになるが良い、苦行に富む者達よ。

priyo hi me brāhmaṇo yācyamāno[110]
dadyām ahaṃ vo ’śvatarīsahasram |

106――批判版（13.94.11）nirādye、クンバコーナム版（13.141.11）nājīvye。

107――批判版（13.94.13）、クンバコーナム版（13.141.13）pratigr̥hṇatām。

108――批判版（13.94.13）tac chr̥ṇudhvaṃ。

109――クンバコーナム版にはこの後、次の一偈が有る（該当偈はキンジャワデカル版に無い）。

pratigraho brāhmaṇānāṃ sr̥ṣṭā vr̥ttir aninditā |
tasmād dadāmi vo vittaṃ tad vr̥ṇudhvaṃ tapodhanāḥ || 13.141.14

110――批判版（13.94.14）、クンバコーナム版（13.141.15）、Dutt訳添付テキスト（13.93.28）yācamāno。

ekaikaśaḥ savr̥ṣāḥ saṃprasūtāḥ[111]
sarveṣāṃ vai śīghragāḥ śvetaromāḥ[112] || 31

誠に、私にとってバラモンは好ましい。乞われようものなら、私は貴殿方に雌騾馬を千頭与えよう。〔また、貴殿方〕一人ずつに、雄牛を伴ない、乳をよく出す〔雌牛達〕を。〔貴殿方〕全てに、走るのが早く、白い毛をした〔雌馬達〕を〔与えよう〕。

kulaṃ bharān anaḍuhaḥ śataṃ śatān
dhuryāñ śvetān[113] sarvaśo ’haṃ dadāmi[114] |
paṣṭhauhīnāṁ pīvarāṇāṃ ca[115] tāvad
agryā gr̥ṣṭyo[116] dhenavaḥ suvratāś ca || 32

種付け用の雄牛を百頭、百回、荷を引くのに耐え、色は白い〔雄牛〕を全て私は与える。また、子を産んだことの無い肥えた若い雌牛のうち優れたもの、また、子を一度生んだ大人しい雌牛を。

111——クンバコーナム版ではこの前にdhenūnāṃ dadyām ayutaṃ samagramの一脚が有り（該当脚はキンジャワデカル版に無い）、ここで該当偈（第15偈）が終わる。クンバコーナム版（13.141.15cd）dhenūnāṃ dadyām ayutaṃ samagram ekaikaśaḥ savr̥ṣāḥ saṃprasūtāḥ || 15。

112——批判版（13.94.14）...śvetalomāḥ || 14。クンバコーナム版ではこの後にmanojavān pradadāmy arbudāni |の一脚が有り（該当脚はキンジャワデカル版に無い）、ここで次の偈（第16偈）が始まっている。クンバコーナム版（13.141.16ab）aśvāṃs tathā śīghragāñ śvetarūpān manojavān pradadāmy arbudāni |。

113——批判版（13.94.15）śubhān。

114——批判版（13.94.15）dadāni。

115——批判版（13.94.15）pr̥thvīvāhān pīvarāṃś caiva、クンバコーナム版（13.141.16）prasṭhauhīnāṃ pīvarāṇāṃ ca。paṣṭhauhī部分はGanguli訳に「prasṭhauhiは二頭目の子牛を孕んでいる雌牛」との注記が有り、Ganguliが基づいた写本においてprasṭhauhiとなっていた可能性が有る。クンバコーナム版もprasṭhauhiとし、批判版異読注記によればprasṭhauhiとする写本は相当有る。

116——クンバコーナム版（13.141.16）gr̥ṣṭīr。

varān grāmān vrīhirasaṃ yavāṃś[117] ca
ratnaṃ cānyad durlabhaṃ kiṃ dadāni |
nāsminn abhakṣye[118] bhāvam evaṃ kurudhvaṃ
puṣṭyarthaṃ vaḥ[119] kiṃ prayacchāmy ahaṃ vai[120] || 33
素晴らしい村々を、最良の米を、麦を、他のどんな得難い宝をも私は与えよう。この食べるべきでないものについてこのような振る舞いをなさるな。体を養うための物を何〔であっても〕私は貴殿方に与えよう」。

ṛṣaya ūcuḥ |
rājan pratigraho rājñāṃ[121] madhv āsvādo viṣopamaḥ |
tajjānamānaḥ kasmāt tvaṃ kuruṣe naḥ pralobhanam || 34[122]
仙人達は言った。
「王よ、王から施しを受けるのは蜜の味わい有って、毒も同然。それを知りながら何故、汝は我々を唆すのか。

kṣetraṃ[123] hi daivatam idaṃ brāhmaṇān[124] samupāśritam |

117——批判版（13.94.16）vrīhiyavaṃ rasāṃś。
118——批判版（13.94.16）mā smābhakṣye。
119——批判版（13.94.16）vai。
120——批判版（13.94.16）vaḥ。
121——批判版（13.94.17）rājño。
122——この後クンバコーナム版にはキンジャワデカル版には無い以下の二偈が有る。
daśasūnāsamaścakrī daśacakrisamo dhvajī |
daśadhvajisamā veśyā daśaveśyāsamo nṛpaḥ || 13.141.19
daśasūnāsahasrāṇi yo vāhayati saunikaḥ |
tena tulyo bhaved rājā ghoras tasya pratigrahaḥ || 13.141.20
123——批判版（13.94.18）、クンバコーナム版（13.141.21）kṣatraṃ。
124——批判版（13.94.18）iva brāhmaṇaṃ。

amalo hy eṣa tapasā prītaḥ prīṇāti devatāḥ ‖ 35
誠に、この畑としての神々はバラモン達に宿る[125]。何故なら、この者（一人のバラモン）が苦行によって清められて喜び、神々を喜ばせるから。

ahnāpīha[126] tapo jātu brāhmaṇasyopajāyate |
tad dāva iva nirdahyāt prāpto rājapratigrahaḥ ‖ 36
バラモンの苦行は、この世でその日のうちにも〔功徳となって〕現れるのだ。それ（苦行の功徳）を、王からの施しとして得たものが、火のようにして焼くであろう。

kuśalaṃ saha dānena rājann astu sadā tava |
arthibhyo dīyatāṃ sarvam ity uktvā 'nyena te[127] yayuḥ ‖ 37
布施によって常に汝に幸い有らんことを、王よ、乞うて来る者達に全てを与えよ」と言い終えて、彼らは他に行ってしまった。

apakvam eva tan māṃsam abhūt teṣāṃ mahātmanām[128] |
atha hitvā yayuḥ sarve vanam āhārakāṃkṣiṇaḥ ‖ 38[129]
かの〔王子の〕肉は彼ら偉大な精神の持ち主達にとって食べられたものではなかったので、そこで〔肉を〕捨て皆は食べる物を求めて森に出掛けた。

tataḥ pracoditā rājñā vanaṃ gatvā 'sya mantriṇaḥ |

125——ニーラカンタ注を参照して訳した。
126——クンバコーナム版（13.141.22）ahnāyeha 、Dutt訳添付テキスト（13.93.33）ahnāpahi。
127——批判版（13.94.20）te tato 、クンバコーナム版（13.141.23）tenyato。
128——批判版（13.94.21）ca dhīmatām。
129——Dutt訳添付テキストは第38偈相当偈が無い。第27〜29偈該当分の三偈の場合と同様の事情と考えられる。

pracīyodumbarāṇi sma dātuṃ teṣāṃ pracakrire[130] || 39[131]
それから、王に命ぜられた王の大臣達は森に行き、ウドゥンバラ果を幾つも採って彼らに渡そうとした。

udumbarāṇy athānyāni hemagarbhāṇy upāharan |
bhṛtyās teṣāṃ tatas tāni pragrāhitum[132] upādravan || 40
さて、そのうちの幾つかのウドゥンバラには黄金を入れ、王に仕える者達は、そうして、彼らにそれら（ウドゥンバラ）を与えようとして走り寄った。

gurūṇīti viditvātha na grāhyāṇy atrir abravīt |
na sma he[133] mandavijñānā[134] na sma he mandabuddhayaḥ[135] || 41
すると、重いと知って、アトリは「受け取ってはならない」と言った。「ああ我々は無知ではない。ああ我々は愚かではない。

haimānīmāni jānīmaḥ pratibuddhāḥ sma jāgṛma[136] |
iha hy etad upādattaṃ[137] pretya syāt kaṭukodayam |
apratigrāhyam evaitat pretyeha ca[138] sukhepsunā || 42
これらは黄金入りである。〔そのことを〕我々は知り、気付き、見抜いた。誠に、

130――批判版（13.94.22）dānaṃ dātuṃ pracakramuḥ。
131――クンバコーナム版にはこの後、次の半偈が有る（相当偈はキンジャワデカル版に無い）。
dṛṣṭvā phalāni munayas te grahītum upādravan || Ku.13.141.26
132――Dutt訳添付テキスト（13.93.36）pragrahitam。
133――クンバコーナム版（13.141.28）nāsma he。
134――批判版（13.94.24）mūḍhavijñānā。
135――クンバコーナム版（13.141.28）nāsma mānuṣabuddhayaḥ。
136――批判版（13.94.24）jāgṛmaḥ || 24。
137――クンバコーナム版（13.141.29）upāvṛttaṃ。
138――批判版（13.94.25）pretya ceha。

この世でこれを受け取れば、死んで後、恐ろしい行き先が待っているだろう。死んで後もこの世でも幸いを願う者はこれを受け取ってはならない」。

vasiṣṭha uvāca |
śatena niṣkagaṇitaṃ[139] sahasreṇa ca saṃmitam |
tathā[140] bahu pratīcchan vai[141] pāpiṣṭhāṃ patate[142] gatim || 43
ヴァシシタは言った。
「一枚の硬貨〔を受け取ればそれ〕が百にも千にも数えられる。そのようにして、多くを欲しがれば最悪の場所に堕ちるのだ」。

kaśyapa uvāca |
yat pṛthivyāṃ vrīhiyavaṃ hiraṇyaṃ paśavaḥ striyaḥ |
sarvaṃ tan nālam ekasya tasmād vidvāñ chamaṃ caret[143] || 44
カシャパは言った。
「地上に有る米・麦・黄金・家畜・女達は全て独占して〔も〕十分でない。それ故、賢者は寂静を実践すべし」。

bharadvāja uvāca |
utpannasya ruroḥ śṛṅgaṃ vardhamānasya vardhate |
prārthanā puruṣasyeva tasya mātrā na vidyate || 45
バラドヴァージャは言った。
「生まれ落ちたルル鹿が育ちゆくと角も育ちゆくように、かの人の欲望には際限が無い」。

139――批判版（13.94.26）niṣkaṃ gaṇitaṃ、クンバコーナム版（13.141.30）niṣkaguṇitaṃ。
140――批判版（13.94.26）yathā。
141――批判版（13.94.26）hi。
142――批判版（13.94.26）、クンバコーナム版（13.141.30）labhate。
143――批判版（13.94.27）、クンバコーナム版（13.141.31）vrajet。

gautama uvāca |
na talloke dravyam asti yallokaṃ pratipūrayet |
samudrakalpaḥ puruṣo na kadācana pūryate || 46
ガウタマは言った。
「この世〔の人〕を満たしきれる物はこの世に無い。〔河水で満たしきれない〕海のような〔一人の〕人が何としても満たされない〔のだから〕」。

viśvāmitra uvāca |
kāmaṃ kāmayamānasya yadā kāmaḥ samṛdhyate |
athainam aparaḥ kāmas tṛṣṇā vidhyati[144] bāṇavat || 47[145]
ヴィシュヴァーミトラは言った。
「欲望を持つ人の欲望が満たされるとしても、その人を、新手の飢え渇く欲望が刺し貫く、矢のように」。

jamadagnir uvāca |
pratigrahe saṃyamo vai tapo dhārayate dhruvam |
taddhanaṃ brāhmaṇasyeha lubhyamānasya visravet || 48
ジャマドアグニは言った。
「施しを受けることを慎めば苦行は確固たるものとなる。貪欲なバラモンの場合、この世でそうした宝（苦行の果報）は無に帰する」。

144——クンバコーナム版（13.141.34）iṣṭo vidhyati、Dutt訳添付テキスト（13.93.43）tṛṣṇāvidhyati。

145——クンバコーナム版にはこの後キンジャワデカル版・批判版に無い次のような一偈が有る。アトリの台詞となっている。批判版の異本注記によれば、南インドの写本には概してこの偈が有り、北インドの写本には無い。

atrir uvāca |
na jātu kāmaḥ kāmānām upabhogena śāmyati |
haviṣā kṛṣṇavartmeva bhūya evābhivardhate || Ku.13.141.35

arundhaty uvāca |
dharmārthaṃ sañcayo yo vai dravyāṇāṃ pakṣasaṃmataḥ |
tapaḥsañcaya eveha viśiṣṭo dravyasañcayāt || 49
アルンダティーは言った。
「功徳のためには物を貯めることが味方になると思っている者がいる。苦行を積む方が、この世では物を貯めるより勝っている」。

gaṇḍovāva[146] |
ugrād ito[147] bhayād yasmād bibhyatīme mameśvarāḥ |
balīyāṃso[148] durbalavad bibhemy aham ataḥ param || 50
ガンダーは言った。
「ここにおられる私のご主人様達が、強い方々であるのにこの酷く危険なものを恐れておられるのだから、弱い私はそれよりもっと恐れる」。

paśusakha uvāva |
yad vai dharme[149] paraṃ nāsti brāhmaṇās tad dhanaṃ[150] viduḥ |
vinayārthaṃ suvidvāṃsam[151] upāseyaṃ yathātatham || 51
パシュサカは言った。
「功徳についてこれ以上のものは無いという宝をバラモン達は知っている。教えを受けるため俺は賢者達に正しく仕えるべきだ」。

146——クンバコーナム版（13.141.38）caṇḍovāvca。
147——Dutt訳添付テキスト（13.93.46）ugradito。
148——クンバコーナム版（13.141.38）balīyaso。
149——クンバコーナム版（13.141.39）dharmāt。
150——クンバコーナム版（13.141.39）tādṛśaṃ brāhmaṇā。
151——クンバコーナム版（13.141.39）vinayāt sādhu vidvāṃsam。

ṛṣaya ūcuḥ[152] |
kuśalaṃ saha dānena[153] tasmai yasya prajā imāḥ |
phalāny upadhiyuktāni ya evaṃ naḥ prayacchati[154] || 52
仙人達は言った。
「これら人民達を抱えるかの者（ヴリシャーダルビ王）に布施による幸い有れ。付け足しの物が入った果物をこのように我々に施す者に」。

bhīṣma uvāca |
ity uktvā hemagarbhāṇi hitvā tāni phalāni vai[155] |
ṛṣayo jagmur anyatra sarva eva[156] dhṛtavratāḥ[157] || 53
ビーシュマは言った――
と、そのように言い終わると、かの黄金の詰まった果物を捨てて、仙人達は皆揃って他所へ行ってしまった、堅い誓戒の持ち主達は。

mantriṇa ūcuḥ[158] |
upadhiṃ śaṃkamānās te hitvā tāni[159] phalāni vai |
tato 'nyenaiva[160] gacchanti viditaṃ te 'stu pārthiva || 54

152――Dutt訳添付テキスト（13.93.48）ṛṣir uvāca |。
153――批判版（13.94.35）dānāya。
154――批判版（13.94.35）prayacchasi。
155――批判版（13.94.36）、クンバコーナム版（13.141.41）te。
156――Dutt訳添付テキスト（13.93.49）eta。
157――クンバコーナム版（13.141.41）dṛḍhavratāḥ。
158――批判版（13.94.37）mantriṇaḥ ūcuḥ |。Dutt訳添付テキスト mantrī uvāca |。クンバコーナム版ではこの部分も偈となっている。atha te mantriṇaḥ sarve rājānām idam abruvan（Ku.13.141.42ab）。
159――批判版（13.94.37）hitvemāni。
160――クンバコーナム版（13.141.42）tato 'nytraiva、Dutt訳添付テキスト（13.93.50）tato 'nyenava。

大臣達は言った。

「付け足しの物に気付き、彼らはかの果物を捨て、それから他所に行ってしまった。このことを知られんことを、王よ」。

ity uktaḥ sa tu bhṛtyais tair vṛṣādarbhiś cukopa ha |
teṣāṃ vai pratikartuṃ[161] ca sarveṣām agamad gṛham || 55

そのようにかの大臣達から聞かされたかのヴリシャーダルビは、怒り心頭に発した。彼ら皆に復讐をしようと宮廷内に入った。

sa gatvā havanīye[162] 'gnau tīvraṃ niyamam āsthitaḥ |
juhāva saṃskṛtair[163] mantrair ekaikām āhutiṃ nṛpaḥ || 56

かの王は入ると、祭火の傍で激しい苦行を行なって、正しい呪句と共に、一つ一つの供物を焼べた。

tasmād agneḥ samuttasthau kṛtyā lokabhayaṃkarī |
tasyā nāma vṛṣādarbhir yātudhānīty athākarot || 57

かの火から人を恐怖に陥れる魔女が出現した。そうして、ヴリシャーダルビは彼女にヤートゥダーニーという名前を付けた。

sā kṛtyā kālarātrīva kṛtāñjalir upasthitā |
vṛṣādarbhiṃ narapatiṃ kiṃ karomīti cābravīt || 58

かの魔女は〔恐ろしいことにかけては〕カーララートリー（ドゥルガー女神）のようで、合掌して控えていた。そして、ヴリシャーダルビ王に「何を致しましょうか」と言った。

161——批判版（13.94.38）saṃpratikartuṃ。

162——批判版（13.94.39）、クンバコーナム版（13.141.44）gatvā "havanīye。

163——批判版（13.94.39）saṃskṛtāṃ。

vṛṣādharbhir uvāca |
ṛṣīṇāṃ gaccha saptānām[164] arundhatyās tathaiva ca |
dāsībhartuś ca dāsyāś ca manasā nāma dhāraya || 59
ヴリシャーダルビは言った。
「行って、七仙人、それから、アルンダティー、下女の夫と下女の名前を覚えよ。

jñātvā nāmāni caivaiṣāṃ[165] sarvān etān vināśaya |
vinaṣṭeṣu tathā[166] svairaṃ gaccha yatrepsitaṃ tava || 60
彼らの名前を知ってから、彼ら全てを滅ぼせ。滅ぼした後には勝手にお前が好きな所に行け」。

[167] sā tatheti pratiśrutya yātudānī svarūpiṇī |
jagāma tadvanaṃ yatra vicerus te maharṣayaḥ || 61[168]
かのヤートゥダーニーは「仰せのままに」と答えてから、生まれ持った姿のまま、かの大仙人達が彷徨っているかの森へと向かった。

bhīṣma uvāca[169] |
athātripramukhā rājan vane tasmin maharṣayaḥ |
vyacaran bhakṣayanto vai mūlāni ca phalāni ca || 62
ビーシュマは言った――
さて、王よ、アトリを頭(かしら)とする大仙人達は、かの森の中で、〔木草(きくさ)の〕根や実を

164――Dutt訳添付テキスト（13.93.55）saptanām。

165――批判版（13.94.43）caiteṣāṃ。

166――批判版（13.94.43）yathā。

167――Dutt訳添付テキスト（13.93.57）ではこの前にbhīṣma uvāca |と有る。

168――批判版ではこの偈で第94章が終わり、次の偈を第1偈として第95章が始まる。クンバコーナム版でもこの偈で第141章が終わり、次の偈を第1偈として第142章が始まる編集となっている。

169――Dutt訳添付テキストに無い。

食べつつ彷徨っていた。

athāpaśyan supīnāṃsapāṇipādamukhodaram |
parivrajantaṃ sthūlāṅgaṃ parivrājaṃ śunā saha[170] || 63
ときに、彼らは、肉付きの良い肩・手足・顔・腹に、逞しい体格をした遊行者が、犬を連れて遊行しているのを見た。

arundhatī tu taṃ dṛṣṭvā sarvāṅgopacitaṃ śubham[171] |
bhavitāro bhavanto vai naivam ity abravīd ṛṣīn || 64
すると、五体満足で素晴らしいその者（遊行者）を見てアルンダティーは、「あなた方はこのようにはならないでしょう」と仙人達に言った。

vasisṭha uvāca |
naitasyeha yathā 'smākam agnihotram anirhutam |
sāyaṃ prātaś ca hotavyaṃ tena pīvāñ chunā saha[172] || 65
ヴァシシタは言った。
「ここにいるこの者の場合には、我々の場合と違って、朝夕（あしたゆうべ）に祭るべきアグニホートラがしっかり祭られないということが無い。したがって、犬を連れ肥え太っているのだ」。

atrir uvāca |
naitasyeha yathā 'smākaṃ kṣudhā vīryaṃ samāhatam[173] |
kṛcchrādhītaṃ pranaṣṭaṃ ca tena pīvāñ chunā saha[174] || 66

170——批判版（13.95.2）śunaḥsakham、クンバコーナム版（13.142.2）śunassakham。
171——批判版（13.95.3）śubhā。
172——批判版（13.95.4）śunaḥsakhaḥ、クンバコーナム版（13.142.4）śunassakhaḥ。
173——クンバコーナム版（13.142.5）kṣudhayā vīryaṃ āhatam。
174——批判版（13.95.5）śunaḥsakhaḥ、クンバコーナム版（13.142.5）chunassakhaḥ。

アトリは言った。

「ここにいるこの者の場合には、我々の場合と違って、飢えによって力が損なわれておらず、刻苦して学んだもの（ヴェーダ）が失われていない。したがって、犬を連れ肥え太っているのだ」。

viśvāmitra uvāca |

naitasyeha yathā 'smākaṃ śaśvac chāstraṃ jaradgavaḥ[175] |

alasaḥ kṣutparo mūrkhas tena pīvāñ chunā saha[176] || 67

ヴィシュヴァーミトラは言った。

「ここにいるこの者の場合には、我々の場合と違って、繰り返し教典に説かれる老いた雄牛[177]〔のように〕動きが鈍いということが無く、ひどい飢えに苛まれ頭が朦朧としているということが無い。したがって、犬を連れ肥え太っているのだ」。

jamadagnir uvāca |

naitasyeha yathā 'smākaṃ bhaktam indhanam eva ca |

sañcintyaṃ[178] vārṣikaṃ cit te tena[179] pīvāñ chunā saha[180] || 68

ジャマドアグニは言った。

「ここにいるこの者の場合には、我々の場合と違って、雨季（または一年）の食料と薪のことを全く考えなくて良い。したがって、犬を連れ肥え太っているのだ」。

kaśyapa uvāca |

naitasyeha yathā 'smākaṃ catvāraś ca sahodarāḥ |

175——クンバコーナム版（13.142.6）chāstrakr̥to jvaraḥ。

176——批判版（13.95.6）śunaḥsakhaḥ、クンバコーナム版（13.142.6）śunassakhaḥ。

177——ニーラカンタ注を参照して訳した。

178——批判版（13.95.7）saṃcintya、クンバコーナム版（13.142.7）saṃcityaṃ。

179——批判版（13.95.7）kiṃ cit tena。

180——批判版（13.95.7）śunaḥsakhaḥ、クンバコーナム版（13.142.7）śunassakhaḥ。

dehi dehīti bhikṣanti tena pīvāñ chunā saha[181] || 69
カシャパは言った。
「ここにいるこの者の場合には、我々の場合と違って、『頂戴、頂戴』と食を乞うて回る四人の同胞がいない。したがって、犬を連れ肥え太っているのだ」。

bharadvāja uvāca |
naitasyeha yathā 'smākaṃ brahmabandhor acetasaḥ |
śoko bhāryāpavādena tena pīvāñ chunā saha[182] || 70
バラドヴァージャは言った。
「ここにいるこの者の場合には、我々の場合と違って、名ばかりのバラモンの無思慮な行いが無い。妻に悪く言われる悲しみが無い。したがって、犬を連れ肥え太っているのだ」。

gautama uvāca |
naitasyeha yathā 'smākaṃ trikauśeyaṃ ca[183] rāṅkavam |
ekaikaṃ vai trivarṣīyaṃ[184] tena pīvāñ chunā saha[185] || 71
ガウタマは言った。
「ここにいるこの者の場合には、我々の場合と違って、〔着物と言えば〕クシャ草で編んだ衣が三着にランク鹿の衣であって、且つ、どれもこれも三年着古したものばかりということが無い。したがって、犬を連れ肥え太っているのだ」。

bhīṣma uvāca |
atha dṛṣṭvā parivrāṭ sa tān maharṣīn śunā saha[186] |

181——批判版（13.95.8）śunaḥsakhaḥ、クンバコーナム版（13.142.8）śunassakhaḥ。
182——批判版（13.95.9）śunaḥsakhaḥ、クンバコーナム版（13.142.9）śunassakhaḥ。
183——批判版（13.95.10）hi。
184——批判版（13.95.10）trivārṣīyaṃ。
185——批判版（13.95.10）śunaḥsakhaḥ、クンバコーナム版（13.142.10）śunassakhaḥ。
186——批判版（13.95.11）śunaḥsakhaḥ、クンバコーナム版（13.142.11）śunassakhaḥ。

abhigamya[187] yathānyāyaṃ pāṇisparśam athācarat || 72
ビーシュマは言った——
さて、かの大仙人達を見て、犬を連れた遊行者は、近付いて来ると作法に従って掌（たなごころ）に触れた。

paricaryāṃ vane tāṃ tu kṣutpratīghātakārikām[188] |
anyonyena nivedyātha prātiṣṭhanta sahaiva te || 73
飢えを凌ぐ行いとして〔ともに〕森を遊行しようと話し合って、そうして彼らは連れ立って〔そこを〕立ち去った。

ekaniścayakāryāś ca vyacaranta vanāni te |
ādadānāḥ samuddhr̥tya mūlāni ca phalāni ca || 74
そして、目的を一つとして行動する彼らはその森を彷徨った。〔木草の〕根や実を取っては食べながら。

kadācid vicarantas te vr̥kṣair aviralair vr̥tām |
śucivāriprasannodāṃ[189] dadr̥śuḥ padminīṃ śubhām || 75
あるとき、彼らは彷徨いつつ、沢山の木々に取り巻かれた、清らかな水・澄んだ水をたたえた美しい蓮の湖を見付けた。

bālādityavapuḥprakhyaiḥ puṣkarair upaśobhitām |
vaidūryavarṇasadr̥śaiḥ padmapatrair athāvr̥tām || 76
〔その湖は〕昇ったばかりの太陽の輝きのような蓮の花に飾られ、瑠璃の色にも似た蓮の葉で一杯になっていた。

187——クンバコーナム版（13.142.11）abhivādya。
188——クンバコーナム版（13.142.12）kṣutpratīkārakāṅkṣinaḥ。
189——クンバコーナム版（13.142.14）śucipūrṇaprasannodāṃ。

nānāvidhaiś ca vihagair jalaprakarasevibhiḥ[190] |
ekadvārām anādeyāṃ sūpatīrthām akardamām || 77
そして、水のたたえられた所に訪れる様々な種類の鳥達で一杯になっていた。川の他には出入り口が一つ有るばかりで、〔その出入り口は〕水浴びに行くのにちょうど良く、ぬかるんではいなかった。

vr̥ṣādarbhiprayuktā tu kr̥tyā vikr̥tadarśanā |
yātudhānīti vikhyātā padminīṃ tām arakṣata || 78
そして、ヴリシャーダルビに雇われた、恐ろしい形相の、ヤートゥダーニーという名の魔女がその湖を見張っていた。

paśusakhasahāyās[191] tu bisārthaṃ te maharṣayaḥ |
padminīm abhijagmus te sarve[192] kr̥tyābhirakṣitām || 79
しかし、パシュサカを連れ、蓮の茎を求めて、かの大仙人達は、彼らは皆、魔女の守る湖に近付いて行った。

tatas te yātudhānīṃ tāṃ dr̥ṣṭvā vikr̥tadarśanām |
sthitāṃ kamalinītīre kr̥tyām ūcur maharṣayaḥ || 80
そうして、かの大仙人達は、恐ろしい形相をして湖の岸に立つかのヤートゥダーニーを見て言った。

ekā tiṣṭhasi kā ca[193] tvaṃ kasyārthe kiṃ prayojanam |
padminītīram āśritya brūhi tvaṃ kiṃ cikīrṣasi || 81

190――クンバコーナム版（13.142.16）jalapravarasevibhiḥ。
191――批判版（13.95.18）śunaḥsakhasahāyās、クンバコーナム版（13.142.18）śunassakhasahāyās。
192――Dutt訳添付テキスト（13.93.75）sarvaṃ。
193――批判版（13.95.20）nu。

「一人立つ汝は誰か。誰のために、何の目的で。蓮の咲く湖の岸に在って何をしようとしているのか言え」と。

yātudhāny uvāca |
yā 'smi sā[194] 'smy anuyogo me na kartavyaḥ kathañcana |
ārakṣiṇīṃ māṃ padminyā vitta sarve tapodhanāḥ || 82
ヤートゥダーニーは言った。
「私は私。私に何も問うてはならない。苦行力を持つ者達よ、皆、私を湖の守り手と知りなさい」と。

r̥saya ūcuḥ |
sarva eva kṣudhārtāḥ sma na cānyat kiṃcid asti naḥ |
bhavatyāḥ saṃmate sarve gr̥hṇīyāma[195] bisāny uta || 83
仙人達は言った。
「我々は皆飢えに苛まれており、〔食べる物が〕何も無い。貴女のお許しを得て皆で蓮の茎を取りたいのだ」。

yātudhāny uvāca |
samayena bisānīto gr̥hṇīdhvaṃ kāmakārataḥ |
ekaiko nāma me proktvā tato gr̥hṇīta māciram || 84
ヤートゥダーニーは言った。
「条件付きで、ここから蓮の茎を好きなだけ取りなさい。一人一人私に名乗ってから、それからすぐに取りなさい。」

bhīṣma uvāca |
vijñāya yātudhānīṃ tāṃ kr̥tyām r̥ṣivadhaiṣiṇīm |

194――クンバコーナム版（13.142.21）kā。
195――批判版（13.95.22）gr̥hṇīmahi。

atriḥ kṣudhāparītātmā tato vacanam abravīt ‖ 85

ビーシュマは言った――

かのヤートゥダーニーを仙人達を殺そうとしている魔女と知りつつも、アトリは飢えに迫られて、そうして言葉を口にした。

arātrir uvāca |

arātrir atriḥ[196] sā rātrir yāṃ nādhīte 'trir adya vai |

arātrir atrir ity eva nāma me[197] viddhi śobhane ‖ 86

アトリは言った。

「三ではなく夜ではない。今日〔ヴェーダが〕三度（みたび）学ばれなければ夜ではない。『三ではなく夜ではないもの（アトリ）』というのが私の名前であるとこそ知れ、美しい女よ」。

yātudhāny uvāca |

yathodāhr̥tam etat te mayi[198] nāma mahādyute[199] |

durdhāryam etan manasā gacchāvatara padminīm ‖ 87

ヤートゥダーニーは言った。

「汝によって名乗られた通りのこの名前を私は覚えることが出来ない。行って湖に降りなさい、大いなる輝きを持つ者よ」。

vasiṣṭha uvāca |

vasiṣṭho 'smi variṣṭho 'smi vase vāsagr̥heṣv[200] api |

vasiṣṭhatvāc[201] ca vāsāc ca vasiṣṭha iti viddhi mām ‖ 88

196――批判版（13.95.25）atreḥ。

197――Dutt訳添付テキスト（13.93.82）te。

198――クンバコーナム版（13.142.26）tvayā。

199――批判版（13.95.26）mahāmune。

200――批判版（13.95.27）vāsaṃ gr̥heṣv。

201――批判版（13.95.27）、クンバコーナム版（13.142.27）variṣṭhatvāc。

ヴァシシタは言った。
「私は最も裕福な者である。家長達の間に住みながらも、最も優秀な者である。最も裕福だから、また〔家長達の間に〕住んでいるから『最も裕福な者（ヴァシシタ)』であると私を知れ」。

yātudhāny uvāca |
nāmanairuktam etat te duḥkhavyābhāṣitākṣaram |
naitad dhārayituṃ śakyaṃ gacchāvatara padminīm || 89
ヤートゥダーニーは言った。
「汝が言ったこの名前の語源説明は復唱が難しい。これを私は覚えることが出来ない。行って湖に降りなさい」。

kaśyapa uvāca |
kulaṃ kulaṃ ca kuvamaḥ kuvamaḥ[202] kaśyapo dvijaḥ |
kāśyaḥ kāśanikāśatvād etan me nāma dhāraya || 90
カシャパは言った。
「あらゆる者の体を〔守る〕、あらゆる太陽であり、『体の守り手（カーシャパ）（カシャパ)』たるバラモンである。カーシャ草に似ているので、輝きが有る。私の名前をこのようなものと覚えよ」。

yātudhāny uvāca |
yathodāhṛtam etat te mayi nāma mahādyute[203] |
durdhāryam etan manasā gacchāvatara padminīm || 91
ヤートゥダーニーは言った。
「汝によって名乗られた通りのこの名前を私は覚えることが出来ない。行って湖に降りなさい、大いなる輝きを持つ者よ」。

202——批判版（13.95.29）kupapaḥ kupayaḥ。
203——批判版（13.95.30）mahāmune。

bharadvāja uvāca |
bhare 'sutān[204] bhare 'śiṣyān[205] bhare devān bhare dvijān |
bhare bhāryām bhare dvājaṃ[206] bharadvājo 'smi śobhane || 92
バラドヴァージャは言った。
「私は息子でない者達を養う。弟子でない者達を養う。神々を、バラモン達を、妻を、『二人の〔父〕から生まれた〔息子〕』を養う。私は『二人の父から生まれた息子を養う者（バラドヴァージャ）』である、美しい女よ」。

yātudhāny uvāca |
nāmanairuktam etat te duḥkhavyābhāṣitākṣaram |
naitad dhārayituṃ śakyaṃ gacchāvatara padminīm || 93
ヤートゥダーニーは言った。
「汝が言ったこの名前の語源説明は復唱が難しい。これを私は覚えることが出来ない。行って湖に降りなさい」。

gautama uvāca |
godamo damato[207] 'dhūmo 'damas te samadarśanāt[208] |
viddhi māṃ gautamaṃ[209] kṛtye yātudhāni nibodha mām[210] || 94
ガウタマは言った。
「天地を支配する者である。〔自己を〕支配する者であるから。煙でない者であり、汝に飼い馴らされない者である。公平な目で見る者だからである。私のことを

204——批判版（13.95.31）sutān。
205——批判版（13.95.31）śiṣyān、クンバコーナム版（13.142.31）poṣyān。
206——批判版（13.95.31）anavyājo、クンバコーナム版（13.142.31）ahaṃ vyājād。
207——批判版（13.95.33）damago。
208——批判版（13.95.33）damo durdarśanaś ca te。
209——クンバコーナム版（13.142.33）gotamaṃ。
210——批判版（13.95.33）me。

『ガウダマ（ガウタマ）』と知れ、魔女よ、魔女め、私のことを知れ」。

yātudhāny uvāca |
yathodāhr̥tam etat te mayi nāma mahāmune |
naitad dhārayituṃ śakyaṃ gacchāvatara padminīm || 95
ヤートゥダーニーは言った。
「汝によって名乗られた通りのこの名前を私は覚えることが出来ない。行って湖に降りなさい、偉大なる尊者よ」。

viśvāmitra uvāca |
viśve devāś ca me mitraṃ mitram asmi gavāṃ tathā |
viśvāmitram[211] iti khyātaṃ yātudhāni nibodha mām[212] || 96
ヴィシュヴァーミトラは言った。
「全ての神々も私の友、また、私は世界の友である。『全世界である友（または、全世界の友）（ヴィシュヴァーミトラ）』と呼ばれていると私のことを知れ、魔女よ」。

yātudhāny uvāca |
nāmanairuktam etat te duḥkhavyābhāṣitākṣaram |
naitad dhārayituṃ śakyaṃ gacchāvatara padminīm || 97
ヤートゥダーニーは言った。
「汝が言ったこの名前の語源説明は復唱が難しい。これを私は覚えることが出来ない。行って湖に降りなさい」。

jamadagnir uvāca |
jājamadyajajāne 'haṃ jijāhīha jijāyiṣi[213] |

211——クンバコーナム版（13.142.35）viśvāmitra。

212——批判版（13.95.35）me。

213——批判版（13.95.37）jājamadyajajā nāma mr̥jā māha jijāyiṣe。

jamadagnir iti khyātas tato[214] māṃ viddhi śobhane || 98
ジャマドアグニは言った。
「私はいや増しに火を煽る供儀から生まれた者としてある。〔そのような者として〕ここで知れ。私は〔そのような者として〕生まれたのだ[215]。「ジャージャマドアグニ（ジャマドアグニ）」と知られている。だから、〔そのような者として〕私のことを知れ、美しい女よ」。

yātudhāny uvāca |
yathodāhṛtam etat te mayi nāma mahāmune |
naitad dhārayituṃ śakyaṃ gacchāvatara padminīm || 99
ヤートゥダーニーは言った。
「汝によって名乗られた通りのこの名前を私は覚えることが出来ない。行って湖に降りなさい、偉大なる尊者よ」。

arundhaty uvāca |
dharān dharitrīṃ vasudhāṃ bhartus tiṣṭhāmy anantaram |
manonurundhatī bhartur iti māṃ viddhy arundhatīm || 100
アルンダティーは言った。
「支える大地、保つ大地、富を生む大地と〔私のことを知りなさい〕。私は常に夫の傍らにいる。夫の心を愛する女であるとして、私を『アヌルンダティー（アルンダティー）』と知りなさい」。

yātudhāny uvāca |
nāmanairuktam etat te duḥkhavyābhāṣitākṣaram |
naitad dhārayituṃ śakyaṃ gacchāvatara padminīm || 101
ヤートゥダーニーは言った。

214――批判版（13.95.37）khyātam ato、クンバコーナム版（13.142.37）khyātam tato。
215――「私は生まれた」はニーラカンタ注に従って訳した。

「汝が言ったこの名前の語源は復唱が難しい。これを私は覚えることが出来ない。行って湖に降りなさい」。

gaṇḍovāca |
vaktraikadeśe gaṇḍeti dhātum etaṃ pracakṣate[216] |
tenonnatena[217] gaṇḍeti viddhi mā 'nalasaṃbhave || 102
ガンダーは言った。
「顔の一部に有るのがほっぺただと、このことを決めるために人々は言う。その膨らんだ所をもって『ほっぺた』と言うと知ってはいけない（私のことをガンダーと知りなさい）、火から生まれた女よ」。

yātudhāny uvāca |
nāmanairuktam etat te duḥkhavyābhāṣitākṣaram |
naitad dhārayituṃ śakyaṃ gacchāvatara padminīm || 103
ヤートゥダーニーは言った。
「汝が言ったこの名前の語源説明は復唱が難しい。これを私は覚えることが出来ない。行って湖に降りなさい」。

paśusakha uvāca |
paśūn rañjāmi dr̥ṣṭvā 'haṃ paśūnāṃ ca sadā sakhā[218] |
gauṇaṃ paśusakhety evaṃ viddhi mām agnisaṃbhave || 104
パシュサカは言った。
「俺は動物達を見ては守ってやる。いつも動物達の友である。喩えて言えば、俺を『動物の友』と（従者である俺をパシュサカと）、このように知れ、火から生まれた女よ」。

216――批判版（13.95.41）gaṇḍaṃ gaṇḍaṃ gatavatī gaṇḍagaṇḍeti saṃjñitā |。
217――批判版（13.95.41）gaṇḍagaṇḍeva。
218――批判版（13.95.43）sakhā sakhe yaḥ sakhyeyaḥ paśūnāṃ ca sakhā sadā |。

yātudhāny uvāca |
nāmanairuktam etat te duḥkhavyābhāṣitākṣaram |
naitad dhārayituṃ śakyaṃ gacchāvatara padminīm || 105
ヤートゥダーニーは言った。
「汝が言ったこの名前の語源説明は復唱が難しい。これを私は覚えることが出来ない。行って湖に降りなさい」。

śunaḥsakha uvāca |
ebhir uktaṃ yathā nāma nāhaṃ vaktum ihotsahe |
śunaḥsakhasakhāyaṃ māṃ yātudhāny upadhāraya || 106
シュナハサカは言った。
「これらの人々が〔自分の〕名前を述べたのと同じように〔私の名前を〕述べることは、今私には出来ない。『シュナハサカ』という友達と私のことを覚えよ、魔女よ」。

yātudhāny uvāca |
nāmanairuktam etat te[219] vākyaṃ sandigdhayā girā |
tasmāt punar[220] idānīṃ tvaṃ brūhi yan nāma te dvija || 107
ヤートゥダーニーは言った。
「汝のこの名前の語源説明ははっきりしない声で言われた。だから、今一度汝の名前を名乗れ、バラモンよ」。

śunaḥsakha uvāca |

219――批判版（13.95.46）nāma te 'vyaktam uktaṃ vai 、クンバコーナム版（13.142.46）nāma na vyaktam uktaṃ vai。
220――批判版（13.95.46）、クンバコーナム版（13.142.46）sakṛd。

sakṛd uktaṃ mayā nāma na gṛhītaṃ tvayā yadi[221] |
tasmāt tridaṃḍābhihatā gaccha bhasmeti māciram || 108
シュナハサカは言った。
「もし、私が一度言った名前を汝は聞き取れなかったというのなら、それならば、三叉矛で打たれて直ちに灰になれ。」

[222]sā brahmadaṇḍakalpena tena mūrdhni hatā tadā |
kṛtyā papāta medinyāṃ bhasma sā ca[223] jagāma[224] ha || 109
かの魔女はブラフマー神の杖にも似たかの〔三叉矛〕によって頭を打たれ、そのときに、地面に倒れて灰と化した。

（『マハーバーラタ』第13巻第93章・前段「七仙人の名乗り」終わり）

おわりに

本書・第5章は、『マハーバーラタ』第13巻「教説の巻」「布施の法」についての個別研究の第四であり、「教説の巻」「布施の法」第93章「七仙人の名乗り」を対象とした。

221——批判版（13.95.47）yadā tvayā。
222——批判版（13.95.48）ではこの前にbhīṣma uvāca | と有る。
223——批判版（13.95.48）bhasmasāc ca。
224——Dutt訳添付テキスト（13.93.105）jagāha。

まず、第5章第1節「『七仙人の名乗り』の考察(1)――言葉遊びと魔女退治――」において、主に、この話が「言語遊戯」としてどのように読めるか、分析を行なった。そして、第5章第2節「『七仙人の名乗り』の考察(2)――言葉遊びはどう変わるか――」において、本書で主として用いるキンジャワデカル版以外の幾つかのテキストにおいてそれら「言語遊戯」が機能しているか否かを確認した。そして、第5章第3節「『七仙人の名乗り』の和訳」において、日本語訳を提示した。

「七仙人の名乗り」は、〈語り物〉の性格が突出している例と言える。七仙人達の名前や様々な行状は素朴な一般の人々によっても知られていたであろう。しかし、本書・第5章で取り上げた「七仙人の名乗り」の中で七仙人とその妻や随行者達の発言を形作っている偈、シュローカは全て、相当にサンスクリット語学力に長けた言葉の専門家、まさに吟誦詩人のような語り手によるものとしか考えられない。すなわち、〈語り物〉、 語りの場と語り手（吟誦詩人）のレベルの事柄である。後世に展開するカーヴィヤ文学のアヌプラーサ、ヤマカ、シュレーシャ（同音反復や同音異義語・掛詞）等とほぼ同様の文学技巧が自然な形で既に存在していることが確かめられた。

また、自由奔放に展開する「七仙人の名乗り」を含む一連の話が、〈枠物語〉に嵌め込まれたときに生じた、無理あるいは奇妙な点についても言及した。「バラモンへの布施」を称揚し、更に、「バラモンはクシャトリヤからの不適切な布施は受け取らない」「バラモンが受け取らなければ、その布施はクシャトリヤの功徳とはならないのだ」と尊大なばかりの主張を始めるかと思いきや、それに留まらず次々と物語は展開する。そうした主張のために、布施によって有名な王一族を虚仮にしようとするが、聴き手がある程度知識を持っている場合、不自然な感を抱くかもしれない。〈枠物語（初め）〉、〈枠物語（終わり）〉に性格の異なる教説・主題を示すことによって、このような不整合を収拾しようとしている。

また、「七仙人の名乗り」は、世界的に見られる「名前の呪力」と、古代インドに特徴的な「真実の呪力」の相克を見出す例である。すなわち、「蛇に咬まれた子供」「鸚鵡と森の王」「チャヴァナ仙と魚達」の場合と同様の、古代インドロ承文芸の〈独自性〉の可能性と同時に、世界的に共通する〈普遍性〉を認める希有な例である。

そして、従来『マハーバーラタ』研究や翻訳において専ら用いられて来たプーナ批判版では「七仙人の名乗り」が十分に解釈することが出来ないことをも確認した。プーナ批判版『マハーバーラタ』第13巻作成者のDandekarは「七仙人の名乗り」の言語遊戯を十分に理解せず、あるいは具体的に理解せずテキストを作成したようである。そのため、七仙人達の名乗りの幾つかは破綻することとなり、意味を成さないものとなってしまった。カルカッタ版、クンバコーナム版にも問題が有り、「七仙人の名乗り」という、テキストの在り方が非常にシビアなこの話について本書が取り扱った刊本の中では、ボンベイ版のキンジャワデカル版が最も適切であることを述べた。

第6章

『マハーバーラタ』第13巻第102章
「ガウタマ仙の象」の研究

はじめに

本書・第1章の『マハーバーラタ』（*Mahābhārata*）第13巻「教説の巻」（*Anuśāsanaparvan*）「布施の法」（*Dānadharmaparvan*）全章の概観、「総論」に基づいて、第2章以降においては、『マハーバーラタ』「教説の巻」「布施の法」についての「各論」、個別的文学研究を行なってきた。語りの段階を持っていたと考えられる五つのそれぞれに特徴的な神話・説話について、考察と和訳を行なった。第6章は、『マハーバーラタ』「教説の巻」「布施の法」についての「各論」、個別的文学研究の第五、最後であり、「教説の巻」「布施の法」第102章「ガウタマ仙の象」を対象とする。

本書において基づく用語（概念）を再度挙げてゆけば、まず以下の三つである。

〈対話〉

〈枠物語〉

〈枠内物語〉

『マハーバーラタ』第13巻「教説の巻」「布施の法」は、ユディシティラとビーシュマの延々と続く〈対話〉を全体の枠組みとして持つ。ユディシティラの問いに対するビーシュマの答えから、「遠い昔の物語」（itihāsaṃṃ purātanam）といった語りがしばしば展開してゆく。このとき、ビーシュマの語る「遠い昔の物語」が〈枠内物語〉であり、それら〈枠内物語〉が存在することによって、ユディシティラとビーシュマの〈対話〉が〈枠物語〉となる。また、以下三つの用語にも基づく。すなわち、

〈原伝承〉

〈語り物〉

〈記録・編纂〉

『マハーバーラタ』第13巻「教説の巻」「布施の法」の〈枠内物語〉、神話・説話の多くが本来一般の人々の間で伝えられた「伝承」、〈原伝承〉であり、その後専門的あるいは半専門的語り手、吟誦詩人とも呼ばれる者達によって長く語られた〈語り物〉であったが、時を経て〈枠物語〉の構造を持つ作品として確定・固定化、〈記録・編纂〉された、ということを前提として進めてゆく。〈語り物〉の段階でもある程度〈枠物語〉の形式を持っていた可能性は有るが、むしろ〈記録・編纂〉の段階において専ら〈枠物語〉としての整備が為されたのではないか。

また、『マハーバーラタ』の神話・説話は、祭式の中心で語られるものではなく、むしろその周辺やそれ以外の場所であったであろう。また、祭官といった純粋な宗教者によって語られるものではなく、様々な立場や能力の、おそらくは世俗的傾向がより強い語り手達によるものであったはずである。そして、そうした語りに応じた聴き手を持っていたはずである。バラモンのみならず、クシャトリヤからそれ以下の、一般のあるいは民間の人々を聴き手としていたであろう。以上のことを念頭に置く必要が有る。

また、本書においては、

〈文学性〉

〈教説性〉

の二点からも考察することになる。「教説の巻」の名に負けず、この巻の「教説性」は強いのであるが、それにもかかわらず見逃すことの出来ない「文学性」の勝った神話・説話を多く見出すからである。

更にまた、『マハーバーラタ』の神話・説話を世界的な基準で見た場合の、

〈普遍性〉

〈独自性〉

の二点についての将来への見通しを立てる場合も有る。

さて、第5章第1節「『ガウタマ仙の象』の考察(1)――良き行ないと言祝ぎ――」において、この神話が、〈原伝承〉としての性格を残しつつ、〈語り物〉としての性格をよく示している例であり、顕著な「言祝ぎ(ことほぎ)」の性格を持つことを述

べる。「ガウタマ仙の象」は二通りの語りから成る。二つの異なる語りを組み合わせていると考えられる。一つは、「良き行ないをした者の良き行き先」を唱え続けて、その「唱え言」によってブラフマンの世界に赴く、と言祝ぐものである。いま一つは、仙人の象を盗もうとする王が仙人を試そうとするインドラ神の化身であった、というものである。いずれも、もともと何らかの〈原伝承〉が存在したものと考えられる。第6章第2節「『ガウタマ仙の象』の考察(2)——言祝ぎはどう変わるか——」において、序章において挙げたプーナ批判版に基づいた場合には、「ガウタマ仙の象」の言祝ぎ、あるいは『マハーバーラタ』そのものの言祝ぎの性格が失われてしまうことを述べる。

最後に、第6章第3節「『ガウタマ仙の象』の和訳」において、この章の日本語訳を提示する。

第1節 「ガウタマ仙の象」の考察(1)
——良き行ないと言祝ぎ——

本書・第6章第1節では、『マハーバーラタ』第13巻「教説の巻」「布施の法」第102章を考察の対象として取り上げる。第102章の奥書（コロフォン）にはもともと「象の山の章」（Hastikūṭa Adhyāya）と記されているが、本書ではその〈枠内物語〉に「ガウタマ仙の象」と名前を付け、それを第102章の章題ともしている。キンジャワデカル版で第13巻第102章第1～63偈[1]（13.102.1-63）に当たる。この〈枠内物語〉に〈原伝承〉と〈語り物〉の面影が見出されることを述べてゆ

1——クンバコーナム版では第13巻第159章第1～63偈（13.159.1-63）、批判版では第13巻第105章第1～62偈（13.105.1-62）。

きたい。

1.「ガウタマ仙の象」の概要

『マハーバーラタ』第13巻「教説の巻」「布施の法」第102章はユディシティラとビーシュマの〈対話〉に始まり、ビーシュマがユディシティラの問いに答えつつ、「遠い昔の物語」(itihāsaṃ purātanam) を語る。このように、第13巻第102章にも〈枠物語〉と〈枠内物語〉の構造が見出される。第102章のあらすじを示せば以下の通りである。

【枠物語(初め)】　ユディシティラが問うた。「良き行為を為した人々はそれぞれ一つの世界に達すると言われるが、そのことについて教えて下され」と。ビーシュマは答えた。「人々は行為によって様々な世界に赴く。良き行為を為せば良き所へ、悪しき行為を為せば悪しき所へ赴くのだ」と。そして、昔、ガウタマ仙とインドラとの間にガウタマ仙の象をきっかけとして、対話が交わされたという話を語り始めた。

【枠内物語(ビーシュマの語り)】　ガウタマ仙が、母を失った象の子を養い育てた。長い時を経て象は強大となった。あるとき、インドラ神がドリタラーシトラという王に姿を変じ、象を捕らえた。ガウタマ仙は「私の息子である象を奪わないでいただきたい」と抗議し、やがて、死者の行き先を巡る、ガウタマとドリタラーシトラ王の対話が始まった。それらは全て、ガウタマ仙が、順々に十三通りの行き先を挙げ、「自分の象を奪うならば…の所で取り返す」と言い、ドリタラーシトラ王が、「それらの場所は…の者達の行き先であり、自分はそこへ行かず、それを越えた所へ行く」と切り返すものであった。ヴァイヴァスヴァタ(ヤマ)の住まい、マンダーキニー川、メール山の森、ナーラダ仙のナンダナ森、ウッタラクルの地、ソーマ王の住まい、太陽神の足許に在る世界、ヴァルナ王の世界、インドラの世界、プラジャーパティの天上世界、雌牛達の世界、スヴァヤンブーの世界を挙げた後、最後の場所について言いさして、ガウタマはドリタラーシトラがインドラの化身と気付いた。インドラは自らの正体を明かし、ガウタマに「汝の望みをかなえてやろう」と言った。ガウタマは「息子のように育てた、この白象を返してほしい」と望み、祝福とともに許された。インドラは「偉大な聖仙の中でも、ガウタマだけが自分の正体を見抜いた」と喜び、「息子を連れて私とともに来るように」と言った。インドラは象を連れたガウタマとともに天界に昇った。

【枠物語（終わり）】 ビーシュマは語った。「この物語を常に聴聞もしくは朗唱する者は、ブラフマンの世界に赴く」と。（以上要約）

2. ガウタマとドリタラーシトラの対話「良き行ないをした者の良き行き先」の概要

ガウタマとドリタラーシトラの対話の中で、最初に挙げられる行き先についての両者の問答をやや詳しく示せば以下の通りである。

(1) ガウタマが言った。「死者が良き行ないによって喜び、悪しき行ないによって嘆く、ヴァイヴァスヴァタ（ヤマ）[2]の住まいで象を取り返す」と。ドリタラーシトラが言った。「そこは信仰心無い者、性根が悪く感官の対象に耽る者達がヤマの罰を受ける所だ。私はそれを越えた所へ行く」と。ガウタマが言った。「そこは真実のみ語られ、弱きが強きを挫く所である。私はそこで象を取り返す」と。ドリタラーシトラが言った。「そこは長上者や父母が敬われない所である。私はそれを越えた所へ行く」と。（第14～17偈）

2――ガウタマにヴァイヴァスヴァタ（Vaivasvata）と呼ばれているもの（第14偈）が、ドリタラーシトラ王にヤマ（Yama）と呼ばれているもの（第15偈）と同一の存在と考えられる。

最初の行き先についてのこの問答では、ガウタマが善（幸）の面を主張し、ドリタラーシトラが悪（不幸）の面を主張する。両人によって、行ないの善悪に基づいた死者の善悪（幸・不幸）の行き先が語られる。

それに対して、⑵以下に続く対話内容は、全て、良き行ないを為した者の良き行き先である。その十二通りの行き先について、行き先と赴く者達の関係を→記号で表し、それぞれの描写を簡潔に箇条書きにして掲げる。反復・同趣の表現は多く省き、また、⑴の場合と同じく、行き先を端的に述べている部分に＿＿線を付して示す。

⑵　偉大な果報を持つ者が赴く、ヴァイシュラヴァナのマンダーキニー川。

→　客人を接待する誓いを保ち、バラモンを守り、〔食物について〕頼って来る者達の残り物を食べる者達が行く。（第18、19偈）

⑶　メール山頂に在る麗しの森で、キンナリーの歌が響き、ジャンブー樹（じゅ）が茂り栄える所。

→　穏やかな心と真実を守る徳を保ち、聖典について大いなる知識を持ち、生き物達に喜びを抱くバラモンが行く。（第20～22偈）

⑷　花咲き乱れキンナラの王が訪れる、ナーラダ仙のナンダナ森で、ガンダルヴァ、アプサラス達の常の住まい。

→　いつも歌ったり踊ったりしている、食を乞わない人々が行く。（第23～24偈）

⑸　ウッタラクルの人々が神々とともに輝く所で、火や水や山々から生まれた人々が幸せに暮らし、インドラが望みの物を雨と降らし、女達が自由に生きる所。

→　あらゆる欲望から解放され、肉を喰らわず、罰を加えること無く、生き物を殺すこと無く、我執と愛着を離れ、得られるもの・得られないもの、賞賛と非難を等しく見る者達が行く。（第25～28偈）

⑹　それを越えた永遠の諸世界で、ソーマ王の住まいである、芳（かぐわ）しく、怒りも悲しみも無い所。

→　布施を習いとして徳の高い人に全てを捧げ、全ての客人に慈悲を持ち、

我慢強くて他人を悪く言わず、いつも清らかな徳を保つ者達が行く。(第29〜31偈)

(7) それを越えた永遠の諸世界で、太陽神の足許に在る、怒り・愚かさ・悲しみとは無縁の所。

→ ヴェーダ学習を習いとし、師匠の教えを熱心に聞き、苦行に励み、優れた誓戒を持ち、真実を守り、長上者に従順な話し方をする、清らかで偉大な魂の持主達が行く。(第32〜34偈)

(8) それを越えた永遠の諸世界で、ヴァルナ王の住まいである、芳しく、怒りも悲しみも無い所。

→ チャートゥルマーシャ祭によって百十の生贄を捧げ、アグニホートラ祭を決まりの通り三年間行い、義務を果たして定められた道に則った、正しい魂の持主達が行く。(第35〜37偈)

(9) 怒りも悲しみも無い、インドラの諸世界で、人々の辿り着き難い所。

→ 百年(ももとせ)の齢(よわい)を持つ勇者であって、ヴェーダを学び、入念に祭式を行う者達が行く。(第38、39偈)

(10) プラジャーパティの子孫達の天上世界で、豊かで悲しみの無い所、全ての世界の始源である者達に望まれる所。

→ ラージャスーヤ祭の灌頂を済ませ、〔王の〕務めを自らのものとして、生き物を守り、馬供犠を終えて沐浴した王達が行く。(第40、41偈)

(11) それを越えた永遠の諸世界で、芳しく、怒りも悲しみも無い、辿り着くことも打ち勝つことも難しい雌牛達の世界。

→ 千頭の雌牛を有し毎年百頭の雌牛を布施するか、百頭の雌牛を有し毎年十頭の雌牛を布施するか、十頭か五頭の雌牛のうち毎年一頭を布施する者達、浄行者として齢を重ね、ヴェーダの教えを守り、聖地を巡礼する者達、プラバーサ、マーナサ…(聖地名の列挙となっている)…を訪れる者達、神々しい姿をして神々しい花鬘を着けた者達が行く。(第42〜48偈)

(12) 冷熱や餓渇の怖れ無く、病い無く、苦楽無く、愛憎無く、友も敵も無く、老いも死も無ければ、徳も不徳も無く、智慧と真理が確立した、スヴァヤンブーのめでたき住まい。

→　あらゆる執着から解放された、清らかな魂の持主で、誓戒を保ち、内我の瞑想に専念し、天に昇った者達、めでたきブラフマンの住まいに達した者達が行く。（第49～53偈）

⒀　ラタンタラ讃歌とブリハット讃歌が歌われ、祭壇が蓮華によって覆われ、ソーマを飲む者達が馬車に引かれて行く所……。（第54偈）

第102章「ガウタマ仙の象」は、〈枠物語〉においてユディシティラが良き行為をした者の行き先について尋ね、ビーシュマが行為の善悪に応じて行き先が有ると答えて、〈枠内物語〉を語るものである。〈枠内物語〉においては、ガウタマとインドラの対話が展開し、諸々の良き行ないをした者の諸々の良き行き先を説き明かす。その行き先の第一のもののみが、善悪の行ないをした者の善悪の行き先の性格を兼ね備えた、ヤマの住まいである。これら行き先の語られる順序に注意を払うと、ヤマの住まいに始まり、マンダーキニー川、メール山、ナーラダ仙のナンダナ森、ウッタラクル、ソーマ王の住まい、太陽神の足許、ヴァルナ王の住まい、インドラの諸世界、プラジャーパティの子孫達の天上世界、雌牛達の世界、スヴァヤンブーの住まい……ということであるので、語られる空間はおおよそ、インド亜大陸の中から外へ出て遠離ってゆく、あるいは下から上へと高まってゆく観がある。すなわち、一種の空想的地誌を反映した語りになっているようである。『マハーバーラタ』の後に続々と現れるプラーナ文献の空想的地誌の初期的な姿がここに見られると推測される[3]。ただし、本書においてはこの問題を更に追求してゆくことは出来ない。何れの日にか果たす課題の一つとしたい。

3.「ガウタマ仙の象」・周辺章との関係

ここで、『マハーバーラタ』第13巻第102章と、その周辺章、第95章から第

3――吉水清孝氏（東北大学教授）に御示唆を得た。

定方晟 2011『インド宇宙論大全』.

Thompson, Richard L. 2007. *The Cosmology of the Bhāgavata Purāṇa*.

103章までとの関係を確認しておく（第93章前段は「七仙人の名乗り」（本書・第5章）、第93章後段は「七仙人の真実の誓い」、第94章は「七仙人の真実の誓い」・異伝）。

現在に伝わる〈記録・編纂〉段階を経た第95章から第103章の内容概要を通覧する。第13巻「教説の巻」「布施の法」の主題を担う語、「バラモン」（brāhmaṇa）、「布施」「与える」「供える」（√dā, dāna pra√dā, pradāna等）に＿＿線、副主題を担う語、「行為」「祭式を行なう」（√kr̥, karman, kriyā等）[4]に＿＿線を付してある。「バラモンによる行為すなわち祭式（karman）が重要であること」に関わる訓戒や説話である。

第95、96章：

【枠物語（初め）】ユディシティラがビーシュマに問うた。「祖霊祭において傘と草履を供える（与える、√dā）ことの始まりはどのようなものか」と。ビーシュマが答えた。「（これについては、）ジャマドアグニと太陽の対話が有る」と。

【枠内物語（ビーシュマの語り）】ジャマドアグニ仙の妻・レーヌカーが太陽の灼熱に苦しみ、夫の放った矢を拾うのに難儀した。怒って太陽を射ようとするジャマドアグニの前に、太陽神がバラモンの姿となって現れた。太陽は、その熱を避けるため傘と草履を供えることを教えた。

【枠物語（終わり）】ビーシュマが説いた。「バラモンに草履を布施すれば功徳が有り、死後天に生まれる」と。（以上要約）

第97章：

【枠物語（初め）】ユディシティラがビーシュマに問うた。「家長の義務は何か。また、死後に得るものは何か」と。ビーシュマが答えた。「これについ

4――前述（本書・第1章第2節）のように、「行為」（√kr̥, karman等）は第13巻の中で、「バラモン」「布施」のような主たる主題に混じり、従たる主題としてしばしば現れる。

ては、クリシュナと大地の女神の対話が有る」と。
【枠内物語（ビーシュマの語り）】クリシュナの問いに対して大地の女神は答えた。「祖霊、神々、人々、ラークシャサ等のために祭式を行なう（√kṛ, karman）べき、それによって生きているうちに聖仙の恩典を、死後に天界を得る」と。
【枠物語（終わり）】ビーシュマが説いた。「汝も同じく家長の義務を果たせば、生きているうちに名声を、死後に天界を得る」と。（以上要約）

第98章：
【枠物語（初め）】ユディシティラがビーシュマに問うた。「燈明を供えること（与えること、dāna）の始まりと功徳はどのようなものか」と。ビーシュマが答えた。「これについては、スヴァルナとプラジャーパティ・マヌの対話が有る」と。
【枠内物語（ビーシュマの語り）】昔、苦行者・スヴァルナがプラジャーパティ・マヌに、「花香・燈明を供えることの始まりは何か」と問うた。マヌは、昔、ヴァイローチャナの息子・バリがブリグ族のシュクラに同じことを問うたことを語った。シュクラは花香・燈明の功徳について、またバリ供儀について説いた。
【枠物語（終わり）】〔ビーシュマが説いた。〕「同じことをマヌがスヴァルナ仙に説き、スヴァルナはナーラダ仙に、ナーラダは私に説いた。汝もこれらを行なえ」と。（以上要約）

第99、100章：
【枠物語（初め）】ユディシティラがビーシュマに問うた。「香と燈明を供えること（pra√dā, pradāna, dāna）の功徳、バリ供儀が地面に置かれる訳は何か」と。ビーシュマが答えた。「これについては、ナフシャ、アガスティヤ、ブリグの対話が有る」と。
【枠内物語（ビーシュマの語り）】昔、王仙ナフシャが花香・燈明を供え、バリ供儀等の祭式を行なう（√kṛ, karman, kriyā）等の良い行為を為して神々の王となり、慢心して祭式を止めた。ナフシャが聖仙達に自分を担ぎ歩かせるに至ったので、アガスティヤ仙とブリグ仙は策を練ってナフシャを蛇に化せしめた。ブラフマー神の命により、再びインドラが神々の王の位に即いた。
【枠物語（終わり）】〔ビーシュマが説いた。〕「燈明を布施する者には死後天眼を得る等様々な功徳が有る」と。（以上要約）

第101章：
【枠物語（初め）】ユディシティラがビーシュマに問うた。「バラモンの所有物を盗んだ者の末路はどのようなものか」と。ビーシュマが答えた。「これについては、あるチャンダーラと、ある名ばかりのクシャトリヤの対話が有る」と。
【枠内物語（ビーシュマの語り）】あるチャンダーラが、ある名ばかりのクシャトリヤの問いに答え、語った――かつて、あるバラモンの雌牛が盗まれてゆく道中に、乳がソーマ草に掛かった。そのソーマの液を飲んだバラモンも、祭式でソーマの液を飲んだ王も、その他の関係する者達も皆地獄に堕ちた。その雌牛の乳が掛かった食物を食べた、語り手のチャンダーラは現世にチャンダーラとして生まれた。彼は、聞き手のクシャトリヤの教えに従い、バラモンの財産を守るため供儀の火に身を投げてチャンダーラの身から解放された。
【枠物語（終わり）】ビーシュマが説いた。「バラモンの財産を常に守らなければならない」と。（以上要約）

第102章：
【枠物語（初め）】ユディシティラがビーシュマに問うた。「良い行為（√kṛ, karman）を為した者の行き先はどのようなものか」と。ビーシュマが答えた。「これについては、昔、バラモン・ガウタマ仙とインドラの交わした対話が有る。……

第103章：

【枠物語（初め）】ユディシティラがビーシュマに問うた。「最高の苦行とは何か」と。ビーシュマが答えた。「これについて、昔、バギーラタ王とブラフマー神が交わした対話が有る」と。

【枠内物語（ビーシュマの語り）】バギーラタは雌牛の世界、聖仙の世界を越えた世界に達した。その訳を尋ねるブラフマー神にバギーラタは語った。「自分は数多の黄金、奴隷、女性、雌牛、馬、象、車、英雄、敗北させた王、自ら為した苦行等を様々な機会にバラモンに布施したが、それらによってではなく、断食によってバラモンらを喜ばせこの世界に達した、と語った。

【枠物語（終わり）】ビーシュマが説いた。「断食の誓いを守り、バラモンを敬え。バラモンに衣食等の布施を行なえ」と。（以上要約）

このように見て来ると、「バラモンへの布施」を勧め説く第13巻「教説の巻」「布施の法」の中で、第102章周辺の章においても、「バラモンへの布施」を中心として、「バラモン」や「布施」（与えること、供えること、√dā, dāna等）についての他の話題に、「行為」「祭式」（√kṛ, karman等）についての話題を交えている。その中で、第102章「ガウタマ仙の象」のみが相当に異なる様相を持つ話となっていることがわかる。

第101章の〈枠物語〉において、「バラモンが所有する物を盗む者の末路はどうなるか」とユディシティラが問い、ビーシュマが〈枠内物語〉「バラモンの雌牛を盗んだ者が地獄に堕ちた話」を語る。その後、反転して、第102章の〈枠物語〉では「良き行為を為した者の行き先」についてユディシティラが問い、ビーシュマが〈枠内物語〉「ガウタマ仙の象」を語る。この二つの語りの繋がりは、「バラモンが所有する物を盗む者」という共通のモチーフによって連想的に為されたと考えられる。そして、この組み合わせは〈語り物〉の段階から在った可能性が有る。

ところで、第102章では、「バラモンが所有する物を盗む者」は試練の後に祝福を与えるインドラ神である。したがって、素晴らしい結末を取ることが約束されている。第102章の〈枠物語〉において、ユディシティラは「良き行ないをした者の行き先」を問う。しかし、ビーシュマからは「良き行ないをした者は良き所へ、悪しき行ないをした者は悪しき所へ行く」と、噛み合わない答えが返って来る。第101章「バラモンが所有する物を盗む者の末路」と整合性を付ける努力の跡が見られる。第101章の後に第102章「ガウタマ仙の象」を配置したいがための〈記録・編纂〉段階での折衷、一種の「摺り合せ」[5]である。

4.「ガウタマ仙の象」・タイプとモチーフ

ここで、「ガウタマ仙の象」について、説話のタイプ（話型）とモチーフ（構成要素）という観点から若干の考察を加えておきたい。第102章の〈枠内物語〉「ガウタマ仙の象」は以下のようなモチーフa、b、c、xから成るタイプAを取ると考えられる。すなわち、それらのモチーフは、

モチーフa：　ある仙人（バラモン）が動物を養育している。

モチーフb：　ある王（クシャトリヤ）がその動物を奪い取ろうとする。

モチーフc：　やりとり（対話、戦い等）の後、王は動物を奪い取ることを止める。

モチーフx：　王の正体は仙人を試すインドラ神と判明する[6]。

であり、これらから成るタイプAは、

タイプA：ある仙人（バラモン）が養育している動物を、ある王（クシャトリヤ）が奪い取ろうとするが、やりとり（対話）の後、奪い取ることを止める。王の正体は仙人を試すインドラ神と判明する。

である。ここで参照されるのは、ヴァシシタとヴィシュヴァーミトラの、ナンディニー牛を巡る争いを語る有名な説話である（キンジャワデカル版では第1巻第

5——「蛇に咬まれた子供」（本書・第2章第1節）、「七仙人の名乗り」（本書・第5章第1節）にも見られた。

6——「鸚鵡と森の王」（本書・第3章第1節）にも見られた「インドラの試練」のモチーフである。

175章第1〜48偈)[7]。その内容のあらすじは以下の通りである。

ヴァシシタ仙（バラモン）が飼育する雌牛・ナンディニーを、ヴィシュヴァーミトラ王（クシャトリヤ）が奪い取ろうとするが、戦いに負け、奪い取ることを諦めた。ヴィシュヴァーミトラは王位・王国を捨て苦行に励んでバラモンの位に達した。

この説話は、モチーフa、b、c、yから成る。第102章「ガウタマ仙の象」と一部のモチーフが異なる、ほぼ同じタイプA′となっている。すなわち、以下のモチーフである。

モチーフa：ある仙人（バラモン）が動物を養育している。
モチーフb：ある王（クシャトリヤ）がその動物を奪い取ろうとする。
モチーフc：やりとり(対話、戦い等)の後、王は動物を奪い取ることを止める。
モチーフy：王は仙人（バラモン）と同じ力を得ようと努力する。

そして、これらから成るタイプA′は以下の通りである。

タイプA′：ある仙人（バラモン）が養育している動物を、ある王（クシャトリヤ）が奪い取ろうとするが、やりとり（戦い）の後、奪い取ることをやめる。王は仙人（バラモン）と同じ力を得ようと努力する。

古代インドにおいて、こうしたモチーフに幾つもの変化形や自在な組み合わせがあり、それらモチーフから成るタイプの伝承、口承文芸が一定数伝承されていたのではないだろうか。その一つが『マハーバーラタ』第13巻第102章の〈枠内物語〉「ガウタマ仙の象」の〈原伝承〉であり、〈記録・編纂〉の段階において、第13巻の主題や前後の章との関係、その他の思惑によって、「良き行ないをした者の良き行き先」の唱え文句が嵌め込まれ、それらを教説・訓戒とする〈枠物語〉として配置されたものではないかと考えられる。

7――クンバコーナム版では第1巻第190章第1〜61偈、批判版では第1巻第165章第1〜44偈。

このような、〈枠内物語〉の「ガウタマ仙が象を奪われようとする」というモチーフからすれば、害を被るガウタマ仙の言葉がむしろ呪詛的なもの、例えば、「象を奪う王はかくかくしかじかの悪しき所へ赴く」というものであって、且つ、二人の対話が、諸々の悪しき行ないをした者の諸々の悪しき行き先を説き明かす、となっていることも有り得る。ガウタマ仙は〈枠内物語〉の始まりにおいてドリタラーシトラ王の正体を知らないからである。しかし〈語り物〉の聴き手達はそれを知っている。インドラ神がやって来たのであれば、ガウタマ仙には必ず何か幸いなることが起こると期待する。ガウタマ仙が「良き行き先」を述べ立ててゆくのは一見不自然・不合理とも見えるが、〈語り物〉段階の聴き手の理解に即した語りになっていると考えられる。

このようにしてみれば、『マハーバーラタ』第13巻「教説の巻」「布施の法」中の「ガウタマ仙の象」には、〈原伝承〉としての「ガウタマ仙の象を奪うインドラ」の物語と、「良き行ないをした者の良き行き先」の唱え文句が見出されると考えられる。それら二通りの〈原伝承〉は、「教説の巻」「布施の法」中の、「バラモンの所有する物を盗む者の末路」に続いて、話の相似性と反転性から来る連想によって語られる。「バラモンの所有する物を盗む者」の正体がここではインドラ神であり、結末はガウタマ仙への祝福であることが定型であることから、ガウタマ仙がインドラに掛ける言葉は呪詛的なもの、「悪しき行ないをした者の悪しき行き先」ではなく、祝福的なもの、「良き行ないをした者の良き行き先」になっているのは必然的である。

5. 纏め

「ガウタマ仙の象」がバラモンが招かれている祭式の場やその周辺で「バラモンが所有する雌牛を盗んだ者が地獄に堕ちた」という恐ろしい話の後に語られたとするならば、それらは聴衆の緊張を解き、場の雰囲気を変える役割を果たすことになる。

これら説かれた「良き行ない」は素朴なもので、体系的・哲学的なものではない。日常的・大衆的なものである。また、幾つもの定型表現が繰り返し用いられ

ているが、これこそ〈語り物〉の名残りを残すものと推測される。例えば、偈末に、

「そこで私（ガウタマ仙）は汝から象を取り返すであろう」(tatra tvāhaṃ hastinaṃ yātayiṣye：第14、16、18、20、23、26、29、32、40、54偈)

「それを越えて行き、ドリタラーシトラはそこにはいない」(paraṃ gantā dhṛtarāṣṭro na tatra：第15、17、24、28、31、34、37、39偈)

を多用し、偈頭には、

「それを越えて永遠の諸世界が有る」(tato 'pare bhānti lokāḥ sanātanāḥ：第29、32、35、42偈)

を頻繁に使い、偈中では、

「芳しい香りのする、怒りも悲しみも無い所」(supuṇyagandhā virajā viśokāḥ：第29、35、42偈)

といった表現がしばしば見える。聴き手にはそれら素晴らしい諸々の（死後の）世界が存在することを教え、（今の世を生きているうちの）諸々の正しい行ないを示唆するものになっている。定型的表現の反復は、語りを促進する役割を果たすのみならず、聴き手の耳にこれら教説を心地良く響かせ、理解と記憶を助けるものと考えられる。しかし、このように、この語りが果たす役割は、聴き手に心地良く教えを説くというばかりではない。

続く本書・第6章第2節において考察してゆくが、ガウタマ仙とドリタラーシトラ王の対話によって披露される、諸々の良き行ないをした者の諸々の良き行き先は、第102章〈枠物語（終わり）〉の最終・第63偈のビーシュマの結びの言葉、「これを常に聴聞もしくは朗唱する者は、感官を制御し、ブラフマンの世界に赴く」と呼応している。そもそも巨大な『マハーバーラタ』の最初の部分と最後の部分において、『マハーバーラタ』聴聞の功徳が強調されている。また、各巻の諸処において同じことが主張されている。これらは全てお互いに関連し、一貫性を保っていると考えられる。こうした『マハーバーラタ』聴聞の功徳から考えれば、第13巻第101章の「バラモンの所有する雌牛を盗んだ者達が地獄に堕ちた」という話のすぐ後に、このような罪深くも恐ろしい話を聞いた厄を祓い、罪を滅ぼし、繁栄を得るための手段として、『マハーバーラタ』は、あるいは、

第102章の「ガウタマ仙の象」は語られるのである。

第2節 「ガウタマ仙の象」の考察(2)
——言祝ぎはどう変わるか——

本書・第6章第1節では、『マハーバーラタ』第13巻「教説の巻」「布施の法」第102章の中に、〈原伝承〉としての「良き行ないをした者の良き行き先」の唱え文句と、「ガウタマ仙の象を奪うインドラ」の物語が見出されることを述べた。〈語り物〉の段階で、話の相似性と反転性から連想されて「バラモンが所有する物を盗む者の末路」に続き、それら二通りの〈原伝承〉、「良き行ないをした者の良き行き先」の唱え文句と、「ガウタマ仙の象を奪うインドラ」の物語は組み合わされ、語られたと考えられる。「バラモンが所有する物を盗む者」の正体が「ガウタマ仙の象」においてはインドラ神であり、結末はガウタマ仙への祝福であることが定型であることから、ガウタマがインドラに投げ掛ける言葉は呪詛的なもの、「悪しき行ないをした者の悪しき行き先」ではなく、祝福的なもの、「良き行ないをした者の良き行き先」になるのは必然であった。

第6章第2節では、「ガウタマ仙の象」あるいは『マハーバーラタ』の持つ言祝ぎの性格を考察し、この性格が、『マハーバーラタ』研究・翻訳の際に圧倒的に使用されるプーナ批判版においてはどうなっているかを見る。

1.「ガウタマ仙の象」に見られる言祝ぎ

既に第6章第1節で見たように、「ガウタマ仙の象」は、第102章の〈枠内物語〉であり、第102章は第101章「バラモンが所有する物を盗んだ者の末路」と対になって配置されている。その関係を再度示せば以下の通りである。

第101章：
【枠物語（初め）】ユディシティラが、バラモンが所有する物を盗んだ者の末路について尋ね、ビーシュマが語った。
【枠内物語（ビーシュマの語り）】あるチャンダーラがあるクシャトリヤの問いに答え、語った。かつて、あるバラモンの雌牛が盗まれてゆく道中に、乳がソーマ草に掛かった。そのソーマの液を飲んだバラモンも、祭式でソーマの液を飲んだ王もその他の関係者も皆地獄に堕ちた。その雌牛の乳が掛かった食物を食べた、語り手のチャンダーラは現世にチャンダーラとして生まれた。彼は、聞き手のクシャトリヤの教えに従い、バラモンの財産を守るため供儀の火に身を投げてチャンダーラの身から解放された。
【枠物語（終わり）】ビーシュマが説いた。「バラモンの財産を常に守らなければならない」と。（以上要約）

第102章：
【枠物語（初め）】ユディシティラが、良き行為を為した人の達する世界について尋ね、ビーシュマが、人は行為によって様々な世界に赴くと答える。
【枠内物語（ビーシュマの語り）】昔、ガウタマ仙の所に、ガウタマの象を奪おうとするインドラがドリタラーシトラという王に姿を変じてやって来た。そして、両者の間に人々の（死後の）行き先について問答が交わされた。ガウタマの挙げるそれら行き先は、すなわち、ヴァイヴァスヴァタ（ヤマ）の住まい、マンダーキニー川、メール山頂、ナーラダ仙のナンダナ森、ウッタラクル、ソーマ王の住まい、太陽神の足許に在る世界、ヴァルナ王の世界、インドラの世界、プラージャーパティの子孫の天上世界、雌牛達の世界、スヴァヤンブーの世界等であり、ガウタマが最後の場所について言いさして、問答は終わった。ガウタマはドリタラーシトラの正体がインドラであることに気付き、インドラは祝福を以て象をガウタマに返した。そして、ガウタマはインドラの招きによって、象を連れてインドラとともに天界に昇った。

【枠物語（終わり）】ビーシュマが説いた。「『ガウタマ仙の象』あるいは『マハーバーラタ』を常に聴聞もしくは朗唱する者は感官を制御しブラフマンの世界に赴く」と。（以上要約）

〈枠内物語〉「ガウタマ仙の象」において、ガウタマとインドラの対話によって、「諸々の良き行ないをした者の諸々の良き行き先」が語られる。そして、最終・第63偈のビーシュマの結びの言葉、

idaṃ yaḥ śr̥ṇuyān nityaṃ yaḥ paṭhed vā jitendriyaḥ |
sa yānti brahmaṇo lokaṃ brāhmaṇo gautamo yathā || Ki. 13.102.63
これ（「ガウタマ仙の象」あるいは『マハーバーラタ』）を常に聴聞もしくは朗唱する者は、感官を制御しブラフマンの世界に赴く、バラモンのガウタマの如く。

を聴くことによって聴き手は祝福、「言祝ぎ」を受けることになる。対話によって説かれた諸々の良い行ないを聞き手に勧める体裁を取るとともに、「ブラフマンの世界に赴く」ことを保証するものである。聴き手があやかりたいと願う語りになっているのである。ビーシュマの「言祝ぎ」の冒頭にある「これ」（idaṃ、指示代名詞・単数・中性・対格）は、「『ガウタマ仙の象』という物語」（物語、ākhyāna-、中性名詞・単数・対格）、あるいは、『マハーバーラタ』（mahābhārata-、中性名詞・単数・対格）を指していると考えられる。

物語を語ることによる功徳を説くことは『マハーバーラタ』に先んじて見られる。例えば、『アイタレーヤ・ブラーフマナ』七・十三〜十八「シュナハシェーパ物語」[8]の最後にそれが述べられている。まず、「シュナハシェーパ物語」のあ

8——Aufrecht,Theodor. 1975. *Das Aitareya Brāhmaṇa mit Auszügen aus dem Commentare von Sāyaṇācārya und anderen Beilagen*: 195-202.
引用では一部の表記を改めている。「シュナハシェーパ物語」は、辻直四郎

らすじを挙げれば以下の通りである。

　息子を持たないハリシュチャンドラ王が、生まれた息子をヴァルナ神に犠牲として捧げると約束して、息子ローヒタを得た。王は口実を以て約束から逃れ続け、ローヒタは成人した。王が息子を犠牲にしようとすると、ローヒタは逃亡し遊行した。ヴァルナ神は王に水腫病を与えた。それを知ったローヒタが帰ろうとすると、その度にインドラが人と化して現れ、「遊行を続けよ」と説いた。ローヒタはアジーガルタ仙の息子シュナハシェーパを、自らの代わりに犠牲にするため百の牛を以て手に入れた。ヴァルナはこれを承諾し、ラージャスーヤ祭を行なうこととなった。ホートリ祭官はヴィシュヴァーミトラであった云々。灌頂の日、アジーガルタは百の牛を以てシュナハシェーパを犠牲獣として柱に繋ぎ、更に百の牛を以てシュナハシェーパを解体しようとした。シュナハシェーパはプラジャーパティに〔プラジャーパティ〕讃歌を唱えつつ助けを求めた。ついでアグニに〔アグニ〕讃歌を唱えつつ、サヴィトリに〔サヴィトリ〕讃歌を唱えつつ、ヴァルナに〔ヴァルナ〕讃歌を唱えつつ、再びアグニに〔アグニ〕讃歌を唱えつつ、一切神群に〔一切神群〕讃歌を唱えつつ、インドラに〔インドラ〕讃歌を唱えつつ、アシュヴィン双神に〔アシュヴィン双神〕讃歌を唱えつつ、ウシャスに〔ウシャス〕讃歌を唱えつつ、助けを求めたところ、解放された。また、ハリシュチャンドラ王の水腫病は癒えた。祭官達に頼まれてシュナハシェーパは〔ソーマ祭の〕讃歌を唱えつつ、ソーマ祭を考案した。アジーガルタとヴィシュヴァーミトラはシュナハシェーパを争った。シュナハシェーパはヴィシュヴァーミトラの長子となった。
　この「シュナハシェーパ物語」は灌頂の後、ホートリ祭官が王に語る。アドヴァリユ祭官が〔この物語を構成する〕śrutiにはom、smṛtiにはtathāと答える。omは神の、tathāは人間のものであるので、両者によって王を罪から解放する。（要約）

1978『古代インドの説話』でも紹介されている有名な話である。

この後で、戦いに勝った王が罪を除く為等に「シュナハシェーパ物語」を語らせるべきことを、以下のように述べている。[9]

tasmād yo rājā vijitī syād apy ayajamāna ākhyāpayetaivaitac chaunaḥśepam ākhyānaṃ. na hāsmin alpaṃ canainaḥ pariśiṣyate. sahasram ākhyātre dadyāc. chatam pratigaritra ete caivāsane. śvetaś cāśvatarīratho hotuḥ. putrakāmā hāpy ākhyāpayeraṁ. labhante ha putrāṁ. labhante ha putrān. (7.18.14-15)

したがって、戦いに勝った王は、祭式を行なわないとしても、この「シュナハシェーパ物語」を語らせるべきである。この王に些かの罪も残されない。[10] 千〔の牛〕を語り手〔であるホートリ祭官〕には与えるべきである。百〔の牛〕を答え手〔であるアドヴァリュ祭官〕には、これら敷物を〔語り手と答え手には〕、そして、白い騾馬車をホートリ祭官には〔与えるべきである〕。息子を望む者であっても、〔「シュナハシェーパ物語」を〕語らせるべきである。必ずや息子達を得る。必ずや息子達を得る。

このようにしてみると、語り、特に、宗教的な語り、あやかりたい語りを聴き、聴かせる・唱えることの功徳を説くのは、ヴェーダ文献以来の現象と考えられる。[11]

9——Aufrecht,Theodor. 1975. *Das Aitareya Brāhmaṇa*: 201-202.

10——戦いに勝った王が物語を聞くことによって罪を除くという点は、『マハーバーラタ』第12、13巻の場合と共通している。

11——『マハーバーラタ』中でも類似の表現を見るが、インド以外の文化においても存在する、一定の〈普遍性〉を持つと考えられる。例えば、日本中世に多く成立した「御伽草子」(室町物語)にしばしば見られる物語末の祝福表現にも共通する。一例を挙げれば、『文正草子』の「この草子御覧ぜん人は、現世安穏にて、心に思ふこと、よろずかなふなり。めでたし、めでたし」(大島建彦・渡浩一2002『室町物語草子集』)。

2. 『マハーバーラタ』冒頭部に見られる言祝ぎ

『マハーバーラタ』においては『マハーバーラタ』聴聞あるいは詠唱の功徳が説かれている。まず、『マハーバーラタ』第1巻「初めの巻」において、ヴィヤーサの弟子・ヴァイシャンパーヤナ仙がジャナメージャヤ王に「バラタ族の物語」を語り出す際、ヴァイシャンパーヤナが次のように説く。

bhāratādhyayanaṃ puṇyam api pādam adhīyataḥ |
śraddadhānasya pūyante sarvapāpāny aśeṣataḥ ‖ Ki. 1.1. 254
「バラタ族の物語」を唱えることには功徳が有る。〔偈の〕一脚でも唱え信ずる者のあらゆる罪は残り無く浄められる。

また、

...anukramaṇikādhyāyaṃ bhāratasyemam āditaḥ |
āstikaḥ satataṃ śṛṇvan na kṛcchreṣv avasīdati ‖ Ki. 1.1.262
……この「バラタ族の物語」の「あらすじ」を常に初めから聴く敬虔な者は、諸々の苦境に沈むことは無い。

また、

... | yaś cainaṃ śrāvayec chrāddhe brāhmaṇān pādam antataḥ ‖ Ki. 1.1.266cd
akṣayyam annapānaṃ vai pitṝṃs tasyopatiṣṭhate | ... ‖ Ki. 1.1.267ab
……そして、この（「バラタ族の物語」の）一脚を片端でも、祖霊祭においてバラモン達に聴かせるであろう者の、その者の祖霊達に尽きせぬ飲食が供えられる。……

3. 『マハーバーラタ』結末部に見られる言祝ぎ

そして、『マハーバーラタ』結末部、第18巻「昇天の巻」(*Svargārohaṇaparvan*) 第5章第31～68偈（18.5.31-68)、およびそれに続く「『マハーバーラタ』聴聞の威力」(*Mahābhārataśravaṇamahimā*) の全編・第1～105偈（1-105）は、『マハーバーラタ』を語り終えるに当たって、百以上の偈を費やし、再び、ジャナメージャヤ王とヴァイシャンパーヤナの対話、そしてそれを伝える「サウティ」(sauti =

sūta、ウグラシュラヴァス）の語りという『マハーバーラタ』第1巻に対応する形式を採り、様々に『マハーバーラタ』聴聞の功徳を説いている。聴聞の功徳そのものを述べている部分を以下に挙げる。

yaś cedaṃ śrāvayed vidvān sadā parvaṇi parvaṇi |
dhūtapāpmā jitasvargo brahmabhūyāya kalpate || Ki. 18.5.40
そこで、これを半月毎に語り聴かせるであろう賢者は罪を逃れ、天界を勝ち取り、ブラフマンとの合一を果たす。

kārṣṇaṃ vedam imaṃ sarvaṃ śr̥ṇuyād yaḥ samāhitaḥ |
brahmahatyādipāpānāṃ koṭis tasya vinaśyati || Ki. 18.5.41
このクリシュナ・ドゥヴァイパーヤナ（ヴィヤーサ）によるヴェーダ（『マハーバーラタ』）を全て一心に聴くであろう者は、バラモン殺し等の千万の罪を免れるであろう。

yaś cedaṃ śrāvayec chrāddhe brāhmaṇān pādam antataḥ |
akṣayyam annapānaṃ vai pitr̥̄ṃs tasyopatiṣṭhate || Ki. 18.5.42
そして、これの一脚を片端でも、祖霊祭においてバラモン達に聴かせるであろう者の、その者の祖霊達に尽きせぬ飲食が供えられる。

ahnā yad enaḥ kurute indriyair manasā 'pi vā |
mahābhāratam ākhyāya paścāt saṃdhyāṃ pramucyate |
yad rātrau kurute pāpaṃ brāhmaṇaḥ strīgaṇair vr̥taḥ |
mahābhāratam ākhyāya pūvāṃ saṃdhyāṃ pramucyate || Ki. 18.5.43
昼の間に感官によって、あるいは心によって為したこれ〔罪〕は、『マハーバーラタ』を語ることによって、夜明けの後に放たれる。夜の間にバラモンが女どもと犯した罪は、『マハーバーラタ』を語ることによって、夜明けの前に放たれる。

……

jayo nāmetihāso 'yaṃ śrotavyo mokṣām icchatā |
brāhmaṇena ca rājñā ca garbhiṇyā caiva yoṣitā || Ki. 18.5.51
勝利そのものであるこのイティハーサ（『マハーバーラタ』）は、解脱を望む者によって聴かれるべきである。また、バラモンによって、王によって、身籠った女によって。

svargakāmo labhet svargaṃ jayakāmo labhej jayam |
garbhiṇī labhate putraṃ kanyāṃ vā bahubhāginīm || Ki. 18.5.52
天界を望む者は天界を得るだろう。勝利を望む者は勝利を得るだろう。身籠った女は息子を、あるいは幸福に富む娘を得るだろう。

……

itihāsam imaṃ puṇyaṃ mahārthaṃ vedasaṃmitam |
vyāsoktaṃ śrūyate yena kṛtvā brāhmaṇam agrataḥ || Ki. 18.5.57
福徳有り偉大にしてヴェーダにも等しい、バラモンを前にしてヴャーサが語ったこのイティハーサを聴く者は。

sa naraḥ sarvakāmāṃś ca kīrtiṃ prāpyeha śaunaka |
gacchet paramikāṃ siddhim atra me nāsti saṃśayaḥ || Ki. 18.5.58
その者は、この世においてあらゆる願望と名声を遂げた後、シャウナカ[12]よ、至福に達するであろう。私はこのことを疑わない。

bhāratādhyayanāt puṇyād api pādam adhīyataḥ |
śraddhayā parayā bhaktyā śrāvyate cāpy yena tu... || Ki. 18.5.59
福徳有る「バラタ族の物語」のうち一脚なりとも語る者から、清らかにして

12――『マハーバーラタ』の最も外側の〈枠物語〉として、ヴァイシャンパーヤナの語りを聞いたウグラシュラヴァスがシャウナカに語ったという構造が有り、ここではそのレベルでの語りとなっているので、シャウナカへの呼び掛けが現れる（本書・第1章第1節）。

この上無い信愛の念を持って聴く者もまた〔至福に達するであろう〕。……
……

imāṃ bhāratasāvitrīṃ prātar utthāya yaḥ paṭhet |
sa bhārataphalaṃ prāpya paraṃ brahmādhigacchati || Ki. 18.5.64
この「バラタ族の物語」中の「サーヴィトリー物語」を、朝早く起きて唱えるであろう者は、バラタ族の功徳を得て、最高のブラフマンに赴く。
……

idaṃ bhāratam ākhyānaṃ yaḥ paṭhet susamāhitaḥ |
sa gacchet paramāṃ siddhim iti me nāsti saṃśayaḥ || Ki. 18.5.66
この「バラタ族の物語」を、心を込めて唱えるであろう者は、至福に達するであろうとのことを、私は疑わない。

dvaipāyanoṣṭhapuṭaniḥsṛtam aprameyaṃ
puṇyaṃ pavitram atha pāpaharaṃ śivaṃ ca |
yo bhārataṃ samadhigacchati vācyamānaṃ
kiṃ tasya puṣkarajalair abhiṣecanena || Ki. 18.5.67
「島に生まれた者」（ヴィヤーサ）の唇の間より湧き出た、計りがたく、福徳有り、清めを為し罪を祓う、吉祥なる「バラタ族の物語」。〔それ〕が語られるのを聴く者に、プシュカラ（聖地）の水で禊をする必要が有るか。

yo gośataṃ kanakaśṛṅgam ayaṃ dadāti
viprāya vedaviduṣe subahuśrutāya |
puṇyāṃ ca bhāratakathāṃ satataṃ śṛṇoti
tulyaṃ phalaṃ bhavati tasya ca tasya caivam || Ki. 18.5.68
金の角を持つ牛百頭を、ヴェーダに通じ博学・博識なバラモンに布施する者と、福徳有る「バラタ族の物語」を常に聴く者と。それぞれに等しい功徳が有る。

そして、『マハーバーラタ』第18巻第5章に続く「『マハーバーラタ』聴聞の威力」において、『マハーバーラタ』聴聞の功徳が説かれる。特に顕著な部分を挙げれば、以下の通りである。

bhagavan kena vidhinā śrotavyaṃ bhārataṃ budhaiḥ |
phalaṃ kiṃ...|| Ki. 18. mahābhāratаśravaṇamahimā, 1
〔ジャナメージャヤは言った――〕
尊い人（ヴァイシャンパーヤナ）よ、賢い者達はどのような方法で『バラタ族の物語』を聴くべきであるか。どのような功徳が〔有るか〕。……（「『マハーバーラタ』聴聞の威力」第1偈）
……

etat pavitraṃ paramam etad dharmanidarśanam |
etat sarvaguṇopetaṃ śrotavyaṃ bhūtim icchatā || Ki. 18. mahābhārataśravaṇamahimā, 95
〔ヴァイシャンパーヤナは言った――〕
この最高の浄め具、この務めを教えるもの（「バラタ族の物語」、『マハーバーラタ』）を、このあらゆる功徳を備えたもの（「バラタ族の物語」、『マハーバーラタ』）を、繁栄を望む者は聴くべきである。（「『マハーバーラタ』聴聞の威力」第95偈）

kāyikaṃ vācikaṃ caiva manasā samupārjitam |
tat sarvaṃ nāśam āyāti tamaḥ sūryodaye yathā || Ki. mahābhārataśravaṇamahimā, 96
体を使って、言葉によって、また、考えることによって得た〔罪〕は、全て〔「バラタ族の物語」、『マハーバーラタ』の聴聞によって〕消え去る。闇が太陽の昇るときに〔消え去る〕ように。（「『マハーバーラタ』聴聞の威力」第96偈）
……

このように、巨大な『マハーバーラタ』の最初と最後の部分において、『マハーバーラタ』聴聞の功徳は強調されている。また、各巻の諸処において同じことが主張されている。これらは全てお互いに関連し、一貫性を保っている。こうした『マハーバーラタ』聴聞の功徳からすれば、「バラモンが所有する雌牛を盗んだ者が地獄に堕ちた話」の直後に、このような罪深くも恐ろしい話を聞いた厄を祓い、罪を滅ぼし、繁栄を得るための手段として、『マハーバーラタ』は、あるいは、「ガウタマ仙の象」は配されている。『マハーバーラタ』は、あるいは、「ガウタマ仙の象」にはそうした言祝ぎの性格を持つ。〈枠内物語〉最終偈のビーシュマの結びの言葉、「これを常に聴聞もしくは朗唱する者は、感官を制御し、ブラフマンの世界に赴く」はこれを保証するものである。

〈記録・編纂〉の段階を経た現存の『マハーバーラタ』は、こうした〈語り物〉の言祝ぎの性格を継承している。

4.「ガウタマ仙の象」の言祝ぎはプーナ批判版でどうなるか

以上の「ガウタマ仙の象」の言祝ぎについては、本書が基づくキンジャワデカル版で考察した。ところで、この性格はプーナ批判版ではどのようになっているのであろうか。

「ガウタマ仙の象」は、プーナ批判版では第13巻第105章である。そこにおいては、最終・第63偈の言祝ぎ表現「これを常に聴聞もしくは朗唱する者は、感官を制御し、ブラフマンの世界に赴く」が存在しない[13]。批判版『マハーバーラタ』第13巻（R.N. Dandekar編）は、この言祝ぎ表現を取り上げることをしなかった。言祝ぎ表現を必要、重要とする意識は薄かったと言わざるを得ない。

そもそも、批判版の第1巻「初めの巻」において、ヴァイシャンパーヤナがジャナメージャヤ王に「バラタ族の物語」を語り出す際には、上記キンジャワデカル版とほぼ同様の、ヴァイシャンパーヤナが述べる言祝ぎの言葉が有る（Cr. 1.1.191, 1.1.198-199, 1.1.233）。一方、批判版の第18巻「昇天の巻」第5章は第54偈までしか無く、相当数の言祝ぎを述べる偈が削られている。批判版に残された『マハーバーラタ』聴聞の功徳を説く部分で、聴聞の功徳そのものを述べている

13——批判版脚注には、ニーラカンタ注の付いた二写本、及び、ボンベイ版、カルカッタ版、クンバコーナム版にこの表現が有ることが示されている。

部分を挙げれば、以下の通りである（和訳は省略）。

ya idaṃ śrāvayed vidvān sadā parvaṇi parvaṇi |
dhūtapāpmā jitasvargo brahmabhūyāya gacchati || Cr. 18.5.35（前出 Ki. 18.5.40 に該当）

yaś cedaṃ śrāvayec chrāddhe brāhmaṇān pādam antataḥ |
akṣayyam annapānaṃ vai pitṝṃs tasyopatiṣṭhate || Cr. 18.5.36（前出 Ki. 18.5.42 に該当）

ahnā yad enaḥ kurute indriyair manasāpi vā |
mahābhāratam ākhyāya paścāt saṃdhyāṃ pramucyate || Cr. 18.5.37（前出 Ki. 18.5.43 に該当）

……

jayo nāmetihāso 'yaṃ śrotavyo bhūtim icchatā |
rajñā rājasutaiś cāpi garbhiṇyā caiva yoṣitā || Cr. 18.5.39（前出 Ki. 18.5.51 に該当）

svargakāmo labhet svargaṃ jayakāmo labhej jayam |
garbhiṇī labhate putraṃ kanyāṃ vā bahubhāginīm || Cr. 18.5.40（前出 Ki. 18.5.52 に該当）

……

itihāsam imaṃ puṇyaṃ mahārthaṃ vedasaṃmitam |
śrāvayed yas tu varṇāṃs trīn kṛtvā brāhmaṇam agrataḥ || Cr. 18.5.43（前出 Ki. 18.5.57 に該当）

sa naraḥ pāpanirmuktaḥ kīrtiṃ prāpyeha śaunaka |
gacchet paramikāṃ siddhim atra me nāsti saṃśayaḥ || Cr. 18.5.44（前出 Ki. 18.5.58 に該当）

bhāratādhyayanāt puṇyād api pādam adhīyataḥ |
śraddadhānasya pūyante sarvapāpāny aśeṣataḥ || Cr. 18.5.45（前出Ki. 18.5.59に該当）

……

imāṃ bhāratasāvitrīṃ prātar utthāya yaḥ paṭhet |
sa bhārata phalaṃ prāpya paraṃ brahmādhigacchati || Cr. 18.5.51（前出Ki. 18.5.64に該当）

……

mahābhāratam ākhyānaṃ yaḥ paṭhet susamāhitaḥ |
sa gacchet paramāṃ siddhim iti me nāsti saṃśayaḥ || Cr. 18.5.53（前出Ki. 18.5.66に該当）

dvaipāyanoṣṭhapuṭaniḥsṛtam aprameyaṃ
puṇyaṃ pavitram atha pāpaharaṃ śivaṃ ca |
yo bhārataṃ samadhigacchati vācyamānaṃ
kiṃ tasya puṣkarajalair abhiṣecanena || Cr. 18.5.54（前出Ki. 18.5.67に該当）

5. 纏め

このように、プーナ批判版には「『マハーバーラタ』聴聞の威力」に相当する部分は存在しない。結果として、上記のような『マハーバーラタ』結末部の祝福表現は、第18巻「昇天の巻」最末の十一偈によって為されるのみである。

キンジャワデカル版を見ると「『マハーバーラタ』聴聞の威力」は、第18巻「昇天の巻」の後に、

iti samāptaṃ svargārohaṇaparva | || iti mahābhārataṃ samāptam || Ki.
これにて「昇天の巻」終わる。 これにて『マハーバーラタ』終わる。

と、作品全体を締めくくる識語（コロフォン）が記された後に配置されている。したがって後補された可能性が有るものであるが、カルカッタ版、ボンベイ版、クンバコーナム版等において「『マハーバーラタ』聴聞の威力」に当たるものは

存在する。しかし、批判版第18巻（S. K. Belvalkar編）において、『マハーバーラタ』聴聞の功徳はさほど重要なものと認めていない結果になっている。それが単に、多数の写本に無いという判断を以ての機械的作業の結果であるのかは十分にわからない。しかし、結果として、批判版完成の後、第18巻末の、特に『マハーバーラタ』聴聞の功徳が繰り返し説かれる部分は相当削除されており、かつ、第18巻に続くべき「『マハーバーラタ』聴聞の威力」相当部分は採用されていなかった[14]。そのため、やはり批判版において『マハーバーラタ』聴聞の功徳は希薄になっている。

更に、批判版第13巻第105章「ガウタマ仙の象」結末で、言祝ぎ表現は取り上げられておらず、したがって批判版において、『マハーバーラタ』あるいは「ガウタマ仙の象」が語られ聴かれることによって罪を滅ぼし、繁栄を得るという言祝ぎの性格が存在しないことになる。

14――このように、批判版・第18巻「昇天の巻」において『マハーバーラタ』聴聞の功徳を説く最終部は簡潔なものとなり、その後に続くべき「『マハーバーラタ』聴聞の功徳」の一連の語りは存在しない。Critical Notesには第18巻第5章第26偈（キンジャワデカル版では第31偈に相当）以降、第18巻末（『マハーバーラタ』そのものの終結部でもある）までのサウティの語りについて、次のように記されているのみであり、『マハーバーラタ』聴聞の功徳、言祝ぎ・祝福の性格を特に認めているようには見えない。

Critical Notes 26ff: The words of Sauti beginning with st. 5.26 take the Mbh. to the third or the latest stage of the Mahābhārata-narration, and this naturally has several stanzas in common with adhyāyas 1.1 and 2, and 1.56, besides stray equations with stanzas from other parvans.

Belvalkar, S.K. ed. 1959. *The Mahābhārata*, vol.19.

第3節 「ガウタマ仙の象」の和訳

「ガウタマ仙の象」梗概

本書・第6章第3節では、『マハーバーラタ』第13巻第102章、「ガウタマ仙の象」の和訳を行なう。「ガウタマ仙の象」と名付けたこの章は、キンジャワデカル版では第13巻第102章第1偈から第63偈まで（13.102.1-63）に相当する[15]。第102章の説話のあらすじは以下の通りである。

【枠物語（初め）】 ユディシティラが問うた。「良き行為を為した人はどんな世界に達するか」と。ビーシュマが答えた。「人は良き行為を為せば良き所へ、悪しき行為を為せば悪しき所へ赴く」と。そして、遠い昔の物語、ガウタマ仙とインドラとの間に交わされた対話のことを語った。

【枠内物語（ビーシュマの語り）】 ガウタマの所に、彼の象を奪おうとするインドラがドリタラーシトラという王に姿を変じてやって来た。両者の間に人々の（死後の）行き先について問答が交わされた。最後に、ガウタマはドリタラーシトラの正体がインドラであることに気付き、インドラは祝福を以て象をガウタマに返した。そして、ガウタマはインドラの招きによって、象を連れて天界に昇った。

【枠物語（終わり）】 ビーシュマは語った。「この物語を常に聴聞もしくは朗

15——批判版では第13巻第105章第1偈から第62偈まで（13.105.1-62）、クンバコーナム版では第13巻第159章第1偈から第63偈まで（13.159.1-63）、Dutt訳添付テキストでは第13巻第102章第1偈から第63偈まで（13.102.1-63）。

唱する者は、ブラフマンの世界に赴く」と。(以上要約)

「ガウタマ仙の象」和訳

以下の和訳では、各偈について、最初に，デーヴァナーガリー文字で記されたキンジャワデカル版のサンスクリット原文をアルファベット化したものを挙げ、続いて、これに日本語訳を付けてゆく。訳文中の〔　〕内には訳文を補う記述、(　)内には訳文を説明する記述を入れている。他の刊本、批判版やクンバコーナム版等に異読が有る場合には，それらを脚注において示す。また、批判版に挙げられた異読も必要に応じて示す。キンジャワデカル版の該当部分に____線を付す。

yudhiṣṭhira uvāca |
eke lokāḥ sukr̥tinaḥ sarve tv āho[16] pitāmaha |
tatra tatrāpi bhinnās te tan me[17] brūhi pitāmaha || 1
ユディシティラは言った——
良き行為を為した人々は皆それぞれ一つの世界に達すると言われる、祖父様。その様々について私に話して下され、祖父様。

bhīṣma uvāca |
karmabhiḥ pārtha nānātvaṃ lokānāṃ yānti mānavāḥ |
puṇyān puṇyakr̥to yānti pāpān pāpakr̥to narāḥ[18] || 2
ビーシュマは言った——

16——批判版(13.105.1) eko lokaḥ sukr̥tināṃ sarve tv āho、クンバコーナム版(13.159.1) eko lokas tu kr̥tināṃ svarge loke。

17——批判版(13.105.1) uta tatrāpi nānātvaṃ tan me、クンバコーナム版(13.159.1) uta tatrāpi nānātvaṃ sarvam。

18——批判版(13.105.2) janāḥ。

人は行為によって様々な世界に赴く。人は良き行為を為せば良き〔所〕へ、悪しき行為を為せば悪しき〔所〕へ赴くのだ、プリターの子（ユディシティラ）よ。

atrāpy udāharantīmam itihāsaṃ purātanam |
gautamasya munes tāta saṃvādaṃ vāsavasya ca || 3
このことについても、次のような遠い昔の物語が語り伝えられている。聖仙ガウタマとヴァーサヴァ（インドラ）との間に交わされた対話である。

brāhmaṇo[19] gautamaḥ kaś cin mr̥dur dānto jitendriyaḥ |
mahāvane hastiśiśuṃ paridyūnam amātr̥kam || 4
あるバラモン、心優しく感官を制御したガウタマが、大きな森の中で、母を失って途方に暮れる象の子供を〔見た〕。

taṃ dr̥ṣṭvā jīvayām āsa sānukrośo dhr̥tavrataḥ |
sa tu dīrgheṇa kāleṇa babhūvātibalo mahān || 5
それ（子象）を見て、慈悲の念と堅固な誓戒を持つ者（ガウタマ）は、養い育ててやった。そして、長い時を経て象は強く大きくなった。

taṃ prabhinnaṃ mahānāgaṃ prasrutaṃ parvatopamam[20] |
dhr̥tarāṣṭrasya rūpeṇa[21] śakro jagrāha hastinam || 6
〔発情期にはこめかみの〕裂け目から液を垂らす、丘の如き巨大な象を、シャクラ（インドラ）がドリタラーシトラ〔という王〕に姿を変じ捕らえた。

hriyamāṇaṃ tu taṃ dr̥ṣṭvā gautamaḥ saṃśitavrataḥ |

19——Dutt訳添付テキストbrāhmaṇau（13.102.4）。

20——批判版（13.105.6）prabhinnaṃ mahānāgaṃ prasrutaṃ sarvato madam。クンバコーナム版（13.159.6）prapannaṃ mahād īrghaṃ prabhūtaṃ sarvato madam。

21——クンバコーナム版（13.159.6）dhr̥tarāṣṭrasvarūpeṇa。

abhyabhāṣata rājānaṃ dhr̥tarāṣṭraṃ mahātapāḥ　‖　7
さて、捕らえられた〔象〕を見て、堅い誓いを保つガウタマは、ドリタラーシトラ王に抗議した、偉大な苦行の持ち主は。

mā me 'hārṣīr[22] hastinaṃ putram enaṃ
duḥkhāt puṣṭaṃ dhr̥tarāṣṭrākr̥tajña[23] |
maitraṃ[24] satāṃ saptapadaṃ vadanti
mitradroho maiva[25] rājan spr̥śet tvām　‖　8
「私の息子である、この象を奪わないでいただきたい。苦労して育てたものであるのに、恩というものを知らないドリタラーシトラよ。正しい人々にとって七歩の友愛の言葉がものを言う。友を傷付けることによって、王よ、汝を損なうことが無いように。

idhmodakapradātāraṃ śūnyapālaṃ mamāśrame[26] |
vinītam ācāryakule suyuktaṃ gurukarmaṇi　‖　9
薪水を運び、私の庵の留守番をする象なのだ。師の家で素直に言うことを聞き、長上者の行いによく従う。

śiṣṭaṃ dāntaṃ kr̥tajñaṃ ca priyaṃ ca satataṃ mama |
na me vikrośato rājan hartum arhasi kuñjaram　‖　10
躾けられて大人しい、いつも恩を知る可愛い私の象を、抗議しているというのに、私から奪うことはしないでいただきたい、王よ」。

22——批判版（13.105.8）mā me hārṣīr、クンバコーナム版（13.159.8）mām āhārṣīr。
23——クンバコーナム版（13.159.8）dhr̥tarāṣṭrāt kr̥tajña。
24——批判版（13.105.8）mitraṃ。
25——批判版（13.105.8）naiva、クンバコーナム版（13.159.8）neha。
26——批判版（13.105.9）śūnyapālakam āśrame。

dhr̥tarāṣṭra uvāca |
gavāṃ sahasraṃ bhavate dadāni[27]
dāśīśatāṃ niṣkaśatāni[28] pañca |
anyac ca vittaṃ vividhaṃ maharṣe
kiṃ brāhmaṇasyeha gajena kr̥tyam || 11

ドリタラーシトラは言った。

「千の雌牛を汝に与えよう。百の婢（はしため）、五百の黄金（こがね）をやろう。そして、他の様々な富を、偉大な聖仙よ。バラモンにこの世で象が何の役に立つか」。

gautama uvāca |
tavaiva gāvo hi bhavantu[29] rājan
dāsyaḥ saniṣkā vividhaṃ ca ratnam |
anyac ca vittaṃ vividhaṃ narendra
kiṃ brāhmaṇasyeha dhanena kr̥tyam || 12

ガウタマは言った。

「雌牛等は汝の物とされよ、王よ、婢に、黄金に、様々な宝、そして、他の様々な富も、人の王よ。バラモンにこの世で財（たから）が何になろう」。

dhr̥tarāṣṭra uvāca |
brāhmaṇānāṃ hastibhir nāsti kr̥tyaṃ
rājanyānāṃ nāgakulāni vipra |
svaṃ vāhanaṃ nayato nāsty adharmo
nāgaśreṣṭhaṃ[30] gautamāsmān nivarta || 13

ドリタラーシトラは言った。

27——批判版（13.105.11）dadāmi。

28——クンバコーナム版（13.159.11）śatāni niṣkasya dadāni。

29—— 批判版（13.105.12）tvām eva gāvo 'bhi bhavantu。

30—— 批判版（13.105.13）nāgaśreṣṭhād。

「バラモンは象に用は無いはず。象という種族はクシャトリヤのものである、バラモンよ。自分の乗り物である優れた象を連れて行ったところで罪は無い。この〔象〕から手を引け、ガウタマよ」。

gautama uvāca |
yatra preto nandati puṇyakarmā
yatra pretaḥ śocate[31] pāpakarmā |
vaivasvatasya sadane mahātmaṃs[32]
tatra tvāhaṃ hastinaṃ yātayiṣye || 14
ガウタマは言った。
「死者が良き行ないによって喜び、悪しき行ないによって嘆く、ヴァイヴァスヴァタ（ヤマ）の住まいにおいて（そこに汝が象を連れて行ったとしても、追って行って）、偉大な魂の持ち主よ、そこで私は汝から象を取り返そう」。

dhṛtarāṣṭra uvāca |
ye niṣkriyā nāstikāḥ śraddadhānāḥ
pāpātmāna indriyārthe niviṣṭāḥ[33] |
yamasya te yātanāṃ prāpnuvanti
paraṃ gantā dhṛtarāṣṭro na tatra || 15
ドリタラーシトラは言った。
「〔そこでは〕祭式を行わない信仰心の無い者達、信仰心を持っていても性根が悪く感官の対象に耽る者達がヤマの罰を受ける。そこを越えて行き、ドリタラーシトラはそこにいない」。

gautama uvāca |

31——批判版（13.105.14）śocati。
32——批判版（13.105.14）、クンバコーナム版（13.159.14）mahātmanas。
33——クンバコーナム版（13.159.15）nisṛṣṭāḥ。

vaivasvatī saṃyamanī janānāṃ
yatrānr̥taṃ nocyate yatra satyam |
yatrābalā balinaṃ yātayanti[34]
tatra tvāhaṃ hastinaṃ yātayiṣye || 16
ガウタマは言った。
「〔そこは〕人々の間で虚偽が述べられず、真実のみ語られる所。弱きが強きを挫く所がヴァイヴァスヴァタ（ヤマ）の住まい。私はそこで象を取り返す」。

dhr̥tarāṣṭra uvāca |
jyeṣṭhāṃ svasāraṃ pitaraṃ mātaraṃ ca
yathā śatruṃ madamattāś[35] caranti |
tathāvidhānām eṣa loko maharṣe
paraṃ gantā dhr̥tarāṣṭro na tatra || 17
ドリタラーシトラは言った。
「〔そこは〕長老達、姉、父母を心の乱れた者達が敵の如く扱う〔所〕である。そのような者達のものである、その世界は、偉大な聖仙よ。それを越えた所へ行き、ドリタラーシトラはそこにいない」。

gautama uvāca |
mandākinī vaiśravaṇasya rājño
mahābhāgā[36] bhogijanapraveśyā |
gandharvayakṣair apsarobhiś ca juṣṭā
tatra tvāhaṃ hastinaṃ yātayiṣye || 18
ガウタマは言った。

34―― クンバコーナム版（13.159.16）yatrābalān balino ghātayanti。
35―― 批判版（13.105.17）guruṃ yathā mānayantaś、クンバコーナム版（13.159.17）gurūn yathā ’mānayantraś。
36―― 批判版（13.105.18）mahābhogā。

「マンダーキニー〔川〕はヴァイシュラヴァナ王のもの。偉大な果報を持ち、富の豊かな者が赴く〔所〕。ガンダルヴァ、ヤクシャ、アプサラス達の好む〔所〕。そこで私は汝から象を取り返す」。

dhr̥tarāṣṭra uvāca |
atithivratāḥ suvratā ye janā vai
pratiśrayaṃ dadati brāhmaṇebhyaḥ |
śiṣṭāśinaḥ saṃvibhajyāśritāṃś ca[37]
mandākinīṃ te 'pi vibhūṣayanti[38] || 19
ドリタラーシトラは言った。
「客人〔接待の〕誓い・良き誓いを保ち、バラモン達に守護を与える人々、〔食を〕頼んで来る者達に分け与えた後、残り物を食べる人々こそがマンダーキニー〔に赴いてそこ〕を飾る」。

gautama uvāca |
meror agre yad vanaṃ bhāti ramyaṃ
supuṣpitaṃ kinnarīgītajuṣṭam[39] |
sudarśanā yatra jambūr viśālā
tatra tvāhaṃ hastinaṃ yātayiṣye || 20
ガウタマは言った。
「メール〔山〕の頂(いただき)に輝く麗しの森。花咲き乱れ、キンナラ女(にょ)の歌が響き、美しいジャンブー〔樹(じゅ)〕が茂り栄える〔森〕。そこで私は汝から象を取り返す」。

dhr̥tarāṣṭra uvāca |
ye brāhmaṇā mr̥davaḥ satyaśīlā

37―― クンバコーナム版（13.159.19）saṃvibhajyāśritebhyo。
38―― クンバコーナム版（13.159.19）hi bhūṣayanti。
39―― 批判版（13.105.20）kinnaragītajuṣṭam。

bahuśrutāḥ sarvabhūtābhirāmāḥ |
ye ’dhīyate[40] setihāsaṃ purāṇaṃ
madhv āhutyā juhvati vai[41] dvijebhyaḥ || 21
ドリタラーシトラは言った。
「穏やかな心と真実を守る徳を持つバラモン達。彼らは聖典について大いなる知識を持ち、全ての生き物達に対して喜びを抱く。伝説や物語に通じ、再生族達のために蜜を供えて祭式を行う。

tathāvidhānām eṣa loko maharṣe
paraṃ gantā dhṛtarāṣṭro na tatra |
yad vidyate[42] viditaṃ sthānam asti
tad brūhi tvaṃ tvarito hy eṣa yāmi || 22
そのような者達のものである、その世界は、偉大な聖仙よ。それを越えた所へ行き、ドリタラーシトラはそこにいない。〔他に汝の〕知っている場所を言うが良い。直ちにこの私は〔そこへ〕赴くだろう」。

gautama uvāca |
supuṣpitaṃ kiṃnararājajuṣṭam[43]
priyaṃ vanaṃ nandanaṃ nāradasya |
gandharvāṇām apsarasāṃ ca śaśvat[44]
tatra tvāhaṃ hastinaṃ yātayiṣye || 23
ガウタマは言った。

40—— 批判版（13.105.21）’dhīyante。

41—— 批判版（13.105.21）ca。

42—— クンバコーナム版（13.159.22）anyat te。

43——批判版（13.105.23）、クンバコーナム版（13.159.23）kiṃnararājajuṣṭam。キンジャワデカル版原文はkiṃ nararāja juṣṭamと有るが、kiṃnararājajuṣṭamと修正する。

44—— 批判版（13.105.23）、クンバコーナム版（13.159.23）sadma。

「花咲き乱れキンナラの王が訪れる、ナーラダ〔仙〕お気に入りのナンダナの森。〔その森は〕また、常にガンダルヴァ、アプサラス達のものである。そこで私は汝から象を取り返す」。

dhr̥tarāṣṭra uvāca |
ye nr̥tyagīte kuśalā[45] janāḥ sadā
hy ayācamānāḥ sahitāś[46] caranti |
tathāvidhānām eṣa loko maharṣe
paraṃ gantā dhr̥tarāṣṭro na tatra || 24
ドリタラーシトラは言った。
「いつも踊り歌うのに巧みな人々。食を乞わず、連れ立って歩く人々。そのような者達のものである、その世界は、偉大な聖仙よ。それを越えた所へ行き、ドリタラーシトラはそこにいない」。

gautama uvāca |
yatrottarāḥ kuravo bhānti ramyā
devaiḥ sārdhaṃ modamānā narendra |
yatrāgniyaunāś ca vasanti lokā[47]
abyonayaḥ[48] parvatayonayaś ca || 25
ガウタマは言った。
「ウッタラクルの人々が神々と共に喜びつつ、美しく輝く所が有る、王よ。火から生まれた人々、水や山から生まれた人々が暮らしている所だ。

yatra śakro varṣati sarvakāmān

45—— 批判版（13.105.24）nr̥ttagītakuśalā。

46—— クンバコーナム版（13.159.24）devātmānaḥ priyakāmāś。

47—— 批判版（13.105.25）、クンバコーナム版（13.159.25）viprā。

48—— 批判版（13.105.25）hy ayonayaḥ。

yatra striyaḥ kāmacārā bhavanti[49] |
yatra cerṣyā nāsti nārīnarāṇāṃ
tatra tvāhaṃ hastinaṃ yātayiṣye || 26
そこではインドラが望みの物全てを雨と降らし、女達が自由に生きる。嫉みの念も女と男の間に無い所だ。そこで私は汝から象を取り返す」。

dhṛtarāṣṭra uvāca |
ye sarvabhūteṣu nivṛttakāmā
amāṃsādā nyastadaṇḍāś caranti |
na hiṃsanti sthāvaraṃ jaṅgamaṃ ca[50]
bhūtānāṃ ye sarvabhūtātmabhūtāḥ || 27
ドリタラーシトラは言った。
「あらゆる生き物についての欲望から解放された者達。肉を喰らわず、罰を加えること無く、植物も動物も害することの無い者達。生き物達の中に在って、全ての生き物の魂となった者達。

nirāśiṣo nirmamā vītarāgā
lābhālābhe tulyanindāpraśaṃsāḥ |
tathāvidhānām eṣa loko maharṣe
paraṃ gantā dhṛtarāṣṭro na tatra || 28
欲望と我執と愛着を離れ、得られるもの・得られないもの、賞賛と非難を等しく見る者達。そのような者達のものである、その世界は、偉大な聖仙よ。それを越えた所へ行き、ドリタラーシトラはそこにいない」。

gautama uvāca |

49—— 批判版（13.105.26）kāmacārāś caranti。

50——クンバコーナム版（13.159.27）jaṅgamāni。

tato 'pare[51] bhānti lokāḥ sanātanāḥ
supuṇyagandhā virajā[52] vītaśokāḥ |
somasya rājñaḥ sadane mahātmanas
tatra tvāhaṃ hastinaṃ yātayiṣye || 29
ガウタマは言った。
「それを越えて永遠の諸世界が在る。芳（かぐわ）しい香りのする、怒りも悲しみも無い所。偉大な魂の持ち主・ソーマ王の住まいにおいて、そこで私は汝から象を取り返す」。

dhr̥tarāṣṭra uvāca |
ye dānaśīlān pratigr̥hṇate[53] sadā
na cāpy arthāṃś cādadate[54] parebhyaḥ |
yeṣām adeyam arhate nāsti kiṃcit
sarvātithyāḥ suprasādā[55] janāś ca || 30
ドリタラーシトラは言った。
「常に布施の徳を持ち、他の者から財物を取らない者達。徳の高い人には何もかも捧げずにはいられない者達。全ての客人に慈悲を持つ者達。

ye kṣantāro nābhijalpanti cānyān
satrībhūtāḥ[56] satataṃ puṇyaśīlāḥ |
tathāvidhānām eṣa loko maharṣe
paraṃ gantā dhr̥tarāṣṭro na tatra || 31

51——批判版（13.105.29）tataḥ paraṃ。
52——批判版（13.105.29）nirmalā。
53——批判版（13.105.30）、クンバコーナム版（13.159.30）、Dutt訳添付テキスト（13.102.30）で、dānaśīlā na pratigr̥hṇate。
54——批判版（13.105.30）arthān ādadate。
55——クンバコーナム版（13.159.30）suprajanā。
56——批判版（13.105.31）、クンバコーナム版（13.159.31）śaktā bhūtvā。

我慢強くて他の者を悪く言わず、人を守り[57]、常に清らかな徳を保つ者達。そのような者達のものである、その世界は、偉大な聖仙よ。それを越えた所へ行き、ドリタラーシトラはそこにいない」。

gautama uvāca |
tato 'pare[58] bhānti lokāḥ sanātanā
virajaso[59] vitamaskā viśokāḥ |
ādityadevasya padaṃ mahātmanas[60]
tatra tvāhaṃ hastinaṃ yātayiṣye || 32
ガウタマは言った。
「それを越えて永遠の諸世界が在る。怒り・愚かさ・悲しみとは無縁の〔世界〕で、偉大な魂の持ち主・太陽神の足許に在る。そこで私は汝から象を取り返す」。

dhṛtarāṣṭra uvāca |
svādhyāyaśīlā guruśuśurūṣaṇe ratās[61]
tapasvinaḥ suvratāḥ satyasandhāḥ |
ācāryāṇām apratikūlabhāṣiṇo
nityotthitā gurukarmasvacodyāḥ || 33
ドリタラーシトラは言った。
「ヴェーダ学習を習いとし、師匠の教えを喜んで聞き、苦行に励み、優れた誓戒を持ち、真実を守り、長上者に従順な話し方をする者達。師匠の行いに自ら従おうと控えている者達。

57——ニーラカンタ注を参照して訳した。
58——批判版（13.105.32）tataḥ paraṃ。
59——クンバコーナム版（13.159.32）virājasā。
60——批判版（13.105.32）ādityasya sumahāntaḥ suvṛttās。
61——クンバコーナム版（13.159.33）guruśuśrūṣakās ca。

tathāvidhānām eṣa loko maharṣe
viśudhānāṃ bhāvito vāgyatānām[62] |
satye sthitānāṃ vedavidāṃ mahātmanāṃ
paraṃ gantā dhṛtarāṣṭro na tatra ‖ 34
そのような者達のものである、その世界は、偉大な聖仙よ。清らかで口数の少ない者達、真実を拠り所とし、ヴェーダを知った、偉大な魂の持ち主達の〔世界〕。それを越えた所へ行き、ドリタラーシトラはそこにいない」。

gautama uvāca |
tato 'pare[63] bhānti lokāḥ sanātanāḥ
supuṇyagandhā virajā viśokāḥ |
varuṇasya rājñaḥ sadane mahātmanas
tatra tvāhaṃ hastinaṃ yātayiṣye ‖ 35
ガウタマは言った。
「それを越えて永遠の諸世界が在る。芳しい香りのする、怒りも悲しみも無い所。偉大な魂の持ち主・ヴァルナ王の住まいにおいて、そこで私は汝から象を取り返す」。

dhṛtarāṣṭra uvāca |
cāturmāsyair ye yajante janāḥ sadā
tatheṣṭīnāṃ daśaśataṃ prāpnuvanti |
ye cāgnihotraṃ juhvati śraddadhānā
yathāmnāyaṃ[64] trīṇi varṣāṇi viprāḥ ‖ 36
ドリタラーシトラは言った。
「常にチャートゥルマーシャ〔祭〕を行い、百十の生贄を捧げるに至った者達。

62――批判版（13.105.34）bhāvitavāṅ matīnām。
63――批判版（13.105.35）tataḥ pare。
64――批判版（13.105.36）、クンバコーナム版（13.159.36）yathānyāyaṃ。

信仰篤くアグニホートラ〔祭〕を聖伝の通り三年行うバラモン達。

sudhāriṇāṃ dharmasure[65] mahātmanāṃ
yathodite[66] vartmani susthitānāṃ |
dharmātmanāṃ udvahatāṃ gatiṃ tāṃ
paraṃ gantā dhr̥tarāṣṭro na tatra || 37
為すべきことの重みに良く耐える偉大な魂の持ち主が、定められた道に良く則った者達が、〔正しいことを〕良く守った正しい魂の持ち主達が至ったかの行き先。それを越えた所へ行き、ドリタラーシトラはそこにいない」。

gautama uvāca |
indrasya lokā virajā viśokā
duranvayāḥ kāṃkṣitā[67] mānavānāṃ |
tasyāhaṃ te bhavane bhūritejaso
rājann imaṃ hastinaṃ yātayiṣye || 38
ガウタマは言った。
「怒りも悲しみも無い、インドラの諸世界。人々が願っても辿り着き難い所。素晴らしい威力のかの〔インドラの〕住まいにおいて、王よ、汝の〔奪った〕この象を私は取り返す」。

dhr̥tarāṣṭra uvāca |[68]
śatavarṣajīvī yaś ca śūro manuṣyo

65――批判版（13.105.37）svadāriṇāṃ dharmadhure、Dutt訳添付テキストでsudāriṇāṃ dharmadhure。クンバコーナム版（13.159.37）svadāragāṇāṃ dharmakr̥tāṃ。キンジャワデカル版のdharmasure該当部は、批判版異読でdharmadhureとするものが幾つも有る。ニーラカンタ注を参照しdharmadhureの意として処理している。
66――批判版（13.105.37）yathocite。
67――Dutt訳添付テキスト（13.102.38）kāṃṣitā。
68――批判版に無い。

vedādhyāyī yaś ca yajvā ’pramattaḥ |
ete sarve śakralokaṃ vrajanti
paraṃ gantā dhr̥tarāṣṭro na tatra || 39
ドリタラーシトラは言った。
「百年(ももとせ)の齢(よわい)を持つ勇者。ヴェーダを学び、入念に祭式を行う者。このような者達皆がシャクラ（インドラ）の世界に赴く。それを越えた所へ行き、ドリタラーシトラはそこにいない」。

gautama uvāca |
prājāpatyāḥ[69] santi lokā mahānto
nākasya pr̥ṣṭhe puṣkalā vītaśokāḥ
manīṣitāḥ sarvalokodbhavānāṃ[70]
tatra tvāhaṃ hastinaṃ yātayiṣye || 40
ガウタマは言った。
「プラジャーパティの子孫達の偉大な諸世界が在る。天上に在る豊かで悲しみの無い〔所〕。全ての世界の始源である者達に望まれる〔所〕。そこで私は汝から象を取り返す」。

dhr̥tarāṣṭra uvāca |
ye rājāno rājasūyābhiṣiktā
dharmātmāno rakṣitāraḥ prajānām |
ye cāśvamedhāvabhr̥the plutāṅgās[71]
teṣāṃ lokā dhr̥tarāṣṭro na tatra || 41
ドリタラーシトラは言った。
「ラージャスーヤ〔祭〕の灌頂を済ませた王達。〔王の〕務めを自らのものとして、

69――クンバコーナム版（13.159.40）prajāpatyāḥ。
70――クンバコーナム版（13.159.40）manīṣiṇāṃ sarvalokābhayānāṃ。
71――批判版（13.105.41）cāśvamedhāvabhr̥thāplutāṅgās。

生き物を守り、馬供犠の後の清めにおいて体を沐浴した〔王〕達。〔プラジャーパティの子孫達の世界は〕そのような〔王達〕の世界である。ドリタラーシトラはそこにはいない」。

gautama uvāca |
tataḥ paraṃ bhānti lokāḥ sanātanāḥ
supuṇyagandhā virajā vītaśokāḥ |
tasminn ahaṃ durlabhe cāpy adhṛṣye[72]
gavāṃ loke hastinaṃ yātayiṣye || 42
ガウタマは言った。
「それを越えて永遠の諸世界が在る。芳しい香りがして、怒りも悲しみも無い〔所〕。辿り着くことも打ち勝つことも難しい、かの雌牛達の世界で、私は象を取り返す」。

dhṛtarāṣṭra uvāca |
yo gosahasrī śatadaḥ samāṃ samāṃ
gavāṃ śatī[73] daśa dadyāc ca śaktyā |
tathā daśabhyo yaś ca dadyād ihaikāṃ
pañcabhyo vā dānaśīlas tathaikām || 43
ドリタラーシトラは言った。
「千頭の雌牛を持ち、年毎に百頭の雌牛を布施する者。百頭の雌牛を持ち、十頭の雌牛を布施することが出来る者。十頭か五頭の雌牛のうち一頭を布施することを習いとする者。

ye jīryante brahmacaryeṇa viprā

72——批判版（13.105.42）tvāpradhṛṣye。

73——批判版（13.105.43）samāṃ samāṃ yo gośatī、クンバコーナム版（13.159.43）mahātmā yo gośatī。

brāhmīṃ vācaṃ parirakṣanti caiva |
manasvinas tīrthayātrāparāyaṇās[74]
te tatra modanti gavāṃ nivāse[75] ‖ 44
浄行者として齢を重ねたバラモン達。ヴェーダの教えを守り、熱心に聖地を巡礼する者達。そのような者達がかの雌牛達の住処(すみか)で楽しむ。

prabhāsaṃ mānasaṃ tīrthaṃ[76] puṣkarāṇi mahatsaraḥ[77] |
puṇyaṃ ca naimiṣaṃ tīrthaṃ bāhudāṃ karatoyinīm ‖ 45
プラバーサ、マーナサ〔湖〕の聖地、プシカラーニ、マハツァラ、素晴らしきナイミシャ〔森〕の聖地、バーフダー〔川〕、カラトーイニー〔川を訪れる者達〕。

gayāṃ gayaśiraś[78] caiva vipāśāṃ sthūlavālukām |
kṛṣṇāṃ[79] gaṅgāṃ pañcanadaṃ[80] mahāhradam athāpi ca ‖ 46
ガヤー、ガヤシラス〔といった聖地や山〕、ヴィパーシャー、ストゥーラヴァールカー、クリシュナー、ガンガー〔といった諸々の川〕、パンチャナダ、マハーフラダ〔といった聖地を訪れる者達〕。

gomatīṃ[81] kauśikīṃ paṃpāṃ[82] mahātmāno dhṛtavratāḥ |

74――クンバコーナム版（13.159.44）tīrthayātrāparā ye。

75――批判版（13.105.44）gavāṃ vimāne、クンバコーナム版（13.159.44）tato vimānaiḥ。

76――批判版（13.105.45）puṇyaṃ。

77――Dutt訳添付テキスト（13.102.45）mahvatsaraḥ。

78――クンバコーナム版（13.159.46）hayaśiraś。

79――批判版（13.105.46）、クンバコーナム版（13.159.46）tūṣṇīṃ。

80――批判版（13.105.46）daśagaṅgāṃ、クンバコーナム版（13.159.46）śanairgaṅgāṃ。

81――批判版（13.105.47）gautamīṃ。

82――批判版（13.105.47）pākāṃ。

sarasvatīdr̥ṣadvatyau yamunāṃ ye tu yānti[83] ca || 47
ゴーマティー、カウシキー、パンパー、サラスヴァティーとドリシャドヴァティー、ヤムナー〔といった諸々の川〕を、偉大な魂に堅固な誓戒を持って訪れる者達。

tatra te divyasaṃsthānā divyamālyadharāḥ śivāḥ |
prayānti puṇyagandhāḍhyā dhr̥tarāṣṭro na tatra vai || 48
そこには、かの神々しい姿をして神々しい花鬘(はなかずら)を着けた、幸いなる者達、良い香りのする者達が赴く。ドリタラーシトラはそこにはいない」。

gautama uvāca |
yatra śītabhayaṃ nāsti na coṣṇabhayam aṇv api |
na kṣutpipāse na glānir na duḥkhaṃ na sukhaṃ tathā || 49
ガウタマは言った。
「僅かも冷熱の怖れ無く、餓渇の怖れ無く、病い無く、苦楽も無い所。

na dveṣyo na priyaḥ kaś cin na bandhur na ripus tathā |
na jarāmaraṇe tatra[84] na puṇyaṃ na ca pātakam || 50
愛憎無く、友も敵も無く、老いも死も無ければ、徳も不徳も無い〔所〕。

tasmin virajasi sphīte prajñāsattvavyavasthite |
svayaṃbhubhavane puṇye hastinaṃ me pradāsyasi[85] || 51
怒り無く、栄え有る所。智慧と真理が確立した、スヴァヤンブーのめでたき住まいにて、汝は私に象を返すことになろう」。

83——批判版（13.105.47）prayānti。

84——批判版（13.105.50）vāpi。

85——批判版（13.105.51）、クンバコーナム版（13.159.51）yātayisyati。

dhr̥tarāṣṭra uvāca |

nirmuktāḥ sarvasaṅgair ye[86] kr̥tātmāno yatavratāḥ |

adhyātmayogasaṃsthānair[87] yuktāḥ svargagatiṃ gatāḥ || 52

ドリタラーシトラは言った。

「あらゆる執着から解放された、清らかな魂の持ち主で誓戒を保つ者達。内我の瞑想に専念し、天に昇った者達。

te brahmabhavanaṃ puṇyaṃ prāpnuvantīha sāttvikāḥ |

na tatra dhr̥tarāṣṭras te śakyo draṣṭuṃ mahāmune || 53

めでたきブラフマンの住まいに達して、ここで栄えるかの者達。そこで汝はドリタラーシトラを目にすることは出来まい、偉大な聖仙よ」。

gautama uvāca |

rathaṃtaraṃ yatra br̥hac ca gīyate

yatra vedī puṇḍarīkaiḥ str̥ṇoti[88] |

yatropayāti haribhiḥ somapīthī

tatra tvāhaṃ hastinaṃ yātayiṣye || 54

ガウタマは言った。

「ラタンタラ〔讃歌〕とブリハット〔讃歌〕が歌われ、二つの祭壇を蓮華の花々で覆う所。ソーマを飲む者が馬〔車〕に牽かれて行く所。そこで私は汝から象を取り返す。

budhyāmi tvāṃ vr̥trahaṇaṃ śatakratuṃ

vyatikramantaṃ bhuvanāni viśvā |

86——批判版（13.105.52）sarvasaṅgebhyo。

87——批判版（13.105.52）adhyātmayogasaṃsthāne。

88——批判版（13.105.54）vedī puṇḍarīkaiḥ str̥ṇoti、クンバコーナム版（13.159.54）vediḥ puṇyajanair vr̥tā ca。キンジャワデカル版原文vedī puṇḍarīkai str̥ṇoti。

kac cin na vācā vr̥jinaṃ kadā cid
akārśaṃ te manaso ’bhiṣaṅgāt || 55
汝をヴリトラ殺し、百の祭式を持つ者（インドラ）と知ったぞ。全ての世界を闊歩するかの〔インドラ〕と。私はいつの間にか、心を惑わされて何か言葉による罪を汝に対して犯しはしなかったか」。

śatakratur[89] uvāca |
maghavā ’haṃ[90] lokapathaṃ prajānām
anvāgamaṃ parivāde[91] gajasya |
tasmād bhavān praṇataṃ mā ’nuśāstu
bravīṣi yat tat karavāṇi sarvam || 56
百の祭式を持つ者は言った。
「私はマガヴァン（インドラ）である。象を捕らえるために人間世界にやって来たのだ。よって、どうか私に命じてくれ。汝の言うことを何でもしてやろう」。

gautama uvāca |
śvetaṃ kareṇuṃ mama putraṃ hi nāgaṃ[92]
yaṃ me ’hārṣīr daśavarṣāṇi[93] bālam |
yo me vane vasato ’bhūd dvitīyas
tam eva me dehi surendra nāgam || 57
ガウタマは言った。
「貴殿が奪った白い象を、私の息子である象を、十年間〔育てた〕私の子供を。森に住みながら私に付き添ってくれたのだ。かの象を返してくれ、神々の王よ」。

89——批判版（13.105.56）śatkra。
90——批判版（13.105.56）yasmād imaṃ。
91——批判版（13.105.56）padavāde。
92——批判版（13.105.57）putranāgaṃ。
93——クンバコーナム版（13.159.57）priyaṃ tu me ṣaṣṭivarṣaṃ tu。

śatakratur[94] uvāca |
ayaṃ sutas te dvijamuhkya nāga
āgacchati[95] tvām abhivīkṣamānaḥ |
pādau ca te nāsikayopajighrate
śreyo mamādhyāhi[96] namaś ca te 'stu || 58
百の祭式を持つ者は言った。
「この汝の息子である象は、再生族の長（バラモン）よ、〔汝を〕見つめながら汝の許に来ると、汝の両足に鼻で触れている。汝は私の祝福を望め。そして〔私は〕汝を敬礼する」。

gautama uvāca |
śivaṃ sadaiveha surendra tubhyaṃ
dhyāyāmi pūjāṃ ca sadā prayuñje |
mamāpi tvaṃ śakra śivaṃ dadasva
tvayā dattaṃ pratigṛhṇāmi nāgam || 59
ガウタマは言った。
「私はここでいつも貴殿のために幸い有れかしと願い、供儀に勤しんでいる、神々の王よ。貴殿も私に幸いをお与え下され、シャクラよ。貴方に与えられた象を私は受け取る」。

śatakratur[97] uvāca |
yeṣāṃ vedā nihitā vai guhāyāṃ

94――批判版（13.105.58）śakra。
95―― 批判版（13.105.58）nāgaś cāghrāyate、クンバコーナム版（13.159.58）nāga āghrāyate。
96――批判版（13.105.58）mama dhyāhi。
97――批判版（13.105.60）śakra。

manīṣiṇāṃ satyavatāṃ[98] mahātmanām |
teṣāṃ tvayaikena mahātmanā 'smi
vṛddhas[99] tasmāt prītimāṃs te 'ham adya || 60
百の祭式を持つ者は言った。
「ヴェーダを心に占めた賢き者達、真実に則る偉大な者達の中でも、偉大な汝一人が私〔の正体〕を見抜いた。よって、今私は汝に満足である」。

hantaihi brāhmaṇa kṣipraṃ saha putreṇa hastinā |
tvaṃ hi prāptuṃ[100] śubhān lokān ahnāya ca cirāya ca || 61
「いざバラモンよ、直ちに息子の象を連れて私と共に来るが良い。汝は素晴らしき世界へ瞬く間に終に達するであろう」。

[101] sa gautamaṃ puraskṛtya saha putreṇa hastinā |
divam ācakrame vajrī sadbhiḥ saha durāsadam || 62
かの金剛を持つ者（インドラ）は、ガウタマを先に立て、息子の象を連れ、正しき人々と共に、達し難い天界に至った。

idaṃ yaḥ śṛṇuyān nityaṃ yaḥ paṭhed vā jitendriyaḥ |
sa yāti brahmaṇo lokaṃ brāhmaṇo gautamo yathā || 63[102]
〔ビーシュマは言った——〕
これ（「ガウタマ仙の象」あるいは『マハーバーラタ』）を常に聴聞もしくは朗唱する者は、感官を制御しブラフマー神の世界に赴く、バラモンのガウタマの如くと。

98——批判版（13.105.60）sattvavatāṃ。
99——批判版（13.105.60）、クンバコーナム版（13.159.60）buddhas。
100——批判版（13.105.61）prāpnuhi tvaṃ。
101——批判版（13.105.62）bhīṣma uvāca |。
102——批判版にこの偈は無い。本書・第6章第1節参照。

iti śrīmahābhārate anuśāsanaparvaṇi dānadharmaparvaṇi hastikūṭo nāma dvyadhikaśatatamo 'dhyāyaḥ ‖ 102 ‖
——というのが、栄え有る『マハーバーラタ』「教説の巻」「布施の法」における「象の山」という名の第102章である。

おわりに

本書・第1章の『マハーバーラタ』(*Mahābhārata*) 第13巻「教説の巻」(*Anuśāsanaparvan*)「布施の法」(*Dānadharmaparvan*) 全章の概観に基づいて、第2章以降においては、『マハーバーラタ』「教説の巻」「布施の法」についての個別研究を行なってきた。第6章は、『マハーバーラタ』第13巻「教説の巻」「布施の法」についての個別研究の第五、最後であり、「教説の巻」「布施の法」第102章「ガウタマ仙の象」を対象とした。

まず、第6章第1節「『ガウタマ仙の象』の考察(1)——良き行ないと言祝ぎ——」において、言祝ぎの性格がこの説話の特徴的な点であることを述べた。第6章第2節「『ガウタマ仙の象』の考察(2)——言祝ぎはどう変わるか——」ではプーナ批判版において、この言祝ぎの性格がどうなっているかを見た。そして、第6章第3節「『ガウタマ仙の象』の和訳」では、この説話の日本語訳を提示した。

この説話は、〈語り物〉としての性格、また、〈教説性〉をよく示している例の一つである。そして、言祝ぎという観点からは顕著な例である。「ガウタマ仙の象」には二通りの〈原伝承〉が見出される。二つの異なる〈原伝承〉を組み合わせていると考えられる。一つは、「良き行ないをした者の良き行き先」を唱え続けて、その「唱え言」によってブラフマンの世界に赴く、と言祝ぐものである。いま一つは、仙人の象を盗もうとする王が仙人を試そうとするインドラ神の化身であった、というものである。

〈枠物語〉レベルで言うならば、第102章は、「良き行為をした者の良き行き先」についてユディシティラが問い、ビーシュマが「良き行為をした者は良き行き先へ、悪しき行為した者は悪しき行き先へ赴く」と答え、ガウタマ仙とインドラの対話という昔物語（itihāsa）を語るという形を取る。この〈枠内物語〉での対話内容は、第一の行き先、「死者が良き行ないによって喜び、悪しき行ないによって嘆く、ヴァイヴァスヴァタの住まい」を除けば、全て、「諸々の良き行ないをした者の諸々の良き行き先」である。バラモンの象を盗んだドリタラーシトラが諸々の良い世界に行く、というのは第13巻「布施の法」に相応しくない。先立つ第101章と同趣の、「バラモンの所有する象を盗む者の末路」を語る説話に、「諸々の悪しき行ないをした者の諸々の悪しき行き先」についての対話が嵌め込まれる方が自然である。

こうした〈枠内物語〉に合わせるように、〈枠物語〉ではユディシティラが「良き行為をした者の良き行き先」を問うのに対し、ビーシュマが「良き行為をした者は良き行き先へ、悪しき行為をした者は悪しき行き先へ赴く」と、整合性を付けるべく答えている。

この話がバラモンが招かれている祭式の場の周辺で「バラモンの所有する雌牛を盗んだ者達が地獄に堕ちた」という恐ろしい話の後に語られたとするならば、「諸々の良き行ないをした者の諸々の良き行き先」の唱え文句と、最終第63偈のビーシュマの結びの言葉、

> これ（「ガウタマ仙の象」または『マハーバーラタ』）を常に聴聞もしくは朗唱する者は、感官を制御し、ブラフマンの世界に赴く。

を聴くことによって聴衆は祝福、「言祝ぎ」を受けることになる。対話によって説かれた諸々の良い行為を聞き手に勧める〈教説性〉を持つとともに、「ブラフマンの世界に赴く」ことを保証する、言祝ぎの性格の強い語りになっているのである。『マハーバーラタ』においては『マハーバーラタ』聴聞の功徳が積極的に説かれている。特に、『マハーバーラタ』最終部、第17巻「昇天の巻」第5章第

64〜68偈、およびそれに続く「『マハーバーラタ』聴聞の威力」の全編・第1〜105偈は、『マハーバーラタ』を語り終わるに当たって、百以上の偈を費やし、ジャナメージャヤ王とヴァイシャンパーヤナの対話という形式を採り、様々に『マハーバーラタ』聴聞の功徳を説いている。このように強調される『マハーバーラタ』聴聞の功徳から考えれば、第101章の「バラモンの所有する雌牛を盗んだ者たちが地獄に堕ちた」という話のすぐ後に、このような罪深くも恐ろしい話を聞いた厄を祓い、罪を滅ぼし、繁栄を得るための手段として、『マハーバーラタ』は、あるいは、第102章の「ガウタマ仙の象」は語られるのである。

なお、従来『マハーバーラタ』研究や翻訳のために最もよく採用されてきたプーナ批判版では、上述の「ガウタマ仙の象」または『マハーバーラタ』聴聞・朗唱の功徳を説く最終偈が存在しない。そもそもプーナ批判版では、『マハーバーラタ』の最初と最後に多く存在するはずの聴聞・朗唱の功徳を説く偈が相当に削られている。『マハーバーラタ』聴聞の功徳を軽視する形となっているおり、「ガウタマ仙の象」の滅罪の性格をも弱めることになっている。

終　章

『マハーバーラタ』は、古典サンスクリットによって伝えられた、十万偈から成るとも言う、古代インドの巨大な叙事詩である。バラタ族の大戦争を主に語るもので、複雑な〈枠物語〉の形を取り、主な筋の中に〈枠内物語〉として膨大な数の神話、伝説、説話、物語を織り込んでいる。ほぼありとあらゆる古代インドの文学を現代まで運んだ巨大な船のような存在である。この作品が無かったならば、「バラタ族の物語」（'Bhārata'）とともに失われた大小の神話、説話、物語の数は計り知れない。

二千年程の遠い過去に、長い時間を掛けて成長していったこの作品は、俄には理解しがたい、あるいは現代人には理解しづらい様々な様相を取る。研究者達はこれらのときとして不可解とも言える点を何とかして明らかにしようとする。しかし、研究史上には、『マハーバーラタ』第12巻と第13巻は『マハーバーラタ』から外して考える、あるいは第13巻のみ外して考える、という立場が表明されたことがあった（本書「序章」）。歴史上そのようにして実際に存在していたものを無かったものとする姿勢である。

仮に『マハーバーラタ』に第13巻「教説の巻」が無いとしたならば、あるいは、第13巻が『マハーバーラタ』の一部でないとしたならば、本書で取り上げた「蛇に咬まれた子供」「鸚鵡と森の王」「チャヴァナ仙と魚達」「七仙人の名乗り」「ガウタマ仙の象」は『マハーバーラタ』とは無関係の、それぞれ個別の小話として捉えることになるであろう。しかし、仮に『マハーバーラタ』第13巻が実際に存在しないのであったら、そもそもこれらの神話・説話は生き残らなかった可能性が、現代まで伝わらなかった可能性が高い。比較的小さな文学作品が大きな作品に吸収されることにより、時代を超えて今に伝存するというのは世界的に見る現象である。『マハーバーラタ』は第12巻「寂静の巻」と第13巻「教説の巻」も含めて、重要な文学作品と言うべきである。

本書はその第13巻の文学研究を試みた。『マハーバーラタ』第13巻「教説の巻」中の〈枠内物語〉が本来口頭で伝承された個別の「伝承」、〈原伝承〉であり、その後〈語り物〉となり、あるいは〈語り物〉『マハーバーラタ』へと流入し、最終的には〈枠物語〉の構造を持つ作品として固定化し〈記録・編纂〉されて、現代まで伝わるということを前提として進めてきた。そして、〈原伝承〉、〈語り物〉、〈記録・編纂〉の三段階で神話・説話を捉えた。多くの場合、『マハーバーラタ』神話・説話の〈原伝承〉はもともと「口承文芸」として一般の人々の間に語り広められていたものである。それらのうちには、ジャータカ文献の「過去物語」のような、昔話風の素朴なものも有ったと考えられる。また、ヴェーダ文献に収められているような、祭式の場の中心で祭官によって語られた真正の神話が何らかの機会に外へ出て世俗化したもの、そこから新たなヴァリエーションを生み出して更に展開していったものも有ったと考えられる。「神話文学」と呼んでも良い語りである。それらが様々な機会に専門的な、あるいは半専門的な「語り手」（吟誦詩人）によって取り上げられた。そして、クシャトリヤの王侯貴族や戦士を前にした「語りの場」において彼らを鼓舞・賞賛するための〈語り物〉として、更には祭式・儀式の場の周辺といった「語りの場」で祭官であるバラモン、あるいは招待されているバラモンへの布施を勧める〈語り物〉として、それぞれ必要な潤色を以て語られる、ということが行なわれたと考えられる。この〈語り物〉を〈原伝承〉として始まった神話・説話も有るようである。更に時を経てそれらが「記録」の段階となったとき、何らかの「編纂」や改変が行なわれた可能性が有る。〈枠物語〉の構造は〈語り物〉の段階で現存の状態になっていた場合も有ると推測されるが、〈記録・編纂〉の段階で作られた部分も多く有り得る。すなわち、振り返れば、『マハーバーラタ』第13巻の神話・説話、〈枠内物語〉に、

　　原伝承
　　語り物
　　記録・編纂

という三段階を見ることが出来た。

さて、こうした『マハーバーラタ』の神話・説話と比較すると、ヴェーダ文献の神話は祭式との結び付きが直接的だと考えられる。多くの場合、祭官のような宗教者が祭式や物事の起源・意味を説明するという聖性を持つものであろう。し

たがって、ヴェーダ文献の神話は、基本的には、楽しみのために語られるのではない。それに対して、『マハーバーラタ』の神話・説話は既に多くの場合、祭官のような純粋な宗教者によるものではない。宗教的、半宗教的、世俗的、様々な性格の語り手によって語られたと考えられる。すなわち、『マハーバーラタ』の神話は様々な程度に世俗化した神話であり、直截に「説話」と呼ぶことも出来る。これら説話には教育・教導を目的として語られる面も有る訳であり、これを〈教説性〉と呼ぶことも出来る。『マハーバーラタ』第13巻はまさにその「教説」——「バラモンへの布施」を中心としたダルマ文献的訓戒を教える——を目的とする巻である。一方で、『マハーバーラタ』は宗教性を離れきらない精神的高揚を与えるものである。ときとしては文学技巧や語りの技術によって宗教性を超越した興趣を齎す。『マハーバーラタ』は基本的に宗教性を伴う文学である。これを『マハーバーラタ』の〈文学性〉と呼んだ。

すなわち、本書では、『マハーバーラタ』第13巻の神話・説話、〈枠内物語〉に、

文学性
教説性

の二つの性格を見出した。

本書を章立てに従ってもう一度振り返れば、第1章はいわば「総論」である。そこにおいて第13巻「教説の巻」「布施の法」全体の構想と説話、構成と概要を見渡した。ここにおいては〈枠物語〉、〈記録・編纂〉、〈教説性〉のレベルの考察が主となった。

その後に続く第2章から第6章まではいわば「各論」であった。それらにおいて、具体的に第13巻中の〈文学性〉の勝った五つの神話・説話、「蛇に咬まれた子供」「鸚鵡と森の王」「チャヴァナ仙と魚達」「七仙人の名乗り」「ガウタマ仙の象」を取り上げ、それぞれについて考察と和訳を行なった。

第2章から第6章において研究対象とする神話・説話は、前述の〈原伝承〉、〈語り物〉、〈記録・編纂〉、そして、〈文学性〉、〈教説性〉のうち何れのレベルで特徴を持つかという点において、それぞれに異なっていた。そのため各章はそれ

ぞれに相当異なる様相を見せていた。

第2章で取り上げた「蛇に咬まれた子供」ではまず、ここではこの説話の〈枠物語〉の構造と〈教説性〉の兼ね合いの問題が中心となった。すなわち、『マハーバーラタ』全巻に通底する主題としての「運命（kāla）と行為（karman）」がそこにおいてどのように表現されているかを見た。〈枠物語〉においては「運命」が、〈枠内物語〉においては「行為」が本来の主題であるところ、摺り合せによって両者が緩やかに共存していた。また、ここでは、この説話に残っている〈原伝承〉としての口承文芸の性格が問題となった。「蛇に咬まれた子供」の説話が孤立したものではなく、一定程度流布していた口承文芸のタイプ（話型）が取り込まれたものであることも確認した。

第3章で取り上げた「鸚鵡と森の王」は、〈原伝承〉としての口承文芸の性格を残し、〈語り物〉となってはバラモン向けのメッセージ（「バラモンは優しい性向を持つ」）と、クシャトリヤ向けのメッセージ（「王と臣下に慈悲と敬愛の関係が有るべき」）、更にはもっと素朴な人々向けのメッセージ（「生き物達の友情物語……」）といった幾通りもの姿を見せ、〈語り物〉として考えるべきことが多かった。神話の知識と掛詞の理解が必要な偈も有ったことも付け加えておきたい。また、第12巻「寂静の巻」中「王の務め」との関係という、〈記録・編纂〉の段階の問題も垣間見せる多面的な性格を持つ例となっていた。

第4章で取り上げた「チャヴァナ仙と魚達」は、〈原伝承〉としての口承文芸の性格をよく残している例である。ヴェーダ文献以来のチャヴァナ仙回春神話を中心とするチャヴァナ仙神話群の伝統を受け継いでいることが確かめられた。そして、「ともに住む者への愛情」という道徳を基盤とし「棒杭苦行」モチーフを主軸として、新たな「チャヴァナ仙神話」として自在な展開を遂げるに至った様を知らしめていた。

第5章で取り上げた「七仙人の名乗り」は、〈語り物〉の性格が突出しており、〈語り物〉のレベルで始まったものではないかと考えられた。七仙人達の名前や行状は素朴な一般の人々によっても知られ、口承文芸レベルでも多く語られていたであろう。しかし、ここで取り上げた「七仙人の名乗り」の中で七仙人の言挙げを形作っている偈は、何れも専門的な優れた語り手、天才的な言葉の使い手によるものと推測した。そこで何はともあれ、七仙人達の名乗りが「言語遊戯」としてどのように読めるか、考察を行なった。魔女に殺されず嘘も吐かないようにしながらの七仙人達の曲芸的名乗りに、同音異義語（掛詞）、疑似語源解釈、類似音連発等が見出された。後世のカーヴィヤ文学のアヌプラーサ、ヤマカ、シュレーシャ等とほぼ同様の文学技巧が『マハーバーラタ』の段階で自然に用いられているのである。また、自由奔放に展開する「七仙人の名乗り」を含むこの神話が、〈枠物語〉に嵌め込まれたときに生じた、〈枠物語〉と〈枠内物語〉の不整合についても言及した。そして、プーナ批判版では「七仙人の名乗り」が十分に解釈することが出来ないことをも述べた。この神話は『マハーバーラタ』第13巻「教説の巻」中で、〈文学性〉という点では最も達成度の高い話の一つである。

最終の第6章で取り上げた「ガウタマ仙の象」もまた、〈語り物〉としての性格をよく示している例であった。そして、『マハーバーラタ』の「言祝ぎ」の性格から考えさせられる例であった。「ガウタマ仙の象」は二つの異なる〈原伝承〉を組み合わせていると考えられる。一つは、「良き行ないをした者の良き行き先」を唱え続けて、その「唱え言」によってブラフマンの世界に赴く、と言祝ぐものであった。いま一つは、仙人の象を盗もうとする王が仙人を試そうとするインドラ神の化身であった、という物語であった。直前に語られた「バラモンの持ち物を盗んだ者達の末路」という恐ろしくも罪深い話の厄を払い福を呼ぶものとしても語られていた。『マハーバーラタ』を聴聞することの功徳は『マハーバーラタ』中で力強く唱導されているものであった。

一方、『マハーバーラタ』の神話・説話が、広く世界に伝播している口承文芸（特に昔話）の様々な話型を含み込んでいることを比較研究により実証する可能性は大いに有る。そうした世界的な口承文芸の諸要素を共有しているとすれば、それは『マハーバーラタ』の〈普遍性〉である。ただし、口承文芸研究はヨーロッパにおいて先行し、ヨーロッパを基準として為されて来たものである。したがって、『マハーバーラタ』を初めとしてインドの古典文学の神話・説話はしばしば相当に異なる様相を見せる。古典インドの神話・説話、口承文芸独自の把握法（分類）が有ることが望ましいのであるが、この二点は本書ではごく僅かに具体的な言及をしたのみである。「蛇に咬まれた子供」「鸚鵡と森の王」「チャヴァナ仙と魚達」「七仙人の名乗り」「ガウタマ仙の象」、いずれの例も古典インド口承文芸の特徴を示すものである可能性が有る。そういった視点・方法の有り得ることを意識しつつ、将来の研究課題として見据えておくこととする。

これに対して、『マハーバーラタ』の神話が、ヴェーダ文献等の先行するインド神話・説話の伝統をも継承しつつ、特有あるいは特徴的な性格を持っているとすれば、それは『マハーバーラタ』が〈普遍性〉とともに合わせ持っている〈独自性〉である。本書では、将来の研究のためのささやかな端緒として、

普遍性

独自性

の二点からも、『マハーバーラタ』第13巻「教説の巻」を研究したのであった。基盤となる思想・信仰の〈普遍性〉、〈独自性〉が究明されるに伴って、具体的な表出・表現の〈普遍性〉、〈独自性〉を考察することが可能になるであろう。背景・基盤となっている思想・信仰を共通のものとしつつ、具体的な表出・表現の有り方は異なるところが有る、といった現象が予測される。近年の比較研究の趨勢としては〈普遍性〉、すなわち、世界的・国際的な共通性が強調される向きが有るが、〈独自性〉、その文化における特徴、特有の性格を見出すことを怠るべきではない。

更に、本書が中心的に目指していた訳ではないが、付随的に、『マハーバーラタ』の最優勢刊本である批判版の問題が一部明らかになった。例えば、「七仙人の名乗り」を批判版を底本として和訳を試みたとき、思想的背景を考慮しつつ七仙人の名乗りの技巧を解釈することが十分には出来なかった。また「ガウタマ仙の象」の言祝ぎの性格を考えたとき、批判版によって『マハーバーラタ』聴聞・詠唱の功徳の意味が大きく削ぎ取られており、『マハーバーラタ』の持つ、罪を滅するという役割が薄弱になっていた。

批判版の原型構築の志向は評価すべきである。と言って、文学作品の展開した姿を否定することも不当である。そもそも、『マハーバーラタ』批判版のように、文字通り一字一句、写本群から取捨選択して組み合わせ、新たな偈、ただ一本の

テキストを創出してゆくという方法に問題は無いのだろうか。『マハーバーラタ』ほどに流布し、膨大な数の写本を持つ文献の場合には、その中からより良いテキストを選び、最小限の修正を加えつつ使用するのも一つの正しい学問的態度であると考える。

なお、本書では、和訳に際して、二点、日本語の語順と待遇表現とについて、（十分ではないが）配慮の努力をしたことを断っておきたい。一点目の語順について言えば、『マハーバーラタ』や『マハーバーラタ』を構成する神話・説話が本来〈語り物〉であって、聴覚によって享受されていたとすれば、聴き手はその一語一語を聞こえるままのその順序で理解していったはずである。そこで、和訳の語順も不自然にならない範囲で、サンスクリット原文の語順に近いものとするよう試みた。語順の点でかなり柔軟な日本語の性格は、このような試みを一定程度可能にする。ただし、呼び掛けの語（呼格（vocative）の語、「王よ」等）は韻律調整のために用いられることが多く、聴き手にあまり情報を齎さないものであるので、訳文中の位置についてあまり努力しなかった。

また、二点目の待遇表現については、サンスクリット原文においてほとんど存在せず、敬意等の表現は言語そのものにはそれほど任されていない（語調等がこれを担うことは有っても）と考えられる。逆に日本語はこの待遇表現が相当に発達している。この点でのサンスクリット・日本語間の懸隔に注意を払わないこともまた選択ではある。しかし、『マハーバーラタ』の文学世界により近付くため、本書の和訳では試みに、尊敬を払う立場の人物と尊敬を受ける人物との間の対話の場合等に、謙譲語と丁寧語は極力用いないこととした。尊敬語のみは必要に応じ用いた。上述の事柄は男性登場人物の台詞についての対処である。女性登場人物の場合には、彼女達の台詞を日本語化するときに丁寧語を用い、男性登場人物よりも多くの尊敬語を用いる方が自然であると判断して、そのように対処した。

最後に、このような本書から今後展開する可能性の有る研究、三点について述べておきたい。第一に、ヴェーダ文献の神話・説話から『マハーバーラタ』神話・説話への展開を、さらなるプラーナ文献の神話・説話への展開をも見据えつつ、具体的に明らかにすることである。第二に、『マハーバーラタ』の中に、後世のカーヴィヤ文学にも通ずる文学技巧の萌芽的なものの具体例を発見することである。第一と第二の研究によって、『マハーバーラタ』という巨大な、かつ長い年月を掛けて成立した作品の中に、インド最古の文学からより後期の文学へ変遷する諸相を、徐々にであっても俯瞰することが出来るようになるだろう。第三に、例えば『ジャータカ』においてであれば世界文学との共通性ないし普遍性がより顕著であることが予想されるのに対し、『マハーバーラタ』においてはむしろ異質性ないし独自性が強く現れていることが予想される、その対照的な有り方を究明することである。第三の点については、言語の違い――パーリとサンスクリット――、基盤となる宗教の違い――仏教とヒンドゥー教――の問題も踏まえなければならず、相当長期に渡る研究となるであろう。

The Seven *Ṛṣis* Giving Their Names:

A Study of the *Anuśāsanaparvan* in the Indian Sanskrit Epic *Mahābhārata*

Summary

This book focuses on the *Anuśāsanaparvan* (Book 13 of the *Mahābhārata*) that has been largely neglected in the history of the *Mahābhārata* studies, and attempts to understand it mainly from the viewpoint of oral literature. The text used here follows the Kinjawadekar Edition, and not the established Critical Edition. The first chapter of this book contains a table that summarises all the 166 chapters of the *Anuśāsanaparvan*. The subsequent chapters present Japanese translations of *Mahābhārata* 13.1, 5, 50-51, 93 and 102.

Chapter 1: The *Anuśāsanaparvan* (Book 13 of the *Mahābhārata*): Conception and Narratives

The *Mahābhārata* has an overall structure of a 'frame story' that consists of a *framing* and a *framed* story. 1) The framing story is the main one (i.e. 'The Great History of the Bharata Clan'), which has a nested structure and is related by *Ṛṣi* Vyāsa, his disciple Vaiśaṃpāyana and Sūta Ugraśravas. Within the framing story, 2) there are many framed stories, narratives that are strung together like pearls, and which are told by various characters. The frame story in the *Anuśāsanaparvan* is different in nature. 3) The framing story there consists of a series of dialogues between Bhīṣma and Yudhiṣṭhira in which the nested structure is thin and the main story is sparse. In Bhīṣma's responses within these dialogues, 4) there are framed stories with various didactic themes. 'Fate and human endeavour' and 'praise for Kṛṣṇa' are important themes throughout the *Mahābhārata*. 'Offerings to *Brāhmaṇas*' and 'the superiority and kindness of *Brāhmaṇas*' are the principal themes of the *Anuśāsanaparvan*. 'Lamentation over the dying Bhīṣma' naturally fits in the context of its main story. There are further themes that originally had no relation to 'offerings to *Brāhmaṇas*'. In terms of the relation between the framing and the framed story, many chapters of the *Anuśāsanaparvan* seem to be inconsistent. This inconsistency and diversity of narratives in the *Anuśāsanaparvan* should be understood with reference to the famous study by A.B. Lord (1960). The framed stories in the *Anuśāsanaparvan* could have been primarily sung by bards during and/or around rituals (e.g. *Śraddhā*) not only to help *Brāhmaṇas* to get more offerings but also to entertain the audience.

Chapter 2: A Child Bitten by a Snake: *kāla* and *karman*

The second chapter deals with the framed story 'A Child Bitten by a Snake' in *Mahābhārata* 13.1. A child is killed by a snake and a conversation concerning the responsibility for this misfortune occurs between a hunter, the child's mother, the snake, the Death and the Fate. Earlier studies on *kāla* (time, fate or predestination) and *karman* (human action) indicate that *Mahābhārata* 13.1 provides a rare example of the concept of *karman* determining death of a creature. The second chapter examines first how the dialogue between Yudhiṣṭhira and Bhīṣma in the framing story thematises *kāla*. According to Bhīṣma, *karman* (human action) is committed being governed by *kāla* (fate). In contrast to this, the framed story 'A Child Bitten by a Snake' told by Bhīṣma to Yudhiṣṭhira thematises *karman*. In other words, creatures reap what they sow in result of their own *karman* in their previous incarnations. By means of a certain coordination between the framing and the framed story with conflicting themes mentioned above, *Mahābhārata* 13.1 forms a whole within which *kāla* and *karman* coexist.

The same type of narrative is found in the *Jātaka* 429 '*Kaṇhadīpāyanajātaka*', and a similar one in *Hitopadeśa* 11. Such narratives are thought to have been originally folk tales recited throughout ancient India before they were sung by bards.

Chapter 3: The Parrot Who Won't Abandon His Dying Tree

The third chapter examines how the framed story 'The Parrot Who Won't Abandon His

Dying Tree' in *Mahābhārata* 13.5 preserves original traditions. A parrot refuses to abandon a huge dying tree, his beloved home, and Indra tests his loyalty to the tree. A similar type of narrative is found in *Jātaka* 429 '*Mahāsukhajātaka*' and *Jātaka* 430 '*Cullasukhajātaka*'. Such narratives are also thought to have been originally folk tales recited throughout ancient India before they were sung by bards. The present compiled version of *Mahābhārata* appears to tell readers that the parrot is a kind *Brāhmaṇa* because of the framing story, but different aspect can be seen in the independent framed story: The tree symbolyses a *Kṣatriya* king and the parrot his loyal subject. The message from the narrative is that a *Kṣatriya* king must have trustworthy and trustful subjects. Folktales recited by people and narratives sung by bards tend to have several messages that depend on the audience.

Chapter 4: Cyavana and Creatures Living in the Water

The fourth chapter deals with the framed story associated with *Ṛṣi* Cyavana in *Mahābhārata* 13.50-51. Cyavana vows to dwell motionless in water like a piece of wood and becomes acquainted with fish and other small creatures. In *Mahābhārata* 3.122-125, there is an Epic version of 'The fountain of youth' (E.W. Hopkins 1905) which contains an episode of *Āśvinagraha* in the *Soma* sacrifice. At the beginning of this narrative, Cyavana practices asceticism by keeping still as a piece of wood. He becomes covered with an anthill and acquainted with ants. Earlier examples of 'The fountain of youth' are found in Vedic literature: in the *Śatapatha-Brāhmaṇa* and in the *Jaiminīya-Brāhmaṇa*. This is a genuine myth that is closely connected to ritual. On the other hand, *ṛṣis* associated with animals, especially with the small ones, are often found in Indian traditions (e.g. Vālmīki and Jājali). The narrative 'Cyavana and Creatures Living in the Water' is a new version of the tradition of Cyavana that originates in the Vedic 'fountain of youth' and adopts the motif mentioned above.

Chapter 5: The Seven *Ṛṣis* Giving Their Names

The fifth chapter deals with the framed story that concerns seven *Ṛṣis* and their attendants who give their names in *Mahābhārata* 13.93. The purpose of this chapter is to explain what is interesting about this narrative to the audience in terms of rhetoric and wordplay. Atri,Vasiṣṭha, Kaśyapa, Bharadvāja, Gautama, Viśvāmitra, Jamadagni, Arundhatī as Vasiṣṭha's wife, Gaṇḍā and Paśusakha who are a couple of their servants, as well as a pilgrim called Śunaḥsakha (Indra in reality) are in a difficult situation. They have to tell their names to an evil female spirit who was created by a vengeful king. If she learns their names, she will instantly murder them, but if they tell false names, they will automatically ruin themselves. The former eventuality is associated with the widespread folkloristic idea of 'name as identity' and the latter with the Indian or Hindu idea of 'the act of truth' (E.W. Burlingame 1917), according to which truth-tellers prosper and tellers of falsehoods perish. In order to avoid both of the misfortunes, the seven *R̥ṣis* and others give their names to the enemy by means of extremely clever and cunning verses. The methods they employ are as follows: 1) telling a riddle that hints at the name, 2) making pseudo-etymologies accompanied by coinages of the names, 3) giving misleading lists of words that sound similar to the names, 4) giving words and phrases other than the names that have double meanings and, finally, 5) indistinctly articulating the name. All these cause the evil spirit to mishear, misunderstand and become confused. In addition, Atri and Kaśyapa suggest their great deeds in Vedic mythology giving their names, and ridicule her ignorance of the myths.

At the end of the fifth chapter, a problem found in the Critical Edition of the *Mahābhārata* and in some other editions is pointed out. 'The Seven *R̥ṣis* Giving Their Names' does not fit very well in the Critical Edition (Cr. 13.95). Some of the characters give their names to the evil female spirit unsuccessfully: For example, one gives his name in such a way that she can understand it, which is extremely dangerous, another gives it very badly in terms of rhetoric etc.

Chapter 6: Gautama and His Elephant

The sixth chapter examines first how the framed story 'Gautama and His Elephant' in *Mahābhārata* 13.102 incorporates two different traditions. One is recitation of good destinations in the next life depending upon good deeds in the present one. The other tradition is a narrative about *Ṛṣi* Gautama being robbed of his elephant by Indra. Next, the sixth chapter emphasises the importance of the last verse of the framing story which blesses the audience.

At the end of the sixth chapter, another textual problem in the Critical Edition of the *Mahābhārata* is pointed out: 'Gautama and His Elephant' (Cr. 13.105) has no verse of blessing at the end of its framing story. Furthermore, not only does the framed story 'Gautama and His Elephant' lack a blessing to the audience, but also the *Mahābhārata* itself lacks such a blessing in the Critical Edition.

文献一覧

Thompson, Stith. trans. and enlarged. 1961. *The Types of the Folktale: A classification and Bibliography: Antti Aarne's Verzeichnis der Märchentypen*. FF Communications, no. 184, Helsinki: Suomalainen Tiedeakatemia.

Aufrecht, Theodor. 1955. *Die Hymnen des Ṛigveda*, 2 Bde., 3. Aufl, Wiesbaden: Otto Harrassowitz (Reprint of Bonn: Adolph Marcus, 1877).

——— 1975. *Das Aitareya Brāhmaṇa mit Auszügen aus dem Commentare von Sāyaṇācārya und anderen Beilagen,* Hildesheim: Georg Olms Verlag (Reprint of Bonn: Adolph Marcus, 1879).

Bowles, Adam. trans. 2006. *Mahābhārata: Book 8 Karṇa*, vol.1, Clay Sanskrit Library, New York: New York University Press and JJC Foundation.

——— 2008. *Mahābhārata: Book 8 Karṇa*, vo2., Clay Sanskrit Library, New York: New York University Press and JJC Foundation.

Brockington, John. 1998. *The Sanskrit Epics*, Leiden: Brill.

——— ed. 2012. *Battle, Bards and Brāmins: Papers of the 13th World Sanskrit Conference*, vol. 2, Delhi: Motilal Banarsidass.

Brockington, Mary and Schreiner, Peter. ed. 1999. *Composing a Tradition: Concepts, Techniques and Relationships: Proceedings of the First Dubrovnik International Conference on the Sanskrit Epics and Purāṇas, August 1997*, Zagreb: Croatian Academy of Sciences and Arts.

Brockington, Mary. 2002. *Stages and Transitions: temporal and historical frameworks in epic and purāṇic literature: Proceedings of the Second Dubrovnik International Conference on the Sanskrit Epics and Purāṇas, August 1999*, Zagreb: Croatian Academy of Sciences and Arts.

Brown, W. Norman. 1940. 'The Basis for the Hindu Act of Truth.' *Review of Religion*, 5(1): 36-45.

——— 1968. 'The Metaphysics of the Truth Act (*Satyakriyā).' In *Mélanges d'indianisme à la mémoire de Louis Renou, Publications de l'Institut de civilisation indienne*: 171-177, Paris: E. de Boccard.

——— 1972. 'Duty as Truth in the Rig Veda.' In *India Maior: Congratulatory Volume Presented to J. Gonda*, ed. Ensink, J. and Gaeffke, P.: 57-67. Leiden: E. J. Brill.

van Buitenen, J. A. B., trans. 1973. *The Mahabharata: Book 1 The Book of the Beginning*, Chicago: University of Chicago Press.

——— trans. 1975. *The Mahabharata: Book 2 The Book of Assembly Hall; Book 3 The Book of the Forest*, Chicago: University of Chicago Press.

——— trans. 1978. *The Mahabharata: Book 4 The Book of Virāṭa; Book 5 The Book of the Effort*, Chicago: University of Chicago Press.

Burlingame, Eugene Watson.1917. 'The Act of Truth (Saccakiriya): A Hindu Spell and Its Employment as a Psychic Motif in Hindu Fiction.' *Journal of the Royal Asiatic Society*, Jul. 1917: 429-467.

Böhtlingk, Otto und Roth, Rudolph. 2000. *Sanskrit-Wörterbuch*, 7 vols., Delhi: Motilal Banarsidass (St. Pertersburg: 1855-1875).

Cherniak, Alex. trans. 2008. *Mahābhārata: Book 6 Bhīṣma*, vol.1 (Including the 'Bhagavad Gītā' in Context), Clay Sanskrit Library, New York: New York University Press and JJC Foundation.

——— 2009. *Mahābhārata: Book 6 Bhīṣma,* vol.2, Clay Sanskrit Library, New York: New York University Press and JJC Foundation.

Crosby, Kate. trans. 2009. *Mahābhārata: Book 10 Dead of Night; Book 11 The Women*, Clay Sanskrit Library, New York: New York University Press and JJC Foundation.

Debroy, Bibek. trans. 2010-2014. *The Mahabharata*, 10 vols., New Delhi: Penguin Books India.

Dowson, John. 1879. *A Classical Dictionary of Hindu Mythology and Religion, Geography, History, and Literature*, London: Trübner.

Dunham, John. 1991. 'Manuscripts Used in the Critical Edition of the *Mahābhārata:* A Survey and Discussion.' In *Essays on the Mahābhārata*, Leiden: E. J. Brill.

Edgerton, Franklin. ed. 1924. *The Panchatantra Reconstructed*, 2 vols., American Oriental Series, vol. 2-3, New Haven, Connecticut: American Oriental Society.

Eggeling, Julius. trans. 2001. *The Śatapatha-Brāhmaṇa According to the Text of the Mādhyandina School,* 5vols., Sacred Books of the East, Richmond: Curzon (Oxford: Clarendon Press, 1882-1900).

El-Shamy, Hasan M. 2006. *A Motif Index of the Thousand and One Nights*, Bloomington: Indiana University Press.

Fausbøll, Viggo. ed. 1877-1896. *The Jātaka Together with Its Commentary: Being Tales of the Anterior Births of Gotama Buddha*, 6 vol.s, London: Trübner.

Fausbøll, Viggo. ed. 1990-1991. *The Jātaka Together with Its Commentary: Being Tales of the Anterior Births of Gotama Buddha*, 6 vol.s, Oxford: Pali Text Society (Reprinted).

——— 1903. *Indian Mythology According to the Mahābhārata, in Outline*, London: Luzac.

Fitzgerald, James L. trans. 2004. *The Mahabharata: Book 11 The Book of the Women ; Book 12*

The Book of Peace, Part 1, Chicago: University of Chicago Press.

Francis, H.T. and Thomas, E.J. 1916. *Jātaka Tales: Selected and Edited with Introduction and Notes*, Cambridge: Cambridge University Press.

Frazer, James George. 1922. *The Golden Bough: A Study in Magic and Religion*, 3rd Edition, 2 vols., Toronto: MacMillan (Reprint of 1911).

Garbutt, Kathleen. trans. 2006. *Mahābhārata: Book 4 Virāṭa*, Clay Sanskrit Library, New York: New York University Press and JJC Foundation.

——— 2008. *Mahābhārata: Book 5 Preparations for War*, vol.1, Clay Sanskrit Library, New York: New York University Press and JJC Foundation.

——— 2008. *Mahābhārata: Book 5 Preparations for War*, vol.2, Clay Sanskrit Library, New York: New York University Press and JJC Foundation.

Ganguli, Kisari Mohan. trans. 2004. *The Mahābhārata of Krishna-Dwaipayana Vyasa: Translated into English Prose from the Original Sanskrit Text,* 4 vols., New Delhi: Mushiram Manoharlal.

Goldman, Robert P. and Tokunaga, Muneo 徳永宗雄 2009. *Epic Undertakings: Papers of the 12th World Sanskrit Conference*, vol. 2, Delhi: Motilal Banarsidass.

Gerow, Edwin. 1971. *A Glossary of Indian Figures of Speech*, The Hague: Mouton.

Gotō, Toshifumi 後藤敏文 2013. *Old Indo-Aryan Morphology and Its Indo-Iranian Background*, Österreichische Akademie der Wissenschaften, Philosophisch-Historische Klasse Sitzungsberichte, 849 Bd., Veröffentlichungen zur Iranistik, Nr. 60, Wien: Verlag der Österreichischen Akademie der Wissenschaften.

Hara, Minoru 原実 1972「古典インドの運命観」『哲学論文集』2, 東京大学文学部研究報告4, 東京大学文学部.

——— 1979『古典インドの苦行』春秋社.

——— 1983「R・K・テーラダ著　蓮根の盗難」『東洋学報』64(3/4): 187-193.

Harikai, Kunio 針貝邦生 2000『ヴェーダからウパニシャッドへ』清水書院.

Harrison, Jane Ellen. 1913. *Ancient Art and Ritual*, London: Williams and Norgate.

Hertel, Johannes. ed. 1908. *The Panchatantra: A Collection of Ancient Hindu Tales,* The Harvard Oriental Series, vol. 11, Cambridge, Massachusetts: Harvard University.

Hiltebeitel, Alf. 2001. *Rethinking the Mahābhārata: A Reader's Guide to the Education of the Dharma King*, Chicago: University of Chicago Press.

Hill, Peter. 2001. *Fate, Predestination and Human Action in the Mahābhārata: A Study in the History of Ideas*, New Delhi: Munshiram Manoharlal.

Holtzmann, Adolf, 1884. *Grammatisches aus dem Mahabharata*, Indogermanishe Grammatiken, Bd.2, Leipzig: Breitkopf & Härtel. Accessed August 20. https://archive.org/details/

grammatischesau00holtgoog
Honko, Lauri. ed. 2000. *Textualization of Oral Epics*, Trends in Linguistics: Studies and Monographs, 128, Berlin: Mouton de Gruyter.
Hopkins, E. Washburn. 1993. *The Great Epic of India: Character and Origin of the Mahabharata*, Delhi: Motilal Banarsidass (reprint of 1901).
——— 1905. 'The Fountain of Youth.' *Journal of the American Oriental Society*, 26: 1-67.
——— 1915. *Epic Mythology*, Strassburg: Verlag von Karl J.Trübner.
Ingalls, Daniel H.H. 1966. 'The Cānakya Collections and Nārāyana's Hitopadeśa.' *Journal of the American Oriental Society*, 86(1).
Ishihara, Misato 石原美里 2009. 'The Genesis of the *Mahābhārata* Text Concerned with *Vasu Uparicara* Story.'『印度学仏教学研究』57(3): 1160-1164.
——— 2010. 'The Image of Apsaras Urvaśī in the Epic *Mahābhārata*.'『印度学仏教学研究』58(3): 1144-1148.
——— 2012. 'The Sūtas in the Epic *Mahābhārata*: Changes of the Figure of the Sūta in the Old Traditions.'『印度学仏教学研究』60(3): 1138-1142.
——— 2013「ヴェーダ時代におけるスータと王族」『仏教文化研究論集』15/16: 58-91.
Iwamoto, Yutaka 岩本裕 1994『インドの説話』紀伊国屋書店.
Jacobi, Hermann. 1980. *Mahābhārata: Inhaltsangabe, Index und Konkordanz des Kalcuttaer und Bombayer Ausgaben*, Hildesheim: Georg Olms Verlag (Bonn: Friedrich Cohen, 1903).
Johnson, W. J. trans. 2005. *Mahābhārata: Book 3 The Forest*, vol.4, Clay Sanskrit Library, New York: New York University Press and JJC Foundation.
De Jong, J.W. 1975. 'Recent Russian Publications on the Indian Epic.' *The Adyar Library Bulletin*, 39, 1-42.
De Jong, J.W., Tsukamoto, Keisho 塚本啓祥 trans. 1986『インド文化研究史論集』平楽寺書店.
Kamimura, Katsuhiko 上村勝彦 1981『インド神話』東京書籍.
——— trans.2002-2005『原典訳マハーバーラタ』8 vols. 筑摩書房.
Kinjawadekar, Rāmachandraśāstrī. 1929-1933. *Shriman Mahābhāratam with Bharata Bhawadeepa by Nīlakaṇṭha*, 6 vols., Poona: Chitrashala Press.
Klein-Terrada, Rosa. 1980. *Der Diebstahl der Lotusfasern*, Freiburger Beiträge zur Indologie, Bd. 15, Wiesbaden: Otto Harrassowitz.
Koskikallio, Petteri. ed. 2005. *Epics, Khilas, and Purāṇas: Continuities and Ruptures: Proceedings of the Third Dubrovnik International Conference on the Sanskrit Epics and Purāṇas, September 2002*, Zagreb: Croatian Academy of Sciences and Arts.
Koskikallio, Petteri. ed. 2009. *Paralles and Comparisons: Proceedings of the Fourth Dubrovnik International Conference on the Sanskrit Epics and Purāṇas, September 2005*, Zagreb:

Croatian Academy of Sciences and Arts.

Krishnacharya, T.R. and Vyasacarya, T.R. eds. 1991. *Sriman Mahābhāratam: According to Southern Recension Based on the South Indian Texts with Footnotes and Readings*, 8 vols., Sri Garib Dass Oriental Series, nos. 67-74, Delhi: Sri Satguru Publications (First published, Kumbhakonam, 1906-1910).

Lord, Albert B. 1960. *The Singer of Tales*, Cambridge, Massachusetts: Harvard University Press.

Lüders, Heinrich. 1944. 'Die magische Kraft der Wahrheit im alten Indien', *Zeitschrift der Deutschen Morgenländischen Gesellschaft*, 98: 1–14.

Macdonell, A. A. 1897. *Vedic Mythology*, Strassburg: Verlag von Karl J. Trübner.

——— 1900. *A History of Sanskrit Literature*, New York: D. Aleton.

Maekawa, Terumitsu 前川輝光2005「『マハーバーラタ』の運命論」『亜細亜大学国際関係紀要』14(2): 33-79.

——— 2006『マハーバーラタの世界』めこん.

Maejima, Shinji and Ikeda, Osamu 前嶋信次, 池田修 trans. 1966-1992『アラビアン・ナイト』19 vols. 東洋文庫, 平凡社.

Meiland, Justin. trans. 2005. *Mahābhārata: Book 9 Śalya*, vol.1, Clay Sanskrit Library, New York: New York University Press and JJC Foundation.

——— 2007. *Mahābhārata: Book 9 Śalya*, vol.2, Clay Sanskrit Library, New York: New York University Press and JJC Foundation,

Mayrhofer, Manfred. 1956-1976. *Kurzgefaßtes etymologisches Wörterbuch des Altindischen: A Concise Etymological Sanskrit Dictionary*, 4 Bde., Indogermanische Bibliothek, Zwite Reihe Wörterbücher, Heidelberg: Carl Winter.

Minkowski, Christopher. 2005. 'What Makes a Work 'Traditional' ?: On the Success of Nīlakaṇṭha's Mahābhārata Commentary.' In *Boundaries, Dynamics and Construction of Traditions in South Asia*, ed. Federico Squarcini: 225-52. Firenze: Firenze University Press.

——— 2008. 'Nīlakaṇṭha and His Historical Context.' *Boctok (Oriens)* 4: 37-49.

——— 2010. 'Nīlakaṇṭha's Mahābhārata.' *Seminar* 608: 32-38.

Singh, Nag Sharan. ed. 1988. *The Mahābhāratam*, 9 vols., Delhi: Nag Publishers (Reprint).

Mitchiner, John E. 2000. *Traditions of the Seven Ṛṣis*, Delhi: Motilal Banarsidass.

Mizuhara, Hajime 水原一 1979-1981『平家物語』3 vols. 新潮日本古典集成, 新潮社.

Monier-Williams, Monier. 1998. *A Sanskrit-English Dictionary*, Oxford: Clarendon Press.

Motegi, Shujun 茂木秀淳 1993a「叙事詩の宗教哲学 ── Mokṣadharma-parvan 和訳研究(I) ──」『信州大学教育学部紀要』78: 59-70.

——— 1993b「叙事詩の宗教哲学 ── Mokṣadharma-parvan 和訳研究(II) ──」『信州大学教育学部紀要』79: 117-130.

――― 1994「叙事詩の宗教哲学――Mokṣadharma-parvan 和訳研究 (III) ――」『信州大学教育学部紀要』81: 85-98.
――― 1995a「叙事詩の宗教哲学―― Mokṣadharma-parvan 和訳研究 (V) ――」『密教文化』189: 91-79.
――― 1995b「叙事誌の宗教哲学 ―― Mokṣadharma-parvan 和訳研究 (IV) ――」『信州大学教育学部紀要』84: 69-81.
――― 1995c「叙事詩の宗教哲学――Mokṣadharma-parvan 和訳研究 (VI)――」『信州大学教育学部紀要』85: 103-116.
――― 1995d「叙事詩の宗教哲学―― Mokṣadharma-parvan 和訳研究 (VII) ――」『密教文化』192: 98-76.
――― 1995e「叙事詩の宗教哲学 ――Mokṣadharma-parvan 和訳研究 (VIII)――」『信州大学教育学部紀要』86: 109-124.
――― 1996「叙事詩の宗教哲学 ――Mokṣadharma-parvan 和訳研究 (IX)――」『信州大学教育学部紀要』89: 75-85.
――― 1998a「叙事詩の宗教哲学 ――Mokṣadharma-parvan 和訳研究 (X)――」『信州大学教育学部紀要』93: 67-78.
――― 1998b「叙事詩の宗教哲学―― Mokṣadharma-parvan 和訳研究 (XI) ――」『信州大学教育学部紀要』94: 35-46.
――― 1999a「叙事詩の宗教哲学 ――Mokṣadharma-parvan 和訳研究 (XII)――」『信州大学教育学部紀要』96: 23-34.
――― 1999b「叙事詩の宗教哲学―― Mokṣadharma-parvan 和訳研究 (XIII) ――」『信州大学教育学部紀要』97: 31-40.
――― 1999c「叙事詩の宗教哲学 Mokṣadharma-parvan 和訳研究 (XIV) ――」『信州大学教育学部紀要』98: 31-40.
――― 2000a「叙事詩の宗教哲学 ――Mokṣadharma-parvan 和訳研究 (XV)――」『信州大学教育学部紀要』99: 57-68.
――― 2000b「叙事詩の宗教哲学 ―― Mokṣadharma-parvan 和訳研究 (XVI) ――」『信州大学教育学部紀要』100: 57-68.
――― 2000c「叙事詩の宗教哲学―― Mokṣadharma-parvan 和訳研究 (XIX) ――」『密教文化』205: 73-50.
――― 2000d「叙事詩の宗教哲学 ――Mokṣadharma-parvan 和訳研究 (XVII)――」『信州大学教育学部紀要』101: 21-32.
――― 2000e「叙事詩の宗教哲学 ―― Mokṣadharma-parvan 和訳研究 (XVIII) ――」『信州大学教育学部紀要』101: 33-44.
――― 2001「叙事詩の宗教哲学 ―― Mokṣadharma-parvan 和訳研究 (XX) ――」『信州大学教育

学部紀要』103: 125-136.
——— 2002「叙事詩の宗教哲学 — Mokṣadharma-parvan 和訳研究(XXI) —」『信州大学教育学部紀要』105: 97-108.
——— 2005a「叙事詩の宗教哲学 —Mokṣadharma-parvan 和訳研究(XXII)—」『信州大学教育学部紀要』114: 89-100.
——— 2005b「叙事詩の宗教哲学 — Mokṣadharma-parvan 和訳研究 (XXIII) —」『信州大学教育学部紀要』115: 69-80.
——— 2005c「叙事詩の宗教哲学 — Mokṣadharma-parvan 和訳研究(XXIV)—」『信州大学教育学部紀要』116: 135-146.
——— 2006「叙事詩の宗教哲学 — Mokṣadharma-parvan 和訳研究(XXV) —」『信州大学教育学部紀要』117: 73-84.
——— 2007「叙事詩の宗教哲学 — Mokṣadharma-parvan 和訳研究(XXVI) —」『信州大学教育学部紀要』119: 113-124.
——— 2009「叙事詩の宗教哲学 — Mokṣadharma-parvan 和訳研究(XXVII)」『信州大学教育学部研究論集』1: 151-164.
——— 2010「叙事詩の宗教哲学—Mokṣadharma-parvan 和訳研究(XXVIII)—」『信州大学教育学部研究論集』3: 165-178.
——— 2011「叙事詩の宗教哲学—Mokṣadharma-parvan 和訳研究(XXIX)—」『信州大学教育学部研究論集』4: 225-236.
——— 2012「叙事詩の宗教哲学—Mokṣadharma-parvan 和訳研究(XXX)—」『信州大学教育学部研究論集』5: 263-275.
——— 2013a「叙事詩の宗教哲学— Mokṣadharma-parvan 和訳研究(XXXI) —」『信州大学教育学部研究論集』6: 281-293.
——— 2013b「叙事詩の宗教哲学 — Mokṣadharma-parvan 和訳研究(XXXII) —」『信州大学教育学部研究論集』6: 295-307.
——— 2013c「叙事詩の宗教哲学—Mokṣadharma-parvan 和訳研究(XXXIII)—」『信州大学教育学部研究論集』6: 309-322.
——— 2014「叙事詩の宗教哲学—Mokṣadharma-parvan 和訳研究(XXXIV)—」『信州大学教育学部研究論集』7: 103-122.
——— 2015a「叙事詩の宗教哲学—Moksadharma-parvan 和訳研究(XXXV)—」『信州大学教育学部研究論集』8: 193-213.
——— 2015b「叙事詩の宗教哲学 — Moksadharma-parvan 和訳研究(XXXVI) —」『信州大学教育学部研究論集』8: 215-234.
——— 2016a「叙事詩の宗教哲学 —Moksadharma-parvan 和訳研究(XXXVII)—」『信州大学教育学部研究論集』9: 289-306.

——— 2016b「叙事詩の宗教哲学 ── Moksadharma-parvan和訳研究(XXXVIII) ──」『信州大学教育学部研究論集』9: 307-325.

——— 2016c「叙事詩の宗教哲学 ── Moksadharma-parvan和訳研究(XXXIX) ──」『信州大学教育学部研究論集』9: 327-353.

Nakamura, Fumi 中村史 2007「『マハーバーラタ』第13巻「鸚鵡とインドラの対話」の考察」『印度哲学仏教学』22: 298-288.

——— 2008a「鸚鵡とインドラの対話:『マハーバーラタ』第13巻第5章の説話・和訳研究」『小樽商科大学人文研究』115: 195-209.

——— 2008b「『マハーバーラタ』第13巻第102章の説話──「ガウタマ仙とインドラの対話」の考察──」『印度哲学仏教学』23: 343-333.

——— 2009a「「ガウタマ仙とインドラの対話」:『マハーバーラタ』第13巻第102章の説話・和訳研究」『小樽商科大学人文研究』117, 2009, 15-38.

——— 2009b「パーリ語『ジャータカ』の動物活躍譚──現在物語・過去物語を往来する人類・異類の生存の交流」『日本文学』58(6): 20-28.

——— 2009c「『マハーバーラタ』第13巻第50章「チャヴァナ仙と魚たち」の考察」『印度哲学仏教学』24: 335-326.

——— 2010「『マハーバーラタ』第13巻「蛇に噛まれて死んだ子供をめぐる対話」の考察」『印度哲学仏教学』25: 306-295.

——— 2011「『マハーバーラタ』第13巻第1章の考察──運命と行為──」『印度学仏教学研究』59(2): 828-822.

——— 2012a「「蛇に噛まれて死んだ子供をめぐる対話」:『マハーバーラタ』第13巻第1章・和訳研究」『小樽商科大学人文研究』123: 141-168.

——— 2012b「チャヴァナ仙と魚たち:『マハーバーラタ』第13巻第50章と第51章・和訳研究」『小樽商科大学人文研究』124: 103-124.

——— 2013「『マハーバーラタ』第13巻第93章の説話の考察──七仙人の名乗り──」『印度学仏教学研究』62(1): 273-268.

——— 2014a「七仙人の名乗り:『マハーバーラタ』第13巻第93章の説話・和訳研究」『小樽商科大学人文研究』128: 55-84.

——— 2014b「『マハーバーラタ』第13巻の構想と説話」『印度学仏教学研究』63 (1): 298-292.

——— 2015「『マハーバーラタ』第13巻「教説の巻」「布施の法」の構成と概要」『小樽商科大学人文研究』129: 91-110.

Nakamura, Hajime 中村元 1982-1991『ジャータカ全集』, 10 vols. 春秋社.

Nakamura, Ryosho 中村了昭 1982『サーンクヤ哲学の研究──インドの二元論──』大東出版社.

——— 1998, 2000『マハーバーラタの哲学──解脱道品原典解明──』2 vols. 平楽寺書店.

——— 2014「『マハーバーラタ』第十七巻・第十八巻」『国際文化学部論集』14/4: 317-344.

Oldenberg, Hermann. 1987. 'Jātakastudien' In *Hermann Oldenberg Kleine Schriften*, 2, ed. Janert, Klaus L., Wiesbaden: Franz Steiner Verlag.

Orikuchi, Shinobu 折口信夫 1975『折口信夫全集1 古代研究（国文学篇）』中央公論社（1929, 大岡山書店）.

Oshima, Tatehiko and Watari, Kohichi 大島建彦, 渡浩一 eds. 2002『室町物語草子集』新編日本古典文学全集, 小学館.

Peterson, Peter. 1987. *Hitopadeśa by Nārāyaṇa*, Bombay Sanskrit Series, No.33, Bombay: Government Central Book Depōt. Accessed August 20, 2017. https://archive.org/details/in.ernet.dli.2015.281508?q=hitopadesa+bombay+sanskrit+series.

Pilikian, Vaughan. trans. 2006. *Mahābhārata: Book 7 Droṇa*, vol.1, Clay Sanskrit Library, New York: New York University Press and JJC Foundation.

——— 2009. *Mahābhārata: Book 7 Droṇa*, vol.2, Clay Sanskrit Library, New York: New York University Press and JJC Foundation.

Pisani, Vittore. 1939. 'The Rise of the Mahābhārata.' In *New Indian Antiquary*, Extra Series, ed. Katre, S. M. and Gode, P. K., 166-176. Bombay: Karnatak Publishing House.

Renou, Louis et Filliozat, Jean. 1985. *L'Inde classique: manuel des études indiennes*, t.1, Paris: Librarie d'Amérique et d'Orient.

Renou, Louis et Filliozat, Jean. 2013. *L'Inde classique: manuel des études indiennes*, t.2, Paris: École française d'Extrême-Orient.

Renou, Louis et Filliozat, Jean; Yamamoto, Chikyo 山本智教 trans. 1979-1981『インド学大事典』3 vols., 金花舎.

Roth, R. und Whitney, W.D. 1924. *Atharva Veda Sanhita*, 2. verb. Aufl., Berlin: Ferd. Dümmler.

Roy, Pratap Chandra [sponsor and publisher]. 1919-. *The Mahābhārata of Krishna-Dwaipayana-Vyasa: Translated into English Prose from the Original Sanskrit Text*, 11vols, Calcutta: Datta Bose.

Sadakata, Akira 定方晟 2011『インド宇宙論大全』春秋社.

Schayer, Stanislav. 1925. *Die Struktur der magischen Weltanschauung nach dem Atharva-Veda und den Brāhmaṇa-Texten*, Untersuchungen zur Geschichte des Buddhismus und verwandter Gebiete, 15, München: Oskar Schloss Verlag.

Scheftelowitz, von J. 1929. *Die Zeit als Schicksalsgottheit in der indischen und iranischen Religion*, Stuttgart: Verlag von W. Kohlhammer.

Seki, Keigo 関敬吾 1978-1980『日本昔話大成』12 vols. 角川書店.

Sharma, Arvind. ed. 1991. *Essays on the Mahābhārata*, Leiden: E. J. Brill.

Sharma, Ishwar Chandra and Bimali, O.N. eds. 2004. *Mahābhārata: Sanskrit Text and English*

Translation: Translation According to M.N. Dutt, 9 vols., Parimal Sanskrit series, no. 60, Delhi: Parimal Publications.

Siromani, Nimaichandra. ed. 1839. *The Mahabharata, an Epic Poem, Written by the Celebrated Veda Vyasa Rishi*, vol.4, Calcutta: Asiatic Society of Bengal. Accessed May 7, 2017. https://archive.org/details/in.ernet.dli.2015.486387.

Sternbach, Ludwik. 1975. *Indian Riddles: A Forgotten Chapter in the History of Sanskrit Literature*, Hoshiarpur: Vishveshvaranand Vedic Research Institute.

Sukthankar, Vishnu S. et al. eds. 1933-1966. *The Mahābhārata,* 19 vols., Poona: Bhandarkar Oriental Research Institute.

Teshima, Hideki 手嶋英貴2004「古代インドのものがたり儀式――ヴェーダ祭式における「ものがたり」の形態と意味――」『説話・伝承学』12: 121-134.

Thompson, Richard L. 2007. *The Cosmology of the Bhāgavata Purāṇa: Mysteries of the Sacred Universe*, Delhi: Motilal Banarsidass (First published by Govardhan Hill Publishing with the title *Mysteries of the Sacred Univsrse*, 2000).

Thompson, Stith. 1977. *The Folktale*, Berkeley: University of California Press.

Thompson, Stith and Roberts, Warren E. 1991. *Types of Indic Oral Tales: India, Pakistan, and Ceylon*, FF Communications. no. 180, Helsinki: Suomalainen Tiedeakatemia.

Tokunaga, Muneo 徳永宗雄2002a「「平安の巻」と水供養(udakakriyā)――『マハーバーラタ』第12巻の形成過程を探る――」『東方学』104: 169-155.

――― 2002b「『マハーバーラタ』第12巻の成立に関する覚え書き」『印度学仏教学研究』51(1): 458-456.

――― 2009. 'Bhīṣma's Discourse as a *śokāpanodana.*' In *Epic Undertakings: Papers of the 12th World Sanskrit Conference* vol. 2, Delhi: Motilal Banarsidass.

Tsuchida, Ryutaro 土田龍太郎 2006. 'The Formation of the *Anukramaṇī*- and the *Parvasaṃgrahaparvan* of the *Mahābhārata*.'『インド哲学仏教学研究』13: 1-34.

――― 2008. 'Considerations on the Narrative Structure of the *Mahābhārata*.'『インド哲学仏教学研究』15: 1-26.

――― 2009. 'Some Reflections on the Chronological Problems of the *Mahābhārata*.'『インド哲学仏教学研究』16: 1-24.

Tsuji, Naoshiro 辻直四郎 1973『サンスクリット文学史』岩波書店.

――― 1978『古代インドの説話――ブラーフマナ文献より――』春秋社.

Uther, Hans-Jörg. 2004. *The Types of International Folktales: A Classification and Bibliography,* 3 vols., FF Communications, 284-286, Helsinki: Suomalainen Tiedeakatemia.

Wakahara, Yusho若原雄昭1994「真実（Satya）」『仏教学研究』50: 38-72.

Weber, Albrecht. ed. 1924. *The Çatapatha-Brāhamaṇa in the Mādhyandina-çākhā with Extracts from the Commentaries of Sāyaṇa, Harisvāmin and Dvivedaganga*, Leipzig: Otto Harrassowitz (Reprint of 1855 in Berlin).

Whitney, William Dwight. trans. 1905. *Atharva-Veda-Saṁhitā: Translated into English with Critical and Exegetical Commentary by William Dwight Whitney: Revised and and Edited by Charles Rockwell Lanman*, 2 vols., Harvard Oriental Series, v. 7-8, Cambridge, Massachusetts: Harvard University.

Wilmot, Paul. trans. 2006. *Mahābhārata: Book 2 The Great Hall*, Clay Sanskrit Library, New York: New York University Press and JJC Foundation.

Winternitz, M. 1908-1920. *Geschichte der indischen Litteratur*, 3 Bde., Leipzig: C.F. Amelangs Verlag.

——— 1991. *Mauriz Winternitz Kleine Schriften*, Teil 2, Stuttgart: Franz Steiner Verlag.

Winternitz, Mauriz Nakano, Gisho 中野義照 trans. 1964-1978『インド文献史』日本印度学会.

Witzel, Michael. 1987. 'On the Origin of the Literary Device of the "Frame Story" in Old Indian Literature.' In *Hinduismus und Buddhismus: Festschrift für Ulrich Schneider*, ed. Harry Falk, 380-414. Freiburg: Hedwig Falk.

——— 1999. 'Sapta ṛṣayaḥ: The Big Dipper (*ursa maior*).' In『古典学の再構築』4, 中谷英明 eds.: 36. Accessed May 4, 2017. http://www.classics.jp/RCS/publication/NLtoc04.htm.

——— 2014. 'Textual criticism in Indology and in European philology during the 19th and 20th centuries.' *Electronic Journal of Vedic Studies*, vol. 21, Issue 3: 9-91. Accessed May 4, 2017. http://www.ejvs.laurasianacademy.com/.

Wynne, Alexander. trans. 2009. *Mahābhārata: Book 12 Peace: The Book of Liberation*, vol.3, Clay Sanskrit Library, New York: New York University Press and JJC Foundation.

Yoshimizu, Kiyotaka 吉水清孝 2007「クマーリラと『マハーバーラタ』の英雄たち」『北海道印度哲学仏教学会会報』21: 12-15.

中村　史（Fumi Nakamura）

【略歴】1963年9月　京都市に生まれる
1986年3月　立命館大学文学部文学科（日本文学専攻）卒業
1994年3月　立命館大学大学院文学研究科博士課程後期課程（日本文学専攻）修了
2015年3月　北海道大学大学院文学研究科博士後期課程（宗教学インド哲学講座）修了

1995年4月　小樽商科大学商学部助教授（2005年9月まで）
1999年3月　文部省在外研究員（若手枠）（2000年3月まで）
オックスフォード大学オリエンタルインスティテュート・アカデミックヴィジター
(Academic Visitor, Oriental Institute, The University of Oxford)（2001年3月まで）
2005年10月 小樽商科大学商学部教授（Professor, Otaru University of Commerce）（現在に至る）

【学位】1994年3月　博士（文学）（立命館大学）
2006年3月　博士（比較文化学・乙）（桃山学院大学）
2015年3月　博士（文学）（北海道大学）

【単著】『日本霊異記と唱導』（三弥井書店、1995年）
『三宝絵本生譚の原型と展開』（汲古書院、2008年）

【連絡先】〒047-8501　北海道小樽市緑3丁目5番21号　小樽商科大学　中村　史
Dr Fumi Nakmaura
Otaru University of Commerce
3-5-21, Midori, Otaru, Hokkaido, 047-8501 JAPAN

【メールアドレス】n-fumi@res.otaru-uc.ac.jp

小樽商科大学研究叢書
七仙人の名乗り
インド叙事詩『マハーバーラタ』「教説の巻」の研究

2017年12月10日　　初版第 1 刷印刷
2017年12月20日　　初版第 1 刷発行

著　者　中村　史

発行所　国立大学法人小樽商科大学出版会
〒047-8501 北海道小樽市緑 3 丁目 5 番 21 号
tel. 0134 (27) 5210　fax. 0134 (27) 5275

発売元　論 創 社
〒101-0051 東京都千代田区神田神保町 2-23　北井ビル
tel. 03 (3264) 5254　fax. 03 (3264) 5232
http://www.ronso.co.jp　振替口座 00160-1-155266

装　幀　宗利淳一
印刷・製本　中央精版印刷
ISBN978-4-8460-1660-9